六朝文化と日本

謝霊運という視座から

蔣義喬［編著］

勉誠出版

六朝文化と日本
謝霊運という視座から

蒋義喬［編著］

IV ◉ 場・美意識との関わり

V ◉ 説話・注釈

VI ◉ 禅林における展開

VII ◉ 近世・近代における展開

序言

蒋義喬

謝霊運（三八五〜四三三）の名は、日本ではあまり馴染みがないように思われる。しかし、中国では、六朝時代に生きたこの詩人は、山水文学の祖であるとともに、儒・道・仏に通じた博学多才の人物として知られている。その詩文は後世の文人たちに大きな影響を与えた。さらに、こうした学識と矛盾に満ちた数奇な人生とが相俟って、その人物像についても、中国史上他に類を見ない独自のイメージを形成している。

日本における謝霊運受容の可能性を物語る事例として、直ちに想起されるのは、上代における『文選』の伝来である。平安朝文人が『文選』を文学の指標と捉え、必須の教養として学んでいたことは周知のとおりであるが、そうした文学の最高峰たるアンソロジーにおいて、謝霊運の詩作はきわめて重んじられていた。また、日本と実に縁が深い唐詩人の白居易の作に、「読謝霊運」詩があるのも、日本での評価を考える上で興味深いことである。

詩文以外のところで言えば、『徒然草』百八段に、謝霊運が恵遠の白蓮社に入ることを許されなかったという逸話が見える。難解な記述であるが、謝霊運その人に対する関心が窺われる。さらには、日本古代における山居観の形成に、六朝文人貴族の生き方や趣味の様式が密接に関わっていたことが指摘されているが、(1) そうした関わりにおいて、謝霊運の「山居賦」や山水詩が大きな役割を果たしたであろうことが当然推想されよう。思うに、謝霊運とその詩文は東アジア漢字文化圏で共有されていた文学・文化的財産に違いないのである。

だが、謝霊運について、日本文化・文学研究において、その受容への着目は稀であったと言わざるを得ない。わずかに見出されるのは、主に日本中世の説話文学と五山文学研究の射程においてである。(2) また、謝霊運に対する考究が積み重ねられてきた中国における文学研究の領域においても、近年は停滞感が否めない。たとえば、テキストをいかに読むのか、「山水詩人」と呼ばれるほどに、大量かつ特徴的スタイルを持つ詩を謝霊運自身に産出させた原動力は何かというような、素朴ながら根本的な問題へのさらなる検討が待たれよう。

このような問題意識に基づき、二〇一七年九月、北京師範大学東アジア文化研究所は、ワークショップ「謝霊運を中心とした六朝詩と日本文学」を開催した。本書の企画は、この研究集会のテーマとアプローチに由来する。謝霊運自身の思想的な背景となった六朝期の仏教や道教にも目を向けつつ、日本文学における謝霊運受容の軌跡を追い、六朝文化の日本における受容のあり方を体系的に検討する足がかりとなるよう企図するものである。

以下、各部の内容について簡潔に紹介する。

I「**研究方法・文献**」では、中国文学における謝霊運研究の成果と動向を概観する。

林暁光氏の「**謝霊運をどう読むか——中国中世文学研究に対する一つの批判的考察**」は、中国大陸の謝霊運研究史をまとめつつ、現存する問題に対して鋭意論評を加え、中国中世文学研究の将来をも展望している。

呉冠文氏の「**謝霊運作品の編年と注釈について**」は、現存する作品の伝本を概観し、謝詩に対する前代の作品の影響、また編年の問題点について見解を述べている。

II「**思想・宗教——背景としての六朝文化**」では、作品成立当時の仏教と道教を射程に据えて、謝霊運の活動・価値観・時間概念などについて、アプローチする。

船山徹氏の「**謝霊運と南朝仏教**」は、頓悟と漸悟をめぐる論争と、『大般涅槃経』の修訂から、謝霊運の活動が、変動期にあった南朝仏教史から見ても意義あるものでだったことを論じ、これまで取り上げられてこなかった謝霊運の「翻経台」伝承を紹介する。

土屋昌明氏の「**洞天思想と謝霊運**」は、謝霊運の「羅浮山賦」が道教経典『茅君内伝』の記述を踏まえていることから、洞天思想の着想を指摘する。そして経典披見の歴史的経緯、さらに当時の知識層に見える洞天的思考方法の普及についても述べる。

李静氏の「**謝霊運「発帰瀬三瀑布望両渓」詩における「同枝條」について**」は、当該詩のことば「同枝條」が、人間ではなく仙人を指していることを証明し、またその背景に六朝の地仙思想を挙げる。


Ⅲ「自然・山水・隠逸——古代日本の受容」では、上代から平安初頭までの和歌、漢詩、漢文における謝霊運受容の状況をみる。

高松寿夫氏の「**日本の律令官人たちは自然を発見したか**」は、謝霊運が自然を発見したきっかけとして地方への赴任が提起され、地方官の赴任する機会が多い七世紀末から八世紀初頭という時期の日本の言説に、新たな自然観や自描写は認められるかどうかを検討する。

山田尚子氏の「**古代日本の吏隠と謝霊運**」は、賀陽豊年「小山賦」における「吏隠」の在り方を断出した上で、初唐の李嶠の詩との関連を看取しながら、謝霊運「斎中読書」の発想が影響した可能性を指摘する。

蒋義喬の「**平安初期君臣唱和詩群における「山水」表現と謝霊運**」は、嵯峨詩壇で製作された「山水」の表現に注目し、それが『文選』、および六朝詩を継承した唐詩群を媒介として、謝霊運と密接に関わっているとする。


Ⅳ「場・美意識との関わり」では、平安中期から後期までの日本漢詩文を対象とする。

後藤昭雄氏の「**平安朝詩文における謝霊運の受容**」は、「潘謝」の語を通して見えてくる謝霊運の捉え方、そして数々の句題に謝霊運の佳句が登場すること、さらに源順が謝霊運「擬魏太子鄴中集詩序」をその基幹に据えて文章を書いていること、ないしその意図について分析する。

佐藤道生氏の「**平安時代の詩宴に果たした謝霊運の役割**」は、当時の日本人が謝霊運「擬魏太子鄴中集詩序」の提唱する詩宴の理想像・美意識を拠るべき先蹤として、自らの詩宴を構築したことを具体的に示す。主催者の資質という要素がもっとも重要であることを論じる。

V「説話・注釈」では、中近世の文献を中心に、謝霊運をめぐる言説を広く探る。

荒木浩氏の「**慧遠・謝霊運の位置付け——源隆国『安養集』の戦略をめぐって**」は、浄土教書『安養集』序文が謝霊運を「高士」として、慧遠に併置していることに、隆国の源信『往生要集』に対する対抗意識を認める。それとともに、宋代以降の謝霊運像の変化と日本における謝霊運認識のズレにも着目する。

黄昱氏の「**日本における謝霊運「述祖徳詩」の受容についての覚え書き**」は、『文選』所収「述祖徳詩」の特殊性を指摘した上で、中古から中世にかけての漢詩文・注釈を中心にその受容例を洗い出し、表現上の受容のほか、辞官の表など漢詩文の文脈における当該詩の受容の可能性を提起する。

河野貴美子氏の「**『蒙求』「霊運曲笠」をめぐって——日本中近世の抄物、注釈を通してみる謝霊運故事の展開とその意義**」は、中近世の『蒙求』講義を代表する『蒙求聴塵』と『蒙求詳説』における「霊運曲笠」故事の展開をたどることによって、日本における『蒙求』の受容や学習のありようを描く。

VI「禅林における展開」では、五山文学における謝霊運受容の全体像をつかむと同時に、その具体相を照射する。

堀川貴司氏の「**日本中世禅林における謝霊運受容**」は、日本中世禅林の僧侶たちの読書範囲の中で、謝霊運に関する記述を考察し、当時知られていた謝霊運の逸話を網羅的に紹介する。

高兵兵氏の「**山居詩の源を辿る——貫休と絶海中津の謝霊運受容を中心に**」は、絶海中津と貫休の「山居詩」という二組の連作の関連性と類似性を比較考察する。そしてその源に謝霊運の「山居賦」があることを指摘することによって、中日仏教山居詩の系譜を完成する。

岩山泰三氏の「**五山の中の「登池上楼」詩——「春草」か、「芳草」か**」は、謝霊運「登池上楼」詩が、詩禅一致論の立場から五山詩の手本とされると同時に、謝霊運と恵連の故事が、協同体にある禅僧たちの関係に重ねられていたことを指摘する。

Ⅶ「近世・近代における展開」では、近世から近代にかけての謝霊運受容・変容の様相をみる。

深沢眞二・深沢了子氏の「**俳諧における「謝霊運」**」は、俳諧において、謝霊運の故事が『蒙求』の「霊運曲笠」を通していかに利用されていたのか、謝霊運は蕪村によっていかに脱俗風雅の人として作品化されたのかを論じる。

陳可冉氏の「**江戸前期文壇の謝霊運受容——林羅山と石川丈山を中心に**」は、明版書籍の伝来と流布という背景のもとで、林羅山と石川丈山の詩文創作に焦点をあて、江戸前期文壇における謝霊運受容の様相を明らかにする。

合山林太郎氏の「**謝霊運「東陽渓中贈答」と近世・近代日本の漢詩人**」は、謝霊運の作として、よく知られたものではない艶詩「東陽渓中贈答」が近世・近代では注目を集めていたことを指摘し、当時の漢詩壇の好尚を絡めつつ議論する。

日本における中国文学の受容状況に関する研究は、総じていえば、白居易をめぐる問題に集中している。白居易以外の中国詩人について検討することは、日本文学の歴史や特質についての多角的・多元的な把握を目指そうとする試みに寄与することができるであろう。これまで、謝霊運は、ほぼ中国文学の分野においてのみ研究対象とされてきた。本書は、謝霊運を日本文学あるいは中日比較文学研究のテーマとして大きくとりあげる初めての試みである。さらに、「六朝文化と日本」という本書のテーマは、日本における六朝文化・文学の受容と展開を解明することを企図するものであるが、中国文学研究の一助ともなっていれば幸いである。

謝霊運という座標軸が斬新かつ意欲的であるだけに、それに対するアプローチは想像以上の困難さを伴った。ここで、執筆に携わった方々に心より感謝と敬意を申し上げたい。また、勉誠出版の吉田祐輔氏には、本特集の企画から編集までひとかたならぬお力添えをいただいた。記して御礼を申し上げる。

注

（1）小野恭平「中古の文学作品からみた山里の基本的イメージとその美について──文学作品からみた我国の山居観──その1・その2」（『日本建築学会計画系論文報告集』三九三号・四〇四号、一九八八年十一月・一九八九年十月）、廣岡義隆「奈良における山居観の形成」（『三重大学日本語学文学』二二、二〇一一年六月）。

（2）山崎誠「謝霊運筆儒説攷」（『国文学研究資料館紀要』三〇、二〇〇四年二月）、太田亨「日本中世禅林における謝霊運受容──初期の場合」（『中国古典文学研究』四、二〇〇六年十二月）、荒木浩「謝霊運の宋代──源隆国『安養集』と『徒然草』をめぐって」（『日本と《宋元》の邂逅──中世に押し寄せた新潮流』アジア遊学一二二、勉誠出版、二〇〇九年五月）、岩山泰三「五山の中の「少年易老」詩」（『一休詩の周辺──漢文世界と中世禅林』勉誠出版、二〇一五年）など。

謝霊運をどう読むか

──中国中世文学研究に対する一つの批判的考察

林　暁光

中国中世の大詩人謝霊運は、いかなる人物だったのだろう。謝霊運は山水詩の創始者とされるが、本当にそうなのだろうか。山水詩の概念の内部に潜む問題点は何か。謝霊運が山水の表現を取り込んだ要因は何か。詩の構造をどうとらえるべきか。これらの問題点について、これまでの謝霊運詩の読み方を整理し、今後どう読むべきか考えてみたい。

はじめに

謝霊運は、言うまでもなく六朝時代或いは中国史上において有数の文豪である。彼についての論説は数多く、その全体を考察し批判することは容易ではない。中国大陸における研究のみを取り上げても、「謝霊運」というキーワードを中国大陸で公開される論文のデータベースである「中国知網」で検索すれば、今まで出版された著作は除いて本稿執筆時点で六七八点を数えることができる。しかし、これほど膨大な数の論文の中には、主題や分析が先行研究を踏襲するばかりのものや、ただの鑑賞文に過ぎないものも少なくない。そのため、そのすべてを逐一紹介する必要はない。

本稿は、謝霊運研究における作者個人、或いは作者と「山水詩」との関わりなど、主要なテーマに限定し、これに筆者個人の見方を加えて紹介し、謝霊運研究の歴史や現状をまとめる。同時に、謝霊運を例として、中国の中世文学研究について批判的考察を試み、その上で近年の新しい研究動向を垣間見ることを目的とする。

はやし・あきみつ──浙江大学人文学院副教授。専門は中国中世文学。主な著書・論文に『王融與永明時代──南朝貴族及貴族文學的個案研究』（上海古籍出版社、二〇一四年）、「論『藝文類聚』存錄方式造成的六朝文學變貌」（『文學遺產』二〇一四年第三期）、「明清所編總集造成的漢魏六朝文本變異──拼接插入的處理手法及其方法論反省」（『漢學研究』第三號、二〇一六年）、「漢魏六朝時代における騒体賦の変貌」（『日本中国学会報』第七一集、二〇一九年）などがある。

一、謝霊運その人をめぐる研究

謝霊運の生涯や思想について一般に叙述するものとして、いくつかの伝記と年譜があるが、最も適切で明快に論述するものは、故沈玉成氏（一九三一～一九九五）の論文「謝霊運的政治態度和思想性格」（『社会科学戦線』一九八七年二期）がある。三十余年前の論文であるとはいえ、その後の多数の新たな論説よりも、むしろ研究対象に対する全体的性格はより正しく捉えられているといっても過言ではない。謝霊運を知るために一本研究論文を挙げるとすれば、筆者は敢えてこの論文を薦める。沈氏は六朝時代の様々な事象を全体的に把握した上で、謝氏の新貴族としての性格を論じており、また東晋末期の政局における謝氏の立場や、謝霊運が大貴族としての矜持から新政権の皇帝を軽視する心理に基づき、謝霊運が劉宋政権に協力しなかった言行の背景を解明している。さらに、誇り高さと政治への熱中を彼の基本的な性格だとして、玄学と仏学がこの性格の解毒剤になったと、彼の運命と文学の才能を解釈した。以降の謝霊運研究の基本的な論題は、この論文にほぼ含まれていると考えてよい。

一方、『謝霊運校注』の著者である顧紹柏氏は、「論謝霊運」（『学術論壇』一九八六年一期、後に『謝霊運校注』の前言として再録）の中で、同じく謝霊運を全面的に叙述したが、明らかに謝霊運に肩入れした論述を行う。顧氏は、謝霊運は政治上の理想が実現できない不満から社会への反抗心を持ち、功名に執心しない人物と捉え、また真の隠士であり、自己批判も出来、そして人民の生活にも関心を持つ人間であるという。これと同じ立場をとったのが楊勇氏である。楊氏は「謝霊運与永嘉」（『温州師院学報』一九九二年四期）に、謝霊運が永嘉郡の長官の任にあった時に、人民に福祉を施し、今日までも当地の民衆の記憶に留められていると述べる。しかし『宋書』謝霊運伝によれば、謝霊運は、「出為永嘉太守。郡有名山水，靈運素所愛好，出守既不得志，遂肆意遊遨，遍歴諸縣，動踰旬朔，民間聽訟，不復關懷」（都から出されて永嘉郡の太守となった。郡は山水が有名で、霊運は昔から愛好してきた。政治上の志を叶えることができないために、気の向くままに遊び、諸県を遍歴し、ややもすれば旬月を越えるほどであった。そして、民間の訴訟案件にはまったく関心を持たなかった）というような人物であり、顧氏と楊氏に作り出された謝霊運像は、正史から伝えられた一般的なイメージとはむしろ正反対なものである。そのため、二氏はともに正史の記載こそが歪んでいると批判した。では、この謝霊運の性格の二面性という矛盾をどう考えるのがより適当であろうか。

二氏の基本的な根拠は三つある。まず第一に、現在までに残された謝霊運の詩の中に、彼が地方官を務める期間に人民の生活に対する熱意と責任感を表すいくつかの作品があること。次に、明代に編纂された『嘉靖温州府志』に彼が永嘉郡、つまり今の浙江省の温州市の長官在任時期の功績が記載され賛美されていること。最後に、温州市に謝霊運を記念する場所を二十余り数えることができることである。しかし、彼の詩以外の二つの根拠は、実際にはその信憑性は低いと言えよう。まず『嘉靖温州府志』について、後世に編纂された地方誌の基本的な書き方は、二氏と同じ立場を取る潘懿丹氏もすでに指摘するように、当地で在職した有名な歴史人物に対しては一概に賛美する姿勢を取り、彼らを「溢美（いたずらに讃美する）」する内容が多い（「謝霊運永嘉郡吏治考辨」『温州大学学報』二〇〇七年五期）。一方、後世記念として作られた場所やものをその根拠とすることは一層危険性が高いと考えるべきであろう。時代が下るにつれて、その人の具体的な事跡は風化し、単純に地縁のある有名人としてのみ記憶され、地方の利益のために記念されることは今日でも決して珍しくはない現象である。

　最後は謝霊運の自分の声として残される詩についてである。確かに、彼の詩の中には次のような作品が見られる。

「白石巖下徑行田」

小邑居易貧　小さな県の住民は貧乏になり易く、
災年民無生　飢饉のあった年には民は生きる術もない。
知淺懼不周　知慮が浅く配慮の行き届かないことを心配し、
愛深憂在情　愛が深く憂慮が常に心にある。
莓蕾横海外　苔や蓼などは海の外に生え蔓延り、
蕪穢積頽齡　私の老衰の年に田圃が荒れ果て続けている。
饑饉不可久　飢饉の状態はそのままに長くしておけないので、
甘心務經營　甘んじて対策に務める。
千頃帶遠堤　千頃の田は遠く続く堤に囲まれ、
萬里瀉長汀　万里の土地には長い水路が注ぎ込むようにする。
州流涓澮合　この水路は地方組織である「州」を流れて小河や溝を合わせ、
連統塍埒并　「連」を統一して畔や小堤を整える。
雖非楚宮化　『詩経』定之方中に歌われる「楚宮」のような教化まではいかないが、
荒闕亦黎萌　凶作の年であっても民衆がここに留まることができる。

雖非鄭白渠　昔の鄭国渠や白渠のほどではないが、
毎歳望東京　毎年東京洛陽に比べるほどになることを望む。
天鑒儻不孤　もしお天道様がお見通しならば、
來茲驗微誠　来年は私の微かな誠意を確かめよう。

幾つかの箇所は曖昧で検討する余地があり、「莓薔」を「舊業」とする異文も存在するが、この作品が謝霊運が永嘉地方で水利事業を営むことを詠んだものであることは間違いないであろう。このような詩を見れば、確かに我々の知らなかった謝霊運の側面、つまり謝霊運が自身への誇りから他人を軽蔑し、自分と家族だけに固執する大貴族という一面とは別に、王朝の官僚として儒家の理想に相応しい社会的責任感を持つという一面ををも認めることができよう。

しかし、顧氏や楊氏のように、漠然とこの一面の作者自身の言葉のみを信じて、正史の内容を安易に否定する態度は問題ないと言えようか。

まず考慮すべきなのは、正史その他の文献に対して、謝霊運の詩は全て彼自身の独白である点で、所謂「内証」であると言える。内証に過度に依拠することは、謝霊運研究だけでなく、中国中古の詩人文家に関する研究が殆ど避けて通ることができないものである。もっとも、詩人の誠実さを全面的に信頼するのであれば、彼らの作品に基づいて詩人の思想や感情を研究することは問題ない。しかし、これはあくまでも詩人の自己認識であり、実際の行動や外見的なイメージとは別である。したがって、それによって正史を否定することは早計であろう。六朝の正史は当時の公式記録、地方誌は後世の地方記録、そして詩文は作者自身の独白である。むしろ、ここからは異なる性格の文献によって、謝霊運の異なる姿や別の側面が現れていると認識すべきなのではなかろうか。

そして顧氏らが例証としたこれらの作品の解釈についても問題がある。例えば、「行田」という語は田圃を視察する意味であり、公務的責任に基づく行動である可能性を持つ一方、個人的な行為としてもあり得るものである。したがってこの一派の学者のように、この語を含む詩を一概に謝霊運が人民の生活に関心を持つ根拠と看做すことはできない。例として、楊氏らにも提起される「行田登海口盤嶼山」の前半を読んでみよう。

齊景戀遄臺　斉の景公は遄台を恋しがったが、
周穆厭紫宮　周の穆王は天子の紫宮を厭い嫌った。
牛山空灑涕　景公は牛山に登って、空しく涙を流したが、
瑤池實歡悰　穆王は西王母の瑶池に来て、実に楽しそうであった。

年迫願豈申　年が迫ってくると抱負も適えられなくなったが、
遊遠心能通　遠く遊べば心が爽快になる。
大寶不歡娯　君主の位でさえ歓楽すべきものではなく、
況乃守䊸封　まして地方官の太守などは論外である。

前の二聯に使われている「齊景」と「牛山」は『晏子春秋』を典故とする表現であり、春秋時代の斉の景公が遄台と牛山に遊び、側近を寵愛することが晏子によって批判されたことを述べる。しかし、謝霊運はここでこれらの典故を逆説的意味で用い、君主さえ莫大な権力に満足できないのであるから、今自分のこの僅かな太守の職位には何の未練もありはしない。やはり積極的に山水に楽しもうというような思想を表している。「行田」は必ずしも地方官としての職務への責任感を持つことではない。これはむしろ顧氏達が作り出した職務に力を尽くした地方官僚としての謝霊運像とは正反対であり、『宋書』に記載される山水に耽溺し政務を怠る謝霊運のイメージと通じるものではないかと思われる。

また、楊氏らの根拠とされる詩の文献上の問題をも考えるべきである。周興陸氏が指摘したように、現存する謝霊運の詩は明代に幾度もの編集を経たものであり、六朝唐宋の古い文献から蒐集した部分を基礎とし、明代に残る所謂「謝霊運詩集」の古本から若干の作品を補って成立したものである（「関於謝霊運詩歌的文献学問題」『復旦学報』二〇〇八年二期）。加えられた部分の中でも最も重要なのは、周氏が発見した黄省曽氏が編集刊行の所謂嘉靖本『謝霊運詩集』であり、ここから十三首の詩が加えられている。黄氏の序には下記のように書かれる。

南遊會稽、偶於山人家見舊寫本、取展讀之、又得登遊之詩自「永嘉緑嶂山」以下十三首、皆世所未睹。
（南方の会稽に遊び、偶然にも山人の家で古い写本を見た。これを手に取り開いて読んでみれば、また「永嘉緑嶂山」以下十三首の山へ登り遊ぶ詩を見つけ、これらはすべて世間でまだ見たことがないものであった。）

すなわち、黄氏が増入した十三首の詩は、非常に偶然の機会によって保存された性格のものであり、それ以前には世に知られていなかったものである。しかし、楊氏らが論拠とする「遊嶺門山」、「白石巖下徑行田」、「行田登海口盤嶼山」、「種桑」、「命学士講書」などの作品は殆どがこの十三首に属しているのである。換言すれば、これらの詩により作り出された謝霊運像は、明代以前の人が知る由のないものなのである。もしこれらの作品が確かに謝霊運の作品であるとするならば、なぜ明代までの一般に伝承される謝霊運の詩の中に、このような謝霊運の性格の別の側面を表わす作品が排除されていたのか、実に興味深い問題と言えよう。

ともかく、上述の謝霊運その人を巡る議論は、どちらの記録が信頼するに足るかという単純な問題ではなく、実質は中世人の目に映っていた謝霊運像と、謝霊運自身が認める謝霊運像と、数百年後の地方文献に記憶され、或いは想像された謝霊運像と、現代の学者が比較的に新たに発見した資料により復元された謝霊運像という、これら四者の間の複雑に結び付き形成されたもので、この方向へ向かって研究を展開すべきではないか。今までの研究においては、この問題を気安く処理している点が、筆者には実に残念だと感じられる。

二、謝霊運が山水詩の創造者であるかの諸問題

謝霊運文学の中心的な問題の一つは、彼が山水詩の創造者とされていることであろう。しかしながら、果たして彼以前に山水が詩の中に表現されたことがなく、そして山水の表現が詩の主体になったことはなかったのであろうか。もし謝霊運以前に山水を描き出す、もしくは山水を作品の主体とする詩があったのであれば、謝霊運の詩はいかなる意味においてそれまでの詩と異なると看做すことができ、そして山水詩の創造者と認定し得るのであろうか。山水詩とは、一般に山水を描写する詩と同じ定義であるのか。そして、この定義はどのような経緯で設定されたか。この問題は、以上に述べたような数多くの問題を含んでいる。

謝霊運が中国詩において山水を主体として描写した最初の人物であるとするのは、古くから継続して行われてきた。と同時に、今日までもなお主流の認識であると言えよう。例えば、唐代文学の大家である蔣寅氏は二〇一〇年に発表した論文（「超越之場：山水対於謝霊運的意義」『文学評論』二〇一〇年二期）で次のように言及する。

（王士禛認為）山水是詩歌中出現較晩的主題，而對山水的細緻刻畫要到謝靈運詩歌中才出現。這不僅與南朝批評家的看法相一致，也得到後人的普遍認同，〝有靈運然後有山水〟，至今仍是學界定論。

（（王士禛は次のように考える）山水が詩歌の中で比較的遅く出現した主題であり、山水について精緻に描写するのは謝霊運の詩の中にようやくあらわれるものである。これは、南朝の批評家の意見と一致するばかりでなく、後世にも一般に認められたものである。「霊運があればこそ山水がある」というのは、今にいたるまでなお学界の定説である。）

しかし、故范文瀾氏（一八九三〜一九六九）が一九六二年に

指摘したように、山水を描写する詩は、実は東晋の始め頃の庾闡らによってすでに書き始められたものである（『文心彫龍注』明詩篇注）。故趙昌平氏（一九四五～二〇一八）はさらに、「玄言詩發生前各體詩中都已有山水成分，其中宴遊、行旅（兼及行旅性的贈別雜詩）兩類以行遊為特徵的詩更已達到了較高水準（玄言詩が発生する以前に各類の詩の中にすでに山水の成分は存在した。その中でも宴遊・行旅（行旅風の贈別雑詩も兼ねる）の二類といった旅行や遊楽を特徴とする詩は、より高い水準へと到達した）」と指摘している（「謝霊運与山水詩起源」『中国社会科学』一九九〇年四期）。事実、東晋時代の李顒等の作品の中には、すでに山水の描写が中心となる詩が残っている。次の一首を挙げる。

「渉湖」　東晉・李顒

旋經義興境　帰る道を義興の境にとり、
頓棹石蘭渚　船を石蘭の渚に止める。
震澤為何在　震沢はどこにあるかというと、
今惟太湖浦　今ただこの太湖の浦がある。
圓徑縈五百　周囲の道のりは五百里に広がって、
眄目渺無覿　遥か眺めても何も見えない。
高天淼若岸　高い空は遠い岸のように果てしなく、
長津雜如縷　長い川は細い糸のように入り乱れている。
窈窕尋灣漪　奥深く入り江のさざ波をたずね、
迢遞望巒嶼　遥か遠く山々や島々を眺める。
驚飈揚飛湍　疾風は早瀬の水を吹き飛ばし、
浮霄薄懸岨　浮雲は天に懸かるような峰に迫る。
輕禽翔雲漢　軽快な鳥は天の河を飛び翔り、
游鱗憩中滸　泳ぐ魚は岸辺にくつろぐ。
黯藹天時陰　天空は陰で暗くなって、
嶤岧舟航舞　船は高く舞い上がる。
憑河安可殉　無謀に川を渡すしわざにどうして従えようか、
靜觀戒征旅　心静かに観察して旅を戒めよう。

これは所謂「行旅詩」である。実際には、趙昌平氏と蔣寅氏がともに指摘しているように、所謂「山水詩」とは、そもそも六朝時代においては未だ詩の特定の部立ての一つとは看做されておらず、謝霊運の詩は『文選』でも「行旅」と「遊覧」の二つの部立てに収録されているのである。つまり、類型学の視点から見た場合、むしろ遊覧や旅行の詩の基準を優先して評価すべきものである。そもそも常識的に考えても、五言詩の歴史が始まってから謝霊運に至るまで、三〇〇年以上も経っているにもかかわらず、山水を描写する詩が現われなかったというのは、いかにも不思議ではなかろうか。

また、次の点にも留意する必要がある。周知のように、東晋時代に主流であった詩は玄言詩であるが、この玄言詩は抽象的に玄理を述べるために「平典たること道徳論の如き」ものと認識され、往々にして自然描写とは無縁なものと看做されていたが、それは実は誤解と言わねばならないのである。なぜなら、自然界は玄学者にとっては究極的な真理そのものではなく、真理以下のものであるために重視されないのであるが、自然はやはり真理が顕現したものであり、真理に辿り着く経路としての価値を有しているからである。すでに真理に達した哲人は、もはや自然の山水を意識する必要はないが、真理を究極的に会得する前には、やはり山水を通じて会得しなければならないのである。したがって自然から真理へという思想的な進路を沿う形で、当時の玄言詩の中にも往々にして、山水の表現を通して哲学的な議論へと展開するものがみられる。謝霊運の詩もまさしくこれらと共通するものである。故饒宗頤氏（一九一七～二〇一八）は、玄学と山水の関係を『荘子』に遡り、「玄言詩中有山水的字眼，山水詩中也有玄言的字句。荘子従思想上看是同山水有聯繫的（玄言詩の中に山水の描写があり、山水詩の中にも玄言的な内容を含む。荘子の思想は山水と関わっている）」と指摘している（「山水文学之起源与謝霊運研究」『温州師院学報』一九九二年四期）。玄学の世界において山水風物を楽しむことは、洪之淵氏「郭象玄学与東晋賞物模式的確立」（『文学評論』二〇一四年五期）によって詳しく論じられている。ここではただ一例のみであるが、東晋時代に最も有名な玄言詩の作者であるとされる孫綽の作品を挙げる。

「秋日」

蕭瑟仲秋日　蕭殺とした仲秋の日に、
飈唳風雲高　旋風はうねり雲は高い。
山居感時變　山中に住んで季節の変化に心動き、
遠客興長謡　遠くから来た客は長い歌を歌い始める。
疎林積涼風　まばらな林には涼しい風が満ち、
虚岫結凝霄　虚ろな山穴には雲気が凝結する。
湛露灑庭林　澄んだ露が庭や林に降りそそげば、
密葉辭榮條　密集した葉は繁った枝に別れを告げた。
撫葉悲先落　葉を撫でて先に落ちてゆくことを悲しみ、
攀松羨後凋　松を引いて枯れるのが遅いことを羨む。
垂綸在林野　林野に釣り糸を垂れ、
交情遠市朝　我々の友情は官界や世俗から遠い。
澹然古懷心　安らかで古人のような心持があれば、
濠上豈伊遥　荘子と恵子が濠水の上で弁論したような快楽は決して遠くない。

これに関連して、謝霊運と「山水詩」におけるある議論を再度見直す可能性が指摘できる。これまでの主流な論説では、謝霊運の山水描写を称讃の対象と看做す一方で、これらの詩の最後に必ず付け加えられる哲学的な表現を欠点として批判し、これが詩全体の構成を破壊する余計な部分であると看做し、それは往々にして「玄言的な尻尾」と呼ばれるほどであった。しかし、これはあくまでも山水を描写することと自然を愛すことを同一視し、理屈より自然の風景や感情こそが文学の表現すべき対象であるというような近代的な文学観によっての見解であると考えるべきではなかろうか。もし謝霊運の詩が過去に想像されたように、自然の美への熱愛によって山水をそのまま表現しようとしたのではなく、やはり作者自身が玄理を体験し心中の不安や不満を解消する手段として詩を詠んだのであるとすれば、その最後にあらわれる「玄言的な尻尾」をどのように理解すべきであろうか。結局、山水に転向しても東晋時代の玄学の悪習から完全に抜け出すことができなかったため、作品の中に残された痕跡にすぎないと看做すべきなのだろうか。あるいは、山水の描写より詩の根本的な趣旨を表現する部分であり、構造上、山水表現と必然的な関係にあると考えるべきであろうか。これらは当然考えるべき問題となるであろう。

　このような反省から出発したのであろうか、二十世紀八〇年代から、所謂山水詩が斬新なものだというイメージに対して反発が出現し始めた。胡明氏は一九八四年に初めて、謝霊運の山水詩の本質は山水においてではなく、あくまでも山水という衣装で飾り付けた玄言詩であり、所謂「玄言的な尻尾」は実に彼の詩の「安心立命的中脊和霊魂」、つまり存立し得る中核だと指摘した。

他在遊山玩水中體感到的山水則秘含著一種妙理和玄趣。他開始把這種山水林泉、湖光天色映現出來的玄理寫來筆底，捉入翰章。原來的老莊玄理被大自然的妍秀清新之氣滋潤了，上升了一層境界，既極幽邈之微，又具形象之真——這就是謝靈運山水詩的實質。

（「謝霊運山水詩弁議」『江淮論壇』一九八四年三期）

（彼が山水の中に遊ぶことで体感した山水とは、一種の奥深い理屈や趣味を秘かに含んでいる。彼は、この山水林泉や湖光山色に映し出された玄理を筆で表現し、文章の中に捉え始めたのである。元来の老荘玄理は大自然の新鮮さによって潤され、より一層境界を上昇させ、微妙な奥深さを極め生き生きとした形象を備えたのである——これこそが霊運の山水詩の実質なのである。）

　前掲の蒋寅氏の論文にも、謝霊運の山水詩の中に繰り返しあらわれる「心賞（心での鑑賞）」とは、ただ「神超理得」、つまり心神が超越し理の趣味を得るという玄学者の追求を同じく表現したものであり、彼の表現した山水がそれ以前の玄言詩の中に見える山水と根本的には異ならないことを指摘している。この一群の学者は定説に漠然と従うことなく、実直な態度で事実の一面を発見したと言えよう。実際には二十一世紀に入り、王琳「謝霊運山水詩新探」(『中北大学学報』二〇〇六年五期)や韓国良「論謝霊運山水審美的発生機制——兼論当下学界対謝詩〝玄言尾巴〟解読的失拠」(『南昌大学学報』二〇〇八年六期)などもこの問題を意識した上で定説を批判しているが、残念ながら胡氏と蒋氏を除いては、この一派の論点は有名な学者によって主要な学術誌で発表されたものが殆どないため、現在にいたるまで十分に注目されてはいないようである。

さらに追究すると、山水詩という概念は、中国中世文学を研究する上で果たして有効なのかということさえも、問題点として浮かび上がってくるのではないだろうか。現存する文献に限定する場合、「山水詩」という言葉が初めて登場したのは中唐時代の白居易の「読謝霊運詩」の中である。これはあくまで白居易の時代に成立した概念であることを証明できるに過ぎない。前述のように、従来は謝霊運と「山水詩」とを安易に直接に結びつけてきたが、実際には彼の詩は南朝当時、「行旅」と「遊覧」部に収められているのである。となれば、恐らくは謝霊運と当時の読者達はこれらの作品を「山水詩」として創作し、そして受容したと考えるべきではなく、彼らが「山水詩」という概念を持っていたかどうかは甚だ疑わしい。ここから翻って、「知の考古学」的な視線に沿い、「山水詩」という観念がどのような歴史の流れから誕生し、そしてどのように我々の文学史に対する認識に影響を与えてきたかについても、反省した上で改めて検討すべきであろう。

以上のように、山水を描写するという視点から見た場合、謝霊運の詩は到底独創的なものとは言い難い。しかし、謝霊運の文学が何の特色もないというのではない。むしろ正反対で、彼の詩は今になって読んでも、ことに中国文学の伝統を深く知る知識人にとっては非常に魅力的である。その中に山水が集中的かつ鮮烈に表現されたこと、それにより読者の興味が引き起こされることは否定できないのである。しかし、「彼が最初に山水を愛しかつ詩に描写した」という単純な理由によって山水詩の開祖と認定する見方は、もはや破綻したと言わなければなるまい。山水を描写する詩が謝霊運から始まったのではないことは、現存する作品を虚心に読んだならば歴然たる事実だということは明らかである。

だとすれば、続いて追究しなければならない中心的な問題の一つは、謝霊運の前にすでに存在していた山水を描写する詩と比較した際、謝霊運の山水詩に根本的な相違が認められるのかという問題になる。もしこの問題に回答できなければ、「謝霊運の山水詩」についてどれほど論述したとしても、机上の空論となる危険性から到底免れることはできない。しかし残念ながら、これまでのこの主題を巡る数多くの論説は、むしろ「謝霊運が山水詩を創造した」という意識に基づき、謝霊運を彼以前の時代とあえて対立させ、前代の詩人との相違を意図的に探した結果であるように感じられる。例えば、謝霊運以前の詩は無意識的に山水を導入したのみであるのに対し、謝霊運こそは自覚的に山水を愛し始めたのであると言及したり、または以前の詩には山水が詩人自身の心象とされたのに対し、謝霊運こそは客観的に山水を描写し始めたと言及したりするがごとく、往々にして心証へ言及する傾向が強く、これらを逐次検証することは困難である。または、謝霊運が純粋に客観的な態度で山水を描写すると説かれる一方で、彼の描写には主観性が強いからこそ前代の詩と異なっていると論じられるように、明らかに矛盾する論説すら併存するのである。これほどに紛糾する諸説を検証するためには、謝霊運の所謂山水詩が、彼以前の詩とは根本的な相違があるという先入観を取り除いた上で、作品のテクストの表現に基づき冷静に緻密に比較研究すべきであるように思われる。

更に根源へと遡るならば、そもそも我々はなぜ謝霊運の山水描写にとくに注目し、彼を山水詩の開祖と看做したのか。これは恐らく劉勰『文心雕龍』明詩篇に見えるよく知られた評語が強く想起されるからであろう。

> 江左篇製、溺乎玄風（中略）宋初文詠、體有因革。荘老告退、而山水方滋。儷采百字之偶、爭價一句之奇。情必極貌以寫物、辭必窮力而追新。此近世之所競也。
>
> （東晋時代の詩文は、玄学の気風に溺れたものであった。（中略）劉宋時代の初めに、詩文の体裁は前代を踏襲しつつも変革が起こった。荘子と老子が退場した途端に、山水が盛んに勃興した。百字ぐらいまでが対偶で書かれ、ここでは一字一句の新鮮さが争われた。情は必ず物の姿を全力に写すことに向けられ、文辞も必ず力を尽くして新しい表現を追及することを目的とした。これは近世以来競われてきた趨勢である。）

しかし上に述べた詩史の事実を考えると、劉勰の話はむしろ東晋時代の哲学的傾向を背景として、南朝初期の文学潮流を観察したもの、すなわち比較的短い時期の文学現象を述べたのみと考えるべきであろう。山水を題材として風物を仔細に描写し、対偶の形式を発展させ、新しい文辞の表現を求めるといった新たな傾向を並べたかのような文章からも明らかなように、劉勰は山水詩がこの時期にようやく創造されたとは必ずしも強調していない。むしろ東晋以前の詩が山水を描き出したかどうかは、この場合には問題の埒外である。換言すれば、劉勰のこの評語を原点として、果たして中国詩史の一段階を理解するほどの価値を持っているかどうかをまずは考えなければならないのである。もし「山水詩」という分析の基準点を切り替えれば、我々は中世文学史に対してどのような変更を迫れるであろうか。筆者としては、この方面における将来の研究の展開こそが望まれると考えている。

三、謝霊運の「山水詩」の淵源の問題

次に検討すべき問題は、謝霊運を山水詩の創造者と看做した結果、自然に提起されるものとして、彼の思想や生活の中にどのような要素が存在したために、この山水詩の発生が促されたかという問題である。先に述べた通り、彼が初めて山水を詩の中に取り込んだ詩人ではないと判断されたとしても、当時において彼が自然の景色を最も印象深く特徴的に描写したことはやはり事実であり、この問題は依然として成立し得るのである。しかし研究史を通覧すれば、これは最も複雑な問題といっても過言ではないように思われる。これは研究者それぞれの学問傾向や研究態度により研究されるために分析の視点も統一感がなく、特定的な出発点からの持続的な展開があまり見られないように感じられる。

その中でも、伝統的な学説において最も有力なのは、恐らく山水詩が玄言詩から生まれたものとする学説であろう。これは中古文学研究の宗匠である故王瑤氏（一九一四～一九八九）が二十世紀四〇年代に書いた「玄学・山水・田園――論東晋詩」の一文が代表的である。

我們說山水詩是玄言詩的改變，毋寧說是玄言詩的繼續。這不只是詩中所表現的主要思想與以前無異，而且即在山水詩中也還保留著一些單講玄理的句子。（中略）山水詩的內容，絕不只是寫景，而更著重在由景以抒情，使情景交融起來。

（『中古文學史論』所収）

（我々は、山水詩は玄言詩から変化したものだと言うよりは、むしろ玄言詩の続きだと言ったほうがいい。これは、山水詩の中に現された思想がそれ以前とは異ならないということのみではなく、山水詩の中にもやはり玄理を述べた句を保っているためである。（中略）山水詩の内容は、決して景色を描写するだけでなく、その重点は風景によって情を陳べ、情と景とを融合させることにあるのである。）

ただし、「風景によって情を陳べ」るという一点だけで玄学との関係は証明できるだろうか。これはつまり、抒情ない

し論理的な内容は「玄学」と容易に同一視できるのかということである。この点については、王氏が論文を書いた時期には未だ問題視されていなかったようである。その後、葛暁音氏や蒋寅氏らはこの方向に向かって詳細な論証を行ったが、東晋時代に大いに流行した玄学は、現在では非常に不完全な資料の断片しか残されておらず、大きな資料的制約が課されるため、この方向の展開はまだ充分とは言えない。

これに対して、謝霊運が同時に仏教の信徒であり、「弁宗論」といった仏教哲学の著作も残していることから、ある一群の研究者は仏教の教義、とりわけ竺道生の「頓悟説」によって彼と彼の文学を解読しようとした。例えば銭志熙氏は、謝霊運の山水詩が「並不是従玄言詩的学習入手的（玄言詩を勉強してから得たものでなく）」、「謝氏山水詩中的理語的大量出現，跟《弁宗論》中所倡的〝真知説〞有関（その中に数多く現れる理語は、『弁宗論』で唱えられた『真知説』と関わっている。哲学の立場から言うと、その『理語』はすなわち『頓悟入照』以後の知的認識であり）」、「与玄言詩中的理性質不同（玄言詩における理とは違う性質を持つ）」と指摘した（「謝霊運『弁宗論』和山水詩」『北京大学学報』一九八九年五期）。この一派による具体的な分析は非合理的なものではない。しかし歴史事実に鑑みれば、以下の二つの問題に回答せねばなるまい。まず、六朝時代は仏教が流行を迎えた時代であり、教義に親しい詩人は謝霊運以外にも数多く存在するにもかかわらず、なぜ謝霊運こそが仏教を山水詩に組み込み発展させたのか。次に、南朝当時に文芸批評を展開した学者、例えば沈約や劉勰はともに仏教に造詣が深かったが、なぜ彼らが謝霊運の詩を評論する際に仏教にまったく触れていなかったのか。これはつまり、たとえ謝霊運の詩が仏教の影響を受けていたとしても、同時代の人々にはそれが意識されずに終わったであろうことを意味するのである。

とりあえず、玄学か仏学か、この二つの解釈の筋道は一体どちらがより合理的であろうか。筆者はこの宗教的、哲学的な方面については専門家ではないため、到底判定できる立場にはない。しかし、これまでの論説ではこの二つの筋道のいずれにおいても、排他的に、一般人にもわかるように明快に論証することには成功していないのが現状であろう。このような苦境は、中国中世文学研究の深刻な問題を暗示していると考えられる。すなわち、中世貴族の知識世界は現代人にとってあまりにも遠く、現代人の我々が容易に知ることができない、もしくは理解しがたい部分があまりにも多いために、実際のところ、我々はむしろ自分の研究趣向から出発してテーマを選び、自分が知る一部分のみを模索するしか出来ないという問題である。中世の文学を理解するために、中世人の頭脳、中世人の目を理解することこそを前提とせねばならず、この理想を実現するためには、中世文学研究者は思想史や宗教学分野の研究者と協働することが求められよう。

また、思想以外に、現実の条件や行動から解釈を探す筋道も見られ、主に隠逸と荘園の存在から導き出したものが比較的多い。六朝時代の隠逸の風潮の中で、人間達は自然の中に生活することで山水に親しみ、貴族大荘園の存在が山水詩人に好ましい環境を提供したというような解釈である。これらは確かに山水詩の出現する現実的な必要条件としては認められよう。ただし、この方向への論説は、あくまでも山水詩人が出現する可能性の条件しか説明できず、間接的な考察にとどまらざるを得ない。したがって、こうした見方に対しては故林庚氏（一九一〇～二〇〇六）により次のような反論が提起されている。

山水詩是詩歌發展中必然會出現的事情。（中略）就山水詩發生的實際情況來說，則既與園林無大關係也與隱逸很少瓜葛。（中略）魏晉以來園林隱逸都發達了，而山水詩卻並沒有長足發展。

（山水詩とは、詩の発展の中で必然的にあらわれでたものである。（中略）山水詩が発生した実際の状況から言えば、荘園とも大して関係が無ければ、隠逸とも殆ど関わることがないのである。（中略）魏晋以来、園林も隠逸はどちらも発達したが、山水詩は却って充分には発達していないのである。）

（「山水詩是怎様産生的」『文学評論』一九六一年三期）

林氏によると、山水詩の出現は詩が一定の段階に発達したあとの必然的な結果である。この当否はともかく、林氏の論法は一つの重要な方法論を提示している。つまり、文学という人間の造物は現実条件により容易に直接的に解釈できないものであり、その内部には文学的な系譜に基づき発展した独自性を備えているということである。林氏が論文を書いた二十世紀六〇年代が唯物論全盛の時代であることを意識すれば、より一層意義深い論考となろう。

当時の思想や現実など文学以外の要因を除き、文学内部から要因を探るにはどうしてきたであろうか。これは、漢代に盛んであった賦、特に山水賦を山水詩の淵源とするのが、最も一般的な見方である。二十世紀初頭の学者の黄節氏がとっくに——彼の指導を受けた故蕭滌非氏の記録によると——謝霊運の詩には「叙事—景色描写—抒情説理」という三段構造が一般的だと指摘したとされるが（蕭滌非『讀詩三劄記』作家出版社、一九五七年、二六頁参照）、著名な老学者の周勳初氏がこの説を発展させ、この構造が漢賦から受け続がれた定式だと看做し、謝霊運の「山居賦」の六言、四言の句は一字を増減しさえすれば、彼の五言詩が成り立ち得ると解釈している（「論謝霊運山水文学的創作経験」『文学遺産』一九八九年五期）。李雁氏など周氏の説に賛成した学者は多いように見受けられるが、これについてまったく疑問が残っていない訳ではない。周氏は漢賦の定式を説明する際、空間的な東西南北と生物の種類が順序よく整然と描き出されることを根拠としたが、このような表現は謝霊運の山水詩には全く見えない。両者の類似点はむしろ形式上の整然さのみに求められる。ところが、これは実は六朝文学の一般的な傾向だと言えるものである。

しかも、たとえ謝霊運の賦と詩との間に本当に共通点があったとしても、この論説では、どちらが影響を与えた側であるかについては証明されていない。これは実は古典文学研究の分野に頻見する見方であり、一方的な影響論とも呼べるものである。つまり、AとBとの二つの作品を並べてみるときに、Aの文体の成立がより古い場合、おのずとAがBに影響を与えたという結論を導く思考法である。しかし長時間の歴史の流れの中で出現する文体の順序は、個人の創作履歴にそのまま援用することはできない。賦が五言詩より古いジャンルであっても、謝霊運という作者が習得する順番は逆に詩のほうが先である可能性も容易には否定できない。例えば「山居賦」を謝霊運の山水詩と同時期の創作であるので、両者の間に影響関係があるというより、同じ作者の趣味に基づく共存関係と看做す可能性をも考えるべきではなかろうか。また、謝霊運が詩人として有名であるために、彼が詩の作法を賦に運用したのではないかとする可能性も、事実上は成立する可能性がさほど高くないとしても、純粋に論理的に考証してから排除すべきではなかろうか。このように、過去の一世紀の間に書かれた数多くの古典文学研究の論文には往々にして単純化しすぎた考え方が介在するとせねばならない。これは研究者個人の欠点というより、その時代による制限の結果だと考えるべきであろう。

最近の若手研究者には、このような考え方の不足を補強する傾向が強くなっていると見える。例えば北京大学の程蘇東氏はやはりこの問題を論じているが、彼の論法は次のように展開している。

首先應該辨清：山水詩的產生會否只是五言詩內部的一次題材擴展？也就是說，究竟是否存在本文試圖討論的關於山水的描寫從賦體轉向詩體這一過程？（中略）第一，在山水詩產生的年代，五言詩是否已經具有了文壇主流的地位？（中略）第二，在山水詩正式形成之前，是否存在一個山水賦的線索？（中略）第三，在晉宋之際，是否存在

著山水賦向山水詩的轉換？（「再論晋宋山水詩的形成——以漢魏山水賦為背景」『南京師範大学文学院学報』二〇一四年三期）

（まず確かめなければならないのは、山水詩の誕生が五言詩内部の一次的題材が拡大したことのみによるのかどうか。これはつまり、本稿が証明しようとする山水描写について賦体から詩体への転換という過程が果たして存在したのかという問題である。（中略）第一、山水詩が誕生した頃に、五言詩はすでに文壇における主流としての地位を有していたのか。（中略）第二、山水詩が正式に形成される前に、山水賦という系譜が存在したのか。（中略）第三、晋宋交替の際に、山水賦から山水詩への転換が存在していたのか。）

程氏はこの三つの前提要件を提出しそれぞれ確認した上で、自身の考察を展開している。特に三つ目の条件について、程氏は謝霊運時代以前と以後の文体を比較し、彼以前の文学活動では遊覧・旅行を題材としたものは大抵賦に書かれていたが、彼以後では殆ど詩によって書かれていたことを証明した。このように、各種の可能性を緻密に考え、実証的な研究で検証する論法は、新時代の学術の展開のあらわれであると考えられよう。

四、謝霊運の「山水詩」のテキスト分析について

上述したように、謝霊運の詩に関する研究において山水詩は一貫して重点を置かれており、これに伴って山水詩の歴史的な形成にも関心が持たれていた。しかし、謝霊運の詩そのものは、一体どのように読むべきであろうか。これまでの研究がこのことについてまったく無関心であった訳ではないが、その大半は歴史を解明するための例証として分析されるに留まっていたと言える。つまり、今までの研究は謝霊運の文学自体よりも、はるかにその事実的、歴史的な内容にその興味関心が傾いていたと言えるのである。これは謝霊運研究だけの問題ではなく、むしろ中国の古典文学研究全体の問題といっても過言ではないであろう。詩を研究すると言われる人が実際には詩を真面目に読んでいないという一見矛盾した現象は、決して個別的なものとは言い切れないのである。したがって、謝霊運の所謂山水詩のテキスト分析に関する研究は、例として挙げるべきものはそれほど多くはない。

謝霊運の山水詩の構造については、前節に触れたように、「叙事—景色描写—抒情説理」の三段構造で概括したものが殆どである。より詳細に分析したものとして、宋緒連氏が三

十余年前に発表した「謝霊運山水詩結構初探」（『遼寧大学学報』一九八五年五期）があり、謝霊運の山水詩を六種類に分類した。しかし、宋氏が区分した六分類もやはり上述の三段構造に基づいて、安易に紀行・写景・抒情・議論の四要素を繰り返して組み合わせており、かなり機械的な分析となっている。また残念ながら、これより謝霊運の山水詩の構造を仔細に解読した研究は管見の限り見ることができていない。これは恐らく、今日の古典文学の研究者が独自の理論思考力や古典詩文の創作能力を欠いており、陳腐で安易な文学理論に制限され、創作者として文脈の流れから一句一句を体得する能力に不足があることとは無関係ではない。

　全体的な構造より細かな修辞についての研究が比較的に多いが、これは主に対偶の発展と典故の活用という二つの方面に分けられる。前者は刁文慧（二〇〇七）・林靜（二〇一二）などがあり、後者は劉育霞／孫力平（二〇一〇）・張一南（二〇一二）・呉冠文／陳文彬（二〇一三）などがある。論文が発表された年代からも明らかなように、これも実は新世代の研究者の趣向のあらわれである。その中で、とりわけ北京大学の若手研究者である張一南氏の研究は注目すべきである。張氏は優秀な古典詩の詩人でありながら、『周易』にも深い造詣を持っているので、謝霊運による『周易』の典故としての活用と、その意図を解明することに成功している。例えば氏の論文「謝霊運詩文用『易』典方式研究」（『雲南大学学報』二〇一二年二期）の中に次のような記述がある。

> 與謝靈運同時代的顏延之在使用《易》典時，只有語典的借用，沒有卦象的借用。而謝靈運運用卦象達二二次。（中略）重本經而輕傳註，對其中的儒家思想多有否定；重視爻辭，體現了對個人境遇的關注；重陽爻而輕陰爻，重天位，地位而輕人位，體現出其剛健而自負，行跡高蹈而內心敏感脆弱的貴族性格。
>
> （謝霊運と同時代の顔延之が『周易』を典故として使用する時は、ただ語彙を借用するだけであり、卦象を用いることはない。しかし、謝霊運による卦象の運用は二十二回にものぼる。（中略）謝霊運は『周易』の本文を重視し注釈を軽視し、往々にしてその中の儒家思想を否定した。爻辭を重視することで、個人の境遇への関心を体現したのである。陽爻を重視し陰爻を軽視し、天位と地位を重視し人位を軽視することは、彼が剛健で自負心に強く、表向きは偉そうに振る舞うも内心では敏感で脆いという貴族的性格を体現したものである。）

『周易』は独特の性格を持っているものであり、他の典籍と同じような一般的な典故と占い書としての卦象、つまり特定の物事によっての象徴体系を同時に含んでいるため、卦象こそは『周易』に通じた者の独擅場であると言えよう。張氏は謝霊運を顔延之と比較した上で、彼が卦象を多用したことを発見し、謝霊運が『周易』に精通していることを証明している。同様に、謝霊運が爻辞、中でも陽爻、天位と地位を重視することも、彼の思想や人格の傾向を反映したものであることを指摘している。このような研究は、「文学」のみを知り、文学作品のみを読む研究者では到底できず、近代の認識における「文学」のみに留まらない幅広い学問を身につけなければ、成し遂げることのできないものであろう。これは、今後の研究の展開方向として重要視すべきものと期待してよかろう。

五、近年の潮流と将来への期待

上述のごとき、謝霊運研究における若干の問題について論評しつつ、中国中世文学研究全体への功績や欠点にも僅かながら言及してきた。最後に、謝霊運研究からは少し離れるが、これらを検討した上で我々の中世文学研究の将来に対する期待をも、幾つかの観点からまとめてみたい。これはあくまでも個人的な見方や提言であるが、筆者を含む若手研究者の間で頻繁に議論され、一定程度共感されていると実感しており、近年の潮流を反映したものとしても差し支えないように思われる。

まず第一に、中世的世界への距離感の克服。ここでの距離感というのは、二つの側面を含む。一つは十九世紀以降の西洋から伝来し定着した近代的な文学観に依拠して古典時代の文学を読むことであり、もう一つは現代人の知識能力に基づき中世人の精神世界と表現世界を読むことである。文学観における問題を克服するために、これまでは近代的文学が備える基本範疇や分類が中世の事実との間に矛盾を生じさせた場合、理論を基準として中国文学を批判するとか、或いは強引に分類するといった慣行を止め、できるだけ中世的視座からその時代の文学を理解することを優先するべきである。そして中世人、殊にその脳内の世界を合理的に理解するために、「知識史」の方面における研究が期待される。これはつまり、当時の人々がどのような知識を習得し、どのような学問的伝統の中で育てられたかを追究して、彼らの文学創作をその結果と看做す筋道であり――この点について、過去には往々にして、文学は文学思想の結果であると看做されてきたので、文学思想史の研究が重視されていたが――このような問題意識を中核として、詩人の使った言葉やその中に隠される典故を前代や同時代の文献から実証的に見出し、その真意を理解すべきであるということである。

次に、文献の複雑さや生成過程に対する認識である。中世の文献は千年以上の歴史を持つために非常に複雑な変化が生じてしまっている。作者の別集、各種の選集や一代の文献を集めた総集などは、随時編集・刊行され、また作品が類書や評論、注釈などに引用されたため、おなじ詩文でも、そのテキストは各々異なる書物環境の中放置され伝承されてきた。従って現代の作品とは異なる性格を有する。無論、その文字の様々な変容を考証し正誤を見極めることは重要であり、古くから文献学上で重視されたが、近年になって「文本学」——日本語で言えば「テキスト学」と名付けるべきであろうか——が提唱されたことにより、テキストのこのような流動性が積極的に認められ、文体学や歴史学などと連動して考察されている。こうした方向への展開は今後も期待してよかろう。一方、謝霊運詩集の編集の中で示しているように、異なるテキストが再発見されることがある特定の時期の人たちが、ある作者・著作とその文学に対する認識を物語るという場合も見られる。こうした享受史的な視線から文学史を再検討する可能性も生じてこよう。

最後に、論理性と文学作品の内部研究の強化である。文学は感覚的審美的な存在であると規定されてきたがために、文学研究もその感覚経験から完全に抜け出すことができないものとして、研究者の個人的な感受性から論を出発することが古来より多かった。文学研究は往々にして研究者自身の独り言のようなものになり、客観性が欠け理性的な研究にはならないと批判されてきた。これに対する反発としてか、ここ二十、三十年の間で中世文学の研究者は作家の事跡と文献の整理に精力を捧げ、文学テキストそのものを分析することに対しては明らかに興味を失っており、また、作品を分析する能力も明らかに低下していると言わねばならない。たとえ分析したとしても、往々にして文学を審美活動の対象として安易な風格論に結び付けて満足している。文学——文学研究さえも——を審美的な産物だとする固定観念から解放し、テキストを歴史的な関係性の中に位置付けて読解し、そこから得た感覚を個人的なものから普遍的なものへと昇華させ、合理的かつ緻密に証明できる道を探ることこそが研究者の仕事であるのではないだろうか。

附記　栗山雅央と稲森雅子二氏により日本語に関して校正をして頂きました。記して感謝申し上げます。

【I　研究方法・文献】

謝霊運作品の編年と注釈について

呉冠文（訳：黄昱）

ご・かんぶん――復旦大学古籍所副研究員。専門は中国先秦時代から六朝までの文学。主な著書・論文に『玉台新詠匯校』（上海古籍出版社、二〇一一年）、『廟堂与山林之間――謝霊運的心路歴程与詩歌創作』（復旦大学出版社、二〇一三年）、「論宓妃形象在中国文学史上的演変」（『復旦学報』二〇一一年）などがある。

謝霊運の人物と作品が南朝乃至唐代の文学に与えた影響の大きさについて、歴代の記録は少なからず残っている。しかし唐代以降の文論を考察すると、「陶謝」と併称された陶淵明に比べて、謝霊運に対する注目度は明らかに低かった。近年、学界はだんだん謝氏の文学と思想の研究を重視するようになってきた。本稿は謝霊運作品の編年・校勘・注釈などの問題について考察を加え、謝霊運・謝氏一族乃至六朝の文学史・思想史に関する研究を深めるための基礎的文献問題の解明を試みた。

一、文学史における謝霊運の位置付け
――山水文学の創始者

謝霊運とその作品の南朝における地位と影響について直接或いは間接的に記した資料が少なからず残っている。謝霊運の生前、謝混・謝瞻などが一時的に文名を馳せたものの、彼らが文学の才能をまだ十分に発揮できないうちに早世したことにより、謝霊運は文壇において最も影響力を持つ人物となった。『宋書』「謝霊運伝」によると、当時謝霊運の詩文はすでに「一詩有る毎に都邑に至り、貴賤競ひて写さざる莫し。宿昔の間、士庶皆な遍し。遠近欽慕し、名は京師を動かす」ほどの盛行を見せた。慧遠法師・宋の武帝劉裕・盧陵王劉義

真など当時僧俗の重鎮の誄文はすべて謝霊運の手によるものであった。古代の中国では「賤しきは貴きを誄せず」という風習がある。このことからも謝氏の文壇における翹楚たる地位が窺える。謝霊運が亡くなった後、顔延之・謝荘など文名の高い人物が現れたが、沈約『宋書』「謝霊運伝」にはなお「文章の美、江左に逮ぶ莫し」と謝氏を絶賛した。鍾嶸『詩品』にも次のように謝霊運を高く評価している。

元嘉中、謝霊運有り。才高くし詞盛んにして、富艶蹤ひ難し。固より已に劉・郭を含跨《がんこ》し、潘・左を凌轢《りょうれき》す。故に知る、陳思は建安の傑為り、公干・仲宣は輔為り。陸機は太康の英為り、安仁・景陽は輔為り。謝霊運は元嘉の雄為り、顔延年は輔為り。斯れ皆な五言の冠冕、文詞の命世なり。(1)

謝霊運の数多くの作品の中、南朝乃至後世に最も影響を与えたのは賦と詩の文体で作り上げた山水文学である。沈約の『宋書』は謝霊運伝を単独の一巻として、紙幅を惜しまず謝霊運の長篇作品「山居賦」を収録し、しかも例外的にその自注まで載せた。(2)沈約自身の作品「郊居賦」も、後の庾信の「小園賦」も、「山居賦」と大きな異同が見られるものの、明らかに謝氏の作品から影響を受けている。

そのほか、六朝期著名な道士、「山中宰相」と呼ばれた陶弘景が晩年に著した「与二謝中書一書」が世に高く評価されている。

山川の美、古来共に談ぜられ、高き峰は雲に入り、清き流れは底を見す。両岸の石壁、五色交も輝く。青林の翠竹、四時具に備はる。暁霧は将に歇まんとし、猿鳥乱りに鳴く。夕日は頽れんと欲すれば、沈鱗競ひて躍る。実に是れ欲界の仙都なり。康楽より以来、未だ復た能く其の奇をともにする者あらず。(3)

この書簡がもてはやされたのは淡々とした文字で見事に清麗な山水風景を描写したところであろう。書簡の最後に「康楽より以来、未だ復能く其の奇をともにする者有らず」と、謝霊運以降この人間界の仙境のような珍しく美しい景色を観賞し称賛する人がいないことを歎いた。唐代の大詩人李白と杜甫も山水の風景や山水画を目にするとき、謝霊運を連想し詠んだ詩句が残っている。(4)

梁の昭明太子蕭統は『文選』を編纂したとき、謝霊運の作品を行旅・遊覧・贈答などの部類に収録した。特に行旅・遊覧の部に収録した詩文の中、謝霊運の作品が一番多い。贈答の部に収められた謝氏の作品も山水遊覧の旅を記録したものが少なくない。

以上見てきた沈約・陶弘景・蕭統・李白・杜甫の詩文或い

は撰集における謝霊運作品の収録状況はいずれも山水文学の成立という中国古典文学史の発展段階の一つを示した。とくに、山水文学の創始者として、謝霊運の名前は山水および山水文学と緊密に結ばれていたことが注意される。

しかし、唐代以降の文論を考察すると、唐代と宋代に「陶謝」と併称され文名が上がった陶淵明に比べて、六朝期に「文章の美、江左に逮ぶ莫し」と讃えられた謝霊運に対する注目度は明らかに低かった。近年、六朝期の文学・歴史・思想といった分野に関する研究の進展に伴い、研究者は段々と「元嘉の雄」と呼ばれた謝氏の文学創作・批評と思想についてより深く掘り下げる余地があることに気付いた。言うまでもなく、これら新たな文学的・思想的な解析と位置付けの基礎は謝氏の様々な文体の作品を精密かつ適切に解読する作業である。詩・賦・誄・論など謝霊運の現存するすべての作品について編年・校勘・注釈する作業は、謝霊運・謝氏一族乃至六朝の文学史と思想史に関する研究を深めるための文献研究の基礎のひとつである。

例えば、晋・宋の代替わり頃の謝霊運の作品「三月三日侍宴西池」詩」と魏・晋の代替わり頃の応貞の作品「晋武帝華林園集詩」の文章表現を比較分析する作業を通して、少なくとも宋の武帝劉裕が東晋を滅ぼし宋を建国したという重大な歴史的出来事について謝霊運の当時の考え方と立場を読み取ることができる。

二、謝霊運現存作品の伝本考察

歴代の経籍志・芸文志など正史の目録及び宋代以来の私家蔵書目録における謝霊運作品の収録状況を考察すると、謝霊運にはもともと大部の別集があったが、宋末元初頃には既に散佚し現在は佚書となっていることが確認できる。『隋書・経籍志』には「『宋臨川内史謝霊運集』十九巻、梁二十巻、録一巻」と記録しており、『旧唐書・経籍志』と『新唐書・芸文志』にはいずれも「『謝霊運集』十五巻」と記録している。尤袤『遂初堂書目・別集類』には『謝霊運集』を収録しているが、晁公武『郡斎読書志』、陳振孫『直斎書録解題』及び宋末元初の馬端臨『文献通考・経籍考』以降明代までの諸家目録になると、謝集についての記録は見られない。謝集が次第に散佚したことが確認できる。今知られている謝集の明刊本、例えば万暦年間沈啓原（一五二六～一五九一）刻の『謝康楽集』などは実は明代の輯本（『文選』『楽府詩集』『芸文類聚』などの総集と類書より輯録したもの）である。これらの輯本は成書過程において増補を繰り返しており、後出の伝本には資料的価値が高くないものもあり、特に文字の異同がある部分について慎重に検討する必要がある。

その中、明代の黄省曽（一四九〇～一五四〇）が輯録した『謝霊運詩集』は正徳十年（一五一五）から嘉靖十年（一五三一）までの成立で、現存する謝集の中で最も古いものである。収録した作品の篇目と文字の異同から見ると、本書は比較的に重要な資料的価値を有する。本書は謝詩を六十九首収録しており、『文選』『楽府詩集』から収録した五十六首のほか、黄省曽は「古本」から十三首を収録したと記した。その中の五首は前代の書籍に全文収録されていないものであり、八首は前代の総集・類書に見られる謝詩と文字の異同が見られる。黄省曽刻の『謝霊運詩集』は上下二巻からなり、上巻の目録に「登二永嘉緑嶂山一一首」詩題の下に「自レ此以下十三首皆按二古本一録入」と双行小字注がある。さらに下巻の目録に「君子有レ所レ思行一首」詩題の下に「自レ此以下十六首皆按二楽府一録入」と双行小字注がある。それ以外の四十首はすべて『文選』所収の作品である。黄省曽刻本は謝詩を輯録した明代輯本の中で最も早く大きな進展が見られるテキストであると言える。収録した作品の数から見ると、『文選』所収の謝詩以外にさらに二十九首を増補し、『楽府詩集』より収録した十六首のほか、「古本」より収録した十三首のうち五首は本書以前の類書・総集などの書籍に全文として収録されていないものであり、そのほかの八首は他書に見られるものではあるが、黄本と異同が見られる。このことから、黄省曽が底本とした「古本」は以前の類書・総集より輯録編纂したものであるという可能性は排除できる。つまりこれは黄本がかけがえのない価値を有することを意味する。

現存する謝霊運の作品集の中、一番古い詩文合集は万暦十一年（一五八三）に沈啓原輯・焦竑校の『謝康楽集』（以下沈刻本と略す）である。一方、明代謝集の諸輯本の中で最も網羅的に謝詩を収録したのは張燮（一五七四～一六四〇）編『七十二家集』に収められた『謝康楽集』である。

沈刻本は四巻からなる。巻一、二は十四篇の賦を収録し、巻三は八十九首の詩を収録している。巻四は表二篇・論一篇・書六篇・志一篇・賛十六篇・誄四篇・銘二篇・頌一篇を収録している。巻頭に『詩品』『謝氏家録』などの書籍および沈約らが記した謝霊運についての評語を附している。

その後、汪士賢が万暦・天啓年間に『漢魏六朝二十名家集』を編纂し、『謝康楽集』四巻を収録した（以下汪本と略す）。汪本所収の詩文は沈刻本と全く同じである。両本を比較すると、本書は沈啓原輯本を底本としながら、巻頭には沈刻本に見られる諸評語の前に焦竑による「題辞」と沈約による『宋書』「謝霊運伝」を附したほか、本文の前に四巻の目録を加えた。さらに、本書は四巻すべての巻首に「宋陳郡謝霊運著」、「明秣陵焦竑校」という二行に分けた署名があり、巻一の巻首のみに「宋陳郡謝霊運撰」、「明檇李沈啓原輯」、「秣陵焦竑校」という三行に分けた署名が見られる沈刻本と異同が見られる。汪本にはこういった署名の改変があるため、読者は本書を汪士賢による新輯本と誤解しがちである。同じような誤解は張溥（一六〇二～一六四一）編『漢魏六朝百三名家集』本『謝康楽集』にも見られる。

張燮編『七十二家集』本『謝康楽集』（以下張燮本と略す）は八巻からなる。巻一から巻三は十四篇の賦を収録し、巻四と巻五は九十二首の詩（他人の酬答詩二首を附す）を収録した。巻六は表・箋・書の計十篇（他人の往還書五篇を附す）、巻七は志・論各一篇を収録した。巻八は頌・賛・銘・七・誄の計二十一篇（他人の往還賛一篇を附す）を収録した。本書巻五「還二旧園一作見二顔範二中書一」の後に顔延之の「和二謝監一」が附されており、「酬二従弟恵連一五章」の後に謝恵連の「西陵遇レ風献二康楽一」一首が附されている。巻六の「答二範光禄一書」の後に王弘の「与二謝永嘉一問二弁宗論一書」と「重答二謝永嘉一書」、竺道生の「答三王衛軍問二弁宗論一書」の三篇が附されている。そのほか、張燮本『謝康楽集』の巻首に「石戸農張燮題」と署名された「謝康楽集敘」があり、巻末に左のように数篇の付録が見られる。例えば、梁の沈約と唐の李延寿による「謝霊運伝」各一篇、『温州府志』所収の「謝霊運伝」一篇、南朝宋の謝瞻の「与二安城一答二霊運一五章」と「答二霊運一」、唐の李白の「入二彭蠡一懐二謝康楽一」と「孤嶼」、唐の姚揆の「謝客岩」、宋の王安石の「読二謝霊運一詩」、宋の林景熙の「懐二謝康楽一」、明の皇甫汸の「浣紗渓」、及び謝霊運についての「遺事」と「集評」数篇である。(5)

輯録した作品の数と附録の内容から見て、張燮編『七十二家集』本『謝康楽集』は大なる労作である。実は論者に好評な張溥編『漢魏六朝百三名家集』本『謝康楽集』（以下張溥本と略す）はこの『七十二家集』本『謝康楽集』を底本としており、張溥が新たに編纂したものではない。張溥本はただ左のように張燮本における作品と附録の順番を改変したのみである。張溥本は賦・表・箋などすべての文を一巻にまとめ、さらにすべての詩を一巻にまとめた。巻頭に「題辞」を加え、張燮本巻頭の張燮による「叙」と巻中に見られる他人からの酬答の詩文、及び巻末のすべての付録を削除した。『四庫全書総目提要』における張溥『漢魏六朝百三名家集』の解題には次のように述べられている。「馮惟訥が『詩紀』を輯むるにより、而して漢魏六朝の詩一編に匯めたり。梅鼎祚が『文紀』を輯むるにより、而して漢魏六朝の文一編に匯めたり。

張燮が『七十二家集』を輯むるにより、而して漢魏六朝の遺集一編に匯めたり。溥は張氏の書を以て根柢とし、馮氏、梅氏書中其の人の著作稍や多き者を取り、排比して之を附益す。以て是の集と成す」と。[6]

その後、清代の謝霊運詩文集の刻本と抄本はほとんど明代の単刻本或いは総集をもととしており、資料的価値は高くない。例えば、謝文靖公祠堂刻本『謝康楽集』（同治六年謝文靖公祠堂刊本、上海図書館蔵）は汪士賢刻の『漢魏六朝二十名家集』に収録された『謝康楽集』或いは沈啓原輯の『謝康楽集』をもととする。『合刻曹陶謝三家詩』（清 張潮・卓爾堪等編、康熙刻本、上海図書館蔵）所収の『謝集』は汪士賢本『謝康楽集』の巻三と巻四をもととする。丁福保輯の『漢魏六朝諸名家集』本『謝康楽集』の詩の部分は張燮編『七十二家集』本『謝康楽集』の巻四と巻五と全く同じである。一方、同じ丁福保の編纂であるが、『全漢三国晋南北朝詩』は謝詩を輯録する際に『文館詞林』より謝霊運の四言詩を何首か採録したという新しい試みが見られる。しかし、本書は大体『詩紀』をもとに増補・削除したものであるが、『詩紀』はこれらの詩を輯録した際に典拠について記しておらず、丁氏も補っていない。[7] 各種の謝集の中、本書の資料的価値がそれほど高くないことが知られる。

謝霊運の詩集と詩文集以外、『宋書』『文選』『芸文類聚』など謝霊運の各文体の作品を多く収録した史書・総集・類書も少なからず確認できる。特に年代の早い刊本が存する『宋書』『文選』両書に収録された謝霊運の作品は、現存する明代以来の別集と総集に比べて、その資料的価値の重要性が注目される。

三、謝霊運現存作品の解釈問題

謝霊運は博学多才であり、その詩文が用いた出典は『易経』、『詩経』、『尚書』、『春秋』、荘子と屈原の作品、『列仙伝』など経史子集の様々な書籍と文章に及んでいる。唐の李善などの学者が『文選』所収の謝詩について詳細な注釈を施した。近代以降、黄節・顧紹柏などの研究者は『文選』注を踏襲し、或いは増補を加えて謝詩を解釈している。今日の六朝の文学研究・歴史研究および古典籍データベースの発展にともない、前代の注釈にすでに取り上げられた謝霊運の作品はもちろん、まだそれほど注目されてこなかった作品についても、更なる精緻な解読が必要な作業となってくる。このような作業を通して、謝霊運という博学な作者の文章に秘められた意味、謝氏の思想とその時代的位置付けを全面的に見直すことができる。

謝霊運の作品は曹植・陸機・左思など前代の文学家を継承・超越したところが多々ある。そのため、明らかに前代の作品の影響を受けたものについて、その典拠となる作品と比較する作業を通して、謝霊運の作品の意味合いをより明確にすることができる。例えば、謝霊運の四言詩「三月三日侍二宴西池一」は七聯しか残っていないが、残された部分から見ても応貞の「晋武帝華林園集詩」を踏まえていることは明白である。

●謝霊運「三月三日侍二宴西池一」

詳観二記牒一、鴻荒莫レ伝。降及二雲鳥一、曰聖則レ天。虞承二唐命一、周襲二商艱一。江之永矣、皇心惟眷。矧乃暮春、時物芳衍。濫觴逶迤、周二流蘭殿一。礼備二朝容一、楽闋二夕宴一。（詳かに記牒を観るに、鴻荒伝ふる莫し。降りて雲鳥に及び、日に聖は天に則る。虞は唐の命を承け、周は商の艱を襲ふ。江の永き、皇心惟れ眷みる。矧んや乃ち暮春にして、時物は芳衍なるをや。濫觴逶迤として、蘭殿に周流す。礼は朝容に備はり、楽は夕宴に闋はる。）

●応貞「晋武帝華林園集詩」

悠悠太上、民之厥初。皇極肇建、彝倫攸レ敷。五徳更運、膺レ籙受レ符。陶唐既謝、天歴在レ虞。於レ時上帝、乃顧惟眷。光二我晋祚一、応レ期納レ禅。位以龍飛、文以虎変。（後略）（悠悠たる太上、民の厥の初。皇極は肇めて建ち、彝倫の敷くところなり。五徳は更運り、籙に膺り符を受く。陶唐は既に謝り、天歴は虞に在り。時に於いて上帝は、乃ち顧み惟れ眷みる。我が晋祚を光いにし、期に応じて禅を納る。位は以て龍の飛ぶがごとく、文は以て虎の変るもののごとし。）（後略）

干宝『晋紀』によると、晋の泰始四年（二六八）二月、武帝が芳林園に行幸し群臣と宴会を催した際、詩を賦し志を観るに、散騎常侍の応貞の詩が最も美しかったという。応貞の詩は魏晋禅譲の初め頃に作られたものであり、このような時代背景はそれと類似する晋宋禅譲の時代を経験した謝霊運の詩の創作背景と、謝詩が応詩を典拠として取り入れた必然性を理解するヒントとなる。応詩の全文は現存しており、謝詩の解釈に本詩を参考することによって、必ず大いなる手掛かりになるはずである。例えば、両詩の表現を比べてみると、傍線で示した謝詩の冒頭部分は、応詩の冒頭部分を踏まえていることが明らかである。

もう一つ例を挙げると、謝霊運の四言詩「贈二従弟弘元一時為二中軍功曹一住レ京一首」は陸機の「贈三馮文羆遷二斥丘令一詩」を踏まえており、陸詩の表現と比較することを通して、西晋から南朝宋までの文学史の発展の一端を窺うことができる。例えば、左で挙げたように、文章の構造から見ても内容の主旨から見ても、謝詩第三章は陸詩第五章と第八章を踏まえており、謝詩第四章は陸詩第六章を踏まえていることが確認できる。

●謝霊運「贈二従弟弘元一時為二中軍功曹一住レ京一首」第三章

維翰孔務、明時労止。我求二髦俊一、以作二僚士一。僉曰爾諧、俾レ蓄是紀。逝将三去レ我、言戻二北鄙一。（維れ翰となり孔いに務めて、明時に労せよ。我は髦俊を求め、以て僚士と作さん。僉な曰く爾は諧へり、蓄をして是れ紀あらしむと。逝きて将に我を去りて、言に北鄙に戻らんとす。）

●陸機「贈三馮文羆遷二斥丘令一詩」第五章

群黎未レ綏、帝用勤止。我求二明徳一、肆二於百里一。僉曰爾諧、俾レ民是紀。乃眷北徂、対二揚帝祉一。（群黎は未だ綏んぜず、帝は用て勤む。我より明徳を求め、百里に肆ねんとす。僉な曰く、爾は諧へて、民をして是れ紀せしめんと。乃ち眷みて北に徂き、帝祉を対揚す。）

●陸機「贈三馮文羆遷二斥丘令一詩」第八章

逝将三去レ我、陟二彼朔陲一。非二子之念一、心孰為悲。（逝きて将に我を去り、彼の朔陲に陟らんとす。子をこれ念ふに非ずして、心孰が為にか悲しまん。）

●謝霊運「贈二従弟弘元一時為二中軍功曹一住レ京一首」第四章

契二闊群従一、繾綣遊娯。歴レ時越レ歳、寒暑屢徂。接レ席密処、同二軫修衢一。孰云異対、翔集無レ殊。（群従と契闊し、繾綣として遊娯す。時を歴歳を越して、寒暑屢ば徂く。席を接して密に処り、軫を修衢に同じくす。孰か云ふ異対なりと、翔集して殊なる無し。）

●陸機「贈三馮文羆遷二斥丘令一詩」第六章

疇昔之遊、好合纏綿。借曰レ未レ洽、亦既三年。居陪二華幄一、出従二朱輪一。方レ驤齊レ鑣、比レ跡同レ塵。（疇昔の遊は、好合纏綿たり。借ひ未だ洽からずと曰ふとも、亦た既に三年なり。居りては華幄に陪し、出でては朱輪に従ふ。驤を方べ鑣を齊しうし、跡を比べ塵を同じうす。）

四、謝霊運現存作品の編年の問題点

陶淵明、鮑照など六朝のほかの詩人に比べて、謝霊運は文人のみでなく、世家大族の出身と朝野に名が知られる才学のために、彼についての史料と伝説が非常に豊富に残されている。例えば、『宋書』『南史』といった史書を含む伝世文献と『文選』李善注に見られる謝霊運の生涯及び創作情報などである。特に注目に値するのは、自分の作品が感じたままに触発されたものが多いことを強調するためか、楽府のような決まった題目を持つものや酬和の詩歌以外、謝霊運の作品の多くは題目に創作時の情報が含まれている。史書の記述と照らし合わせれば、「永初三年之レ郡初発レ都」という詩は宋の永初三年（四二二）に謝霊運が左遷され建康を出発して永嘉に赴任したときの作であることが確認できる。ほかにも「九日従二宋公戯馬台集一送二孔令一詩」、「入レ東道路」、「初往二新安一至二桐廬口一」などの詩題に時間や地名といった重要な情報が含まれており、詳細な創作背景を考察するのに極めて便利な資料である。これら詩人が意識的に詩題に加えた時間と地名の情報と、比較的に豊富に残された歴史記述と照らし合わせて考察することによって、謝霊運の大部分の作品の編年作業が可能になる。

　謝霊運は何度も自分の作品が感じたことに触発されたものであると強調している。例えば、「帰途賦」に「用いて其の心を感ず」と、「羅浮山賦」序に「遂に感じて作」ると、「感時賦」に「逝く物の感」と、「山居賦」序に「張・左の艶辞を廃し、台・皓の深意を尋ね、飾を去り素を取れば、儻ひは其の心に値ふのみ。（中略）跡を遺て意を索むるは、之を有賞に托さん」と記した。そして「撰征賦」序によると、詩人が「遠く感じ深く慨き、心を痛め涕を殞し」、「聞見を写し集め」る目的は明白である。それは「事運りて遷り謝す」る後に文字に托して不朽を伝え、即ち心史を伝えるためである。謝詩の多くは詩人が二回にわたる不如意な出仕経験の前後に執筆された作品であり、その詩文は発憤叙情という伝統的な文学性質を持つものが多い。よって関連する史料と詩人が残した文章を詳しく解読し、併せて謝霊運が生きた時代の歴史的背景を探ることは、謝氏が意を寄し情を抒べ、即ち詩文に托した心境を明らかにし、その創作活動をより適切に理解するために必要な作業である。

　しかしここでは、謝霊運の現存する十八首の楽府詩の編年について少し説明を加えなければならない。謝霊運の経歴を参考にこれらの詩が表した思想と描いた季節・風物を用いてその創作年代を推定する研究者がいるが、実は謝霊運の楽府詩は唐代以降に見られる楽府の旧題或いは新題を用いて新事を記し、新意を表すものと違い、旧題を用いて旧意を表す作が殆どである。しかも、謝霊運のこれらの楽府詩は機械的とも言えるほどに古楽府を模倣しており、いずれも謝氏の早年の習作である可能性が大きい。現存する文献資料で作品の年代を特定することが難しい現状では、このような模倣作から作者の経歴や生涯を推定するのは牽強付会の嫌いがあると言わざるを得ない。

注

（1）鍾嶸「詩品序」（曹旭『詩品集注』（増訂本）（上海古籍出版社、二〇一一年、三四頁）による。訓読文は訳者による（以下同じ）。

（2）王鳴盛『十七史商榷』巻五十九「沈約重文人」に（鳳凰出版社、二〇〇八年、三五九頁）「一部『宋書』以二一伝一独為二一巻一者、謝霊運之外、惟顔延之・袁淑・袁粲而已。二袁忠義、固当二詳敘一、顔・謝則惟重二其文章一。（中略）独霊運伝載二其山居賦一乃並二其自注一載レ之、此尤例之特殊者」とある。

（3）朱東潤編『中国歴代文学作品選』上編第二冊（上海古籍出版社、二〇〇二年、四五〇頁）を参照。

（4）李白「酬三殷明佐見レ贈二五雲裘一歌」（王琦『李太白全集』巻八「古近体詩・歌吟」中華書局、一九七七年、四五〇頁）に「頓驚二謝康楽一、詩興生二我衣一。襟前林壑斂二暝色一、袖上雲霞收二夕霏一」と五雲裘の模様について描く詩句がある。また、杜甫「岳麓山道林二寺行」（仇兆鼇『杜詩詳注』巻二十二、中華書局、一九七九年、一九八八頁）に「久為二謝客一尋二幽慣一、細学二周顒一免二興孤一」とある。

（5）張燮は謝霊運作品を編纂したときに文字を臆改する嫌いがある。この問題についてさらなる考察が必要である。

（6）注5に同じ。

（7）丁福保編『全漢三国晋南北朝詩』「前言」（中華書局、一九五八年）に「大体依『詩紀』加以増刪」、「『詩紀』於各詩従何書輯来、沒有注明出処」、「丁氏也未補入」とある。

◎コラム◎

謝霊運と南朝仏教

船山　徹

謝霊運の活動は同時代の仏教史から見ても意義あるものだった。謝霊運と仏教の関係を示すものとして、頓悟と漸悟をめぐる論争と、『大般涅槃経』の改訂の二つを取り上げ、それらの特徴を述べる。その過程で、これまで取り上げられてこなかった一つの伝承として、この詩人について「翻経台」と呼ばれる遺物があったという逸話を新たに紹介する。あわせて謝霊運の活動した時代の前後に、南朝仏教史に大きな変化が生じたことも指摘してみたい。

　謝霊運（三八五～四三三）は仏教を取り入れた詩人の先駆けであり、謝霊運撰「弁宗《べんそう》論」（唐の道宣《どうせん》『広弘明集《こうぐみょうしゅう》』巻十八）と、北涼の曇無讖《どんむしん》訳『大般涅槃経《だいはつねはんぎょう》』との関わりとで広く知られている。

　謝霊運の親しんだ仏教は最新で高水準のものだった。そして彼の生きた時代は目まぐるしく動いた仏教史の転換期であった。

一、謝霊運の頓悟説

「弁宗論」は頓悟《とんご》と漸悟《ぜんご》を扱う論攷である。悟りを得る時に段階を経ることなく、ある時一挙に悟りに達すると考える立場を頓悟と言う。反対に、悟りは段階を経て少しずつ深めて行くべきものであり、多くの段階と時間を要すると考える立場を漸悟と言う。

　頓悟説は、その後、禅仏教が現れるとさらに盛んに論じられるようになっていった。理論や教理学の細かさや整合性よりも実践を重んじ、統一的で簡素なものに価値を置く中国文化のなかで、頓悟は中国にふさわしい、かっこいい仏教として大いに受け入れられた。

　謝霊運は、竺道生《じくどうしょう》（四三四年卒）の「頓悟成仏論」を承けて頓悟を論じた。これに対して、同時代の建康《けんこう》の都で慧観《えかん》という学僧（生卒年不詳）は漸悟を唱え、互いに論議した。

ふなやま・とおる——京都大学人文科学研究所教授。専門は中国仏教史・インド仏教教理学。主な著書に『仏典はどう漢訳されたのか——スートラが経典になるとき』（岩波書店、二〇一三年）、『東アジアの生活規則『梵網経』——最古の形と発展の歴史』（臨川書店、二〇一七年）、『六朝隋唐仏教展開史』法藏館、二〇一九年）、『仏教の聖者——史実と願望の記録』（臨川書店、二〇一九年）などがある。

二、時代の流行は頓悟から漸悟へ

竺道生と謝霊運の刺激的な頓悟論は物議をかもし、一世を風靡した。ところが二人の卒年頃を境に、南朝では仏教徒の行うべき菩薩の実践修行の理論が大きく発達し、頓悟より漸悟説が優勢となっていった。漸悟を唱えた慧観の卒年は『高僧伝』に明記されないため正確には分からないが、『高僧伝』巻七の法瑗《ほうえん》伝は、元嘉十五年（四三八）に法瑗を建康に受け入れた僧が慧観だったと記すから、慧観の卒年はこれ以後である。頓悟を唱えた竺道生・謝霊運よりも漸悟を唱えた慧観の方が後まで活躍し、世に影響を与えたのだった。

『出三蔵記集』巻十二の宋明帝勅中《そうめいていちょくちゅう》書侍郎陸澄撰《しょじろうりくちょうせん》「法論《ほうろん》」目録序《もくろくじょ》から、

「漸悟論〈釈慧観〉」
「謝康楽霊運弁宗述頓悟」
「沙門釈慧観執漸悟」
「明漸論〈釈曇無成《しゃくどんむじょう》〉」

等の書名が知られる（大正蔵五五巻八四頁中段）。ただ惜しむらくは散佚し、現存しない。

三、菩薩の長い修行

漸悟説の優勢化は、さらに五世紀末の偽経（漢訳の体裁を装った偽作経典）からも明瞭である。その偽経は『菩薩《ぼさつ》瓔珞《ようらく》本業経《ほんごうきょう》』である。現在この経は後秦の竺仏念《ぶつねん》訳として大蔵経に収められるが、竺《じく》仏念とされたのは後代であり、それ以前、梁初の僧祐『出三蔵記集』はこれを失訳《しつやく》（漢訳者名不明）の経典とするから、梁以前にも失訳と扱われていただろう。

『菩薩瓔珞本業経』に説く菩薩の長い修行の段階と順序は、同時代だけでなく、後代にも多大な影響を及ぼし、中国仏教における菩薩修行論の中核となった。隋の天台智顗《てんだいちぎ》も唐の玄奘《げんじょう》もこの経に基づく修行体系を打ち立てた。私見によれば、この経の成立年代は、他の経典や注釈との関係を勘案すると、約四八〇～五〇〇年頃に収まる。しかも南朝の仏教に特有の教理学的展開の歴史を知っている者が編纂に関わったと推測されるから、おそらく南朝で作られた偽経だったと考えられる。

この経典によれば、菩薩の修行は決して現世限りで終わるのではなく、いくど輪廻転生を繰り返しても続く。どんなにすぐれた菩薩でも一挙に頓悟するのでなく、四十二段階の修行を経るということが説かれている。準備段階まで含めると全五十二段階の修行である。これは漸悟説の究極の姿と言ってよかろう。

謝霊運は「弁宗論」において、悟るなら漸悟などあり得ず、頓悟であるのみと主張した。彼の論法は、大局的に見れば、以前より培われていた清談の流れを継承する一面を有する一方で、仏の悟りとはいかなるものかを追求する聖人論として、当時一流の仏教的神学論争と言うべきものを示す論議でもあった。「弁宗論」の主題は専ら仏の悟りである。仏はどのように悟ったかを論ずるものだった。言い換えれば、我々のような迷える衆生がどのような修行をすれば仏になれるかの方法や、順序を説き示すような内容ではなかった。

　これに対して、謝霊運の没後に優勢となった漸悟論は、端的に『菩薩瓔珞本業経』の四十二位に見られるように、迷える凡夫が菩提心を発して菩薩となった後、どのような諸段階を経て最終的に仏となってゆくかを主題とする修行論であった。それは形而上学でも清談的な聖人論でもなかった。そもそも凡夫が仏となるには、菩薩として長い修行を行う必要がある。それは『十地経』という大乗経典に説かれる通り、段階を経て修行を深めるのである。それ故、なるほど頓悟説は仏の悟りとして成り立ち、切れ味鋭い論説として魅力的だとしても、他方、菩薩が積み重ねる修行という点から見れば、漸悟を全否定することはできない。つまり謝霊運の思い描いた頓悟を掲げる仏教は、その後、彼の希望した通りに仏教史に引き継がれたわけではなかったのだ。

四、南本『涅槃経』の編纂

　謝霊運と仏教を繋ぐもう一つの活動は、『涅槃経』を治定して南朝版を作る行程に加わったことである。釈迦の涅槃（逝去）を描く経典は大乗にも小乗にもあるが、大乗涅槃経の漢訳に、東晋の法顕《ほっけん》訳『大般泥洹経《だいはつないおんぎょう》』と曇無讖訳『大般涅槃経』があり、その内容は小乗涅槃経と著しく異なる。元嘉七～八年（四三〇～四三一）頃、曇無讖訳は、北涼国から建康に伝来した。しかしその内容は法顕訳『大般泥洹経』と重複するにもかかわらず、品名（章名）が全く異なり、訳文にも読みにくい箇所があったため、南朝で改訂版が作られた。この改訂を行ったのは、当時の涅槃経教理学を代表する二人の学僧、慧厳（三六三～四四三）と慧観と、在家信徒の謝霊運の三人であった。

　彼らが施した改訂は、曇無讖訳の品名を南朝の人々が読み慣れていた法顕訳に合わせて改めたことと、読みにくい訳語を一部改めたことの二つだった。そして曇無讖の元来の訳本である『大般涅槃経』を北本、謝霊運らが改訂したものを南本と呼ぶようになった。当然のことながら南朝では南本を主に用いた。

　南本作成の経緯は、梁の慧皎『高僧伝』巻七の慧厳伝に記されている。また、同巻七の僧叡《そうえい》伝は、『大般涅槃経』に基づいてインド文字の母音十四字を整理して解説した『十四音訓叙《じゅうしおんくんじょ》』を謝霊運が著したことを記している。

『高僧伝』慧厳伝はこう記す。

> 『大涅槃経』が初め宋の地にもたらされた時、文章はとても素晴らしいものの、しかし章数は簡略であり、初学者には取っつきにくかった。慧厳はそこで慧観、謝霊運たち

ともに『泥洹経』のテキストに基づいて章のタイトルを加え、文章が直訳に過ぎるところについてもいささか書き改め、始めて数部の写本が流布するようになった。慧厳はすると夢の中で一人の男を見た。大層な偉丈夫で、声を荒らげて慧厳に言うのには、『涅槃経』は尊い経典、どうして軽々しく改変の手を加えるのだ」と。慧厳は夢から覚めて恐ろしくなり、そこであらためて僧衆を集め、先の流布本を回収しようとした。その時、見識のある者は口をそろえて言った。「これは思うに、後世の人間を戒め励まそうとしているのだ。もしどうしてもふさわしくないのであれば、どうしてすぐに夢を見るわけがあろうか」。慧厳はその通りだと考えた。しばらくしてまた神人がつぎのように告げる夢を見た。「君は経典を弘布したおかげできっと仏に出会うことであろう」。慧厳は宋の元嘉二十年（四四三）、東安寺に卒した。享年は八十一であった。

（吉川忠夫・船山徹訳『高僧伝（三）』岩波文庫、二〇一〇年、五九～六〇頁より引用）

この記事を読む限り、『大般涅槃経』南本を作成したのが上記の三人であることには、ごく簡単に触れているのみである。右の引用の始めの辺りを読んでいると、慧厳・慧観・謝霊運の三人は建康の東安寺で共に南本『大般涅槃経』を編んだかのような印象を読者は抱くだろう。しかし経文の改訂にまつわる逸話の段が始まると、慧観と謝霊運の名は現れず、専ら慧厳の名のみが経文の改訂者として出る。なお、これと完全に同じ話ではないが、南本の編集にまつわる逸話は、南斉の王琰《おうえん》『冥祥記《めいしょうき》』（唐の道世《どうせい》『法苑珠林《ほうおんじゅりん》』巻十八に引用。大正蔵五三巻四一八頁下段）にも見られ、その内容は『高僧伝』慧厳伝の話と相当異なるものの、やはり慧厳のみが登場する逸話である。とすれば、南本『涅槃経』を編纂した時、慧厳・慧観・謝霊運の三人はどのように共同作業をしたのだろう。あるいは三人は実際に顔を付き合わせることなく分かれて改訂を行ったのだろうか。

五、臨川郡の翻経台

三人は同時に一箇所に集まり共同作業をしたわけではなかったらしいことを示唆する記録がある。時代は下るが、唐の顔真卿《がんしんけい》（七〇九～七八五）が七六九年に著した『撫州宝応寺翻経台記《ぶしゅうほうおうじほんきょうだいき》』である（『顔魯公集』巻十四）。その冒頭に言う。

撫州の東南四里のところに翻経台がある。宋の康楽侯謝公（すなわち謝霊運）が元嘉年間の始めにここで（南本）『涅槃経』を訳したのでこう呼ばれる。（撫州城東南四里有翻経台，宋康楽侯謝公，元嘉年初，於此翻訳『涅槃経』，因以為号。）

撫州は現在の鄱陽湖の南の江西省撫州市。六朝時代には臨川郡と呼ばれた。「翻経台」という呼称を訝しく思う人もきっといよう。なぜなら謝霊運は経を翻訳したのでなく、治定したにすぎないのだから。

　これには謂れがある。確かに謝霊運は改訂に携わったのみだが、広義の漢訳は文字の修正や潤色も含むため、謝霊運は訳に携わったと、表記している。この解釈は、北宋の智円《ちえん》『涅槃玄義発源機要』巻四に詳しい（大正蔵巻三八巻、三六頁上段～中段）。

　なお右に紹介した記事とは別に、顔真卿は七七一年に著した「撫州宝応寺律蔵院戒壇記」の中でも、同じ翻経台を取り上げ、「（撫州の）東南四里に宋の侍中臨川内史の謝霊運が『大涅槃経』を翻じた古台がある」と記している。

六、廬山の翻経台

　謝霊運ゆかりの翻経台については、さらに悩ましい伝承がある。それは『廬山記』巻二に「霊湯院の東方二里に道すがら謝康楽（霊運）の経台がある（霊湯之東二里，道傍有謝康楽経台。大正蔵五一巻一〇三二頁上段）」とある。

　また、同じ『廬山記』は巻一に言う、「神運殿の後方に白蓮池がある。かつて謝霊運が才を誇り人々を見下し、若い頃から評価されていた。彼は慧遠公を見るなり心酔してかしこまり、そこで寺で『涅槃経』を翻訳し、それに因んで池を掘り、台を作り、池に白蓮を植えたので、その台を翻経台と言う。その故地に今の白蓮亭がある。（神蓮〔運〕殿之後有白蓮池。昔謝霊運恃才傲物，少所推重，一見遠公，粛然心服，乃即寺翻『涅槃経』。因鑿池為台，植白蓮池中，名其台曰翻経台。今白蓮亭即其故地。（大正蔵五一巻一〇二八頁上段）」と。

　廬山は鄱陽湖の北西、上述の撫州は鄱陽湖の南方であるから、異なる地である。年代から見て顔真卿の伝える方が正しいのか。それともどちらも単に伝承の類いに過ぎないのか。管見の限り、謝霊運にまつわる翻経台を取り上げてきちんと論じた研究は見当たらない。

七、真相はいかに

　謝霊運が南本を編んだ時に、慧厳と慧観が臨川郡ないし廬山に同行したことを示す記録はないようである。一般論としても二人の大学僧が都を離れて在家一人の活動する地方を訪れて支援したということはありそうにない。ならば、『高僧伝』慧厳伝を読んだ印象とは違って、三人は南本は別途修訂し、それを後で合したのか。それとも謝霊運の処刑後に彼の改訂版の途中原稿を都に届け、慧厳と慧観がそれを基に共同で仕上げたのか。

　いずれにせよ、南本の完成年は、北本が建康に伝わった四三〇～三一年より以後、謝霊運が広州で刑に処せられた四三三年より以前の二～三年間に限られることは動かし難い。

原資料に書いてあることを否定して勝手な想像をしてよいなら、他の可能性も考えられるであろうが、それでは説得力を欠いた恣意的な想像に過ぎず、実のある確かな推測とはなるまい。

わたくしは詩人謝霊運の専家でないし歴史地理にも疎いので、はっきりした結論を示すことは憚られる。この小論では、南朝仏教史の一齣として謝霊運と関わる資料を参考までに紹介したものと受け止めていただきたい。

洞天思想と謝霊運

土屋昌明

謝霊運が道教の「洞天」について言及している例は、道教教団外の著名詩人による早い時期の言及として価値が高く、洞天思想と詩人の関係を考える端緒を与えてくれるだけでなく、当時の洞天思想、その謝霊運以前の詩人の神仙思想との関連についても、興味深い示唆を提供してくれる。

つちや・まさあき――専修大学経済学部教授。専門は中国の文学と思想。主な著書・論文に『道教の聖地と地方神』（共編、東方書店、二〇一六年）、「唐長安の東明観について」（『洞天福地研究』第八号、二〇一八年）などがある。

はじめに

「洞天」は、もともと道教の世界観の一つであり、山中の洞窟内にある神仙世界のことをいう。そこは地上世界と同様な景観を備え、宮殿があり、神仙が住んでいる。そして通路によって、別の洞天と地下で結びついている。地上の人も洞天に至ることができ、神仙になるための食品や書物を授かることもある。このようなイマジネーションが基づく思考方法を、本稿では「洞天思想」と称する。「洞天思想」は、中国文化史で普遍的にみられる思考方法の一つといえる。

謝霊運（三八五～四三三）は、「羅浮山賦」でこの「洞天」について言及している。これは、道教教団外の著名詩人による言及として価値が高く、道教思想と詩人の関係を考える端緒を与えてくれるだけでなく、当時の洞天思想についていくつか興味深い示唆を提供してくれる。

一、謝霊運の「羅浮山賦」

その言及は、散逸した「羅浮山賦」の一部（『芸文類聚』巻七・『北堂書鈔』巻一五八に引用）に見える。序文に次のようにいう。

私は延陵（今の常州）で都（建康）の東南にある茅山のことを夢に見た。翌朝、「洞経」を得ると、そこに羅浮山のことが載っており、「茅山は洞庭の入口で、南は羅浮に通じている」とあった。まさに夢で見たのと一致しており、感動して「羅浮山賦」を作った。

（客夜夢見延陵、茅山在京之東南。明旦得洞経、所載羅浮山事云「茅山是洞庭口、南通羅浮」。正与夢中意相会、遂感而作「羅浮山賦」）

謝霊運は茅山の夢を見たとあるが、その翌朝、「洞経」を読み、そこに夢に見た羅浮山のことが載っていて、書いてあることと自分の見た夢が一致したので感激し、それで「羅浮山賦」を作った、というのである。「洞経」には、茅山（江蘇省）の地下の「洞庭」を通って羅浮山（広東省）に到着できると書いてあったのだから、謝霊運はそのような夢を見て、その有様を賦したということになる。「延陵で夢を見た」と「茅山は都の東南にある」のあたりに脱字か何かあるのか、うまく接続して訳せないが、延陵は実際に茅山の近くで、謝霊運は茅山の近くにいたからこそ、茅山から羅浮山へつながる地下の「洞庭」を通って羅浮山に遊ぶ夢を見たのであろう。この序文は茅山の洞天が羅浮山に地下で通じているという洞天思想を踏まえている。

次に「羅浮山賦」の本文が続く。あまりうまく訳せないが、参考までに大意を示しておく。

茅公の話は、神仙に成ることが説きつくされている。命数は忖度できず、「道」の前では恐れ畏まるしかない。洞天は三十六あり、羅浮山はその第七である。深い闇に明かりが引かれ、奥深い世界に日が差している。それで「朱明の陽宮、耀真の陰室」という。洞窟は美しい街路、水の神霊が作った偉大な通路だ。離ればなれにいる気持ちを結びつけ、羅浮山への思いをかなえてくれる。夜長に深い夢を見て、筏に乗って波を遡った。神仙の島のみぎわを越えて、増龍（潜龍？）の合流をのぼった。蘭の櫂を操って水の上に休み、桂の杖をついて羅浮山に遊んだ。

（曰、若乃茅公之説、神化是悉。数非億度、道單悒慴。洞四有九、此惟其七。潜夜引輝、幽境朗日。故曰朱明之陽宮、耀真之陰室。洞穴之寶衢、海靈之雲術。伊離情之易結、諒沉念之羅浮。發潜夢於永夜、若遡波而乗桴。越扶嶼之細漲、上増龍之合流。鼓蘭枻以水宿、杖桂策以山遊。）

「茅公」は茅山の神である茅君のことで、洞天に住んで人の運命を担う「司命」の役割を持っていた。「夜長に深い夢を見て」以降の描写は、洞天を通って羅浮山に到着したことを述べていると読んでみた。

二、洞天思想の登場

以上により、謝霊運の「羅浮山賦」が洞天思想に基づいて着想されていることがわかる。洞天思想が登場するのは、四世紀半ばの茅山の道教からであった。茅山の道教では、洞天思想はすでに中核的地位になっている。茅山の地下には洞天が存在し、そこに「茅君」と呼ばれる神仙が住んでいるとされた。その茅君の伝記である『茅君内伝』に基づく文が『真誥』に多く見られ、洞天について詳しく述べられている（『茅君内伝』にはいくつかの異なる書名とバージョンがあるが、本稿では便宜的に『茅君内伝』とする）。『真誥』は、東晋の興寧年間（三六三〜三六五）に茅山でおこなわれた神降ろしの記録を、梁の陶弘景（四五六〜五三六）が編纂した本である。それによれば、茅山の洞天は「金壇華陽洞天」といい、周囲が一六〇里の方形の地下空間であり、円形の「日精」（太陽）と「陰暉」（月）が内部を照らしている。中には石段で入っていくことができ、外から入った者は自分が洞天の中にいることを自覚しない。草木や川、鳥や雲や風なども地上世界と同じようにあり、茅君が住む宮殿がある。この洞天は、東は林屋山洞天（江蘇省蘇州）、北は泰山洞天（山東省）、西は峨嵋山洞天（四川省）、南は羅浮山洞天（広東省）に地下の大道でつながっている。枝分かれした小道から他の洞天へも通行できる。中国には三十六カ所の洞天（「三十六洞天」）が存在し、茅山の「金壇華陽洞天」は、その第八であるという。

ここに述べられた中国大陸の地下につながる三十六洞天のネットワークは、もちろん荒唐無稽な想像の産物にすぎないが、地下の洞天は全くの想像というわけでもない。現地に行ってみると、茅山には確かに複数の鍾乳洞が存在している。そのうち「華陽洞」と呼ばれる洞窟は、現在、茅山の道観によって整備されて、内部に立ち入ることができ、道教徒の瞑想修行に利用されている。道観の道長の話によれば、彼は内部数百メートルまで立ち入ったことがあるというが、私たちが調査した時には奥は水没していた。つまり洞天は、実際のカルスト地形による洞窟の存在に基づくイマジネーションなのである。歴史的にこの洞窟は「金壇華陽洞天」への入口の一つと考えられてきた。洞窟からは金製の小さな龍が出土しており、おそらく唐代の玄宗朝（八世紀）に道教儀礼で使用されたものと考えられる。この龍は、道教儀礼の際に洞天に住む神仙に祈願を届ける役割を持つものである。

金壇華陽洞天は東の林屋山洞天と地下でつながっているとされる。そこで林屋山にも行ってみると、蘇州の太湖の島の地下にある巨大な洞窟が林屋洞とされている。この洞窟は、天井の低いホールのような広大な空間で、床部分が水流によって削られて、石が林立する怪異な形状を成している。言わば洞窟内部の地下山水庭園である。この洞窟は、道教の「霊宝経典」が地上に出現した神話の由来ともなっている。

さて、謝霊運が読んだ「洞経」にいう茅山の洞天が羅浮山に通じている話は、上述のように『真誥』に出ているが、『真誥』は梁の陶弘景が編集した本であるから、それより前に生きた謝霊運が読んだのは『真誥』ではない。洞天を述べた『真誥』巻十一が基づいた『茅君内伝』のことだと考えられる。

謝霊運が『茅君内伝』を踏まえていることは、以下の例からも指摘できる。「羅浮山賦」の「洞四有九、此惟其七。潜夜引輝、幽境朗日、故曰朱明之陽宮、耀真之陰室」という句だが、この句の「洞四有九」は四かける九の三十六という意味で、洞天が三十六あることをいっている。『真誥』では、洞天は三十六だと『茅君内伝』に記載されているというから、これで謝霊運の句と合致する。つまり三十六洞天の第七が羅浮山で、その洞天を「朱明の陽宮、耀真の陰室」というのである。これは『茅君内伝』のべつの引用文(『白孔六帖』巻六)に「第七は羅浮山洞、周五百里、名を朱明曜真の天という」とあるのに一致している。「潜夜引輝、幽境朗日」は、暗いはずの地下世界に月の輝きがあり、奥深い神仙境に日の明るさがあるという『茅君内伝』の説を踏まえた表現だったのである。

三、『茅君内伝』の伝承と謝霊運

以上により、「洞経」は『茅君内伝』のことで、謝霊運が『茅君内伝』を読んだことがわかったが、それにしても、彼が『茅君内伝』という茅山の道教の重要経典を目にできたのには、どのような経緯があったのだろう。それとも、『茅君内伝』は当時、教団外の人士にも比較的入手しやすい文献だったのだろうか。

そもそも『茅君内伝』は、東晋の興寧年間に茅山の北部、雷平山の山麓でおこなわれた神降ろしで書写された文献の一つであった。『真誥』巻十九に載せる陶弘景の「真経始末」には、神降ろしで書写された文献のその後の経緯が述べられている。それによれば、神降ろしのクライアントであった許謐が、太元元年(三七六)に世を去った後、彼の孫の許黄民が神降ろしの文献を収集保存し、「数巻の書が親族や親しい人々の間に流出していた」という。つまり『茅君内伝』を含む神降ろしの文献は、茅山近辺の許家関係者の狭い範囲で読まれていたにすぎなかったのである。元興三年(四〇四)に許黄民がそれを携えて剡県に行き、馬朗という者の家に滞在した。しかし「その当時、人々は経典の教えを深く研究することを知らず、ただ有難く供養するだけであった」という。だとすると、書写や編集はおこなわれなかったと考えてよい。おそらく神棚に上げておくとか、神殿の蔵経室に格納されているという状態だったのだろう。義熙年間（四〇五～四一八）になってやっと、晋安郡吏の王興という者が二部書写し、一部は孔默が建康に持ち込んだが、後に「経典を焼き尽くし、跡形もなくなってしまった」という。もう一部は王興が自分で持っていたが、後に「強風に遇って流されてしまい」、『黄庭』一篇を残すだけとなった。

以上の『真誥』巻十九の記述によれば、許謐が仙去してから、義熙初年（四〇五年頃）に至るまでの約三十年間、『茅君内伝』は許家の身内か、茅山近郊の句容・剡県など狭い範囲内で流伝しただけだった。義熙年間になって、副本が作られたり建康に持ち込まれたりしたようだが、それほど広く伝わったとは思われない。一方、謝霊運は義熙年間に二十代で、義熙初年に初めて出仕、その後は姑孰・豫章・建康などにいたようであるから、『茅君内伝』を目にする可能性は少ないように思われる。

義熙年間以降の茅山の状況について、『真誥』巻十三の「許長史今所営屋宅」条の陶弘景注が参考になる。

許長史（許謐）の家は壊れてしまった後、はっきりとその場所を知る者はいない。宋の初めになって、長沙景王と檀太妃が陳という姓の道士を供養し、彼のために道士の庵を雷平山の西北に建てたが、それが現今の北廨である。その後また句容山其の王文清なる者があり、後にこの庵の主となり、（三茅君の）伝記を見て、許氏がその昔ここに家を建てたことを知り、土地の古老に広く問いただした。大明七年（四六三）になって、述墟の老人の徐偶という者がおり、彼の先祖は許長史に仕えていたので……（中略）……当時、そのあたりは草ぼうぼうで何もかも埋もれており、王文清がすぐに草を刈って探してみると、果たして煉瓦積みの井戸が見つかったが、土がほとんど一杯に詰まっていた。そこで、きれいに掘り出してあらためて煉瓦を積んだ。今ではよい水が得られるが、水の色はやや白っぽい。これがいわゆる鳳門外の水の味に似ているという井戸なのだろうか。

これによれば、劉宋初期（四二〇年以降）の雷平山（許謐の邸宅跡の近く）では、長沙景王と檀太妃によって供養された「庵」（道館）が建造され、そこに道士が住持していた。文中にあるように、劉宋の大明年間（四五七～四六四）に王文清という者がその道館に入った時、そこで「伝記」を見たという。「伝記」とは『茅君内伝』のことである。ということは、長沙景王と檀太妃の「庵」の道士が『茅君内伝』を伝えていたのである。

以上からわかるように、謝霊運の生前(四三三年没)および死後三十年余り、『茅君内伝』という本は、教団外や許家身内以外の一般の人士が容易に披見できる性質のものではなかった。では、謝霊運はどのようにして、そんな『茅君内伝』を手に取ることができたのか。思うに彼は、長沙景王と檀太妃が設置した雷平山の道館を訪れ、そこに伝わっていた『茅君内伝』を披見したのではなかろうか。その理由は次のようである。

第一に、謝霊運は延陵で夢を見た。延陵は茅山の北、長江南岸の宿場で、茅山に近い。そして翌日に『茅君内伝』を披見した。その宿場でたまたま『茅君内伝』を入手するとは考えにくい。謝霊運がそのような旅路に『茅君内伝』を持参するとも考えにくい。茅山に赴いて『茅君内伝』を披見したと考えるのが最も合理的である。

第二に、翌日に茅山に入るという旅程だったからこそ、山水を好む謝霊運は興奮を感じ、茅山と羅浮山の連想を夢に見たと考えられる。

第三に、雷平山麓に道館を建てた長沙景王とは、劉道憐(三六八~四二二)のことであり、劉道憐は宋の武帝劉裕の弟である。その立場からして、「庵」とされる道館はそれなりの規模で、謝霊運も知っていたはずだ。宋代に入ると、謝霊運は宋に仕える身となっただけでなく、劉道憐とは近い関係にあった。劉道憐は、劉裕が四一五年に荊州刺史の司馬休之を討った後の荊州を兄から任されたが、その補佐役として統治を切り盛りした謝方明(三八〇~四二六)は謝霊運の遠縁だった。遠縁とはいえ、謝霊運は謝方明の息子の謝恵連をかわいがったというから(『宋書』巻五三)、謝方明と謝霊運も親しい関係だったと思われる。そんな謝霊運が劉道憐の建てた道館を訪れたとしたら、そこの道士が秘蔵の『茅君内伝』を客に披露したとしても不思議ではない。

ちなみに、王文清という者が神降ろしゆかりの場所を探索した当時、そのあたりは草ぼうぼうで何もかも埋もれていたということは、神降ろしのことは忘れ去られ、『茅君内伝』もそれほど尊重されていなかったのであろう。王文清は周辺に居住する老人に聞き取り調査をしているのも興味深い。残された文献だけではよく分からなかったのである。王文清が見つけた井戸は「土がほとんど一杯に詰まっていた」のであるが、この井戸は『茅君内伝』で言及される重要な井戸であり、もし『茅君内伝』が尊重されていたならば、このように放置されていなかったはずだ。しかし、このような状況は、謝霊運の死後三十年のことである。

別の資料になるが、宋の裴駰が『史記集解』を撰した時、『太原（元）真人茅盈内記』（『茅君内伝』の異本）を引用している（『史記』巻六「秦始皇本紀」集解）。裴駰は生卒年不詳だが、裴松之（三七二〜四五一）の子だから、かりに父親が三十歳くらいの四〇〇年前後の生まれで、二十代に資料収集したとすると、謝霊運と同じ頃に『茅君内伝』の異本あるいは引用文に触れたことになる。

四、洞天思想の生成と士人

「羅浮山賦」序文によると、謝霊運は『茅君内伝』を読む前に茅山から地下を行く夢を見ている。つまり、「洞天」のことは『茅君内伝』を読んで知ったが、それ以前に、名山の洞窟を通って別の名山に辿り着くというイマジネーションを持っていたのである。これを謝霊運個人の独創と見るか、当時の人々の無意識的な共同幻想の現われと見るか。仮に後者だとすると、洞天的なイマジネーションは、道教教団の内部だけでなく、道教徒ではない士人のあいだにも共有されていたことになる。

その一例として、劉義慶（四〇三〜四四四）の『幽明録』に「嵩山叟」という話がある（『太平広記』巻十四）。ある男が嵩山（河南省）の洞窟に滑落して地上に戻れなくなり、内部の洞窟を進んで地下世界に立ち入った。神仙から食品をもらって体力を回復させ、地下を歩いて青城山（四川省）の洞窟から地上に生還したという。この話では、洞窟を抜けると地下世界に至り、そこは明るくて景観は地上と同じだが、神仙が住む宮殿があり、別の名山へ至る地下通路がある。

『茅君内伝』の洞天と共通性があることは容易に見て取れるであろう。作者は茅山と何か関係があるのだろうか。劉義慶は茅山に「庵」を建てた劉道憐の子であり、前述のようにそこには『茅君内伝』が伝わっていた。したがって、劉義慶が茅山の道教や『茅君内伝』を知っていた可能性はある。しかし、この話は劉義慶の創作ではなく、誰かからの伝聞に基づくだろうから、作者と茅山の関係はそれほど重要ではなかろう。茅山の王文清が地元の古老に聞き取り調査をしたように、劉義慶も聞き取り調査をしたのだと思われる。

要するに、道教徒ではない知識層のあいだにも、洞天的な着想が伝えられていたことは見て取れる。「嵩山叟」の例が書記されたのは四〇〇年代前半だが、洞天的な着想は、興寧年間における神降ろし以前に、すでに知識層には普及していたと考えられる。その例として、孫綽（三一〇？〜三六七？）の「天台山賦」がある。文中に「天台山は蓋し山岳の神々しく優れたものである。海をわたれば方丈・蓬萊があり、陸にあがれば四明・天台がある。みな玄聖が遊び昇仙し、霊仙が「窟宅」している」とある。この「窟宅」は洞窟の住みかのことであり、天台山には神仙の住む洞窟があるからこそ優れているというのである（私たちの現地調査で天台山にも確かに洞窟があることがわかっている）。しかも天台山は、海中にある方丈・蓬萊の神仙境と対をなし、神仙が往来しているといっている。ここには「洞天」という語はないが、基本的な思考方法は洞天思想と似ている。そして、「世の中で天台山に登れる者はまれで、王者といえども祭祀することができない。それゆえ天台山のことは経書には伝えられておらず、「奇紀」にその名を伝えている」という。つまり、諸名山のことを伝える「奇紀」（奇書のこと）があった。天台山のことを伝える「奇紀」とは何か。李善の注（『文選』巻十一）によれば、それは『内経山記』という本だという（李善は支遁の「天台山銘序」の「私が『内経山記』を見るに、剡県の東南に天台山がある」という句を引用している）。この本は伝わっていないが、隠棲するにふさわしい神仙の住む名山について記した本であろう。これと似た本が『茅君内伝』に引用されている。「金陵の左右の渓谷と渓谷の源流についていえば、金陵の左に山がある。右に柳谷と呼ばれる源流をなす渓谷があり、金陵の西に陽谷と呼ばれる源流をなす渓谷がある。『名山内経福地誌』に、「伏龍の地は柳谷の西、金壇の右にあり、高潔な隠棲暮らしにふさわしい」とある」（『真誥』巻十一）。『内経山記』と『名山内経福地誌』で書名が似ており、両者とも隠棲するのにふさわしい山岳地を紹介している。もしこの二つが同一だとすると、孫綽のような三〇〇年代前半から中葉に活躍した士人たちのあいだで読まれていた書物が、道教教団内で参照されて、応用された形で教義の形成にあずかったということになる。

おわりに

洞天的な思考方法は、道教教団内に導入され、『茅君内伝』という形で結実した一方で、一般的な知識層にも伝わっていたのであり、道教教団の内部と教団外の知識層とで相補的に発展したと考えることができる。教団内部では『茅君内伝』のほかに、『真誥』に伝えられた神降ろしの文言には、洞天思想に基づく叙述が大量に見られる。さらに、『紫陽真人内伝』のような、洞天思想に基づく名山周遊の物語が作られた（『紫陽真人内伝』の『道蔵』本には、写字生による三九九年の識語があり、それ以前に作られたことがわかる）。名山のことを書いた本が道教経典に持ち込まれて洞天思想へと発展すると同時に、その洞天思想が名山を愛好する詩人にフィードバックされるという相補的な動向があったのだと思われる。謝霊運の「羅浮山賦」からは、その片鱗が窺えるといえるだろう。

参考文献

『真誥』の訳文は京都大学人文科学研究所『東方学報』第七十冊（一九九八年三月）ほかの「『真誥』訳注稿」による。
三浦國雄「洞天福地小論」（『東方宗教』六七号、一九八三年）、のち『中国人のトポス　洞窟・風水・壺中天』（平凡社、一九八八年）
森野繁夫編『謝康樂文集』（白帝社、二〇〇三年）
森野繁夫『謝霊運論集』（白帝社、二〇〇七年）
魏斌「句容茅山の興起と南朝社会」（土屋昌明訳『洞天福地研究』第八号、二〇一八年九月）

附記

『詩品』巻上によれば、謝霊運は生後、銭塘の杜氏の「治」（天師道の教会）にあずけられたという。この時期、茅山の神降ろしの記録を持つ許黄民が銭塘の杜氏の「治」に招かれたことがあった。これにもとづき、謝霊運の「羅浮山賦」の洞天についての言及は、彼が幼少期に許黄民に接して、茅山の神降ろしの記録を見たことに関連する可能性があると考える説もある（神塚淑子『六朝道教思想の研究』創文社、一九九九年、二〇二頁）。拙稿では、謝霊運が夢を見た翌日に「洞経」に夢と同一の話があることを発見した驚きが「羅浮山賦」から感じ取れると思うので、幼少期に「洞経」を見ていたとは、とりあえず考えない（幼少期に見ていたのを再認識したとも考えられるかもしれないが）。なお、神塚氏の説は、廣瀬直記氏のご示教による。

謝霊運「発帰瀬三瀑布望両渓」詩における「同枝條」について

李　静（訳：黄昱）

り・せい――澳門城市大学人文社会科学学院助理教授。専門は中国中古文学・道教文献と文学。主な論文に「『太真玉帝四極明科経』的来源及版本考証」（『漢学研究』三一・三、二〇一三年九月）、「『真誥』対唐詩発生影響的時間再議」（『中華文史論叢』一二七、二〇一七年）、「『高道伝』輯考」（『道教研究学報』九、二〇一七年）などがある。

謝霊運「発帰瀬三瀑布望両渓」詩のことば「同枝條」について、先学の多くは「曇隆、法流の両法師」と解釈しているが、筆者はこのことばは同心の知己と理解できるが、人間ではなく仙人を指していると考える。謝氏「入華子岡是麻源第三谷」詩の「恒充俄頃用」一句は「発帰瀬三瀑布望両渓」詩の「此日即千年」を逆用した表現であり、神仙界の特殊な時間概念と仙人への憧憬を表している。謝霊運の求仙思想の背景に六朝の地仙思想が挙げられる。

一、問題提起

我行乗二日垂一、放レ舟候二月円一。沫江免二風濤一、渉レ清弄二漪漣一。積石竦二両渓一、飛泉倒二三山一。亦既窮二登陟一、荒藹横二目前一。窺レ岩不レ睹レ景、披レ林豈見レ天。陽烏尚傾レ翰、幽篁未レ為レ邅。退尋二平常時一、安知二巣穴難一。風雨非レ攸レ悋、擁レ志誰与宣。倘有レ同二枝條一、此日即千年。(1)（我の行くや、日の垂るるに乗じ、舟を放つは月の円かなるを候つ。沫だつ江なれど、風濤を免れ、清きを渉りて漪漣を弄す。積石は両渓に竦《そばだ》ち、飛泉は三山より倒る。亦た既に登《とう》陟《ちょく》を窮むるに、荒藹、目前に横たはる。岩を窺ふも、景《ひ》を睹ず。林を披くも、豈に天を見んや。陽烏も尚ほ翰《はね》を傾くるに、幽篁も未だ邅《かた》しと為さず。退きて平常の時を尋ぬるに、安んぞ巣穴の難きを知らんや。風雨は悋《うれ》ふる攸《ところ》に非ず。志を擁して誰と与にか宣べん。倘し枝條《しじょう》を同じくする有らば、此の日は即ち千年ならん。）

こちらは謝霊運の詩「発二帰瀬《きらい》三瀑布一望二両渓一」の全文

である。傍点で示した最後の二句は詩全体の理解に関わる重要な部分である。本稿ではこの二句をどう解釈するか、特に「同枝條」がどのような人物を指すかに注目したい。黄節氏は「蘇武別二李陵一詩」の一句「況我連枝樹、与レ子同二一身一」（況んや我は連枝の樹、子と一身を同じくするをや）を引用して「同枝條」を説明した。(2) 葉笑雪氏はこのことばは同じ木の枝を用いて同じ志の人に喩えていると解釈した。(3)

まずは、謝霊運が具体的にどのような人物を同心の知己と考えていたかについて先行研究をまとめたい。黄節氏は「山居賦」の一句「雖二一日以千載一、猶恨二相遇之不一レ早」（一日を以て千載なりと雖も、猶ほ相遇ふことの早からざるを恨む）及びその自注「謂二曇隆、法流二法師一也。往二石門瀑布一中路、高棲之遊、告レ離之始、相遇之欣、実以二一日一為二千載一、猶慨二恨不一レ早」（曇隆、法流の二法師を謂ふなり。石門の瀑布に往く中路、高棲の遊、離を告ぐるの始め、相遇ふの欣び、実に一日を以て千載と為すも、猶ほ早からざることを慨恨す）を引用して、この詩は曇隆法師と法流法師と別れた後に作った可能性を指摘した。(4) 葉笑雪氏はこの詩は二人の法師と別れた後、再び石門の滝に臨み、昔の遊楽を思い出して二師を懐かしむために作られたとして、「山居賦」の自注によって詩題の「帰瀬三瀑布」が始寧石門付近にある可能性を述べた。(5)

顧紹柏『謝霊運集校注』は黄氏と葉氏の説を踏まえて、「同枝條」は意気投合で同じ志を持つ友人、おそらく曇隆法師と法流法師であろうと論じた。「発二帰瀬三瀑布一望二両渓一」詩の最後の二句について、両氏と同様に「山居賦」を引用し、「もし我と共に遊ぶ意気投合で同じ志を持つ友人がいれば、この日は千年にも勝るだろう」と解釈した。(6)

顧氏は先行研究に従いこの詩の制作年代を元嘉七年（四三〇）と推定したが、これは両法師と別れた後の詩作であるという黄氏と葉氏の説に疑問を呈し、再び石門に戻る説が本詩の内容に合致しないと述べた。(7) さらに、蕭馳氏は実地踏査を行い、実際の風景を基にこの詩が描いたのは石門ではなく、嵊州（浙江省紹興市）貴門山の三懸潭であると結論づけた。(8)

この詩作が石門と無関係であれば、詩の制作時期を両法師と別れた後、石門を訪れる時とする論点は根拠を失うことになる。さらにいえば、この詩と釈曇隆・法流の両法師との関連付けも再検討しなければならないことになる。

先行研究が「発二帰瀬三瀑布一望二両渓一」詩を両法師と別れた後の詩作として捉え、この詩が再び石門を訪れる時に作られたものと推定する根拠は「山居賦」とその自注である。本詩の「此日即千年」一句は「山居賦」の「一日以千載」と極めて類似しているため、「山居賦」の文章「雖二一日以千載一、猶恨二相遇之不レ早一」に付した謝霊運の自注「謂二曇隆、法流二法師一也」を根拠に、「同枝條」が曇隆法師と法流法師を指しているという結論に至った。

しかし、実は本詩の「此日即千年」一句が詠まれた文脈と、「山居賦」の「一日以千載」が詠まれた文脈とはかなりの違いが見られる。「山居賦」の「一日以千載」は謝霊運と友人が共に遊楽し、相遇うことの歓びのあまりに一日を千年として過ごしたいという心情を描いた。それに対して「発二帰瀬三瀑布一望二両渓一」詩が記したのは知己への憧憬と追尋であり、「此日即千年」の詩意は「同枝條」の知己に出会うことができれば、この日が即ち千年（永遠）になる、というものだ。

筆者は「同枝條」は謝霊運の友人曇隆・法流など具体的な人物を指す言葉でなく、彼の想像の中の会うこともなく名も知らない知己を表していると考える。問題はなぜ「同枝條」の知己に出会う日が千年（永遠）になるのであろうか。それは「此日即千年」一句が詩人の時間認識と深く関連し、「同枝條」という言葉を理解するカギでもあるためである。

二、「入華子岡是麻源第三谷」詩の時間認識

この問題を解決するためには、まず謝霊運の「入二華子岡一是麻源第三谷」詩を考えたい。

南州実炎徳、桂樹凌二寒山一。銅陵映二碧澗一、石磴瀉二紅泉一。既枉二隠淪客一、亦棲二肥遯賢一。険径無二測度一、天路非二術阡一。遂登二羣峯首一、邈若レ升二雲煙一。羽人絶二髣髴一、丹丘徒空筌。図牒複摩滅、碑版誰聞伝。莫レ辯二百世後一、安知二千載前一。且申二独往意一、乗レ月弄二潺湲一。恒充二俄頃用一、豈為二古今一然。(9)（南州は実に炎徳ありて、桂樹は寒山を凌ぐ。銅陵は碧澗に映じ、石磴は紅泉を瀉《そそ》ぐ。既に隠淪の客を枉《ま》げ、亦た肥遯の賢を棲ましむ。険径は測度する無く、天路は術阡に非ず。遂に羣峯の首に登れば、邈かなること雲煙に升るが若し。羽人は髣髴《ほうふつ》を絶ち、丹丘は徒らに空筌となる。図牒複た摩滅し、碑版誰か聞き伝へん。百世の後を辯ずること莫ければ、安んぞ千載の前を知らん。且く独往の意を申べ、月に乗じて潺湲《せんかん》を弄ぶ。恒を俄頃の用に充て、豈に古今の為に然せんや。）

この詩は『文選』に収録されており、李善の題下注は「謝霊運「山居図」に曰ふ、華子崗は、麻山第三谷なり。故老相伝ふ、華子期は、禄里の弟子にして、此の頂に翔集すと。故に華子を称と為すなり」(10)とある。つまり李善注によると、謝霊運が尋ねた華子崗は仙人華子期の名前で命名した地である。

ここで注意したいのは、本詩にも「恒充二俄頃用一」とい

う瞬間と永遠の時間認識を表した詩句が見られることである。李善注は、「言ふこころは、古の独往は、必ず天下を軽んじて、世を顧みず。而れども己の独往は、常に俄頃の間に充つ。豈に古を尊び今を卑しむ為にして然せんや」(11)と、「恒」を「常に」と解釈している。「恒充㆓俄頃用㆒」は「常に暫くの間に備える」として、「恒」は動詞「充」を修飾する副詞として理解されている。諸注は李善注に従う。しかし、諸注は李善注に引用された「常、久也」という司馬彪『荘子注』の解釈を等閑視している。胡克家『文選考異』は司馬注によって詩中の「恒」の字は「常」と作るべきであると指摘した(12)。もとの文字が「常」である、或いは文字が「恒」で「常」と解釈する、いずれの場合も一つの疑問が残されている。つまり「常」は副詞で「つねに、いつも」という意味であるか、それとも「常」は名詞で「永久、永遠」という意味であるかという問題である。前者を取る説が多いが(13)、筆者は司馬彪注を視野に入れると後者の可能性もあると考える。「常」は名詞で「永久、永遠」という意味であり、詩中の「俄頃」と対をなす言葉である。つまり、「恒充㆓俄頃用㆒」は永遠が瞬間であるという意味になる。これは神仙界の特殊な世界観と時間認識を表している。

この解釈に従うと、「恒充㆓俄頃用㆒」は「此日即千年」と逆な意味になる。「恒充㆓俄頃用㆒」は「恒」(永遠)を「俄頃」(暫くの間)と見なす。それに対して、「此日即千年」は「此日」(暫くの間)を「千年」(永遠)として過ごす。

しかし、この二首の詩は言葉の順序こそ違うものの、いずれも永遠と瞬間との関係を取り上げており、しかも、詩人にとって永遠と瞬間が互いに転化できるものである。この永遠と瞬間はまさに神仙界と人間界との区別であり、超越の彼界と現実の此界との差異である。

「発㆓帰瀬三瀑布㆒望㆓両渓㆒」詩は神仙について明言する文句が見られないが、「入㆓華子岡㆒是麻源第三谷」詩は仙人華子期の遺跡への追尋、神仙界に飛升を果たした華子期への憧れを語っている。詩人謝霊運の脳裏を行き来した永遠と瞬間の転化は華子期の遺跡を目の前にして、神仙や永遠について考えた時に思い付いたものであろう。この点を明らかにすることは、「発㆓帰瀬三瀑布㆒望㆓両渓㆒」詩最後の二句を理解するためには極めて重要である。

華子期は伝説の仙人角(「禄」と作る本もある)里先生の弟子である。葛洪『神仙伝』に華子期伝が見られ、『四庫全書』本『神仙伝』巻二に収録されている。『神仙伝』は伝本間の異同が激しいため、本稿は左記のとおり、比較的に古い時代の書物に引用された二種の華子期伝を検討する(14)。

●唐・王松年『仙苑編珠』巻上「華生易皮」に引用された『神仙伝』

華子期者、師㆓角里先生㆒、得㆓霊宝隠方㆒、合而服㆑之、日行㆓五百里㆒、力挙㆓千斤㆒。毎㆓一歳㆒十度易㆑皮、後乃仙去。(15)

●宋・張君房『雲笈七籤』巻一〇九に引用された『神仙伝』

華子期者、淮南人也、師㆓角（「用」と作るべし）里先生㆒、受㆓山隠（「山」は「仙」と作るべし。『四庫』本は「隠仙」と作る）霊宝方㆒、一曰㆓伊洛飛亀秩㆒、二曰㆓白（「伯」と作るべし）禹正機㆒、三曰㆓平衡㆒。按㆑合服㆑之、日以還㆑少、一日能行㆓五百里㆒、能挙㆓千斤㆒。一歳十易㆑皮、後乃得㆓仙去㆒。(16)

葛洪の記述によると、華子期は三種の「仙隠霊宝方」を服用することにより、一年に十回皮を替え、日に日に若返りして、遂に仙人となり俗世を去った。華子期が仙人であることを確認した上、再び謝霊運「入㆓華子岡㆒是麻源第三谷」詩の「恒充㆓俄頃用㆒」の解釈に戻ると、この詩句が描いたのは人間界の時間概念ではなく、神仙界の時間概念であることに気付かされる。

この詩の最初の四句「南州実炎徳、桂樹凌㆓寒山㆒。銅陵映㆓碧澗㆒、石磴瀉㆓紅泉㆒」は華子期遺跡の環境について謝霊運が抱いたイメージを描いた。ここは丹砂の産地であると同時に、仙人華子期が仙界に飛昇した場所でもある。「紅泉」という言葉は丹砂の存在を示している。丹砂は地下深く埋まっていることが多く、山の中から流れてくる紅色の泉は丹砂鉱の象徴である。『真誥・稽神枢』も茅山を描写する時に紅色の泉に言及している。「中茅山玄嶺独高処、司命君埋㆓西胡玉門丹砂六千斤於此山㆒、深二丈許、焉上四面有㆓小盤石㆒鎮㆓其上㆒。其山左右当泉水下流、水皆小赤色、飲㆑之益㆑人」(17)と、中茅山の玄嶺のひときわ高い場所に司命君が西胡玉門の丹砂六〇〇〇斤を埋めたため、山から流れてくる泉水は皆薄い赤色であることが記された。故に本詩の「銅陵映㆓碧澗㆒、石磴瀉㆓紅泉㆒」二句は、この場所が丹砂の産地であり、かつて修道者が隠居した地でもあることを暗示している。しかし、修道者の華子期はすでに丹薬を服し登仙を果たした。後人（詩人自身）には羽人が去った丹丘が残されたのみであり、魚がいない空いた筌《うけ》のようである（羽人絶㆓髣髴㆒、丹丘徒空筌）。仙人が去ったのみでなく、考証できる記録や碑文も残っておらず、過去も未来も知る由もなくただ茫然としているのみである（莫㆑辯㆓百世後㆒、安知㆓千載前㆒）。

顧紹柏氏は「丹丘徒空筌」一句について、華子期がこの山で仙人になったというのは虚妄の伝説であると説明し、「図牒複摩滅、碑版誰聞伝」について、華子期が仙人になったことを記録した書籍も碑文もなく、この説の妄誕無稽が知られると解釈した。[18] これらの解釈は現代人の思考で謝霊運を理解しており、謝霊運が仙術を篤信し、仙人に知己を求めた思想と心境を考慮していない。実際に、次の一句に見られる「独往」の言葉はまさに世俗を棄て華子期の後塵を追う意思を表している。「莫辯」、「安知」の言葉で描いた困惑悵然の情緒が拭い切れないものの、霊運はそこから登仙の虚無荒誕を導こうとしたのではなく、「且申二独往意一、乗レ月弄二潺湲一。恒充二俄頃用一、豈為二古今一然」というように、却って明朗な境地、世を棄てる固い決意へと詩を展開させた。

「独往」について、顧紹柏氏は「超塵脱俗」と注し、その典拠として李善注が引用した『荘子略要』「江海の士、山谷の人、天下を軽んじ、万物を細しとして、独往する者なり」、及び晋の司馬彪注「独往とは、自然に任せ、復た世を顧みざるなり」を挙げた。これらはいずれも妥当な解釈である。若し謝霊運は仙人や登仙を荒誕無稽なことと考えているなら、「且申二独往意一」(即ち俗世を離れたい気持ちの表明)はどう解釈すればよいであろう。「独往」は仙人華子期に追従し俗世を棄てる意思を明白に示しており、次の一句「乗レ月弄二潺湲一」は意思を表明した霊運の快適で平然とした心境を述べている。「丹丘空筌」を目にして、「百世後」のことも「千載前」のことも知る由がないと悟った空しさの中、塵世を離れ仙人華子期の後を追うという詩人の気持ちがますます動かぬものになった。この信念は一日にして生まれたものではないことが明白である。

最後は問題の二句「恒充二俄頃用一、豈為二古今一然」に注目してみよう。この二句は「且申二独往意一」の理由について述べたものである。なぜ詩人が独り往くことを決心し、俗世から離れて登仙しようとしたのか。仙人なら恒久を俄頃と見なすことができる故であり、古人を尊ぶためではない。『文選』李善注は「己の独往」は「豈に古を尊び今を卑しむ為にして然せんや」と解釈している。これは「古今」について極めて的確な説明である。つまり、古と今の違いがあるためにそうしている(独り往き華子期の後を追う)のではない。

「恒充二俄頃用一」は人間界と異なる神仙界の時間概念を集中的に表している。道教経典において古くからこの時間概念と関連する記述が見られる。後漢の『太平経』は已に「上天度世の者は、万歳を以て一日とす。其の次は千歳を一日とす。其の次は百歳を一日とす。其の次は乃至十日を一日とす」[19]と言及した。

この点を理解すれば、謝霊運は華子期を追憶する時、「恒充二俄頃用一、豈為二古今一然」一句を詠じた心境が読み取れるであろう。謝霊運にとって華子期は仙人であり、人間界の長く果てしない時間を一瞬に凝縮できる人物である。これは彼と凡人との区別であり、羨むべきところでもある。詩人はそれにより、塵世を離れて「独往」することを決意した。

三、「同枝條」は期待の仙人

「入二華子岡一是麻源第三谷」詩が表した時間概念を理解できれば、「発二帰瀬三瀑布一望二両渓一」の詩句「倘有二同枝條一、此日即千年」を理解することは難しくない。この二句も仙人・神仙界及び永遠の時間について詩人の思考を述べている。

「発二帰瀬三瀑布一望二両渓一」詩が描いたのは山中の暗く日差しが見えず（「窺レ岩不レ睹レ景、披レ林豈見レ天」）、静寂で人影がないところの風景である。[20] 蕭馳氏は資料調査と実地踏査を踏まえて、帰瀬三瀑布は現在嵊州貴門山の三懸潭であり、これは三面が絶壁に囲まれて、半分閉鎖的な井戸状の山頂から懸け落ちる滝が三段に分かれてそれぞれの滝壺に注ぐ幽深な絶景であると指摘した。[21] 山中の幽境において、詩人は「安知二巣穴難一」と、山の隠居生活の苦労を感歎しながら、このような生活に安んじている仙人と隠者のことを絶えず思い浮かべていた。もしこのような仙人に出会えれば、今日は千年（永遠）になり、自分は仙人と同じように時間の制限を超克できるようになる（仙人となり不死を手に入れる）。「同枝條」というのは、静寂で人影がない山中に暮らす隠者と仙人を指している。「同枝條」を俗世の知己・友人と理解するなら、なぜ詩人が長く困難な旅を経て幽深な山林に入り尋ねなければならないかが説明できない。一方、「同枝條」を山中に隠棲し簡単に俗世間の人と対面しない仙人・隠者と解すれば矛盾なく説明できる。詩人にとって、このような仙人・隠者を尋ねる旅はいくら困難でも行く価値があるものである。故に、詩の最後に「倘有二同枝條一、此日即千年」一句を以てその苦労を労った。

また、「幽篁未レ為レ邅」一句の「幽篁」という言葉も注意しなければならない。その典拠は楚辞「九歌・山鬼」の「余処二幽篁一兮終不レ見レ天、路険難兮独後来」によるが、謝詩はその意味を逆用している。謝詩が描いた山中は「山鬼」に見られる「幽篁」のように太陽が見えない場所であるが、謝霊運はそれを苦境としないのは、山鬼のような「山の霊」、即ち山中に隠居する仙人・隠士に会いたいという原動力があるためである。さらに、ここで「山鬼」に見られる「幽篁」を典拠として用いることにより、明らかに読者に「薜荔を被て女羅を帯とす」る山中の精霊である山鬼を連想させる表現効果が期待できる。

このような仙人に会いたい心境は謝霊運のほかの作品にも少なからず見られる。例えば左の「登二臨海嶠一初発二強中一作、与二従弟恵連一、見二羊何一共和レ之」という作品である。

杪秋尋二遠山一、山遠行不レ近。……欲下抑二一生歓一、并中奔千里遊上。……瞑投二剡中宿一、明登二天姥岑一。高高入二雲霓一、還期那可レ尋。儻遇二浮丘公一、長絶二子徽音一。[22]

傍点で示した詩句「欲抑一生歓」に見られる「一生の歓び」は俗世の知己を指すが、詩人はこれを棄てる（「欲抑」）ことを決意した。詩人に俗世の友人と共に過ごす歓びを諦めさせたのは、「千里の遊び」であり、「遠山を尋ねる」ことである。この詩には詩人の苦労に満ちた旅が具体的に描かれている。「攢れる念ひは別れの心を攻むるも、旦に清渓の陰を発す。瞑に剡中の宿に投じ、明に天姥の岑に登る」。詩人にこのように苦労を厭わず早朝に出発して夜遅く宿に泊まり、俗世の知己との楽しい集いを諦めさせたのは、傍点を付した最後の二句が記した仙人に会う期待である。「儻し浮丘公に遇はば、長く子が徽音を絶たん」。詩の最後に志を述べ、詩人が「千里の遊び」を経て尋ねたいのは仙人であることを明示した。「浮丘公」は仙人を指している。名門貴族に出自する謝霊運はよく自分自身を王子喬に喩えており、王子喬が浮丘公に出会ったように、彼もまた人生の色々な難題を解決してくれる仙人の良師に出会うことを期待している。「高高として雲霓に入れば、還期那ぞ尋ぬべけん」という詩句が表したように、仙人の後を追いこの世を去ったら、帰ってくる日はもうない。詩人の心の中は知己・友人と離別する憂いと悲しみに満ちていた。なぜなら詩人にとってこれは生死の別れなのである

さらに、「山居賦」に「賤レ物重レ己、棄レ世希レ霊。駭二彼促年一、愛二是長生一。冀二浮丘之誘接一、望二安期之招迎一。……陵二名山一而屡憩、過二巌室一而披レ情」（物を賤しみて己を重んじ、世を棄てて霊ならんことを希ふ。彼の促年に駭きて、是の長生を愛す。浮丘の誘接を冀ひ、安期の招迎を望む。……名山に陵りて屡ば憩ひ、巌室を過ぎりて情を披く）とあり、その自注は「浮丘はこれ王子喬の師、安期先生はこれ馬明生の師。……数ば名山を経歴し、余に巌室に遇ひ、其の情性を披露す。且に長生を獲らんとす」[23]と述べている。ここには山中の石室で仙人に出会い、互いに心を開いて心中を語り、不老不死を得ることへの期待が記されている。

四、仙人との出会いを期待する背景

謝霊運が仙人との出会いを願ったのは詩人の個人的理由と

時代的背景がある。個人的理由として、謝氏一族は遺伝性の病を患っていることが挙げられる。[24]謝霊運自身も「勧レ伐二河北一書」に「消渇十年なり、常に朝露を慮る」と述べている。[25]時代的背景として、謝霊運が生きている時代における「名山地仙」思想の展開が挙げられる。神仙思想は古来から存在するが、魏晋朝に発展した「地仙説」は仙人を地上に下降させ、人間と同じ空間において捉えた。

『抱朴子内篇・対俗』は「之を先師に聞いて云ふ、仙人或いは昇天し、或いは住地す、要は倶に長生し、去留は各其の好む所に従ふのみ」[26]と述べている。『抱朴子内篇・論仙』は「仙経に按じて云ふ、上士は形を挙げ虚に昇り、これを天仙と謂ふ。中士は名山に遊び、これを地仙と謂ふ。下士は先ず死し後に蛻し、これを尸解仙と謂ふ」[27]と述べている。

これはいわゆる三品仙説である。[28]この三品仙説は後にさらに展開し細分化された。例えば、『紫陽真人内伝』において中嶽仙人が周紫陽に告げたように、東晋時代の上清派はさらに一品ごとに二層に分けた。[29]また、六朝時代の陶弘景は三品仙説を整理し七階に分け、『真霊位業図』を著した。[30]しかし、葛洪が『抱朴子内篇・論仙』において述べたこの簡潔な概論は嚆矢であり、後世に与えた影響も大きい。『道教義枢』巻一「位業義第四」は葛洪の説を引用し、「此は即ち直に昇天を取るは天仙と曰ふ、地に遊ぶは地仙と曰ふ、蛻形するは尸解と曰ふ」と、注を加えた。[31]

しかし、この三品仙説は分類基準の不統一という問題が残っている。天仙と地仙は仙人が身を置く空間の違いによって分類されている。空に昇り天界で遊歴できる者は天仙であり、空に昇ることができず地上に留まり、名山に隠棲する者は地仙である。その一方、屍解仙は仙人になる方法で定義されている。仙人になる方法により、仙者を屍解を経た者と経ていない者に大別できる。仙人になるには屍解を経なければならないというのは漢代の旧説である。つまり、死は仙人になる起点であり、墓室はその「煉形の宮」である。そのため、屍体と墓葬の処理は極めて重要である。[32]後漢末に、屍解を経ず——死を経験せずに仙人になる思想が生まれた。[33]仙人になるには死を経験することが必要かどうか、これは極めて重要な問題である。なぜなら、これは仙人になるための修行方法と深く関わっているためである。

魏晋朝の神仙説は屍解を経ずに仙人になる方向へと展開した。そのため、葛洪は三品仙説において旧来の屍解仙（屍解を経て仙人になる者）を下品に分類した。実は当時において葛洪の最も重要な貢献は天仙説ではなく、地仙説を提起したことである。

仙人が空に昇り天界に入る認識は遅くとも漢代に見られるが、仙人が天上界に昇らず地上に留まることが可能であるという考え方は、漢末以降に形成され魏晋朝に流行した新説である。この考えを最初に論理化したのは葛洪である。葛洪は地仙が名山に隠棲することが可能であると指摘したのみでなく、地仙になる具体的な方法は金丹の半分を服用することであると提起した。『抱朴子・対俗』に「仙人或いは昇天し、或いは住地す。要は倶に長生し、去留各其の好む処に従ふのみ。また還丹金液を服する法、若し且く世間に留まらんと欲する者は、但だ半剤を服して其の半を録す。若し後に昇天を求めば、便ち尽くこれを服す」とある。同篇には「昔安期先生、龍眉甯公、修羊公、陰長生、皆金液の半剤を服する者なり。其の世間に止まり、或いは千年に近し。然して後去る」[34]と、地仙の具体例も挙げられている。

このような地仙思想はさらに魏晋朝の隠逸思想と融合した。例えば、『神仙伝・白石先生伝』に「白石先生は、中黄丈人の弟子なり。彭祖の時に至りて、已に二千歳余りなり。肯へて昇天の道を修せず、但だ不死を取るのみ、人間の楽しみを失はず。……彭祖これに問ひて曰ふ、何ぞ昇天の薬を服せざらん。答へて曰ふ、天上復た能く人間に比して楽しまんや。但だ老死せしむるなきのみ。天上に至尊多く、相奉る事、更に人間より苦し。故に時の人は白石先生と呼び隠遁の仙人なり。昇天して仙官となるに汲々とせざるを以て、亦た聞達を求めざるがごときなり」[35]と、地仙の白石先生の伝記が記されている。

最も重要なのは、これらの地仙は名山に隠棲していることである。『抱朴子内篇・金丹』は「中国名山」二十七山と「江左名山」八山を挙げている。[36]「正神が其の山中にあり」、様々な精霊妖怪、魔物の妨害と試練に対抗できるため、これらの名山においてこそ「精思し仙薬を合して作る」ことができると指摘した。これらの名山にはすべて地仙がいる。葛洪は「其の中に或いは地仙の人有り。上は皆芝草生ふ。以て大兵大難を避けるべき、但だ中に於いて以て薬を合すのみならず」[37]と、明確に名山と地仙の関係を記した。

これも謝霊運が苦労を厭わず山に登り水を渉る[38]（『遊名山記』を記した）動機の一つである。つまり、魏晋朝における地仙思想の新たな展開の一番重要な影響は、仙人は天上界・蓬莱崑崙のみでなく、人間界・名山にも存在することを当時の人々に知らしめた点である。頻りに探し求めれば、地仙に出会うことが叶えるかもしれない。出会っていないのは名山に仙人がいないためではなく、仙人が故意に人間との対面を避けたためである。同じ心を持つ人が尋ねた場合のみ、仙人が現れるのである。

五、結論

葛洪『抱朴子内篇・釈滞』に「内に養生の道を宝とし、外に則ち世に和光す。世を治めて身長く修す。国を治めて国太平なり。六経を以て俗士に訓し、方術を以て知音に授く」[39]とある。謝霊運詩の「同枝條」は即ち彼が考えた「方術知音」である。方術は、仙方仙術である。この考え方の影響下、謝霊運が積極的に山に入り同心の知己（地仙の人）を探し求めたのもまた怪しむべきことではない。

以上のように、謝霊運の詩文を理解するには、六朝時代の神仙思想に関する知識が欠かせない。「発二帰瀬三瀑布一望二両渓一」と「入二華子岡一是麻源第三谷」などの詩は永遠と瞬間の転換という時間概念を表現しており、当時の仙人及び神仙界に対する思考と認識を表している。「発二帰瀬三瀑布一望二両渓一」詩における「倘有レ同二枝條一」は、人間界の知己・友人を指す言葉ではなく、詩人が追い求めた同心の仙人を表現したものである。

注

（1）顧紹柏『謝霊運集校注』（里仁書局、二〇〇四年）二六六頁。（訳者注：詩中の傍点は稿者による。訓読は森野繁夫『謝康楽詩集』（白帝社、一九九三年）を参考にした。以下同じ。）

（2）黄節『謝康楽詩注』（中華書局、二〇〇八年）一四六頁。

（3）葉笑雪『謝霊運詩選』（古典文学出版社、一九五七年）一〇〇頁。

（4）注2黄節『謝康楽詩注』一四六頁。

（5）注3葉笑雪『謝霊運詩選』一〇〇―一〇一頁。

（6）注1顧紹柏『謝霊運集校注』二六九頁。

（7）注1顧紹柏『謝霊運集校注』二六七頁。

（8）蕭馳「従実地山水到話語山水――謝霊運山水美感之考掘」（『中国文哲研究集刊』三七、二〇一一年）一九―二一頁。

（9）注1顧紹柏『謝霊運集校注』二八八頁。

（10）『文選』巻二十六（上海古籍出版社、一九八六年）一二五〇頁。

（11）『文選』巻二十六、一二五〇頁。

（12）『考異』（『文選』巻二十六、一二五二頁）に「「恒」当作「常」、注引司馬彪『莊子注』曰「常、久也」、可証」とある。

（13）顧紹柏は注の中で『文選考異』の指摘に言及しているが、議論を展開していない。

（14）宋代以前の書籍に引用された『神仙伝』のテキストは信憑性がより高いため、本稿は唐代と宋代の類書に引用された『神仙伝』華子期伝を用いる。『神仙伝』のテキストについての先行研究は、Benjamin Penny, "The Text and Authorship of *Shenxian Zhuan*" (*Journal of Oriental Studies* (Hong Kong), 34.2, 1996, pp.165-209）を参照。

（15）『仙苑編珠』巻上（『道蔵』第十一冊）二七頁中。

（16）『雲笈七籤』巻一〇九（中華書局、二〇〇三年）二三六四頁。

（17）吉川忠夫・麦谷邦夫編・朱越利訳『真誥校注』巻十一（中

国社会科学出版社、二〇〇六年）三六一頁。

（18）注1顧紹柏『謝霊運集校注』二九一頁。

（19）孟安排『道教義枢』巻九・浄土義第三十一（『道蔵』第二十四冊、八三三頁）に引かれた『太平経』の佚文である。姜生「漢代仙譜考」（『漢帝国的遺産　漢鬼考』第三章、二一四頁）に関連の記述が見られる。

（20）注8蕭馳「従実地山水到話語山水――謝霊運山水美感之考掘」二二頁に謝霊運が意図的に人里から離れた山林を尋ねたことについて言及している。

（21）注8に同じ。

（22）注1顧紹柏『謝霊運集校注』二四五頁。

（23）注1顧紹柏『謝霊運集校注』四五九―四六〇頁。

（24）丁紅旗「東晋南朝謝氏家族病史与道教信仰」（『宗教学研究』三、二〇〇六年）一七二―一七三頁。

（25）注1顧紹柏『謝霊運集校注』五〇四頁。

（26）王明『抱朴子内篇校釈』巻三（中華書局、一九八五年）五二頁。

（27）注26王明『抱朴子内篇校釈』巻二、二〇頁。

（28）三品仙説について、李豊楙「神仙三品説的原始及其演変――以六朝道教為中心的考察」（『仙境与遊歴　神仙世界的想像』中華書局、二〇一〇年、一―四六頁）を参照。

（29）上清派の仙人の階級について『紫陽真人内伝』（『雲笈七籤』巻一〇六、二二九七頁）に「仙人曰、薬有二数種一、仙有二数品一。有二乗レ雲駕レ龍、白日昇天、与二太極真人一為レ友、拜為二仙官之主一。其位可レ司二真公、定元公、太生公、及中黄大夫、九気丈人、仙都公一。此皆上仙也。或為二仙卿、大夫一、上仙之次也。或遊二行五嶽一、或造二太清一、役二使鬼神一、中仙也。或受二封一山一、総二領鬼神一、或遊二翔小有一、群二集清虚之宮一、中仙之次也。若二食レ穀不レ死、日中無レ影、下仙也。或白日屍解、過二死太陰一、然後乃仙、下仙之次也」とある。注28李豊楙氏『仙境与遊歴　神仙世界的想像』一五―一六頁を参照。

（30）梁陶弘景撰・唐閭丘方遠校訂『洞玄霊宝真霊位業図』（『道蔵』第三冊、洞真部譜録類）。

（31）『道蔵』第二十四冊、八一一頁上。

（32）姜生は済南無影山西漢墓と長沙馬王堆一号墓を例に戦国時代から漢代までの屍解仙信仰を論じた。詳細は氏の論文「漢墓的神薬与屍解成仙信仰」（『四川大学学報』二〇一五年第二期、二八―四二頁）、「馬王堆帛画与漢初「道者」的信仰」（『中国社会科学』二〇一四年第一二期、一七六―一九九頁）、『漢帝国的遺産　漢鬼考』第四章・第五章（科技出版社、二〇一六年）を参照。

（33）姜生「漢代仙譜考」（『漢帝国的遺産　漢鬼考』二七四―二七五頁）に「後漢末、道教の提唱者たちは死後成仙の旧い宗教伝統に反対し、不死にして仙人となることを提唱し、殺伐することを極力反対した。……『太平経』は「天者、大貪レ寿、常生也。仙人亦貪レ寿、亦貪レ生。貪レ生者不二敢為レ非、各為レ身計レ之」という生を惜しみ死を畏れる修道法を掲げた」とある。

（34）注26王明『抱朴子内篇校釈』巻三、五二―五三頁。

（35）『太平広記』巻七に引用された『神仙伝』（中華書局、一九六一年）四四頁。

（36）注26王明『抱朴子内篇校釈』巻四、八五頁に「又按二仙経一、可下以二精思一合作中仙薬上者、有二華山、泰山、霍山、恒山、嵩山、少室山、長山、太白山、終南山、女几山、地肺山、王屋山、抱犢山、安丘山、潜山、青城山、娥眉山、綏山、雲臺山、羅浮山、陽駕山、黄金山、鱉祖山、大小天台山、四望山、蓋竹山、括蒼山一。此皆是正神在二其山中一。……若レ不レ得レ登二此諸山一者、海中大島嶼、亦可レ合レ薬。若二会稽之東翁洲、亶洲、紵嶼、及徐州之莘莒洲、泰光洲、鬱洲一、皆其次也。今中国名山不レ可レ得レ至、江東名山之可レ得レ住者、有二霍山一、在二晋安一。長山、太白、在二東陽一。四望山、大小天台山、蓋竹山、括蒼山、並在二会稽一」とある。

(37) 注36に同じ。

(38) 謝霊運の遊歴は、ただの山水の遊びでなく、その苦労は謝霊運の詩賦に屡々見られる。例えば、「従二斤竹澗一越レ嶺渓行」（顧紹柏『謝霊運集校注』、一七八頁）に「逶迤傍二隈隩一、苕遞渉二陘峴一。過レ澗既歴レ急、登レ棧亦陵レ緬」とある。「還二旧園一作見二顔范二中書一」（同、一八三頁）に「浮二舟千仞壑一、総二轡万尋巓一。流沫不レ足レ険、石林豈為レ艱」とある。「石門新二営所レ住四面高山、迴渓石瀬、修竹茂林」（同、二五六頁）に「躋レ険築二幽居一、披レ雲臥二石門一。苔滑誰能歩、葛弱豈可レ捫」とある。これらの詩句は詩人が山に登り水に渉る時に経験した困難と危険を極めて具体的に描き出している。

(39) 注26王明『抱朴子内篇校釈』巻八、一四八頁。

【III 自然・山水・隠逸――古代日本の受容】

日本の律令官人たちは自然を発見したか

高松寿夫

たかまつ・ひさお――早稲田大学文学部教授。専門は日本上代文学。著書に『上代和歌史の研究』（新典社、二〇〇七年）、『日本古代文学と白居易』（共編、勉誠出版、二〇一〇年）、『柿本人麻呂』（笠間書院、二〇一一年）などがある。

謝霊運は、左遷され任地に赴く中で山水詩に目覚めたという。日本で律令政治が始動した時期、辺境には特異な自然環境が展開しているという認識は、日本にも存在したことは確認できる。それでは、実際に地方官として遠国に赴任した官僚には、任地の独特の自然環境に触発され、文学的営為を試みた人物は存在しただろうか。

はじめに

謝霊運が山水詩の名手と目されるような、叙景描写に優れた作品の数々を創出するようになるのは、彼が永嘉太守に左遷された以降のことだという。小尾郊一「山水をうたう詩」(1)によれば、永初三年（四二二）の秋、永嘉に赴任する途上で、謝霊運は故郷である始寧の宅に立ち寄るが、そこで詠作した「過始寧墅」（『文選』巻二六）が、彼の山水詩の最初だという。その本文は次のとおりである(2)。

束髪懐耿介、逐物遂推遷。違志似如昨、二紀及茲年。緇磷謝清曠、疲薾慙貞堅。拙疾相倚薄、還得静者便。剖竹守滄海、枉帆過旧山。山行窮登頓、水渉尽洄沿。巌峭嶺稠畳、洲縈渚連綿。白雲抱幽石、緑筱媚清漣。葺宇臨廻江、築観基会巓。揮手告郷曲、三載期帰旋。且為樹枌檟、無令孤願言。

（束髪より耿介を懐《いだ》けるも、物を逐ひて遂に推し遷る。志に違へるは昨の如きに似たるも、二紀にして茲年に及ぶ。緇磷は清曠を謝し、疲薾して貞堅に慙づ。拙と疾と相倚薄し、還つて静者の便を得たり。竹を剖きて滄海に守たり、帆を枉げて旧山に過る。山行には登頓を窮め、水渉には洄沿を尽す。巌は峭しくして嶺は稠畳し、洲は縈《めぐ》りて渚は連綿たり。白雲は幽石を抱き、緑篠は清漣に媚ぶ。宇を葺いて廻江に臨み、観を築いて会巓に基す。手を揮ひて郷曲に告ぐ、三載にして帰旋を期す。且つ為に枌檟を樹ゑよ、願言に孤《そむ》かしむる無かれと。）

これは謝霊運にとって初めての山水詩というにとどまらず、漢詩の世界における山水詩の嚆矢と称すべき作であると小尾論文はいう。一首の主旨は、「任期が終わったら懐かしい故郷に帰って隠遁したいという決意を述べ」ることにあるようであるが、その中で展開される故郷の山水の描写――第十一句「山行窮登頓」から六句にわたって展開する――が、それ以前の漢詩における自然描写の質と一線を画している点で、注目されるのだという。この部分、「表面的には前後の作者の感情とは関係なく、作者の眼に触れた風景をそのままに描写したもののようで」、「客観的に描写した」「ことばの正しい意味において、叙景といいうるもの」だと、小尾論文は指摘する。以後、任地の永嘉に赴くまでの途上作や永嘉太守在任中の詩作の数々をとおして、謝霊運は多くの山水詩を詠出してゆくという。

謝霊運が永嘉滞在中に山水詩をよくしたことは、すでに『宋書』の伝においてもそれをうかがわせる記述を認める。[3]

少帝即位、権在大臣。霊運構扇異同、非毀執政。司徒徐羨之等患之、出為永嘉太守。郡有名山水、霊運素所愛好。出守既不得志、遂肆意游遨、偏歴諸県、動踰旬朔。民間聴訟、不復関懐。所至輙為詩詠、以致其意焉。在郡一周、称疾去職、従弟晦・曜・弘微等、並与書止之、不従。

（少帝位に即き、権は大臣に在り。霊運は異同を構扇し、執政を非毀す。司徒徐羨之等之を患ひ、出だして永嘉太守と為す。郡に名山水有り、霊運素より愛好する所なり。出だされて守となり既に志を得ざれば、遂に意を游遨に肆《ほしいまま》にし、諸県を偏歴して、動《やや》もすれば旬朔を踰《こ》ゆ。民間の聴訟は、復た懐《おも》ひに関せず。至る所輙ち詩詠を為し、以て其の意を致す。郡に在ること一周、疾と称して職を去る、従弟の晦・曜・弘微等、並びに書を与へて之を止むるも、従はず。）

任地周辺に山水の名所が多く（「郡有名山水」）、もともと山水を好んだ謝霊運（「霊運素所愛好」）は、政務そっちのけ（「民間聴訟、不復関懐」）で意のままに各地を長期にわたって遨遊遍歴し（「肆意游遨、偏歴諸県、動踰旬朔」）、先々で詩をものした（「所至輙為詩詠」）。それというのも、不本意な人事（「出守既不得志」）への鬱屈を解消するため（「以致其意焉」）であったという。謝霊運が山水詩というジャンルを獲得した経緯を単純化して捉えるならば、謝霊運は地方へ赴任する過程で山水を言語化することに目覚め、地方滞在中にそれをひとつの範疇として確立した、ということになる。

筆者は、日本の上代文学を専攻する者であるが、地方への赴任が自然の新しい捉え方を発見する契機となり、実践の場となったという、この謝霊運が山水詩を獲得した状況には、かねてから、日本の上代文学を考えるにあたっても、重要な示唆を与えてくれる事柄であるように感じてきた。

たとえば、日本の政権では、七世紀以来、遣隋使や遣唐使などをとおして漢土の諸制度を学び、中央集権的な新しい国家のあり様を模索してきた。七世紀末の浄御原令の施行、そして八世紀になると、大宝律令の施行といったことに象徴されるように、中央集権的なシステムを一応整え、それに伴って、中央の官僚が地方に赴任し行政を担当することが本格的に始動する。つまり、七世紀末から八世紀初頭の頃とは、当時の王権の版図の隅々に、中央出身の官僚が大量に赴任し滞在することが、日本の歴史上初めて常態化した時代だった。

そのようななかで、それまで経験したことがない風土に生活することをとおして、新たな自然観に目覚め、その感動を言語化してみようと試みるような動向は、この時期の日本の言説に果たして認められないものであろうか。いうなれば日本の謝霊運的な存在は確認できるのか、もし存在しなかったとしたならば、それにはなにか理由があったのだろうか――そんな関心に駆られるのである。

一、辺境に立ち現れる自然

本稿の問題の設定の仕方に、読者は飛躍を感じるかもしれないが、このようなことを考えるのも、ひとつの確かな前提があるからである。中央を遠く離れた地には、特異な自然環境が存在するという認識自体は、奈良時代初期の日本に確かに存在したのである。

たとえば、富士山を認識するのもこの時期に始まる。少なくとも現存するもので富士山を言語化した最古の事例は、『万葉集』巻三に掲載される次の作品群ということになる。(4)

山部宿祢赤人望不尽山歌一首并短歌

天地《あめつち》の　分かれし時ゆ　神《かむ》さびて　高く貴《たふと》き　駿河《するが》なる
富士《ふじ》の高嶺《たかね》を　天《あま》の原《はら》　振《ふ》り放《さ》け見れば　度《わた》る日《ひ》の　影《かげ》
も隠《かく》らひ　照る月の　光も見えず　白雲《しらくも》も　い去《ゆ》き憚《はばか》り
時《とき》じくそ　雪は落《ふ》りける　語り継《つ》ぎ　言ひ継ぎ往《ゆ》かむ
富士の高嶺は（三一七）

反歌

田子《たご》の浦《うら》ゆ　うち出《い》でて見れば　真白《ましろ》にそ　富士の高嶺に　雪は零《ふ》りける（三一八）

詠不尽山歌一首并短歌

なまよみの　甲斐《かひ》の国　うち縁《よ》する　駿河の国と　こちごちの　国のみ中《なか》ゆ　出で立てる　富士の高嶺は　天雲《あまくも》も　い去き憚り　飛ぶ鳥も　翔《と》びも上《のぼ》らず　燎《も》ゆる火を　雪以《も》て滅《け》ち　落る雪を　火用《も》て消《け》ちつつ　言ひも得ず　名づけも知らず　霊《くす》しくも　座《いま》す神かも　石花《せ》の海と　名付けて有るも　彼《そ》の山の　堤《つつ》める海そ　富士川と　人の渡るも　其《そ》の山の　水の激《たぎ》ちそ　日本《ひのもと》の　大和《やまと》の国の　鎮《しづ》めとも　座《いま》す祇《かみ》かも　宝《たから》とも　成《な》れる山かも　駿河なる　富士の高峰《たかね》は　見れど飽《あ》かぬかも（三一九）

反歌

富士の嶺《ね》に　零り置く雪は　六月《みなつき》の　十五日《もち》に消《け》ぬれば　其の夜《よ》降りけり（三二〇）

富士の嶺を　高《たか》み恐《かしこ》み　天雲も　い去き憚り　たなびくものを（三二一）

右一首高橋連虫麻呂之歌中出焉[5]　以類載此

富士山という、東国の辺境に一峰抜きんでて聳え立つ山を、専らその広大さに注目して讃美するという一首のあり方は、それ以前の和歌には見られない新しいものであった。それぞれの作者である山部赤人と高橋虫麻呂とは、ともに奈良時代の初期、七二〇年代ごろを中心に活躍した歌人である。同時代の歌人が突如このような主題を詠作するのは、おそらく風土記の編纂といった動向と連動するものだろうと、以前に指摘した。[6]

夫筑波岳、高秀于雲。最頂西峰崢嶸、謂之雄神不令登臨。但、東峰四方磐石、升陟坱圠、其側流泉、冬夏不絶。

（夫れ筑波の岳は、高く雲に秀でにたり。最頂の西の峰は崢《さ》嶸《が》しく、雄の神と謂ひて登臨《のぼ》らしめず。但、東の峰は四方に磐石あれども、升陟《のぼ》るひと坱圠《かぎりな》し、其の側《かたわら》の流るる泉は、冬も夏も絶えず。）

（『常陸国風土記』「筑波郡」）

肥後国。閼宗県。々坤廿餘里、有一禿山、曰閼宗岳。頂有霊沼。石壁為垣。【計可縦五十丈、横百丈、深或廿丈或十五丈。】清潭百尋、鋪白緑而為質。彩浪五色、絚黄金以分間。天下霊奇、出玆華矣。時々水満従南溢流、入于白川、衆魚酔死。土人号曰苦水。其岳之為勢也、中天而傑峙、包四県而開基。触石興雲、為五岳之最首。濫觴分水、寔群川之巨源。大徳巍々、諒人間之有一。奇形杳々、伊天下之無双。居在地心、故曰中岳。所謂閼宗神宮、是也。

（肥後の国。閼宗の県。県の坤のかた廿餘里に一禿の山有り、閼宗の岳と曰ふ。頂に霊しき沼有り。石壁もて垣と為り。【計るに縦は五十丈、横は百丈、深さは或るところは廿丈或るところは十五丈ばかりなり。】清き潭は百尋にして、白き緑を鋪きて質と為。彩《うるは》しき浪は五色にして、黄金を絙《は》へて間を分ちたり。天の下の霊奇、玆の華を出せり。時々に水満ち南のかたゆ溢れて流れ、白川に入れば、衆くの魚酔ひて死ぬ。土人号けて苦水と曰ふ。其の岳の勢、中天に傑峙《そばだ》ち、四の県を包みて基を開く。石に触れて雲を興し、五の岳の最首に為《あ》り。濫觴水を分《くま》り、寔に群《おほ》くの川の巨きなる源にあり。大き徳は巍々《さがしくそび》え、諒に人間に一つのみ有り。奇《くすし》き形は杳々《くらくそび》え、伊《これ》天下に双び無し。地の心に居在《あ》り、故、中岳と曰ふ。謂ゆる閼宗の神宮、是なり。）

（『釈日本紀』巻十所引『筑紫風土記』逸文）

「崢嶸」（筑波岳）「傑峙」「巍々」（閼宗岳）などと山岳の高さを強調すること、それにあたって「高秀于雲」（筑波岳）と雲をも凌ぐということ、その高山が「包四県而開基」「居在地心」（閼宗岳）と大地の中心に屹立するということ等々、山部赤人や高橋虫麻呂の富士山歌に通じる描写であること、明らかであろう。筑波岳・閼宗岳いずれでも周辺の涌泉や池沼について述べるのも、高橋虫麻呂歌で富士川や石花の海に言及することと無関係ではあるまい。風土記は、和銅六年（七一三）の官命に基づいて漸次各国で編纂された。『常陸国風土記』は養老から神亀にかけて（七一七～七二九）の成立との見方が有力であり、[7]『筑紫風土記』は天平四年（七三二）以降ほどなくの成立とされる。[8]つまり、これら風土記の成立は山部赤人や高橋虫麻呂とほぼ同時代[9]の言説なのであり、富士山歌と風土記の描写には、共通の状況を背景に有することが想定される。旧稿では風土記編纂の機運が、歌人たちに新たな主題と表現を拓かせたものと考えた。それは、『万葉集』掲載の富士山歌と風土記の記事との二者の関係として捉えるときにいえる事柄であるが、ほぼ同時期の言説として、次のような例にも注目される。[10]

日本武尊、進入信濃。是国也、山高谷幽、翠嶺万重、人倚杖而難升。巌嶮磴紆、長峰数千、馬頓轡而不進。然日本武尊、披煙凌霧、遥徑大山。

（日本武尊は、信濃に進入《いでい》りたまふ。是の国は、山高くして谷幽《ふか》く、翠嶺万重にして、人杖に倚りても升り難し。巌嶮しくして磴《かけはし》紆《めぐ》り、長峰数千にして、馬轡を頓《とど》めて進まず。然るを日本武尊、煙を披け霧を凌ぎ、遥に大山を徑《わた》りたまふ。）

（『日本書紀』景行天皇四十年条）

人を容易に近づけさせない深山幽谷の描写で、富士山歌や風土記の記事同様、これ以前にはなかった種類の描写である。

『日本書紀』は養老四年（七二〇）の成立。その文章は段階的に成立した可能性もあり、個々の文章の成立時期については一概に特定できないが、掲げた箇所は、『日本書紀』の成立に近い時期の文飾と考えてよいであろう。養老四年という時期は、やはり富士山歌や先掲の風土記記事の成立とほぼ同時代といってよい時期である。『日本書紀』は史書なので、もとより自然に関わる言説はほとんど見出せない。掲げた箇所は、『日本書紀』に見出せるほぼ唯一の自然描写であるということもできるように思われる。景行天皇の皇子である日本武尊が、東日本の様々な勢力を王権の統治下に収めるべく、遠征の旅をする記述の中に見える一節である。

『万葉集』の富士山歌と風土記の山岳描写に、前節でとりあげた『日本書紀』の描写を加えて、その同時代性といったものを改めて捉え直してみると、どうなるだろうか。それはつまり、中央の政権が辺境への関心を高めた動きと連動するものだったということなのではないだろうか。中央が辺境を意識すると、中央に属する側の日常とは異なる環境としての自然を発見することになる、という構図である。辺境ゆえに立ち上がって来る自然というものが、この時期に認識されたといえる。

二、漢籍受容による自然描写

辺境ゆえに立ち上がって来る自然が存在するという認識が、日本の八世紀初頭ににわかに意識され、具体的な言説となって現れて来るわけであるが、しかし、その具体化された表現や語彙は、オリジナリティの産物とは言い難く、粉本となるものがあった。たとえば、前節の最後で取り上げた景行紀の記事については、『書紀集解』が左掲のような粉本を指摘している。

巖磴深阻、盤紆絶峻。翠嶺万重、瓊崖千仭。馬頓轡而莫升、車摧輪而不進。

（巖磴深阻にして、盤紆絶峻たり。翠嶺万重し、瓊崖千仭なり。馬轡を頓めて升ること莫く、車輪を摧きて進まず。）

（虞世南「獅子賦」『文苑英華』巻一三二）

本文に傍点を付した箇所が、そのまま問題の景行紀の本文に一致する。一致していないまでも、景行紀の記事と類似が指摘できる箇所も認められる。これだけ集中的に一致や類似が認められるのであるから、直接的な影響関係があることはほぼ確実であろう。『日本書紀』のこの部分の作文にあたって、なぜ虞世南「獅子賦」などという作品を粉本とするのか、そしてなにによってその作品を景行紀の述作者は知ったのかなど、誠に興味深い問題だと思うが、それらについてここでは深入りしない。[11] いずれにせよ、景行紀は漢籍の表現に倣って作文しているのであり、みずからの経験や実感に基づいて表現しているわけではない。ある種、観念的な綴文の産物ということになる。ことは山部赤人や高橋虫麻呂の富士山歌にもあてはまる。このこともすでに旧稿において指摘したことであるが、若干の補足も加えて左に示してみる。

＊高く貴き（三一七）…高山を「たふとし（貴／尊）」と捉える

山莫尊於岳、沢莫盛於瀆。
（張昶「西岳華山堂闕碑序」『藝文類聚』巻七「山部上・華山」）

太華神掌、以削成而称貴。
（顧野王「虎丘山序」『藝文類聚』巻八「山部下・虎丘山」）

＊度る日の　影も隠らひ　照る月の　光も見えず（三一七）…高山が太陽や月の光りを遮る

岑崟参差、日月蔽虧。交錯糾紛、上干青雲。
（司馬相如「子虚賦」『文選』巻七）

昼夜蔽日月、冬夏共霜雪。（謝霊運「登廬山絶頂望諸嶠詩」『藝文類聚』巻七「山部上・廬山」）

終南敦物、日月虧蔽、杶幹栝柏、椅桐梓漆、年代蘊積、于何不有。（庾信「終南山義谿銘」『庾子山集』巻十二）

＊白雲も　い去き憚り（三一七）…高山が雲を停滞させる（三一九、三二〇にも）

岑崟参差、日月蔽虧。交錯糾紛、上干青雲。
（司馬相如「子虚賦」『文選』巻七）

崑閬天竦、五岳雲停。
（庾肅之「山賛」『藝文類聚』巻七「山部上・総載山」）

発地多奇嶺、干雲非一状。
（沈約「遊鍾山詩」『藝文類聚』巻七「山部上・鍾山」）

山峰嶕嶢、凌雲済竦。
（盛弘之「荊州記」『藝文類聚』巻八「山部下・石鼓山」）

流風佇芳、翔雲停藹。
（孫綽「太平山銘」『藝文類聚』巻八「山部下・太平山」）

壁立干雲、有懸度之険。
（孔霊符「会稽山記」『藝文類聚』巻八「山部下・会稽諸山」）

＊時じくそ　雪は落りける（三一七）…高山には常に積雪がある

曰小咸之山、無草木、冬夏有雪。
（『山海経』「北山経」）など

昼夜蔽日月、冬夏共霜雪。（謝霊運「登廬山絶頂望諸嶠詩」『藝文類聚』巻七「山部上・廬山」）

陰澗落春栄、寒巌留夏雪。

（孔稚珪「遊太平山詩」『藝文類聚』巻八「山部下・太平山」）

＊こちごちの　国のみ中ゆ　出で立てる　富士の高嶺は（三一九）…大地の中心に屹立する

崑崙墟在西北、去嵩高五万里、地之中也。

（『水経注』巻一「河水」）

崑崙山、天中柱也。

（「龍魚河図」『藝文類聚』巻七「山部上・崑崙山」）

＊飛ぶ鳥も　翔びも上らず（三一九）…空を飛ぶ鳥の行く手も阻む

鳥道乍窮、羊腸或断。

（庾信「秦州麦積崖仏龕銘」『庾子山集』巻十二）

翠微横鳥路、珠澗入星橋。

（李巨仁「登名山篇」『文苑英華』巻二一一）

峰高鳥路、月対林垂。

（唐高宗「玉華宮山銘」『文苑英華』巻七八七）

＊富士川と　人の渡るも　其の山の　水の激ちそ（三一九）…名山は河川の源でもある

四瀆、河出昆侖墟、江出岷山、済出王屋、淮出桐柏。八流亦出名山。

（『博物志』巻一）など

辺境の威容を誇る山岳という観念は獲得しているが、その造形はほぼ漢籍の受け売りで、実感や実体験に基づき独自に造形するという意思は、少なくとも顕著とはいえない。先行する発想や表現に基づきながら作品を造形することは、謝霊運の山水詩にしても、もちろん認められる。例えば、右の挙例で「度る日の　影も隠らひ　照る月の　光も見えず」と「時じくそ　雪は落りける」との項で重複して挙げた謝霊運「登廬山絶頂望諸嶠詩」の一節なども、司馬相如「子虚賦」の発想や『山海経』記事の類型の末裔に位置付けられるものであった。すでに蓄積された類型的発想や表現を取り込みつつも、故郷や任地の景勝を前にした印象を巧みに言語化し、自然描写の世界を切り拓いていったのが、謝霊運の山水詩だったということになる。そのような営為に比較するならば、山部赤人の富士山詠は、ほぼオリジナリティが見出せない。高橋虫麻呂の富士山詠では、「燎ゆる火を　雪以て滅ち落る雪を　火用て消ちつつ」の部分は、富士山の河口付近を捉えた奇抜な描写で目を引くが、しかしとうてい実見に基づくとは思えない。「石花の海」や「富士川」といった固有名詞を多用する点にも、現地性を強く出す工夫がうかがえなくもないが、やはり対象が漢籍の類型の範囲に納まってしまっている。

三、大伴家持による自然の発見

日本における七世紀末から八世紀の頃とは、本稿の第一節でも述べたとおり、実際に中央出身の官人が、地方官として辺境地域も含めた全国各地に赴任し、数年間の現地生活を体験することが常態となった時期でもある。国司の遥任制や受領階層の形成といった動きはまだみられず、朝廷に出仕する者が家柄や身分に関係なく、地方官として赴任する機会が多い時期であったのは確かである。したがって、指摘したような意識と相俟って、個人的な体験の次元で、自然の発見が繰り返された時期でもあったはずであるが、その痕跡を具体的な言説に求めることは、実は案外に難しい。

『万葉集』において、地方赴任中の作品を多くとどめる歌人の一人に、大伴旅人（六六五～七三一）がいる――神亀四年（七二七）ごろから天平二年（七三〇）まで、大宰帥――が、任地周辺の自然に殊更な関心を寄せた様子は確認できない。あえて指摘するならば、彼が梅の花見の宴を天平二年（七三〇）正月に赴任先の自邸で開催し、そこで列席者による和歌の競作が成された（『万葉集』巻五・八一五～八四六）ことは、注目してもよいかもしれない。意外にも、この歌群以前に梅花を詠んだ和歌の確例はない。そもそも梅そのものが外来種で、和歌の素材としては、奈良時代に入ってから定着したもののようである。つまり大宰府の「梅花の宴」の歌群は、『万葉集』における（ということは和歌史における）梅花詠の極初期に位置する作品であり、そこで三十首にあまる詠歌がまとめて成ったということは、きわめて特異な営みであったといえる。この観梅の宴は、もちろん主催する大伴旅人が領導したものであったろうが、彼にそれが可能であったのは、彼の赴任地が海外諸国（唐、新羅…）に開けた地＝大宰府（大宰府には外交窓口としての機能もある）であったことと関わりがあるのかもしれない。しかし、『懐風藻』には奈良時代以前の梅花を詠んだ宴席詩がすでに認められ、[12]和歌でも大伴旅人の試みと前後して、梅花はごく一般的な素材として定着してゆく。辺境の自然という範疇とはまた別に扱うのが適当であろう。

一方、大伴旅人の子である大伴家持（七一七～七八五）は、天平十八年（七四六）から天平勝宝三年（七五一）まで、国守として越中国に赴任した。大伴家持は、現地の自然に触れ、盛んに作歌活動を展開している。その様子は、『万葉集』の巻一七から一九にかけて、比較的詳細に記録されている。その中には、都ではない越中という土地でこそ見出される自然を求めようとする模索も見受けられる。大伴家持の越中赴任中の作品のうち、比較的初期の代表作とされるものに、「越中三賦」と呼ばれる一連の作品がある。「二上山賦」（巻一七・三九八五〜三九八七）、「遊覧布勢水海賦」（同・三九九一〜三九九二）、「立山賦」（同・四〇〇〇〜四〇〇二）がそれ。天平十九年の三月三十日から四月二十七日にかけて詠作された。越中の山地や湖水を題に据え、そこを舞台に有志で美景を楽しむ様子を作品化する。

遊覧布勢水海賦一首并短歌（此海者有射水郡旧江村也）

もののふの　八十伴の緒の　思ふどち　心遣《や》らむと　馬並《な》めて　うちくちぶりの　白波の　荒磯に寄する　渋谿の　崎たもとほり　松田江の　長浜過ぎて　宇奈比川　清き瀬ごとに　鵜川立ち　か行きかく行き　見つれども　そこも飽かにと　布勢の海に　舟浮け据ゑて　沖辺漕ぎ　辺に漕ぎ見れば　渚には　あぢ群騒き　島回《み》には　木末花咲き　ここばくも　見のさやけきか　玉くしげ　二上山に　延ふつたの　行きは別れず　あり通ひ　いや年のはに　思ふどち　かくし遊ばむ　今も見るごと（三九九一）

布勢の海の　沖つ白波　あり通ひ　いや年のはに　見つつしのはむ（三九九二）

右守大伴宿祢家持作之（四月廿四日）

掲出したのは、「越中三賦」のうち二番目の「遊覧布勢水海賦」である。題詞で特に「遊覧」をうたっているのは、『文選』の賦や詩の部立にもなっているそれを意識するところがあるだろう。叙景を中心とする長歌の伝統的なあり方として、視点は一定の場所に固定される傾向が強い中で、この大伴家持の長歌では、「渋谿の崎」「松田江の長浜」「宇奈比川」「布勢の海」と道行き風に移動して行く構成は独特で、そこに「遊覧」が具現されているのであろう。大伴家持は、赴任したその地固有の自然に美を見出そうとしているように見受けられる。しかし、作品の具体的な描写は、それまでの和歌の伝統の中で形成されてきた語彙にほぼ収まってしまっている印象はぬぐいがたく、新たなジャンルの形成という点では、必ずしも成功していない。

大伴家持による越中での自然へのまなざしが、もっともよく発揮された作品は、「越中三賦」詠作の翌年春に成った、次の歌群ではないかと思われる。これらは『万葉集』巻一七の巻末近くに収録されている。

礪波郡雄神河辺作歌一首

雄神川《をがみかは》　紅《くれなゐ》にほふ　少女《をとめ》らし　葦附《あしづき》採《と》ると　瀬に立《た》たすらし（四〇二一）

婦負郡渡鸕坂河辺時作一首

鸕坂川《うさかがは》　渡る瀬多み　この我《あ》が馬《ま》の　脚掻《あが》きの水に　衣《きぬ》濡れにけり（四〇二二）

見潜鸕人作歌一首

婦負川《めひがは》の　早き瀬毎《ごと》に　篝火《かがり》さし　八十伴《やそとも》の男《を》は　鵜川《うかは》立ちけり（四〇二三）

新川郡渡延槻河時作歌一首

立山の　雪し消《く》らしも　延槻《はひつき》の　川の渡り瀬　鐙漬《あぶみつ》かすも（四〇二四）

赴参気太神宮行海辺之時作歌一首

潮路《しほぢ》から　直越《ただこ》え来れば　羽咋《はぐひ》の海　朝凪《あさなぎ》したり　船楫《ふねかぢ》もがな（四〇二五）

能登郡従香島津発船射熊来村往時作歌二首

鳥総《とぶさ》立て　船木《き》伐ると言ふ　能登の島山　今日見れば木立繁しも　幾代神《かむ》びそ（四〇二六）

香島より　熊来《くまき》を指して　漕ぐ船の　楫取る間なく京師《みやこ》し思ほゆ（四〇二七）

鳳至郡渡饒石川之時作歌一首

妹《いも》に逢はず　久しく成りぬ　饒石川《にぎしがは》　清き瀬毎に　水占《みうら》はへてな（四〇二八）

従珠洲郡発船還太沼郡之時泊長濱湾仰見月光作歌一首

珠洲《すず》の海に　朝開きして　漕ぎ来れば　長濱《ながはま》の浦に　月照りにけり（四〇二九）

右件歌詞者　依春出挙巡行諸郡　当時当所属目作之

大伴宿祢家持

大伴家持が、越中赴任三年目の春に、管轄する領内各地を巡察した折々の詠である。大伴家持が生まれ育った都周辺では、けっして経験できなかったであろう環境への気付きや驚きが、随所に現れている。それらは、辺境の自然というには、あまりにも穏かな光景のように印象されるのも確かである。しかし、富士山歌のような漢籍の直訳的な表現とは異なる、大伴家持の感性に基づく自然が見出されているということができる。[13] 中でも四〇二四番歌は、春の河川の増水に、上流の高山の雪解けを実感した感動を詠む。標高三〇〇〇メートルを超す立山連峰の麓ならではの自然体験を踏まえた感動であり、このあたりに、日本上代における自然の発見のクライマックスをみることができるのではなかろうか。

指摘したような大伴家持の自然へのまなざしが、大伴家持じしんによって蓄積され研ぎ澄まされて行ったならば、そして、同じように地方赴任した中央官人たちの中から、第二・第三の大伴家持が登場し、彼らの文学的営みが日本文学史の財産となって行ったとしたならば、どのようなジャンルが展開したことだろうと夢想したくなる。しかし、実際にはそのような展開には至らなかった。先に掲げた大伴家持の各地巡察中の歌群でも、自然の発見の感動を詠むものに混じって、望郷の思いを述べる詠が見えた（四〇二七・四〇二八）。越中滞在の日が重なるにしたがって、大伴家持は望郷の念を次第に強めて行く。それに連動して、越中独特の環境への関心は薄らいで行ったようにも見受けられる。むしろ越中の自然を都のそれと同様の観点で捉えた——越中の自然の向こう側に都の自然を幻視する——傾向が強くなって行くように見受けられる。そしてその都の自然は、宮廷社会において和歌が、共感の表明や共通の価値観の確認のツールとして定着する中で、類型化[14]を強めて行った。

おわりに

時代は降って平安時代後期、陸奥を訪ねた歌僧能因は、有名な次の一首をものした。

陸奥国にまかり下りけるに、白河の関にてよみ侍りける　能因法師
都をば霞とともに立ちしかど秋風ぞ吹く白河の関
（『後拾遺和歌集』巻九「羇旅」[15]）

この能因詠については、実は能因は陸奥へは行かずに、自宅に閉じ籠って陸奥行きを装っただけだったと、『十訓抄』などで説話化される。そうであっても一向にかまわない（実際に陸奥に行ったかどうかに一向拘わらない）歌柄の一首であることは確かである。能因に限らず、著名な辺境の歌枕を訪ねようとする数寄者の記録はまま認められるが、彼らは、そこでなにか新たな自然を発見したわけではなかった。しかしそれは、和歌としての優劣の評価に結び付くわけでもなかった。和歌にとっての自然は、結局そこに帰着する。

注

（1）小尾郊一『謝霊運——孤独の山水詩人』（汲古書院、一九八三年）後編二。
（2）『文選』の本文と書き下しは、内田泉之助・網祐次『文選（詩篇）下』（新釈漢文大系、明治書院、一九六四年）に基づく。
（3）『宋書』「謝霊運伝」の本文と書き下しは、興膳宏編『六朝詩人伝』（大修館書店、二〇〇〇年）に基づく（「謝霊運」の担当は斎藤希史）。
（4）『万葉集』の本文は、『万葉集CD－ROM版』（塙書房、二〇〇一年）による。以下の本稿の『万葉集』本文も同様。
（5）『万葉集』の左注の通例によれば、「右一首」とは三二一番歌一首のみを指すことになるが、ここでは長歌作品全体の三一九～三二一を指すものと考えられる。澤瀉久孝『万葉集注釈　巻第三』（中央公論社、一九五八年）参照。
（6）拙論「〈不尽山〉の発見」（一九九一年初出、拙著『上代和歌史の研究』〈新典社、二〇〇七年〉第三部第三章）。なお、以

下に引用する風土記の本文と書き下しは、植垣節也校注『風土記』(新編日本古典文学全集、小学館、一九九七年)による。

(7) 久信田喜一「『常陸国風土記』の成立年代について」(『芸林』三七―一、一九八八年)は『常陸国風土記』の成立を「養老五年以後、少なくとも神亀三年以前」とする。

(8) 秋本吉郎「九州及び常陸国風土記の編述と藤原宇合」(『国語と国文学』三二―五、一九五五年)。

(9) 山部赤人や高橋虫麻呂の生歿年は未詳であるが、残された作品から、年号でいえば神亀・天平(七二四〜七四九)のころに活躍した歌人であったと考えられる。

(10) 『日本書紀』の本文と書き下しは、小島憲之他校注『日本書紀 1』(新編日本古典文学全集、小学館、一九九四年)による。

(11) 『日本書紀』の述作者が何によって虞世南「獅子賦」を知り得、この箇所に利用しようとしたのかは、いま明言するのが難しい。但し、八世紀初頭までに虞世南の別集が日本に将来されていた可能性は、かつて指摘したことがある(拙稿「万葉歌人の漢詩」『國學院雑誌』一一六―一一、二〇一五年)。一方、『書紀集解』編者が、なぜ当該の『日本書紀』本文と虞世南「獅子賦」との深い関連性に気づき得たかは、ある程度推定が可能である。『佩文韻府』「翠嶺」「嶺巒」の項に、ともに虞世南「獅子賦」の一節が引かれているのである。『佩文韻府』によって用例を検索し、虞世南「獅子賦」との一致度が高いことを見出し、全文を収録する『文苑英華』にさかのぼって本文を確認したということであろう。

(12) 葛野王「春日翫梅鶯」、紀麻呂「春日応詔」など、持統・文武朝にさかのぼると考えられる作に、梅花が詠まれている。

(13) 居駒永幸「家持の属目歌」(『万葉研究』六、一九八五年)は、大伴家持の当該歌群の末尾左注にみえる「属目」の語に注目し、「家持独自の新しい自然把握の方法があった」と指摘する。

(14) ハルオ・シラネ「四季の文化 二次的自然と都市化」(北村結花訳、『水声通信』三三、二〇一〇年)が言う「二次的自然」の萌芽である。日本の宮廷社会では、七世紀後半から自然の美景意識が本格的に文学的現れを見るが、その形成の様子については、拙論「美景意識の形成と和歌」(注6拙著第一部第四章)で検討した。

(15) 『後拾遺和歌集』の本文は、久保田淳・平田喜信校注『後拾遺和歌集』(新日本古典文学大系、岩波書店、一九九四年)による。

【III 自然・山水・隠逸――古代日本の受容】

古代日本の吏隠と謝霊運

山田尚子

やまだ・なおこ――成城大学文芸学部准教授。専門は日本漢学・和漢比較文学。主な著書に『中国故事受容論考――古代中世日本における継承と展開』（二〇〇九年、勉誠出版）、『重層と連関――続中国故事受容論考』（二〇一六年、勉強出版）がある。

「吏」と「隠」、それぞれの立場を併せ持つ境遇を意味する「吏隠」の語は、初唐の詩からその使用が顕著に見え始める。日本で用いられる「吏隠」の語もまた、初唐・盛唐の詩の影響だと考えることができるが、本稿では、賀陽豊年「和石上卿小山賦」（『経国集』巻一・4）における「吏隠」の語の在り方を検証し、そこに謝霊運の発想が影響した可能性を指摘する。

はじめに

「吏」と「隠」、すなわち官職にあることと隠遁していること、それぞれの立場を併せ持つ境遇（あるいはそうした境遇にある者）を意味する「吏隠」の語は、初唐の詩において顕著に用いられ始める。「吏隠」の語をめぐっては、「朝隠」・「大隠」・「市隠」などといった発想を淵源とするという推測が為される一方で、そうした発想との隔たりもまた指摘されている(1)。本稿では、日本における「吏隠」の語の在り方に焦点を当て、「吏隠の際に高臥し、道徳の隣に幽居す」と賦する賀陽豊年「和石上卿小山賦」（『経国集』巻一・4）の「吏隠」について考察する。当該賦の「吏隠」について、謝霊運の発想が影響した可能性を指摘したい。

一、賀陽豊年「和石上卿小山賦」の「吏隠」

（1）阿閦寺の庭園と芸亭院

古代日本における「吏隠」の語の例は、『凌雲集』に一例、

『経国集』に二例を見出すことができる。就中、賀陽豊年（七五一～八一五）の「和石上卿小山賦一首（石上卿が小山賦に和する一首）」は、「吏」（＝官職にあること）と「隠」（＝隠者であること）とを対比させつつ「吏隠」の在り方を表現した作品として注目される。

「和石上卿小山賦」は、石上宅嗣（七二九～七八一）の「小山賦」に唱和した賦で、二賦ともに『経国集』巻一にまとめて収められている。また、豊年の賦に「阿閦《あしゅく》を営みて一辺に臨み」とあることから、両賦は、宅嗣の旧宅を寺院とした阿閦寺の庭園（築山がある）を詠んだものだと判明する。(2) ただし、宅嗣の「小山賦」が阿閦寺の庭園を賦することを主とするのに対し、豊年の「和石上卿小山賦」は、後述するように、阿閦寺の庭園とその一隅に建てられた芸亭院とを合わせて賦するもので、豊年の詩にいう「小山」とは、芸亭院と庭園との両方を含んでの謂いだと考えられる。

芸亭院は、外典を収蔵した私立図書館であると同時に学校でもあったと考えられ、豊年は、数年の間芸亭院で博く群書を究めたとされる。両賦の製作年次は未詳だが、芸亭院の開設を宝亀二年（七七一）とした新村出氏の説に拠り宝亀年間の製作とした藤原克己氏の説に従う。(3) 宝亀二年には、宅嗣は四十七歳、豊年は二十一歳であった。

「和石上卿小山賦」については、小島憲之氏、(4) 藤原克己氏に詳細な注釈および研究がある。以下、両氏の研究を念頭に置きつつ、改めて当該賦について考察する。

（2）構成と本文

「和石上卿小山賦」の本文は、大きく四段に分けることができ、さらにその本文に「乱」（＝本文を総括する結びの辞）が付される。(5) 以下に構成および本文を掲げる（傍線、波線、二重傍線および記号は後の考察のため便宜的に付した）。

【構成】

第一段　石上宅嗣の人となり
第二段　阿閦寺の造営と庭園の情景
第三段　芸亭院および庭園での時の過ごし方（↓「吏隠」の実践）
第四段　世俗における身の処し方（↓「小山」の有効性）
乱　世俗における身の処し方（↓「小山」の有効性）

【本文】

第一段

惟峻極之降神、挺命世之伊人。択仁里而独放、追義跡而自珍。（1）既自公而暢俗、亦退私*以尋真。（X）高臥吏隠之際、幽居道徳之隣。（2）嗤東海之肥遁、恨北山之隠淪。

（惟れ峻極の神を降し、命世の伊人を挺《ぬき》づ。仁里を択びて独り放《ほしいまま》なり、義跡を追ひて自ら珍とす。既に公自りして俗を暢《の》べ、亦た私に退きて以て真を尋ぬ。吏隠の際に高臥し、道徳の隣に幽居す。東海の肥遁を嗤《わら》ひ、北山の隠淪を恨む。）

第二段

於是営阿閦兮臨一辺、建庵室兮奏五絃。巌構礪歯之石、池涌洗耳之泉。魚喁水而相戯、鳥択木而争遷。（3）植貞松於情岳、挺幽蘭於心田。（4）冒霜霰兮増勁、引風煙兮翻妍。（5）時招抜茅之客、乍対竊薬之仙。

（是に於いて阿閦を営みて一辺に臨み、庵室を建てて五絃を奏《かな》づ。巌は礪歯の石を構《かま》へ、池は洗耳の泉を涌かす。魚は水に喁《あぎと》ひて相ひ戯れ、鳥は木を択びて争ひ遷る。貞松を情岳に植ゑ、幽蘭を心田に挺づ。霜霰を冒して勁《つよ》きことを増し、風煙を引きて妍を翻す。時どきに茅を抜くの客を招き、乍《たちま》ちに薬を竊むの仙に対ふ。）

第三段

（6）一丘一壑、三益三楽、（7）優遊仁智之藪、皓蕩経史之閣。沖玄其志、高素其致。（8）瑩神兮泉石、息肩兮人事。（9）或挙目而高吟、或負手而長嘯。（10）覩徙溟之垂天、翫槍楡之控地。（Y）惟逍遥之在我、何夸仙之足冀。

（一丘一壑、三益三楽、仁智の藪に優遊し、経史の閣に皓蕩たり。其の志を沖玄にし、其の致《おもむ》きを高素にす。神を泉石に瑩《みが》き、肩を人事に息《いこ》はしむ。或いは目を挙げて高吟し、或いは手を負ひて長嘯す。徙溟の垂天を覩、槍楡の控地を翫ぶ。惟れ逍遥の我に在る、何ぞ夸仙の冀とするに足らん。）

第四段

嗟夫（A）寵辱若驚、貴賤混情。（B）既無謀於異道、唯有応於同声。（C）楽大玄於尚白、（D）悲化緇於拾青。（E）且得丘園之趣、焉知実賓之名。

（嗟《ああ》夫れ寵辱には驚くが若し、貴賤情を混ふ。既に異道を謀ること無く、唯だ同声に応ずること有るのみ。大玄を尚ほ白きに楽しび、化緇を青を拾ふに悲しぶ。且《しばら》く丘園の趣きを得れば、焉《いづく》んぞ実賓の名を知らん。）

乱

（C）玄之又玄兮、暢我情性。材与不材兮、処我運命。
（D）纆牽之長兮、累彼千里。池館之寂兮、縦茲一己。
（A）吾生有疑兮、世事無当。忘蹄得兎兮、臨岐亡羊。
（B）大鵬小鷃兮、相去幾許。（E）左琴右書兮、税駕此処。

（玄の又た玄にして、我が情性を暢ぶ。材と不材と、我が運命に処る。纆牽の長き、彼の千里を累《わづら》はす。池館の寂《しづ》かなる、茲の一己を縦《ほしいまま》にす。吾が生に疑ひ有り、世事に当たること無し。蹄《わな》を忘るれば兎を得、岐に臨めば羊を亡ふ。大鵬と小鷃と、相ひ去ること幾許ぞ。琴を左にし書を右にして、此の処に税駕せん。)

(3)作品の流れ

以上のように作品の構成を捉えた上で、全体の文脈を確認したい。第一段で「吏隠の際に高臥し、道徳の隣に幽居す」という宅嗣の身の処し方がまず示され、第二段でそうした宅嗣の姿勢を反映して作られた阿閦寺の庭園の様子が描かれる。そして、第二段の最後に「時どきに茅を抜くの客を招き、乍ちに薬を竊むの仙に対ふ」と、阿閦寺内の芸亭院および庭園を訪れる者たちのことをいい、そこから第三段の、この場で時を過ごす者(宅嗣や豊年をも含む)の有り様へと話題が展開していく。「惟れ逍遥の我に在る」などとある「我」は、芸亭院およびその庭園で時を過ごす者を総体として捉えていうものだろう。宅嗣の卒伝(『続日本紀』天応元年六月二十四日条)には、旧宅を喜捨して阿閦寺を造営し、その一隅に外典の院を置き「芸亭」と名付けたことを述べた後、「如《も》し好学の徒、就て閲せんと欲する者は恣《ほしいま》まに之れを聴《ゆる》す」とあり、宅嗣が好学の徒の来訪を進んで受け入れていたことが述べられている。豊年の卒伝(『日本後紀』弘仁六年六月二十七日条)によれば、豊年もまた、数年の間そこで「博く群書を究めた」という。第三段は、そうしてその場を共有する人々の様子を描いたものと考えることができる。

一方、第四段は一転して、栄辱に一喜一憂する世俗の在り方を示し、芸亭院およびその庭園で時を過ごすことが(=「吏隠」を実現することが)、そうした世俗的な在り方を超越する手立てとなり得ることを主張して結びとする。さらに、「和石上卿小山賦」の総括として、第四段の後に付されている「乱」は、第四段を敷衍しながら、この場に留まって「吏隠」を実践することの有効性を、今一度いうものだと考えられる。

(4)「吏隠」の場

藤原克己氏は、前掲「和石上卿小山賦」の第一段の傍線(1)を「公の官人としての生活を捨てることなく、老荘の真を体現して生きる」という宅嗣の在り方を述べるものと解釈し、それがまさしく波線(X)の「吏隠の際に高臥す」ということであり、「公と私、吏と隠という二項対立間の調和平衡ということが、この賦全体を貫く主題である」とする。さらに藤原氏は、この箇所のほか、第一段の傍線(2)、第二段の傍線(3)、第三段の傍線(7)・(10)などに主題としての「吏隠」の表出を見る。

ここで改めて考えてみたいのは、豊年が、宅嗣の作った芸亭院とその庭園とを合わせた場を「小山」と捉え、さらにこの「小山」を「吏隠」を実現する場として描いているという点である。というのも豊年は、特に第三段において、芸亭院を「吏」を実現する場として、庭園を「隠」を実現する場として、両者をそれぞれ表現しつつ、それらをともに内包する「小山」を「吏隠」を実現する場として描いていると考えられるのである。以下にやや詳しく見て行こう。

先に確認したように、第三段は、阿閦寺内の庭園および芸亭院で時を過ごす者の有り様を述べる段だと考えられる。まず注目したいのは、傍線（7）「仁智の藪に優遊し、経史の閣に皓蕩たり」である。「仁智」は、『論語』雍也篇の「子曰く、知者は水を楽しみ、仁者は山を楽しむ」に拠り、「山水」を意味する。従って、「経史の閣」が経書史書を読み学ぶ場としての芸亭院を、「仁智の藪」が山水での隠逸的な情緒を楽しむ場としての庭園を指していうものと考えられる。そしてこの二つの場は、それぞれを「吏」と「隠」とに当てることができる。すなわち「経史の閣」は「吏」を実現する場、「仁智の藪」は「隠」を実現する場を意味するのではないか。

一般に、中国においても日本においても、「吏隠」の「吏」は、官職にあるというその状態を意味するもので、「吏」を実現する場も、朝廷や地方官庁であるのが一般的であろう。従って、芸亭院という学問の場を「吏」の場と捉えるのは、確かに極めて変則的である。しかしながら、この作品においては、そのように作られていると解釈しなければ、特に第三段の文脈を理解するのは難しいと考える。すなわち豊年は、経書史書を所蔵し、これらを学ぶことのできる芸亭院を、官僚としての立場を学ぶ場という意味で、「吏」を実現し得る場と捉えたのであろう。

ここで改めて、芸亭院と庭園を、「吏」・「隠」それぞれを実現する場としてみれば、傍線（8）「神を泉石に瑩き、肩を人事に息はしむ」（＝泉石によって精神をみがき、俗世の中で休息する）は、「隠」の場としての庭園での過ごし方と、「吏」の場としての芸亭院での過ごし方を、それぞれ表現する句として理解できるだろう。すなわち「肩を人事に息はしむ」は、芸亭院で経書史書を学ぶことを意味しよう。傍線（8）をそのように解釈することで、続く傍線（9）「或いは目を挙げて高吟し、或いは手を負ひて長嘯す」のうち、前句は芸亭院で書物を読みつつ目を挙げて高らかに吟ずる様子を、後句は庭園で手を後ろ手に組んで声を長く引いて吟ずる様子を、それぞれ表現したものと考えられる。そして続けて、『荘子』逍遥遊篇の、鵬（世俗を超越する）とそれを嘲笑する蜩・学鳩

（世俗に生きる）の逸話を典拠とする傍線（10）「徙溟の垂天を覩、槍楡の控地を翫ぶ」もまた、前句で、「隠」を実現する庭園での在り方を、後句で、「吏」を実現する芸亭院での在り方を表現するものと考えられる。

（5）「小山」という場

以上のように考えれば、第三段の波線（Y）の前句「惟れ逍遥の我に在る」は、芸亭院と庭園、すなわち「吏」の場と「隠」の場とをともに兼ねる「小山」に自分たちがおり、「吏」と「隠」とを自在に逍遥することが可能であることを意味しよう。続く後句「何ぞ夸仙の糞とするに足らん」は、これまで出典不明とされてきたが、恐らく、『列子』湯問篇に見える愚公の逸話を踏まえていよう。北山の愚公は、目前の太行山・王屋山を切り崩して道路を建設しようとし、親族で力を合わせて作業に励んだ。この愚公の誠意に感じた操蛇の神は、夸蛾氏の二子に二山を負わせて移動させた。これによって冀州の南から漢水の南側にかけては隴断（小高い丘）すらなくなったという。「何ぞ夸仙の糞とするに足らん」の句は、（愚公の目前の二山と「山」という点では同じ山ではあっても）阿閦寺の庭園の「小山」を、冀州の南のように夸蛾氏が取り払ってしまうことには及ばないことをいうものだろう（「夸仙」は夸蛾氏を指す）。

第三段における「吏」・「隠」を以上のように解することで、「吏隠の際」にあるという宅嗣自身の在り方が、その造営にかかる芸亭院とその庭園（＝「小山」）に反映しており、そこを訪れる者は、官僚としての在り方と隠者としての在り方との双方を身につけることができるのだ、という豊年の主張が第一段から第三段を通じて述べられていることが確認できる。そして、豊年のそうした主張に従って、特に傍線（1）から（10）において、「吏」と「隠」とが句毎に対比的に表現されているのである。豊年は、「吏隠の際」に生きる宅嗣が自身のあり方を反映した場として「小山」を捉え、芸亭院を「吏」の場に、庭園を「隠」の場に当て、両者を折衷した「吏隠」の在り方を極めて分析的に表現したと考えられよう。

（6）世俗の寵辱と丘園の趣

「和石上卿小山賦」をめぐっては、さらに第四段および「乱」に注目しておきたい。第四段の内容は、以下のように理解することができる。

寵辱の間で常に不安な思いでいる（栄辱に一喜一憂する）という世俗的な姿勢は、身分を問わず誰もが持っているけれども【以上、二重傍線（A）】、「小山」（芸亭院および庭園）では「吏」と「隠」との道を分けようとせず、互いが互いに感応するのみであり【以上（B）】、隠者として未熟でもそれを良しとして楽しみ【以上（C）】、官僚として出世しても世塵に汚れていることを悲しむ【以上（D）】、この素晴らしい「小山」に留まって、しばらくの間「丘園」にいることができれば、実と賓とのどちらがどちらの名なのかは気にならない【以上（E）】。

二重傍線（A）「寵辱には驚くが若し」は、『老子』第十三章にある一節をそのまま用いたもの。また、（C）「大玄を尚ほ白きに楽しび」は、揚雄「解嘲」（『文選』巻四十五）の序に「人雄を嘲るに玄の尚ほ白きを以てする有り」とあるのを踏まえる。これは、『太玄経』の原稿を書いていた揚雄を、ある人物が「玄の奥義を極めておらず、玄（黒）ならぬ白（低い官位であること）ではないか」と嘲ったことをいう。「玄」は、大凡『老子』のいう「道」の意。（D）の「青を拾ふ」の「青」は衣の色で、「青を拾ふ」は、たまたま高位に上ることを意味する。

また、「和石上卿小山賦」の総括として、第四段の後に付されている「乱」では、この第四段の内容が、やや構成を組み替えて敷衍されつつ表現されていると考えられる。すなわち、第四段の二重傍線（A）から（E）は、「乱」の二重傍線（A）から（E）に敷衍されていよう。「纆牽の長き、彼の千里を累《わづら》はす」は、張華「励志」（『文選』巻十九）に「纆牽の長き、実に千里を累《わづら》はす」とあるのを用いたもので、手綱が長すぎることが千里の馬を御するのに災いになること。ここでは徳が無い割に良いものを身につけると、身につけた者にとっても世の中にとっても良くないことがあるのを喩えたものだろう。

以上のように、第四段および「乱」では、「吏」のみ、「隠」のみではなく、両者を折衷した「吏隠」という在り方こそが、寵辱への拘泥を克服する術となることを述べ、その上で、「小山」（芸亭院と庭園）で「吏隠」として過ごすことの有益性を述べたものだと考えられる。ここで問題となるのは、「和石上卿小山賦」における「吏隠」の発想の背景には何があるかという点である。以下、この点について考察したい。

二、「和石上卿小山賦」と初唐の「吏隠」

（1）李嶠「和同府李祭酒休沐田居」の「吏隠」

「吏隠」の語は、初唐の詩において顕著に用いられ始める。「吏隠」の語が用いられていることからすれば、「和石上卿小山賦」がこうした初唐の表現ひいては発想から着想を得ているのは間違いなかろう。「吏隠」の語を用いる詩のうち、「和石上卿小山賦」との関わりから特に注目されるのが、初唐の李嶠（六四五〜七一四）の「和同府李祭酒休沐田居（同府李祭酒の田居に休沐するに和す）」である。全二十句のうち、冒頭の六句を掲出する。

1 列位簪纓序、　位に列りて簪纓に序せられ、
2 隠居林野躅。　隠居して林野に躅す。
3 徇物爽全直、　物に徇《したが》へば全直に爽《たが》ひ、
4 棲真昧均俗。　真に棲めば均俗に昧《くら》し。
5 若人兼吏隠、　若し人吏隠を兼ぬれば、
6 率性夷栄辱。　性に率《したが》ひて栄辱を夷《たひ》らかにせん。

（『全唐詩』巻五十七）

同僚の李祭酒が休日を賦した詩に和した詩。この詩においては、第一句の「列位」・「簪纓」で官吏であることを、第二句の「隠居」・「林野」で隠者であることをいうのに続けて、官吏と隠者それぞれの在り方を対比させながら、休暇中の李祭酒がその両方を兼ね備えていることを賦す。第三句の「物に徇ふ」は『荘子』譲王篇（『呂氏春秋』貴生にも）に「今世俗の君子、多く身を危ふくして生を棄て、以て物に徇ふ。豈に悲しまざらんや」とあるのを踏まえ、世俗の君子の在り方をいう。また、「全直」は『老子』第二十二章に「曲なれば則ち全《まった》し、枉《ま》がれば則ち直《なほ》し」とあるのを踏まえ、天寿を全うする意。第六句の「性に率ふ」は、『礼記』中庸の「天命之れを性と謂ひ、性に率ふ之れを道と謂ふ」に拠り、生来の本性に従うこと。(6)

要するに、掲出箇所は全体として、官僚であれば天寿を全うするのは難しく（第三句）、隠者となれば治世に疎くなってしまうけれども（第四句）、官吏と隠者とを兼ね備えることができれば（第五句）、本性に従うことで「栄辱」に拘らない生き方ができる（第六句）ことをいうものだと考えられる。

（2）「和石上卿小山賦」との関わり

李嶠「和同府李祭酒休沐田居」は、「吏」の立場と「隠」の立場とを、句毎に対比的に取り上げている点、さらに、それらを合わせ持つ「吏隠」という立場を得ることで「栄辱」に拘らない生き方が可能になることを述べている点、これらの点で賀陽豊年「和石上卿小山賦」と共通している。こうしたことからは、「和石上卿小山賦」の背景に李嶠「和同府李祭酒休沐田居」があり、豊年が賦を作る際の発想の淵源、あるいは「吏隠」を表現する際の手がかりとなった可能性があるのではないかとの推測が可能であろう。

李嶠詩の結びに当たる第十九句・第二十句には「伊我懐丘園、願心従所欲（伊に我れ丘園を懐ふ、願はくは心の欲する所に従はんことを）」ともあり、豊年「和石上卿小山賦」の結びの句「且《しばら》く丘園の趣きを得れば、焉《いづく》んぞ実賓の名を知らん」と

「丘園」の語を介しての類似性も注目される。「丘園」は、そもそも『周易』賁卦の象伝に「六五は丘園に賁《かざ》る」とあるが、後漢の張衡「東京賦」（『文選』巻三）の「丘園の耿潔たるを聘し」の李善注に「言ふこころは、丘園の中には隠士有り。貞潔清白の人なり。聘して之れを用ふ」とあるように、隠者の居所として用いられることが多い。李嶠詩の「丘園」も李祭酒の田居を隠者の居所に見立ててそのように表現したものであろう。一方、賀陽豊年「和石上卿小山賦」の「丘園」は、「小山」を指すものと考えられるが、本稿で考察したように、豊年の「小山」は隠遁の地であるばかりでなく、官僚としての在り方を学ぶ地でもある。従って、本来「丘園」が意味するところと豊年の「小山」とはやや懸隔があると言わざるを得ない。ただし、そうした懸隔にも拘わらず「丘園」の語を用いたところに、李嶠詩の影響を見ることも可能ではないかと考える。

しかしながら、その一方で、「和石上卿小山賦」が李嶠詩とは異なっている点も存する。それは、李嶠詩における「吏」の場と「隠」の場とはそれぞれ、仕官する朝廷と休暇中の住居という別々の場所であり、「和石上卿小山賦」における「小山」のごとき、両者を包括する場は存在し得ないという点である。この点で注目されるのが、謝霊運「斎中読書（斎中に書を読む）」（『文選』巻三十）である。

三、「和石上卿小山賦」と謝霊運の「吏隠」

（一）謝霊運「斎中読書」の「吏隠」

謝霊運「斎中読書」（『文選』巻三十）は、李善注に「永嘉の郡斎なり」とあり、五臣の張銑の注に「斎とは静室なり」とあることから、永嘉郡の役所にある書斎での感懐を述べた作品だと考えられる。[7] 当時、謝霊運は、永嘉郡の太守に左遷されていた。

冒頭に「昔余れ京華に遊びき、未だ嘗て丘壑を廃《す》てず」とあり、かつて帝都にあったときも丘壑（山水）に隠遁したいという思いを捨てたことはなかったといい、続けて「矧《いは》んや迺《すなは》ち山川に帰って、心跡双《ふた》つながら寂漠たるをや」という。すなわち、永嘉の太守となることは隠遁することとは異なるけれども、永嘉という山深く水豊かな地域に来たことで心跡（心も行いも）ともに閑静だということであろう。さらに、自分が特段にしなければならない仕事もなく、病を得て還って詩文を作る時間ができたことを述べる。

ここで注目したいのは、「吏隠」の語は用いられないものの、この作品においては、永嘉の太守であることと、その職に就いたことで「山川」に帰ることができ、「心跡双つながら寂漠」であるということが、すなわち「吏」と「隠」が同じ場で両立しているという点である。

(2)「吏」と「隠」との対比と「吏隠」の場

「斎中読書」において謝霊運は、「吏」になり切らず「隠」にもなり切らない、いわばその間にある自らの立場について明確に自覚している。そしてその自覚は、「斎中読書」という題のとおりに、「郡斎」という場で書を読むことによって引き出される。第九句以下を掲げる。

9　懐抱観古今、　懐抱に古今を観て、
10　寝食展戯謔。　寝食して戯謔を展ぶ。
11　既笑沮溺苦、　既に沮溺が苦しみを笑ひ、
12　又哂子雲閣。　又た子雲が閣を哂《あざけ》る。
13　執戟亦以疲、　執戟も亦た以《すで》に疲れたり、
14　耕稼豈云楽。　耕稼は豈に云《ここ》に楽しからんや。
15　万事難並歓、　万事は並《とも》に歓とし難し、
16　達生幸可託。　達生幸ひに託《つ》くべし。

読書してもの思いに耽り（第九句）、日常生活の中で何かと戯れ言を発してしまう（第十句）といい、第十一句・第十二句で、書物に見える故事を掲げる。「沮溺」は、『論語』微子に「長沮・桀溺耦して耕す」と見える古えの隠者、長沮と桀溺のことで、「沮溺が苦しみ」は彼らが耕作して苦労したことの意。「子雲が閣」は、揚雄が天禄閣で校讐していたとき、王莽が自分を捕らえにきたと勘違いして閣上から身を投げて死のうとしたこと（『漢書』揚雄伝）を指す。こうした故事に対し、「笑」「哂」という自身の応じ方を示した上で、さらに、揚雄のように戟を執って仕えるのも（揚雄は郎として宿衛の際に戟を執っていた）疲れそうだし、長沮や桀溺のように農業に従事するのも楽しくはなさそうだという。

ここではまず、長沮・桀溺と揚雄とが、それぞれ句毎に対比されて掲げられ、それぞれの在り方が「笑」うべき、あるいは「哂」るべきものだとされる。そして、長沮・桀溺が「耕稼」（＝「隠」）の代表であり、揚雄が「執戟」（＝「吏」）の代表であることが明かされ、両者が自分の意に染まぬものとして改めて否定されるのである。すなわちここでは、「隠」と「吏」とが対比的に分析され、そのどちらにも振り切ることなく、両者の間にいる存在であることを理由に、当時の謝霊運自身の在り方を肯定的に捉えようとしたものと考えられる。いわば「吏」と「隠」とは、謝霊運のいる郡斎という場で、同時に実現され得るものなのであり、この点で、前掲の李嶠詩において、官僚生活の合間に、その場から離れた別の場で、隠者であることを実現するのとは異なっている。

（3）「和石上卿小山賦」との関わり

謝霊運の「郡斎」は、「吏」と「隠」とを同時に実現する場、すなわち「吏隠」を実現する場であるという点で、賀陽豊年「和石上卿小山賦」における「小山」と同様の性格を持つ。豊年は、「和石上卿小山賦」の製作にあたって、謝霊運「斎中読書」を念頭に「吏隠」の場としての「小山」を表出したのではないか。そして、さらにその背景を推測すれば、謝霊運の郡斎と宅嗣の「小山」とが、いずれも書物を読む場であったことが存すると考えられる。

「和石上卿小山賦」と「斎中読書」との関わりは、表現の面でも確認できる。「和石上卿小山賦」の第一段、宅嗣の「吏隠」の在り方を述べた、「東海の肥遁を嗤《わら》ひ、北山の隠淪を恨む」（太公望呂尚が殷の紂王を避けて東海に隠遁したのを嘲笑し、周顒が北山に隠遁したものの、志を変えて出仕したことを恨む）の表現は、「隠」のみと「吏」のみの在り方に否定的であるという点でも、対語の構成という点でも、「斎中読書」の第十一句・第十二句の「既に沮溺が苦しみを笑ひ、又た子雲が閣を哂《あざけ》る」に極めて近い。また、「斎中読書」ではないものの、謝霊運「入華子崗是麻源第三谷（華子崗に入る 是れ麻源の第三谷なり）」（『文選』巻二十六）には「既枉隠淪客、亦棲肥遁賢（既に隠淪の客を枉《ま》げて、亦た肥遁の賢を棲ましむ）」とあって（ただし李善注本は「遁」を「遯」に作る）、ここに見える「隠淪」と「肥遁」の対語を、豊年はそのまま用いたものと考えられる。[8] こうした点からは、「和石上卿小山賦」への謝霊運の表現の影響を窺うことができよう。

以上のように、謝霊運「斎中読書」は、「和石上卿小山賦」における「吏隠」の場という発想に貢献するとともに、表現の面においても、「和石上卿小山賦」の製作に影響を与えたものと推測することができる。

おわりに

賀陽豊年「和石上卿小山賦」は、初唐の「吏隠」という発想を受容し、「吏」と「隠」とを対比的に捉える見方に基づいて作られたと考えられるが、その一方で、謝霊運「斎中読書」の郡斎という場を手掛かりに「吏」と「隠」とを同時にその場で実現する「吏隠」の場を案出したものと考えられる。

ただし、初盛唐における「吏隠」という語には、多くの場合、宮仕えのために故郷を離れ、地方を転々とする悲哀がつきまとうことが指摘されている。[9] 本稿で言及した謝霊運の「斎中読書」もまた、（「吏隠」の語は用いられないものの）謝霊運が左遷されて永嘉にあったときの作で、ここでの在り方を肯定的に捉えようとするのは、裏を返せば、「吏」に対する自負や執着、諦観などの思いが根底にあるからだと考えられる。ところが、賀陽豊年「和石上卿小山賦」には、そうした悲哀をほとんど伺うことができない。日本における「吏隠」と挫折感、不遇感との関わりについては、改めて考察することとしたい。

注

（1）「吏隠」について主に以下の論考を参照した。吉川忠夫「白居易における仕と隠」（『白居易研究講座』第一巻、勉誠出版、一九九三年）。赤井益久「中唐における「吏隠」について」（『中唐詩壇の研究』創文社、二〇〇四年、初出は一九九三年）。川合康三「宦遊と吏隠」（林田慎之助博士古稀記念論集編集委員会『中国読書人の政治と文学』創文社、二〇〇二年）。

（2）新村出「芸亭院と賀陽豊年」（『新村出全集』第八巻、筑摩書房、一九七二年、初出は一九二〇年）。以下、新村氏の論はすべてこれによる。

（3）藤原克己「吏隠兼得の思想――勅撰三集の精神基底」（『菅原道真と平安朝漢文学』二〇〇一年、初出は一九七九年）。以下、藤原氏の論はすべてこれによる。

（4）小島憲之『上代日本文学と中国文学』下（塙書房、一九六五年）。同『国風暗黒時代の文学』中（下）Ⅰ（塙書房、一九八五年）。

（5）「和石上卿小山賦」の本文は、前掲注4『国風暗黒時代の文学』において小島氏が校訂した本文に従うが、小島氏が校合に用いた三手文庫所蔵本（国文学研究資料館所蔵マイクロフィルムによる）の本文に従った箇所がある（本文の字の右上に＊を付した）。また、訓読に当たっては、三手文庫本の訓点、小島氏の訓読、藤原克己氏の訓読を参照した。既に小島氏が指摘するように、三手文庫本の原識語（元禄十一年四月十七日の年記あり）には「以上六巻闕本者、借二松下見林翁之本一写レ之焉。誤脱之有レ疑者、傍加レ注。亦原本無二和点一、加以誤脱、句投難レ成。故愚意所レ及、且写且点、以便二于後覧之人一」とあり、末尾に「不思議乗沙門契沖記之」とあることから、三手文庫本の仮名点は契沖によって加えられたものだと考えられる。

（6）第四句の「均俗」は、他にあまり例を見ない語であるが、「西征賦」（『文選』巻十）に「土無二常俗一、而教有二定式一。上之遷レ下、猶二均之埏一レ埴（ただし、五臣注本は「均」を「鈞」に作る）」とあることなどを踏まえ、それぞれの土地の風俗を教化する意と捉えておきたい。

（7）前掲注1赤井論文は、中唐の「吏隠」における「郡斎」「県斎」の機能を重視し、中唐の「吏隠」の在り方に影響を与えた作品として謝霊運「斎中読書」に言及する。

（8）蔣義喬氏のご教示による。

（9）前掲注1川合論文。

平安初期君臣唱和詩群における「山水」表現と謝霊運

蔣 義喬

『経国集』所収「清涼殿画壁山水歌」と「青山歌」詩群は日本最古の題画詩として知られるが、そこに見られる「山水」表現と中国文学の関連については論じられていない。本稿は六朝以来の山水詩文学の影響を想定しつつ、平安初期君臣唱和詩群における「山」「水」の詩語に絞って、謝霊運受容の様相を明らかにする。

しょう・ぎきょう——北京師範大学外文学院准教授、早稲田大学日本古典籍研究所招聘研究員。専門は平安朝漢詩。主な論文に「詠物詩から句題詩へ——句題詩詠法の生成をめぐって（『和漢比較文学』三五号、二〇〇五年）、「詠物と言志——『懐風藻』から勅撰三集に至る」（『日本における「文」と「ブンガク（bungaku）」』アジア遊学一六二、勉誠出版、二〇一三年）、「菅原道真的詠物詩與杜甫詩歌的関連」（『日語学習與研究』二〇一八年第二号）などがある。

はじめに

『経国集』巻十四に収められた「雑言、清涼殿画壁山水歌」と「雑言、青山歌」（以下、「山水歌」と「青山歌」と呼ぶ）は嵯峨天皇（上皇）を中心として吟じられた君臣唱和詩群である。従来の研究では、もっぱら日本古代題画詩史上の嚆矢としての価値が注目されてきたものの、これらの作品が大量の「山水描写」をもつ特徴に関しては、研究者の関心は注がれてこなかった。(1)

周知のように、山水文学の祖とされる六朝詩人・謝霊運（三八五～四三八）の詩文は、『文選』の伝来に伴って、古くから日本の文人たちの視野に入り、必須の教養として学ばれてきたと推想されるが、その受容の実態は意外に知られていない。

本稿では、上記『経国集』所収の「山水歌」と「青山歌」の表現語彙の考察に加えて、『文華秀麗集』「遊覧部」の成立問題ともからめ、平安初頭詩における謝霊運詩受容の具体相を実証的に浮き彫りにしてみたい。

一、唐絵と「山水」詠

「山水歌」詩群（205—208）(2)は嵯峨天皇と菅原清公、桑原腹赤、滋野貞主らによる君臣唱和の作であり、「青山歌」詩群（209—213）も同じく嵯峨（上皇）の御製と臣下の良岑安世、滋野貞主、惟良春道、滋野善永らの奉和詩からなる詩群である。両者は清涼殿の壁に描かれた山水画や、屏風に描かれた青山の画題を詠んだもので、既に先学の指摘にあるように日本最古の題画詩でもある。また、そこに描かれた風景は唐絵由来の性質を色濃くもっており、後に変容・発達する倭絵風景画の濫觴として、特に重要視されてきた。(3)現在、これら詩作のもととなった原画やこれに類する唐絵の遺作は伝存しないが、画中に描かれた中国的な「山水」の図柄のおおよそは、上記の詩群中の語彙表現をもとに復元できないわけではない。

まずは嵯峨御製詩を掲げ、その「山水」描写の様子を窺ってみよう。

○「山水歌」（嵯峨天皇、経国集巻十四、雑詠四、205）

良画師、能図二山水之幽奇一。
目前海起万里闊、筆下山生千仞危。
陰雲朦朦長不レ雨、軽煙冪冪無二散時一。
蓬莱方丈望悠哉、五湖三江情沿洄。
淼漫涛如二随レ風忽一、行船何事往復来。
飛壁巉巘垂二蘿薜一、会岩盤屈衣二苔苺一。
嶺上流泉聴無レ響、潺湲触レ石落二渓隈一。
空堂寂寞人言少、雑樹朦朧暗二昏暁一。
松下群居都仙、与不レ語意猶眇。
度レ歳横レ琴誰奏レ曲、経レ年垂レ釣未レ得レ魚。
駐レ眼看知丹青妙、対レ此人情興有レ余。
画勝二真花一笑二冬春一、四時常悦二世間人一。

○「青山歌」（嵯峨上皇、経国集巻十四、雑詠四、209）

青山峻極兮摩二蒼穹一、造化神功兮勢転雄。
飛壁嶔崟兮帖屏峙、層巒廻立兮□気融。
朝噴レ雲兮暮吐レ月、風蕭蕭兮雨濛濛。
乍暗乍晴一旦変、凝烟積翠四時□。
神仙結閣、仁智棲託。
或冥レ道而窅暎、或晦レ跡以寂寞。
林壑花飛春色斜、登臨逸興意亦賒。
甚幽至険多二詭獣一、離レ俗遠□絶二囂譁一。
此地遨遊身自老、老来煢独宿懐抱。
夜深二苔席一松月眠、出レ洞孤雲到二枕辺一。

一見して分かるように、吟詠の対象となる画壁や屏風に画かれた雄壮かつ神秘的な山水世界は、もとより日本固有の風景ではない。中国大陸の山水風景を直接味わう実体験を持たぬ嵯峨天皇とその臣下は、いかにして唐絵の風景を表現しえたのだろうか。これらの嵯峨朝詩人たちの創作に唐絵的な詩的想像をもたらした背景には、中国六朝以降に確立された山水文学の伝統が強く関与したのではないかと考えられる。というのも、「山水歌」と「青山歌」は六朝以来の山水詩文学の影響下にあり、とりわけそこには、山水詩人と呼ばれる謝霊運の存在が極めて大きいと推察されるからである。

周知のように、謝霊運は山水詩のジャンルを確立させ、六朝文学史に与えた影響は大きい。謝詩とくにその表現上の特徴については、葛暁音氏と林文月氏をはじめとする中国文学の研究者が詳しく論じている。[4]両氏によって指摘された謝詩の表現技巧――「パノラマ式の構図」、「極物写貌」、「双声畳韻と難字の組み合わせ」、「秀句に対偶を連ねる」等――を参照すれば、「山水歌」と「青山歌」は、いずれもこれらの技法上の特徴をもっていることがわかる。これらは謝霊運詩受容の確かな痕跡と判断される。

当時の文人たちは、なによりもまず『文選』の読書を通して謝詩に深く親炙していたことであろう。これに加えて、平安初期における謝霊運詩の受容の検証に際して見逃してならないことは、当時の漢詩人たちが旺盛に摂取・模倣しようとしていた唐詩（少なくとも初唐・盛唐までの詩）の受容実態をも視野に入れることの必要性である。というのも、山水文学を牽引してきた謝霊運詩の影響は、南朝から後代にかけての文学表現に深く浸透していたからである。つまり、『文選』及びその他の多くの中国典籍の将来によって、謝霊運の詩文に加えて、謝詩を大いに受容したと言われる鮑照、謝朓、沈約、江総、ひいては唐代詩人である張説、張九齢、孟浩然、王維、李白などの詩作なども平安初期の知識人の読書範囲のものとなり、一様に学ぶ対象となっていたのである。事実、『経国集』「山水歌」の表現と顕著な類似関係を持つと指摘された李白の題画詩「当塗趙炎少府粉図山水歌」[5]には謝詩の影響が容易に確かめられる。

これらの見通しのうえに立って、以下、中国文学に山水詩特有の表現伝統があることに注意を払いつつ、授受・受容の関係をもっとも具体的に指摘しうる「詩語」に絞って、「山水歌」と「青山歌」における謝霊運詩受容の一端を明らかにしたい。

二、「山」の詩語と謝霊運

「山水歌」と「青山歌」は、ともに山水詠であることから、「山」と「水」に関連する詩語の利用例が数多見られる。

「山」に関連した詩語を例示すれば、「千仞」（嵯峨天皇「筆下山生千仞危」、「苔莓」（嵯峨天皇「会岩盤屈衣二苔莓一」）、「絶壁」（惟良春道「懸岸兮絶壁」）、「林壑」（惟良春道「林壑森森惟一身」）、「石磴」（滋野貞主「攀二石磴之嵔磊一」）、「崢嶸」（菅原清公「下臨二不測兮崢嶸一」）など、枚挙にいとまがない。しかも興味深いことには、ここで取り上げられた詩語は、あるものは謝霊運以前に用例があり、あるものは謝霊運以降に広く用いられるといった違いを超えて、いずれも謝霊運の詩に見えるものである。この現象は、謝霊運受容の特性を示唆しているように思われる。そこで、謝霊運の典型的な詩語を取り上げ、その受容・継受の様相を追尋することを通じて、両者の関連性をより明確に提示したい。次に、具体的な用例を掲げながら、両詩群の山水表現と謝霊運との関連を見てゆこう（△＝謝詩に先行する用例、〇＝謝詩、▽＝謝詩を受容した中国詩）。

①「(巉)《さん》巘《けん》」「蘿《ら》薜《へい》」

飛壁巉巘垂蘿薜、会岩盤屈衣苔莓。
（嵯峨天皇「山水歌」第11句、『経国集』205）
飛壁巉巘蘿薜垂る、会岩盤屈苔莓を衣る。

△ 陟則在巘、復降在原。
（『毛詩』大雅・公劉）
陟っては則ち巘に在り、復た降っては原に在り。

〇 連畳巘崿、青翠杳深沉。
連なれる鄣は巘崿を畳み、青翠は杳として深沉たり。
（謝霊運「泰山吟」）

〇 岝崿既険巘、触石輒芊眠。
岝崿既に険巘たり、石に触れて輒ち芊眠たり。
（謝霊運「泰山吟」）

〇 平明発風穴、投宿憩雲巘。
平明に風穴を発し、投宿して雲巘に憩ふ。
（謝霊運「入竦渓」）

▽ 浮雰晦崖巘、積素惑原疇。
浮かべる雰《きり》に崖巘に晦し、積もれる素《ゆき》に原疇に惑ふ。
（謝恵連「西陵遇風献康楽」）

▽ 披榛上岩巘、絶壁正東面。
榛を披いて岩巘に上れば、絶壁正に東面す。
（丹丘「奉使過石門瀑布」）

〇 想見山阿人、薜蘿若在眼。
想ひ見る山阿の人、薜蘿眼に在るが若し。
（謝霊運「従斤竹澗越嶺渓行」）

▽ 陳蕃懸榻侍、謝客枉帆過。相見耶渓路、逶迤入薜蘿。
陳蕃は榻を懸げて侍し、謝客は帆を枉げて過ぎる。相ひ見るは耶渓の路の、逶迤として薜蘿に入るを。
（劉長卿「送李校書適越謁杜中丞」）

「巉巘」は、高く険しい崖の意味とされるが、その語自体は中国の詩文に見当たらない。「巘」について、小島注は『文選』（巻二十二）謝霊運「晩出西射堂」に、「連鄣畳巘崿、青翠杳深沉」（李善注「巘崿、崖之別名。爾雅曰、重巘、隒。文字集略曰、崿、崖」也）とみえることを指摘している。ここで付け加えたいのは、「巘」は謝霊運の手によって、「山」を表現する典型的な詩語となったという点である。詩における「巘」の字は早く先秦時代に遡れるが、『詩経』（大雅）の「陟則在巘」が謝詩以前に見られる唯一の用例である。ところが、「巘」字は特に謝霊運に愛用された。たとえば、上に掲げた「巘崿」「険巘」「雲巘」などの用例が、それを如実に物語っている。またこのことは、謝霊運と同時期の詩人謝恵連「浮雰晦崖巘」（「西陵遇風献康楽」）や盛・中唐詩人丹丘「披榛上岩巘」（「奉使過石門瀑布」）の事例をみても窺い知ることができる。謝恵連の詩題にある「康楽」は謝霊運の別称として広く知られるものであり、丹丘の詩序にも「謝康楽、宋景平中為二永嘉守一、有宿石門岩上詩。（中略）小子大暦年中奉レ使、窃有二継作一。雖レ不レ足三克紹二祖徳一、追二踪昔賢一、蓋造二奇懐之志一也。」とある。これらはいずれも、謝霊運へのオマージュを潜ませたものである。こうした観点からみれば、嵯峨天皇の「山水歌」にある「峨巘」は、謝詩の「巘」字の表現の流れを汲んだものと言える。しかもさらに注意すべきことは、嵯峨御製にある「峨巘」は、いずれも難字で構成される「双声畳韻」の語であり、しかも「聯邊」——偏旁を同じくする熟語によって、当該語彙のイメージを強調する（『文心雕龍』練字篇に「聯邊者、半字同文者也」とある）——の技法も用いられているという点である。というのも、難字による双声畳韻や聯邊の使用は謝霊運の山水詩のテクニックの一つだと指摘されているからである。(6) たとえば、謝霊運は「従斤竹澗越嶺渓行」において、連邊字の語（「逶迤」「隈隩」「陘峴」「蘋萍」「菰蒲」「沈深」「清浅」）や双声畳韻の語（「逶迤」「厲急」「蘋萍」「菰蒲」「沈深」「清浅」）を大量に使うことによって、質感溢れる渓谷の風景を活写しているのだと言われる。上述の「巘」の表現史（『詩経』から謝詩、そして謝詩以降の詩へ）を示す事例と合わせて考慮すれば、「峨巘」の詩語は嵯峨天皇が謝詩を大いに意識した上での造語だと判断してよかろう。

「蘿薜」もまた聯邊の字である。小島注では、『文選』（巻二十二）謝霊運「従斤竹澗越嶺渓行」の「想見山阿人、薜蘿若在眼」（李善注「楚辞曰、若レ有レ人兮山之阿、披レ荔兮帯二女蘿一」）や盛唐儲光羲の詩句を引いている。謝霊運のこの一首は詩語「薜蘿」の初見であると同時に、唐以前における唯一の用例でもある。さらに指摘したいのは、「薜蘿」は唐以降において特に大暦期の詩人劉長卿に愛用され、またその用例の多くは謝霊運と直接的な関わりを持っている点である。たとえば、上に掲げた劉長卿「送李校書適越謁杜中丞」は、謝霊運のことを「謝客」と直言し、明らかに「薜蘿」を謝霊運の詩語として意識したものである。前述した「峨巘」の事例と結びつけてみれば、下句における「蘿薜」もまた謝詩の流れを汲むものと判断される。

　このように謝詩の影響を大いに受けた唐詩群は、嵯峨朝詩人における謝霊運受容におけるもう一つの材源となっていたことを示唆しているように思われる（詳しくは後述）。

②「隈隩《わいあう》」

　敻寰宇兮地隈隩、空鳥兮稀人跡。

寰宇《かんう》敻《とほ》くして地は隈隩、空鳥《くうてう》人跡稀《まれ》らなり。

（惟良春道「青山歌」第7句、『経国集』212）

○逶迤傍隈隩、迢逓陟陘峴。（謝霊運「従斤竹澗越嶺渓行」）

逶迤として隈隩に傍ひ、迢逓として陘峴を陟る。

▽石潭傍隈隩、沙岸暁夤縁。（孟浩然「硯潭（一作山）作」）

石潭は隈隩に傍ひ、沙岸を暁に夤縁す。

「隈隩」について、小島注は『爾雅』釈丘「隈隩。厓内為隩、外為隈」を引き、崖の外側と内側の意味だと解釈する。私見によれば、「薜蘿」の場合と同じように、この「隈隩」も謝霊運の作り出した詩語であり、「逶迤傍隈隩」は唐以前における唯一の用例である。そして、唐以降、「隈隩」は「山」の詩語として次第に広がっていく。孟浩然、王維、皇甫冉、劉長卿などの詩作に見られ、中でも、孟浩然「石潭傍隈隩」はあきらかに謝詩の「逶迤傍隈隩」を踏襲している。孟浩然に及ぼした謝霊運の影響については、中国文学の立場からのさらなる研究成果が待たれるが、ここでは「隈隩」と関連して、対となる下句「沙岸暁夤縁」における「沙岸」も、謝詩「野昿沙岸浄、天高秋月明」（「初去郡」）に見られ、謝霊運の創出した詩語であることに注目したい。こうしたことは、「隈隩」と謝霊運との緊密な関わりを呈示するのみならず、平安初期における謝霊運受容が、『文選』に加えて、唐詩の受容（翻読）のもとに複層的に作用していたことが反映しているのではなかろうか。

③「雲梯《うんてい》」

　三休古路雲梯危、一道飛泉澗石鑿。

三休の古路雲梯危《あやふ》し、一道の飛泉澗石鑿《かんせきうが》つ。

（良岑安世「青山歌」第11句、『経国集』210）

△霊谿可潜盤、安事登雲梯。（郭景純「遊仙詩七首」）

霊谿にては潜《ひそ》かに盤《たのし》むべし、安んぞ雲梯に登ることを事とせん。

○惜無同懐客、共登青雲梯。（謝霊運「登石門最高頂」）

惜しむらくは懐ひを同じくする客の、共に青雲の梯に登る無きことを。

▽謝客常遊処、層巒枕碧渓。経過殊俗境、登陟象雲梯。

（湯洙「登雲梯」）

謝客の常に遊ぶ処、層巒に碧渓に枕す。経過して俗境を殊《こと》にし、登陟して雲梯に象《かたど》る

▽　脚著謝公屐、身登青雲梯。（李白「夢遊天姥吟留別」）

脚は謝公の屐《はきもの》を著け、身は青雲の梯に登る。

良岑安世の句にある「雲梯」について、小島注は『文選』（巻二十一）郭景純「霊谿可潜盤、安事登雲梯」（「李善注「霊谿谿名也。庾仲雍荊州記曰、大城西九里有二霊谿水雲梯一。言仙人昇レ天、因レ雲而上、結曰二雲梯一。墨子曰、公輸般為二雲梯一必取レ宋。張湛列子注曰、班輸為レ梯可二以陵レ虚」）を引きながら、固有名詞にも解しうるという。たしかに、「遊仙」「逸士」が住む場所として詠まれた「青山」において、[7]「雲梯」は仙人の面影を彷彿させるであろうが、これもまた小島注に指摘するように、ここではむしろ雲のかかる山谷の掛け橋とみなしていい。さらに補足すべきなのは、安世の「雲梯」と同じイメージを持つ作例が、謝霊運「惜無同懐客、共登青雲梯」に始まる点である。また、初唐以降、詩語「（青）雲梯」は広く継承されていくが、その受容の過程では、この詩語が常に謝霊運によって確立されたものだとの意識が伴っていた。その例としては、省試詩として『文苑英華』（のちに『全唐詩』）に収められた湯洙の五言排律「登雲梯」や、名高い李白の「夢遊天姥吟留別」などがある。「登雲梯」は初めの二聯から「謝客常遊処、層巒枕碧渓。経過殊俗境、登陟象雲梯」云々といい、一首全体は詩題から内容まで謝霊運ゆかりのものだと、一見して分かるほどのものである。李白詩の場合も「脚著謝公屐、身登青雲梯」と、「謝公の屐」の典故を用いており、「雲梯」と謝霊運との緊密なかかわりをもの語っていよう。

ところで、安世「三休古路雲梯危」の対となる下の句「一道飛泉澗石鑿」には、もうひとつの謝霊運の詩語「飛泉」が見られる。「飛泉」については「水」の詩語として詳しく後述したいが、こうした事例は偶然の域を遥かに超えるもので、おのずから嵯峨朝詩人における謝霊運受容の実情が表出したものと看取されよう。

三、「水」の詩語と謝霊運

文字通り「山水詩」と呼ばれるように、謝霊運の詩にあっては、「山水対」が四十二聯もあると指摘されている。[8]そして、「山」の詩語の場合と同様に、謝詩には「水」を表現するための詩語は豊富で、その中にはもちろん、謝霊運によって確立されたものが数多く確認される。一方、嵯峨朝漢詩の場合はどうであろうか。以下、「山水歌」と「青山歌」における「水」の詩語を掲げながら、当時の謝霊運受容をさらに考察したい。

④「潺湲《せんえん》」

嶺上流泉聴無響、潺湲触石落渓隈。

嶺上の流泉聴くに響無し、潺湲石に触れて渓隈《けいわい》に落つ。（嵯峨天皇「山水歌」第14句、『経国集』205）

○ 且申独往意、乗月弄潺湲。

しばらく独往の意を申べ、月に乗じて潺湲を弄ばん。（謝霊運「入華子岡、是麻源第三谷」）

○ 石浅水潺湲、日落山照曜。

石浅くして水は潺湲たり、日落ちんとして山は照曜す。（謝霊運「七里瀬」）

▽ 辰哉且未会、乗景弄清漪。瑟汨瀉長淀、潺湲赴両岐。

辰《とき》や且《しばら》くは未だ会せず、景に乗じて清漪を弄ぶ。瑟汨長淀に瀉《そそ》ぎ、潺湲両岐に赴く。（謝朓「将遊湘水尋句溪」）

▽ 揮手弄潺湲、従茲洗塵慮。

手を揮て潺湲を弄ぶ、これより塵慮を洗ふ。（孟浩然「経七里灘」）

▽ 西峰崢嶸噴流泉、横石水蹙波潺湲。

西峰 崢嶸として流泉を噴き、横石 水蹙《せま》って波潺湲たり。（李白「当塗趙炎少府粉図山水歌」）

「潺湲」という語は早く先秦時代の詩に見られる。ところが、謝霊運がこの語を愛用し、特に佳句「乗月弄潺湲」(9)を詠出したことによって、「潺湲」は謝霊運と緊密に結び付けられるようになった。たとえば、霊運の句を変容した典型例として、謝朓「辰哉且未会、乗景弄清漪。瑟汨瀉長淀、潺湲赴両岐」がみえる。さらには、品詞の問題がある。本来、屈原「慌忽兮远望、観㆓流水兮潺湲㆒」（「楚辞・九歌・湘君」）や、謝霊運「石浅水潺湲、日落山照曜」、李白「横石水蹙波潺湲」などの句例に見えるように、「潺湲」は形容詞であり、「水の流れる貌」を指していた。ところが、謝霊運の「乗月弄潺湲」において、「潺湲」は名詞として用いられたのである。事実、「乗月弄潺湲」一例にとどまらず、形容詞を名詞として使う用例は、謝詩に数多くみられる。たとえば、「遡㆑流触㆓驚急㆒、臨㆑圻阻㆓参錯㆒」（「富春渚」）における「驚急」と「参錯」は、それぞれ「川」「崖」を指しており、「挙㆑目眺㆓嶇嶔㆒」（「登池上楼」）の「嶇嶔」は高山のことをいう。さらに前出した「逶迤傍隈隩、迢逓陟陘峴」に於いても、もともと形容詞であるはずの「逶迤」「迢逓」は山道（名詞）を意味している。このような手法は謝詩における重要なテクニックの一つと指摘されているが(10)、こうしたことから見れば、謝霊運は「潺湲」を流水の美称として使った最初の詩人と言って間違いないであろう。しかもまた、のちの詩人たちがこの用法を継承していく際には、脳裏には常に謝霊運が意識されていた。たとえば、謝霊運「七里瀬」を踏まえた孟浩然の

「経七里灘」に「揮手弄潺湲、従茲洗塵慮」とあり、「潺湲」と謝霊運との親縁関係が強く意識されていたことが看取される。嵯峨天皇「山水歌」の「嶺上流泉聴無響、潺湲触石落溪隈」については、李白「当塗趙炎少府粉図山水歌」の「西峰峥嶸噴流泉、横石水蹙波潺湲」が参考とされたことは小島注のとおりであるが、品詞の性質という点からみれば、嵯峨御製にある「潺湲」は謝霊運のそれと同じように、名詞の働きをしており、「流泉」の水を指している。この意味では、嵯峨天皇の句は六朝詩と唐詩を共に吸収しているように思われる。

⑤「飛泉《ひせん》」

三休古路雲梯危、一道飛泉澗石鑿。
三休の古路 雲梯危し、一道の飛泉 澗石を鑿《うが》つ。（良岑安世「青山歌」第12句、『経国集』210）

△ 放情陵霄外、嚼蘂挹飛泉。（郭景純「遊仙詩七首」）
情を放《ほしいまま》にして霄外を陵《しの》ぎ、蘂《はなぶさ》を嚼《くら》って飛泉を挹《く》む。

○ 企石挹飛泉、攀林摘葉巻。（謝霊運「従斤竹澗越嶺渓行」）
石に企《つまだ》ちて飛泉を挹《く》み、林を攀《よ》ぢて葉巻を摘む。

○ 憩石挹飛泉、攀林搴落英。（謝霊運「初去郡」）
石に憩ひては飛泉を挹み、林を攀ぢては落英を搴《と》る。

○ 託身青雲上、棲岩挹飛泉。（謝霊運「還旧園作、見顔范二中書」）
身を青雲の上に託し、岩に棲みて飛泉を挹む。

○ 石室冠林陬、飛泉発山椒。（謝霊運「石室山」）
石室は林陬に冠のごとく、飛泉は山椒を発す。

○ 積石竦両溪、飛泉倒三山。（謝霊運「発帰瀬三瀑布望両渓」）
積石は両渓に竦《そばだ》ち、飛泉は三山を倒《さかさま》にす。

▽ 路石挂飛泉、謝公応在眼。（銭起「罷章陵令山居過中峰道者二首」）
路石は飛泉を掛け、謝公はまさに眼に在るべし。

安世の句にある「飛泉」について、小島注は、飛び散る水、瀧などと説明し、『文選』（巻二十一）郭景純「遊仙詩七首」の「放景陵霄外、嚼蘂挹飛泉」（李善注「魏文帝典論曰、飢飡二瓊蘂一、渇飲二飛泉一」）を一例としてあげる。ところが、「飛泉」の詩語の表現史から見ると、「飛泉」は謝詩にもっとも多く見られ、謝霊運の山水世界を織り成す典型的な風景語彙の一つとみられる。その中には、郭景純「遊仙詩」の影響を受けて、山林隠遁者の姿を投影した「企石挹飛泉」「憩石挹飛泉」「棲岩挹飛泉」等もあれば、瀧が峯より飛び瀉いでくる景色を描いた「飛泉発山椒」「飛泉倒三山」もある。これらを見れば、安世の句における瀧を描いた「飛泉」は、謝詩の流れを汲んでいることがわかる。瀧は謝霊運山水詩の美的要素となっていると指摘されているが、(11)「飛泉」が後世の人に謝霊運ゆかりの詩語と目されていたことは、たとえば中唐詩人銭起の「路石挂飛泉、謝公応在眼」（「罷章陵令山居過中峰道者二首」）にも窺えよう。このように、「飛泉」は、上句にある「雲梯」とともに、安世「青山歌」における謝霊運受容を示唆している。

⑥「巌陵瀬《げんりょうらい》」

潁川水曲巌陵瀬、不知漁叟釣潭竿。

（滋野貞主「山水歌」第23句、『経国集』208）

潁川の水曲巌綾の瀬、知らず漁叟の潭竿に釣するを。

○目覩巌子瀬、想属任公釣。

（謝霊運「七里瀬」）

目もて巌子の瀬を覩《み》れば、想ひをば任公の釣に属《つ》けんとす。

▽復聞巌陵瀬、乃在茲湍路。

（孟浩然「経七里灘」）

また聞く巌陵の瀬、すなはちここに在りて路に湍《たぎ》る。

▽巌光桐廬渓、謝客臨海嶠。

（李白「翰林読書言懐呈集賢諸学士」）

巌光は桐廬の渓、謝客は海嶠に臨む。

▽潺湲子陵瀬、髣髴如在目。

（劉長卿「厳陵釣台送李康成赴江東使」）

潺湲たり子陵の瀬、髣髴として目に在るがごとし。

貞主「山水歌」にある「巌陵瀬」について、小島注は用例未検出となっている。ところが、巌陵瀬に因んだ巌光の隠遁の故事は『後漢書』「逸民列伝」に記述があり、それを詩に詠み込んだ作例は謝霊運「七里瀬」の「目覩巌子瀬、想属任公釣」（李善注「後漢書曰：嚴光字子陵、光武除為二諫大夫一、不レ屈、耕二於富春山一。後人名二其釣処一為二巌陵瀬一」）に初めて見える。また、その詩序には「甘州記曰、桐廬県有二七里瀬一、瀬下数里至二巌陵瀬一」と述べている。謝詩以降、巌子陵釣臺の「巌陵瀬」（「巌陵釣」「子陵瀬」「巌光渓」）が詩語としてだんだん確立されてゆき、特に李白、劉長卿の詩には数多く見られるようになる。(12) そして、上に掲げた用例から見れば分かるように、彼らは「巌陵瀬」を詠む際には、「謝客」（幼名）を称したり、謝霊運ゆかりの詩題（「七里灘」）や詩語（「潺湲」）を用いたりすることを忘れずにいた。このようにみてくると、貞主の「山水歌」詠は、謝詩由来の「巌陵瀬」の表現史を理解したうえでの創作とみることができよう。

四、『文華秀麗集』「遊覧」詩と謝霊運

ところで、こうした受容の在り方は、「山水歌」「青山歌」の詩群に限らず、『文華秀麗集』の冒頭に置かれた「遊覧」部にも看取される。遊覧部には、離宮などへ行幸した際の、

嵯峨天皇と侍臣らとが詠んだ君臣唱和詩が数多くみえ、『文華秀麗集』の天皇主導的な遊覧の様子が顕著である。

Ⅰ　物候雖言陽和未、汀洲春草欲萋萋。

（嵯峨天皇「江頭春暁」、『文華秀麗集』遊覧・1）

物候 陽和いまだしと雖も、汀洲の春草萋萋ならんとす。

△　王孫遊兮不帰、春草生兮萋萋。

王孫遊んで帰らず、春草生じて萋萋たり。

（劉安「招隠士」）

○　萋萋春草生、王孫遊有情。

萋萋として春草生じ、王孫遊びて情有り。

（謝霊運「悲哉行」）

○　嫋嫋秋風過、萋萋春草繁。

嫋嫋として秋風過《よ》ぎり、萋萋として春草繁し。

（謝霊運「石門新営所住、四面高山回渓石瀬修竹茂林」）

○　池塘生春草、（中略）萋萋感楚吟。

池塘に春草生じ、（中略）萋萋として楚吟に感ず。

（謝霊運「登池上楼」）

▽　日夕故園意、汀洲春草生。

日夕 故園の意《こころ》、汀洲に春草生ず。

（孟浩然「永嘉別張子容」）

「江頭春暁」は嵯峨天皇が山崎離宮への行幸の際に詠んだ七言律詩であり、『文華秀麗集』上巻の巻頭「遊覧」の第一首として置かれている。その尾聯に「物候雖言陽和未、汀洲春草欲萋萋」と見える。「萋萋」について、小島注は『文選』にある劉安「招隠士」の「春草生兮萋萋」を引いている。ところが、句の全体からみれば、嵯峨天皇の「汀洲春草欲萋萋」は孟浩然「汀洲春草生」（「永嘉別張子容」）を直接的に踏まえているのではないか思われる。そればかりでなく、「永嘉別張子容」詩は、孟浩然が開元二十年に永嘉を経由した折に、謝霊運が弟の謝恵連に永嘉の西堂で夢の中で逢って、「池塘生春草」という句を得たという故事を想起しながら詠んだ作品である。また、謝詩には「池塘生春草（中略）萋萋感楚吟」以外に、「萋萋春草生」「萋萋春草繁」の句も見える。つまり、繰り返し吟詠されることによって、「萋萋」たる「春草」は謝霊運の典型的な景物になったのであろう。このようにみてくると、嵯峨天皇の「汀洲春草欲萋萋」は、唐代の孟浩然の詩を通して、謝霊運の存在を意識していた可能性が十分に考えられる。

Ⅱ　潮生孤嶼没、霧巻巨帆懸。

（巨勢識人「奉和春日江亭閑望」、『文華秀麗集』遊覧・6）

潮生りて孤嶼《こしょ》没《かく》り、霧巻きて巨帆懸かる。

○　乱流趨正絶、孤嶼媚中川。

流れを乱《わた》りて正絶《しま》に趨けば、孤嶼中川に媚ぶ。

（謝霊運「登江中孤嶼」）

▽　康楽上官去、永嘉遊石門。江亭有孤嶼、千載跡猶存。

（李白「与周剛清渓玉鏡潭宴別」）

康楽は上官して去り、永嘉にて石門に遊ぶ。江亭に孤嶼有り、千載跡なほ存す。

▽衆山遥対酒、孤嶼共題詩。（孟浩然「永嘉上浦館逢張八子容」）

衆山遥かに酒に対《むか》ふ、孤嶼に共に詩を題す。

▽悠悠清江水、水落沙嶼出。

（孟浩然「登江中孤嶼贈白雲先生王迥」）

悠悠として江水清し、水落ちて沙嶼出づ。

▽落潮見孤嶼、徹底観澄漣。

（劉長卿「夜宴洛陽程九主簿宅送楊三山人往天台尋智者禅師隠居」）

潮落《ひ》きて孤嶼見《あらは》る、徹底《みずきよく》して澄みし漣《さざなみ》を観る。

▽見説江中孤嶼在、此行応賦謝公詩。

（劉長卿「送杜越江佐観省往新安江」）

聞くならく江中に孤嶼在りと、ここに行きてまさに謝公の詩を賦すべし。

識人の「潮生孤嶼没」について、小島注では用例を掲げていない。ところが、この句は孟浩然「水落沙嶼出」、劉長卿「落潮見孤嶼」を逆用しているのではないかと考えられる。また「孤嶼」は、謝霊運が永嘉太守に左遷された時期に詠んだ「登江中孤嶼」詩に初めて登場し「孤嶼媚中川」とみえる。謝詩以降、「孤嶼」は次第に広く用いられるようになり、特に孟浩然や劉長卿をはじめとした盛唐詩人の作品に数多く見られる。さらに注意すべきなのは、上に掲げた李白「康楽上官去、永嘉遊石門。江亭有孤嶼、千載跡猶存」や、劉長卿「見説江中孤嶼在、此行応賦謝公詩」などがいずれも、謝霊運ゆかりのものだという点である。以上の検討によって、唐詩人には、「孤嶼」が謝霊運によって創出された詩語であるという意識があり、そうした意識は、嵯峨朝詩人の識人にも等しく共有されたであろうと推察される。

Ⅲ　天辺孤月乗流疾、山里飢猿到暁啼。

（嵯峨天皇「江頭春暁」、『文華秀麗集』遊覧・1）

天辺の孤月 流に乗りて疾く、山里の飢猿 暁に到りて啼く。

此地幽閑人事少、唯余風動暮猿悲。

（嵯峨天皇「春日嵯峨山院　探得遅字」、『文華秀麗集』遊覧・2）

この地幽閑にして人事少《まれ》なり、ただ余すは風動《そよ》ぎて暮猿悲しぶのみ。

畏景西山没、清猿北嶼呼。

（嵯峨天皇「夏日臨泛大湖」、『文華秀麗集』遊覧・8）

畏景西山に没《かく》れ、清猿北嶼に呼ばふ。

馬踏雲山郷念切、猿啼海嶠助羇行。

（嵯峨天皇「左兵衛佐藤是雄見授爵之備州謁親。因此賜詩」、『文華秀麗集』餞別・20）

馬は雲山を踏みて郷念切《ねんごろ》なり、猿は海嶠に啼きて羇行を助く。

○秋泉鳴北澗、哀猿響南巒。（謝霊運「登臨海嶠、初発彊中作。與従弟恵連見羊何共和之」）

秋泉北澗に鳴き、哀猿南巒に響く。

○活活夕流駛、噭噭夜猿啼。（謝霊運「登石門最高頂」）

活活として夕べの流れは駛《はや》く、噭噭として夜《よい》の猿は啼く。

○猿鳴誠知曙、谷幽光未顕。（謝霊運「従斤竹澗越嶺渓行」）

猿鳴いて誠に曙《あかつき》を知るも、谷幽《くら》くして光は未だ顕かならず。

○乗月聴哀狖、浥露馥芳蓀。（謝霊運「入彭蠡湖口」）

月に乗じては哀狖《なくさる》を聴き、露に浥《うる》ひては芳蓀馥《かんば》し。

▽謝公宿処今尚在、淥水蕩漾清猿啼。（李白「夢遊天姥吟留別」）

謝公の宿処は今なほ在り、淥水《きよらかなみず》蕩漾として清猿啼く。

▽巖光桐廬渓、謝客臨海嶠。（李白「翰林読書言懐呈集賢諸学士」）

巖光は桐廬の渓、謝客は海嶠に臨む。

嵯峨天皇は「猿啼」「猿呼」「猿悲」をよく詠じたことで注目されるが、「猿」もまた謝霊運の山水世界を構成し、その世界の中で、ある特定のイメージを担うという点で重要な語彙である。このことは、上に掲げた「噭噭夜猿啼」「猿鳴誠知曙」「哀猿響南巒」「乗月聴哀狖」を通しても窺えよう。李白「謝公宿処今尚在、淥水蕩漾清猿啼」の句も、それを裏づける一つの証左である。ところで、嵯峨天皇の「猿啼海嶠助羇行」について、小島注は駱賓王「不レ見ニ猿声一助ニ客啼一」（「疇昔篇」）と張九齢「君今海嶠行」（「送使広州」）を引く。しかし、この「海嶠」の詩語もまた謝霊運との関連が深いものと考えられる。

「海嶠」の語は、謝霊運の詩題「登臨海嶠初発彊中作與従弟恵連見羊何共和之」に「臨海嶠」という形で初めて見える。隋・六朝以前の詩にはこの謝霊運の一例しか見えず、唐に入ってからは広く用いられるようになる。しかも、唐代の詩においてこの語が用いられる場合には常に謝霊運の存在が強く意識されていた。そうした例として、李白「巖光桐廬渓、謝客臨海嶠」が挙げられる。また、謝詩において、「臨海」は臨海郡、「嶠」はそこに鋭くそびえたつ天姥山を指した、いわば固有名詞であったが、唐代の詩人に受容されるうちに、「海嶠」という一般名詞として使用される詩語になっていったのである。そして、この際にも、謝霊運の面影が忘れられることはなかった。晩唐詩ではあるが、許渾「何如謝康楽、海嶠独題篇」（「奉和盧大夫新立假山」）は取りも直さずこのことを物語っている。さらに注意すべきなのは、謝霊運

「哀猿響南巒」が、上述してきた「登臨海嶠」詩に見えることである。こう見てくると、嵯峨天皇「猿啼海嶠助羇行」は謝詩の流れを汲んだものであり、御製の「清猿北嶼呼」は謝霊運「哀猿響南巒」を直接に踏まえたように思われる。

では、なぜ『文華秀麗集』「遊覧」部に限って謝霊運詩の受容が集中的に見えるのだろうか。このことについては、次に示すような、『文選』における謝霊運の位置づけと深く関わっているのではないかと考えられる。

◇入集状況

陸機52首　謝霊運40首　江淹32首　曹植25首　顔延之21首

謝朓21首　鮑照18首　阮籍17首　沈約13首　王粲13首

◇分布状況

遊覧（11人／23首）謝霊運9首、沈約4首、顔延之3首

行旅（11人／34首）謝霊運10首、陸機5首、謝朓5首

雑擬（10人／63首）江淹30首、陸機12首、謝霊運8首

雑詩（27人／93首）張協10首、曹植8首、謝朓8首、沈約6首、謝霊運4首

贈答（24人／72首）陸機12首、劉楨8首、曹植6首、顔、朓各4首、謝霊運3首

述徳：謝霊運2首、公宴、祖餞、哀傷、楽府：謝霊運1首

『文選』において、謝霊運は入選種類がもっとも多く、入選の詩数も第一位の陸機に次ぐ分量である。そして、具体的な分布状況からみると、「遊覧」と「行旅」は謝霊運独特の山水詩表現をもっとも反映できる部類だと言えよう。一方、『文華秀麗集』の部門毎に配列する編纂方法は『文選』によるものとされているが、上述した『文選』における謝霊運重視の様態もまた嵯峨朝詩人はよく理解していたと考えられる。その意味でも、『文選』における謝霊運の位置づけの重みは『文華秀麗集』「遊覧」部の編纂意識にも当然影響を与えたことであろう。

おわりに

考察してきたように、平安初期の君臣唱和詩群に見える山水表現は六朝詩人謝霊運と密接に関わっている。その受容の主なルートとしては先ず『文選』があり、これに加えて、六朝詩を継承した唐詩群の存在を重視すべきである。中でも、孟浩然、李白、劉長卿の存在が大きかった。このことは、平安初期の詩人たちの中国文学に対する向き合い方、受容の実際を具体的に呈示するものでもある。つまり、彼らにとって

は、『文選』が必須の「教科書」であるのに対し、それを継承して作られた唐詩群は、いわば「教科書」の応用編というべき機能を果たしながら平安初期詩人の創作指南となっていたということである。

上代や平安期における中国文学の影響については、これまで小島憲之氏の考証をはじめとする幾多の研究によって推進されてきた。しかし、嵯峨朝詩人の山水表現における謝霊運受容を通して分かるように、平安初期と中国文学の関連については、その受容実態の解明に向けて、さらに動態的な授受関係を系統的に整理していく必要があろう。

注

（1）小島憲之『上代日本文学と中国文学――出典論を中心とする比較文学的考察（下）』（塙書房、一九六五）、川口久雄「我が国における題画文学の展開」（山岸徳平『日本漢文学史論考』岩波書店、一九七四年）、安藤太郎「題画詩と屏風歌――平安朝初期の屏風歌の一考察」（『東京成徳短期大学紀要』第一一号、一九七八年四月）、「李白、杜甫の題画詩と経国集「清涼殿画壁山水歌」の表現の一考察」（『研究と資料』四三、研究と資料の会、二〇〇〇年七月）、藏中しのぶ「題画詩の発生――嵯峨天皇正倉院御物屏風沽却と「天台山」の文学」（『奈良朝漢詩文の比較文学的研究』翰林書房、二〇〇三年）、後藤昭雄「嵯峨天皇と惟良春道」（『平安朝漢文学史論考』勉誠出版、二〇一二年）など。

（2）『経国集』の本文及び作品番号は、伝存諸本に共通する巻十三・十四間の錯簡を整定した、小島憲之『国風暗黒時代の文学 下Ⅲ』に拠る。

（3）家永三郎『上代倭絵全史』（水墨書房、一九六六年）。

（4）葛暁音「走出理窟的山水詩」（『山水田園詩派研究』遼寧大学出版社、一九九三年）、林文月「中国山水詩的特質」（『古典与山水』生活・読書・新知 三聯書店、二〇一三年）、蕭馳「話語山水――謝霊運の美感世界」（『詩与它的山河 中古山水美感的生長』生活・読書・新知、三聯書店、二〇一八年）、森野繁夫「謝霊運詩の自然表現」（『謝霊運論集』白帝社、二〇〇七年）、林田慎之助「謝霊運評価の一側面」（『六朝の文学 覚書』創文社、二〇一〇年）など。

（5）前掲注1所掲小島憲之氏論。

（6）前掲注4所掲葛暁音氏、蕭馳氏論。

（7）安世「青山歌」に「遊仙所楽些」「逸士所託些」とある。

（8）前掲注4所掲蕭馳氏論。

（9）『菅家文草』巻六437番詩は、「乗月弄潺湲」を『文選』中の五言古詩の名句とする。なお『躬恒集』には、当句を題とした和歌があり、「月に乗りてささらみづをもてあそぶ」と訓読する例あり。

（10）前掲注4所掲蕭馳氏論。

（11）前掲注4所掲蕭馳氏論。

（12）松尾幸忠「厳子陵釣臺の詩跡化に関する一考察――謝霊運・李白・劉長卿」（『中国詩文論叢』一六、中国詩文研究会、一九九七年十月）。

参考文献

小島憲之「経国集詩注」（『国風暗黒時代の文学 下Ⅲ――弘仁・天

長期の文学を中心として』、塙書房、一九九八年）
小島憲之校注『懐風藻 文華秀麗集 本朝文粋』（日本古典文学大系69、岩波書店、一九六四年）
『文選』（〔清〕胡刻家景宋刊本、芸文印書館、一九七二年）
『謝霊運校注』（顧紹柏、中州古籍出版社、一九八七年）
『李太白全集』（〔清〕王琦注、中華書局、二〇一五年）
『孟浩然詩集校注』（李景白校注、中華書局、二〇一八年）
『劉長卿詩編年箋注』（儲仲君撰、中華書局、一九九六年）
『銭起集校注』（王定璋校注、浙江古籍出版社、二〇一五年）
『全唐詩』（上海古籍出版社、一九八六年）
『詩経注析』（程俊英、蔣見元著、中華書局、二〇一五年）
『先秦漢魏晋南北朝詩』（逯欽立輯校、中華書局、一九九三年）
『楚辞校釈』（王泗原著、中華書局、二〇一四年）

平安朝詩文における謝霊運の受容

後藤昭雄

我が国においては謝霊運の文学はどのように受容されたか。そのことを考える一環として、平安朝の文人らはこれをどう捉えたか、九世紀半ばから十世紀後半頃までを対象として考察してみたい。

一、「潘謝」――潘岳と謝霊運

平安朝文人にとって謝霊運はどのような存在と意識されていたか。それをよく示すものとして、その詩文に現れる「潘謝」という語に注目したい。

まずはその詩文を読んでみよう。最初は紀長谷雄《はせお》（八四五〜九一二）が「延喜以後詩序」（『本朝文粋』巻八・201）で用いている。この文章はその詩集『延喜以後詩巻』に冠した自序であるが、学問に志した十五歳の時から延喜三年（九〇三）の菅原道真の死の数年後に至るまでの自己の文人としての境涯を顧みた自伝的作品ともなっている。その後半には、嶋田忠臣ついで高丘五常《たかおかのかずつね》の死、また菅原道真の左遷、さらに小野美材《よしき》の死と、知己たる人々を相次いで失ったことが記されているが[1]、その極みとして次の叙述がある。

のち幾何《いくばく》も無くして、丞相次いで薨ず。朝に在る儒者は、寔《まこと》に繁くして徒有り。咸《ことごと》く王何の輩に列なり、潘謝の流を習はず。取捨同じからず、是非各おの異なり。

「丞相」は道真である。大宰府で失意のうちに没した。道真亡き後、朝廷に仕える儒者はその数は多いけれども、いず

ごとう・あきお――大阪大学名誉教授。専門は日本漢文学。主な著書に『平安朝漢文文献の研究』（吉川弘文館、一九九三年）、『平安朝漢文学史論考』（勉誠出版、二〇一二年）、『本朝漢詩文資料論』（勉誠出版、二〇一二年）、『平安朝漢詩文の文体と語彙』（勉誠出版、二〇一七年）などがある。

れも「王何」に列なる者たちであり、「潘謝」の伝統を学ぼうとはしない。故に私は彼らとは考え方、価値観を異にする、という。

ここで長谷雄は現今の学者たちを「王何の輩」に喩えている。それに対して長谷雄らが「潘謝の流」ということになる。王何、潘謝とは柿村重松『本朝文粋註釈』に指摘するように王弼《おうひつ》・何晏《かあん》、潘岳《はんがく》・謝霊運をいう。それでは長谷雄は王弼、何晏、潘岳、謝霊運をそれぞれどのような人物として捉えて、併称そして対置させたのか。言葉を換えれば、儒者の多くはどのような点で「王何の輩」であり、また長谷雄らは「潘謝の流」であるのか。

長谷雄はその詩文の中でもう一度、王弼と何晏とを併称している。「延喜以後詩序」に先立って、元慶六年（八八二）春の「後漢書竟宴、各おの史を詠じて龐公《ほうこう》を得たり」詩序（『本朝文粋』巻九・262）に、『後漢書』講書の講師を務めた道真を讃えて、こういう。

菅師匠は祖業を承け、儒林の宗為り。経籍を心と為し、王何を逸契に得《え》、風雲を思ひに入れ、張左を神交に叶《かな》ふ。(2)

ここでは道真が学界の第一人者であることを「経籍」「風雲」の両方面に通じていると言う文脈の中で「王何」が持ち出されているが、

経籍を心と為す――王何
風雲を思ひに入る――張左

となる。後者から。「風雲」は文学創作の想像力を掻き立てる自然の代名詞である。「張左」は晋の張協と左思。共に『詩品』で上品に位置付けられる詩人である。すなわち詩文を賦すについては張協・左思と心を通わせ合う。対して前者の「経籍」は経書である。経書を心の基本とし、これを学ぶについては王弼・何晏と精神的な交わりを持っている、という。王弼、何晏は共に三国魏の人で思想家、学儒として経書の注を著している。王弼の『周易注』、何晏の『論語集解《しっかい》』はよく知られる。

道真は「経籍」においては王弼・何晏に、「風雲」においては張協・左思に比えられるというが、これは儒学と詩文あるいは学問と文学と言い換えてよいだろう。すなわち「王何」は学儒を言い、詩人と対置されるものである。この捉え方はそのまま先の「延喜以後詩序」の記述にも該当する。この文章では「張左」に換えて「潘謝」の名を挙げているが、詩人をこれに代表させてのことである。

潘岳と謝霊運は中国詩史においてどのような位置を占めるのか。これを知るのに格好の書が『詩品』である。梁の鍾《しょう》嶸《こう》の著で、漢より梁に至る詩人を上中下の三段階に格付けして批評を加えた評論書である。百二十三人の詩人が取り上げられているが、中品は三十九人、下品は七十二人であるのに対し、上品はわずかに十二人に止まる。これを時代別に見ると次のとおりである。

漢　三人　古詩（の作者）、李陵、班婕妤《はんしょうよ》。
魏　三人　曹植、劉楨《りゅうてい》、王粲《おうさん》。
晋　五人　阮籍、陸機、潘岳、張協、左思。
宋　一人　謝霊運。

晋代は五人が選ばれ、その一人が潘岳であるが、宋代は一人のみで、それが謝霊運である。なお、斉、梁からは一人も選ばれていない。このように見てくると、長谷雄が「潘謝」と併称して二人を挙げたのは、漢魏六朝の、すなわち古代中国の詩人の代表としてであったと言えよう。

次いでは具平親王（九六四〜一〇〇九）の詩に見える。二例があるが、一つは「故工部橘郎中《こうぶきつろうちゅう》の詩巻に題す」（『本朝麗藻』巻下）である。

君が詩一帙《ちつ》　涙巾に盈《み》つ
潘謝の末流　原憲の身
黄巻鎮《つね》に携ふ疎牖《そよう》の月
青衫《せいさん》長く帯ぶ古叢の春
文華は留まりて荊山《けいざん》の玉と作《な》るも
風骨は消えて蒿里《こうり》の塵と為る
未だ会せず茫茫《ぼうぼう》たる天道の理
満朝の朱紫　彼は何人ぞ

「工部橘郎中」は宮内丞の橘正通をいう。彼は親王の侍読を勤めていた。[3] この詩は正通の没後、[4] 残されたその詩集に題した詩である。「青衫」は六位以下の官服。正通は五位に昇ることなく生を終えた。

君の詩集一冊を読むと涙はハンカチをぐっしょりと濡らす。詩人としては潘岳・謝霊運の流れに連なり、清貧の生活ぶりは原憲のようであった。
いつも書物を携えて粗末な窓辺の月明かりの下で書を読み、長い間青い服を身にまとい荒れた庭で若い日々を送ったのであった。
詩文はこの世に残されて荊山の玉のようにその真価が認められているが、品格ある容姿は消え失せて墓の塵と化してしまった。
私には曖昧な天の道理が理解できない。朝廷に溢れている高官たち、彼らはいったい何者なのだ。

優れた詩才を懐きながら不遇のままに生涯を終えた旧師を愛惜し、師をそのようにさせた現今の世の不条理に対する憤りを訴える。

もう一首は同じく『本朝麗藻』（巻下）所収の「心公に贈る古調詩」である。「心公」は慶滋保胤《よししげやすたね》をその僧名心覚によって呼んだもので、彼が出家した寛和二年（九八六）四月以後の作である。九十六句に及ぶ長篇であるので、抄出する。

このように詠み出だす。

少《わか》き日より君に業を受け　長年君の恩を識《し》る
我が才の拙きを嫌はず　頻りに師訓の惇《あつ》きを垂る
交情は淡水と深く　操行は蘭蓀《らんそん》に染む
秋は同《とも》に月戸を開き　春は共に花園に入る

保胤もまた親王の学問の師であった。「蘭蓀」は香草。師に寄せる深い敬愛の情が看取される。その文と詩についてはこのように評する。

気は相如《しょうじょ》の賦に擬《ひと》しく　理は桓子の論に過ぐ
韻は古し潘と謝と　調べは新し白と元と

「相如」は漢の賦の代表作家の司馬相如、「桓子の論」は後漢の桓譚《かんたん》の『新論』のこと。「詩は韻律は古く潘岳・謝霊運の流れ、格調は新しい白居易・元稹の体」という。その詩の素晴らしさを讃えて六朝詩の伝統と中唐詩の新体とを融合させていると評するが、新しい時代の詩人として平安朝詩人が酷愛した元白を挙げるのに対し、古典詩の詩人としては「潘謝」をいう。

具平親王の学問の師であった橘正通と慶滋保胤と、この二人の死を悼み、また出家を惜しむ詩に、それぞれの詩を讃えるのに共に「潘謝」の語が用いられ、正通と保胤の詩はこの二人の文学になぞらえられている。

紀長谷雄と具平親王の詩文に見える「潘謝」の語に着目して検討した。例は多くはないが、いずれも中国古典詩の――時代として限定して言えば六朝詩人の代表として、規範とすべき詩人と捉えられている。平安期の文人にとって、謝霊運はそのような詩人であった。

二、句題として

平安朝詩では先人の詩の一句（五言）を題として選び、これに依って詩を読む句題詩が多く作られたが、その句題として謝霊運の詩句が用いられている。時代を追って見ていこう。

最も早くは菅原道真の詩の題に記されている。その「北堂文選竟宴、各おの句を詠じ[5]「乗月弄潺湲」を得たり」（『菅家文草』巻六・437）に付す注記に、

仁寿年中、文選竟宴あり。先君「樵隠倶に山に在り」を得たり。古調。多く懐ふ所を叙《の》ぶ。（以下略）

とある。文徳朝の仁寿年間（八五一～八五四）、『文選』の講書終了に伴う祝宴が行われた。このような竟宴では講義のテ

キストとなった書物から句を選んで題とし、詩を賦すのが恒例であった。「先君」、道真の父、是善は「樵隠倶在山」を題としたが、この句は謝霊運の「田南に園を樹《た》て流れを激《そそ》ぎ援《かき》を殖《う》う」（『文選』巻三十）の一句である。この句を初めに置いて、

樵隠倶在山　　樵隠倶に山に在り
由来事不同　　由来事は同じからず

と詠み出だす。「樵」は木こり、「隠」は隠者。

すなわち、仁寿年間に行われた『文選』講書の竟宴に於いて、菅原是善は謝霊運の詩の一句を句題として詩を賦した。

次いでは前掲の道真自身の詩の句題である。同じく『文選』講書の竟宴で「月に乗じて潺湲《せんえん》を弄ぶ」の句を題として詠んだものであるが、この句は謝霊運の「華子岡に入る。是れ麻源の第三谷なり」（『文選』巻二十六）に

莫弁百世後　　百世の後を弁ずること莫かれ
安知千載前　　安《いず》くんぞ知らん千載の前
且申独往意　　且《しばら》く独往の意を申《の》べ
乗月弄潺湲　　月に乗じて潺湲を弄ばん

と詠む一句である。昔の仙人にちなむ地での作であるが、そうした過去にとらわれることなく、目下の清澄な風景を楽しもうという。「潺湲」は水の流れる静かな音をいう。この句題に拠って道真が詠んだ詩は次のようなものである。

文選三十巻　　文選三十巻
古詩一五言　　古詩一五言
五言何秀句　　五言何れか秀句
乗月弄潺湲　　月に乗じて潺湲を弄ぶ
半白行年老　　半白　行年老い
尚書庶務繁　　尚書　庶務繁し
雖思楽風月　　風月を楽しまんと思ふといえども
不放到丘園　　丘園に到るを放《ゆる》されず
非唯無所楽　　唯《ただ》に楽しむ所無きのみに非ず
悠悠有所煩　　悠悠煩はしき所有り
水空触眼逝　　水空しくして眼に触れて逝《ゆ》く
月暗過頭奔　　月暗くして頭を過ぎて奔《はし》る
惣為貪名利　　惣べて名利を貪らんが為なり
亦依憂子孫　　また子孫を憂ふるに依る
此時玩斯集　　此の時斯の集を玩ぶは
如避世喧喧　　世の喧喧を避くるが如し

この詩は『菅家文草』の配列から考えて、寛平八年（八九六）秋の詠作である。第三聯に「半白行年老い、尚書庶務繁し」というが、道真はこの年八月、中納言として、左大弁、東宮権大夫、侍従に加えて民部卿（唐名、戸部尚書）を兼ねた。

第二聯に集中の秀句として「乗月弄潺湲」を得たことをいい、第六聯に水と月とに触れはするものの、月と水を詠むことはこれに止まり、最終聯にいうように、むしろ『文選』という書物に接することの喜びが主となっている。

この句題は延喜九年（九〇九）九月、清涼殿で催された観月の宴においても用いられている。そのことを記すのは和歌の詞書である。『躬恒集』[6]の十番歌の詞書に

清涼殿の南の端に御溝水《みかわみず》流れいでたり。その前栽に松浦沙あり。延喜九年九月十三日に賀せしめたまふ。題に月に乗りてささら水を弄ぶ。詩歌意に任す。

とある。題の「月に乗りてささら水を弄ぶ」は先述の謝霊運詩の「乗月弄潺湲」を和語にやわらげたものである。すなわち句題和歌ということになるが、詞書の末尾に「詩歌意に任す」とある。この宴では、同一の題のもとに詠み手は自分の得意とするところに従って、ある者は和歌を詠み、ある者は詩を賦したのである。こうした趣向は詠詩では「和漢任意」と称されるが、これはその早い例である。[7]

道真と同時代を生き、延喜十二年（九一二）に没した紀長谷雄に「八月十五夜、同《とも》に「天高くして秋月明らかなり」を賦す詩序」（『本朝文粋』巻八・207）があるが、この「天高秋月明」は謝霊運の詩の一句である。その「初めて郡を去る」（『文選』巻二十六）の一聯に

野曠沙岸浄　野曠《ひろ》くして沙岸浄《きよ》し
天高秋月明　天高くして秋月明らかなり

とあるのを用いる。

なお、紀斉名《ただな》（九五七～九九九）にも同じ「天高秋月明」の題で詠んだ詩がある（『類聚句題抄』四四〇）[8]。ただし、斉名は長谷雄とは時代を異にするので、この時も同じ句題が選ばれたということになる。先の「乗月弄潺湲」の場合と同じである。

同じように謝霊運詩の同一の句を句題として用いた例がもう一つある。『扶桑集』巻七（隠逸部、樵隠）所収の清原仲山の詩「樵隠倶在山」である。これは最初に述べた菅原是善の文選竟宴詩と同じ句を題とする。作者の清原仲山については『本朝世紀』天慶四年（九四一）十月二十七日条に「山城大掾」と見えるのが彼の年代を推し量る唯一の記事である。これに拠るに、仲山は是善とは時代を異にする。

紀在昌は前述の長谷雄の孫で、十世紀中葉に活躍した文人であるが、同じく謝霊運詩を句題とした詩を詠んでいる。『類聚句題抄』三〇三の「白雲幽石を抱く」がそれで、謝霊運の「始寧墅《しねいしょ》に過《よ》ぎる」（『文選』巻二十六）の

白雲抱幽石　白雲幽石を抱き

緑篠媚清漣　緑篠清漣に媚ぶ

を用いている。

天慶四年（九四一）三月二十七日に催された『文選』竟宴の席で大江澄明は謝霊運詩を句題として詩を賦している。「北堂文選竟宴、各おの句を詠じ、探りて「雲を抜《ひら》きて石門に臥す」を得たり」（『扶桑集』巻七）がそれである。句題「披雲臥石門」は謝霊運の「石門に新たに住む所を営む。四面は高山、迴渓、石瀬、脩竹、茂林なり」（『文選』巻三十）に拠る。この句を含む冒頭は次のとおりである。

躋険築幽居　険しきに躋《のぼ》りて幽居を築き
披雲臥石門　雲を抜きて石門に臥す
苔滑誰能歩　苔滑らかにして誰か能《よ》く歩まん
葛弱豈可捫　葛《かずら》弱くしてあに捫《と》るべけんや
嫋嫋秋風過　嫋嫋《じょうじょう》として秋風過ぎ
萋萋春草繁　萋萋《せいせい》として春草繁し

謝霊運が新たに住いを営んだ石門（浙江省）の山中の様である。この第二句を題として、澄明はこのように詠んでいる。

傍山披得暮雲屯　山に傍《そ》ひて抜き得たり暮雲の屯《とど》まるを
好是貪幽臥石門　好し是れ幽を貪りて石門に臥さん
罷夢松風当枕散　夢を罷《や》むる松風は枕に当たりて散じ
洗心泉響繞床喧　心を洗ふ泉の響きは床を繞《めぐ》りて喧《かまびす》し
柴扃日落帰渓鳥　柴扃《さいけい》に日落ちて渓鳥帰り
澗戸煙消□□猿　澗《かん》戸に煙消えて□猿［　］
勝地古時摛麗藻　勝地は古時より麗藻に摛《の》ぶ
染毫還愧謝家魂　毫《ふで》を染めて還《かえ》つて愧《は》づ謝家の魂

第3句の「罷夢」は夢を覚まさせること。頸聯、「柴扃」は柴の戸、「澗戸」は谷間の家。第七句「摛藻」は美しい詩文を作ること。尾聯は「景勝の地は古来詩文に詠まれてきた。私も倣って詩を賦してはみたものの、かえって謝氏の魂に対して恥じ入るばかりだ」という。ここに謝霊運の名を記している。他の詩には見られないことである。改めて詩の表現の典拠、用例などを検討してみよう。

首聯の「披得暮雲」「臥石門」は句題の文字をそのまま措いたものであるが、「暮雲屯」は謝霊運の「彭蠡湖口に入る」（『文選』巻二十六）に「巌高くして白雲屯まる」と用例がある。ただし謝詩の措辞はこれに止まる。他は『文選』に見える語として「澗戸」（「北山移文」に「磵戸」）、「勝地」（「頭陀寺碑文」）、「摛藻」（「答二賓戯一」）が用いられている。一方、第4句「洗心泉響繞床喧」は白居易の「霊巌寺上院に宿る」（『白氏文集』巻二十四）の「但泉声の我が心を洗ふこと有り」にはなはだ近似する。また「罷夢」という措辞も白詩「涼夜懐ふこと有り」（同巻十四）に「灯尽きて夢初めて罷み」と見える。

「柴扃」「渓鳥」も唐詩に至って現れる詩句である。要するに、謝霊運詩の措辞の利用は一部に止まり、他は『文選』の詩文や唐詩の表現を踏まえている。

　この詩は用語の上で謝詩に倣うことはわずかであるが、結びに「謝家の魂」と辞を措くことは注目される。前述の道真の詩が、句題が謝霊運の詩句であることには注意を払わず、専ら『文選』を読むことの喜びを述べているのと比べると、違いは明白である。澄明は句題の出典となった謝霊運の詩そのものを深く意識していた。

三、文章の基幹として

　源順（九一一〜九八三）が制作した文章に謝霊運の文章をその基幹に据えて書いた作がある。『本朝文粋』（巻十）に収める307「暮春上州大王の池亭に陪り、同に「水を渡りて落花来たる」を賦す」詩序である。次のような作品である（論述の便宜のために区切り、番号を付す）。

(1)　古人言へること有り。曰はく、「天下の良辰、美景、賞心、楽事、此の四つの者は并《あわ》せ難し」と。窃《ひそ》かに大王の今日の遊宴を見るに、七者相并せたりと謂《い》ふべし。何となれば則ち三月和暖にして、百花乱れ飛ぶ。是れ所謂良辰美景なり。賓友畢《ことごと》く会し、笙歌相随ふ。是れ所謂賞心楽事なり。

(2)　若《も》し世に忌諱《きい》多ければ、即ち人詩興少なし。而《しか》るに今聖主籙に膺《あ》たりて以来、雉《きじ》は越裳の白を献ずること有り。馬は胡人の南に牧すること無し。所謂仁威行はれ、文武地に堕ちざる秋《とき》なり。前の四と并すれば五なり。

(3)　また良宴嘉会有りと雖《いえど》も、而れども座に其の人無ければ、詩境寂寞たり。大王は翰林両菅学士と通家なるを以て、人中に龍を得て、赤城には珍多し。前の五と并すれば六なり。

(4)　また其の人を得たりと雖も、而れども若し勝地に遊ざれば、則ち風月の媒《なかだち》無きに似たり。今大王の遊ぶ所は本是れ寛平の太上の遊びし所なり。花は一代を隔てて再び其の栄《はな》を発《ひら》く。水は二主に逢ひて以て其の色を澄ましむ。前の六と并すれば七なり。

(5)　況んやまた、花は風に随ひて落ち、葩《はな》は水を渡りて来たる。初めは彼の東林の霞に混じりて、後には此の西岸の雪を残す。月浦を過ぎて漫《みだ》りに入る、簾を巻きて誰か一葦の軽きを待たんや。春波を払ひて斜めに飛ぶ、袖を張りてまた雑蕊《ざつずい》の脆《もろ》きを迎ふ。

(6)　是に於いて、花月鮮明にして、杯盤狼藉《ろうぜき》たり。客は皆酩酊す。或《あ》るひと耳語して曰はく、「昔、呉王剣客を好みて、百姓瘢瘡《はんそう》多し。今、大王風客を好みて、群賢多く会合す。人情の美悪、各おの好む所に彰《あら》はるること、斯《ここ》に見る」と。

(7) 但し、学を好みて益無き者有り、前の泉州刺史順なり。一生貧にして道を楽しみ、徒らに原憲の前蹤に継ぐ。九年散班に沈んで、空しく嵇含《けいがん》の左鬢を添ふ。暁鏡に対ひて以て恥有り、秋毫を腐《くた》して以て詞無しと爾《しか》云ふ。

詩題にいう「上州大王」が詩宴の主宰者であるが、これが誰を指すのか、またこの宴はいつ行われ、順のほかにどのような人々が参加したのかなどについては細かな考証が必要であるが、それはすでに検討を終えている[9]。ここではその要点のみを記しておく。

すなわち、この詩序は天元二年（九七九）三月、上野太守の盛明親王が自邸の池亭に催した詩宴での作で、順のほかに文章博士の菅原文時、同輔正が侍していた。

本文の表現について、少し必要な説明を加えておこう。

(1)に引用された「古人の言」とは『文選』所収の謝霊運の詩序の一文であるが、本節の主眼として後に詳しく見る。

(2)「聖主」は、この詩序は天元二年の作であるから、円融天皇である。その天皇が位に即いて以来、「雉は越裳の白を献ずること無し」、「馬は胡人の南に牧すること無し」というが、共に故事を踏まえる。前者は、「越裳」は周の時代、中国の南にあった国で、今のベトナムに当たり、そこから白い雉が献上された。『後漢書』巻八十六、南蛮伝に、周公旦が摂政となって政治を行い、「天下和平」となると、越裳からは「白雉を献ず」という。後者は賈誼《かぎ》の「過秦論」（『文選』巻五十一）に見える逸話で、秦の始皇帝は武将蒙恬《もうてん》に命じて北辺に長城を築かせ守らせた。ために匈奴は国境から七百余里も退却し、「胡人敢へて南下して馬を牧せず」という。辺境の地からは瑞祥が献上され、外国が領土を犯すことはないという。次の文にいう「仁と威」が共に行われた結果である。

(3)「翰林両菅学士」は前述の文章博士の菅原文時と同輔正。親王は彼らと縁戚関係にあったというのであるが、盛明親王の妻は輔正の姉妹である。ただし、文時については未詳である。

(4)「寛平の太上」は宇多上皇で、親王には祖父に当たる。詩宴が行われるこの池亭は上皇の曽遊の地であるという。そうした所縁のある場所だというが、具体的にはわからない。

(5)「一葦」は小舟をいう。「雑蕊」の「蕊」は花。

(6)「呉王剣客を好みて、百姓瘢瘡多し」は『後漢書』巻二十四、馬廖伝に見える語句で、「瘢瘡」は刀傷。君主の気まぐれが民衆を苦しめることになるという。

(7)「原憲」は孔子の弟子で清貧で知られた。「嵇含」は晋の人で『晋書』（巻八十九）に伝がある。ここはその「白首賦」の序に「余、年二十七、始めて白髪有りて左鬢に生ず」とあるのを踏まえる。

　さて、詩序は古人の言の引用を以って書き起こしているが、これは先に触れたように謝霊運の詩序中の一文である。それは「魏の太子の鄴中《ぎょうちゅう》の集いの詩に擬す八首」（『文選』巻三十一）の序であるが、この八首の詩は擬詩である。「擬」とはまねる、似せるということで、先行の詩の形式と内容に倣いつつ、自己の思いを詠むもので、一つの方法として定着、流布し、『文選』には「雑擬」の類題のもとにそれら擬詩を採録する（巻三十・三十一）。

　この詩の「魏の太子」とは曹丕《そうひ》すなわち文帝である。「鄴中の集い」の鄴は魏の都（河北省臨漳県）、『初学記』巻十、皇太子条の事対「西池　東閣」の注に引く「魏文帝集」に「太子為りし時、北園及び東閣の講堂にて、並びに詩を賦す。王粲、劉楨、阮瑀《げんう》、応瑒《おうとう》等に命じて同《とも》に作らしむ」とあるのが「鄴中の集い」であるとされている。『文選』には曹丕、王粲らの八首が収められている。

　すなわち詩及び詩序は宋の謝霊運（三八五～四三三）の作なのであるが、魏の曹丕（一八七～二二六）の立場で詠まれている。

　その詩序は次のように始まる。

　　建安の末、余、時に鄴宮に在り。朝に遊び夕べに讌し、歓愉の極を究《きわ》む。天下の良辰、美景、賞心、楽事、此の四つの者は并せ難し。今、昆弟友朋、二三の諸彦《しょげん》、共に之れを尽くせり。

「建安」は後漢の最末期、献帝の年号である。一九六～二一九年。二二〇年に曹丕は献帝を廃して自らが帝位に即くことになる。良い時節と美しい風景、また自分の心を知ってくれる友人(10)と楽しいことども、これらを併せ享受することはなかなかに難しいことであるが、私は弟や友人たちともども、この四つを存分に堪能することができた、という。「昆弟」とは彼の曹植である。先述の八首の最後に「平原侯植」の詩がある。また「友朋」とは王粲、劉楨らである。

　源順の詩序は謝霊運の詩序のこの記述を構文の基幹として踏まえている。改めて順の詩序を見ていこう。

(1)から(4)まではこれに基づいて、さらに展開させている。

(1) 今日の「上州大王」の主宰する遊宴は古人の言う四つの者どころか、七つの者をも相併せているという。まずは三月という穏やかな季節と乱れ散る花々、これは「良辰、美景」であり、会する賓客友人と奏される音楽、これはとりも直さず「賞心、楽事」に他ならない。ここにすでに「四つの者」が備わっている。

これを基点として以下、五、六、七を数え上げていく。

(2) 今は聖帝の御代であり、仁と威が並び行われていて、「文武地に堕ちざる秋《とき》」と称してよい。「文武地に堕ちず」は『論語』子張の「文武の道、未だ地に墜ちず」を踏まえる。要するに、時を得ていると言いうる。これが第五である。

(3) 素晴らしい詩宴が開かれたとしても、その場にふさわしい人材がそこにいなければ寂しいものとなってしまう。しかし今日は、主宰者の皇子が二人の文章博士と縁戚ということで、優れた儒家が多く参加している。すなわち人を得ていると言いうる。これが第六である。

(4) 人を得たとしても、興趣に富んだ場所でなければ詩興をかき立てられることはないのであるが、この池亭は皇子の祖父君である宇多上皇曽遊の地という由緒ある邸第であり、花も木も再びの光栄に浴したのである。つまり所を得たと言いうる。これが第七である。

以上のように論を展開する。すなわち、今日の詩宴は、謝霊運の序にいう「四つの者」に併せて、優れた時と人と所という三つをも兼有している。つまり「七つの者相并せたり」と言うことができる。このように述べる。

なお、詩序全体として見ると、ここまでが第一段落である。第二段落は(5)・(6)で、(5)は句題「水を渡りて落花来たる」に即して、その様を具体的に叙述する。(7)が第三段落で、詩序の常套として自身のことを述懐する。

元に戻って、このように第一段落は謝霊運の詩序の引用を出発点として、それをさらに展開する形で叙述がなされており、順の詩序の前半の構成は謝霊運の序に基づいている。そうしてそれは表層的な表現のレベルではなく、基本的な骨組みとして用いられている。

順がこのような方法を取ったのは十分な意図があってのことである。それはその詩序が親王の主宰する詩宴の序として書かれたものだからであった。先に述べたように、謝霊運の序は擬作であり、表現上は魏の太子曹丕がその主宰する宴で書いた詩序であった。彼も此れも王が主宰する詩作の場における序であった。順は両者の類似性に着目したのである。

順は盛明親王の邸宅で行われた詩宴の序を書くに当たって、

同じく王である曹丕が側近の詩人たちと共に会した詩宴の序の叙述に注目し、これを自作の構成の基幹に置いたのである。そうして、曹丕が催した詩会が「良辰、美景、賞心、楽事」の四つを相併せるものであった、というのに対して、盛明親王主宰のそれは四つに止まらず、さらに時と人と所の三つをも加え、七つを兼具するものであったという。曹丕主宰の詩作の場を凌駕する盛大な詩宴であるというのである。

以上見てきたように、源順は謝霊運の詩序の中の一文を自作の詩序の結構の基幹として用いて文章を作り上げている。これによって、この作は詩序の類型を脱した作品となり得ているのである。

注

(1) 「延喜以後詩序」全体については、拙稿「紀長谷雄「延喜以後詩序」私注」(『平安朝文人志』吉川弘文館、一九九三年)参照。

(2) この「経籍を心と為し、王何を逸契に得、風雲を思ひに入れ、張左を神交に叶ふ」は楊炯《ようけい》の「王勃集序」の措辞をそのまま用いる(柿村重松『本朝文粋註釈』冨山房、一九六八年)。

(3) 源順の「陪第七親王読書閣、同賦弓勢月初三」詩序(『本朝文粋』巻八・204)は「第七親王」すなわち具平親王(村上天皇第七皇子)の書斎における詩会の序であるが、これに「侍読工部橘郎中正通・江州慶司馬保胤等、縦容として進みて曰はく、云々」とある。

(4) 正通の没時は天元年間(九七八〜九八三年)と考えられる。

(5) 「句」は諸本「史句」であるが、「史」は衍字として削除する。

(6) 和歌文学大系(平沢竜介校注、明治書院、一九九七年)に拠る。

(7) 拙著『本朝文粋抄 二』(勉誠出版、二〇〇九年)第六章「春日の野遊の和歌の序」参照。

(8) 本間洋一『類聚句題抄全注釈』(和泉書院、二〇一〇年)の作品番号。

(9) 拙稿「「属文の王卿」——醍醐系皇親」(『平安朝漢文学論考』桜楓社、一九八一年。補訂版、二〇〇五年)。

(10) 謝霊運の詩文における「賞心」の語は一般的な〈自然を賞でる心〉という意味ではなく、『文選』五臣注の李周翰の説に従って〈心にかなう友〉の意に解すべきこと、林田慎之介『六朝の文学 覚書』(創文社、二〇一〇年)に説く。なお、順も(1)に「賓友畢く会し、筆歌相随ふ。是れ所謂賞心楽事なり」と述べており、同じように理解している。

附記 第三節の源順の詩序における受容のことは、拙稿「平安朝における『文選』の受容——中期を中心に」(『平安朝漢文学史論考』勉誠出版、二〇一二年)ですでに述べている。この論文では表題のように『文選』所収の作品としてその受容を論じていて、作者謝霊運には全く顧慮していないが、謝霊運の文学の受容を考える本論にとっては不可欠の事例であるので再説した。

平安時代の詩宴に果たした謝霊運の役割

佐藤道生

平安時代の貴族社会では、詩宴が社交のための重要な行事として機能していた。詩宴では必ず詩序を書く習慣があり、その文中では、理想的な詩宴を成り立たせる要素として五つの美点が重視されている。本稿では、それらの五要素が早く『文選』に収める謝霊運の「擬魏太子鄴中集詩序」に見られることを指摘し、当時の詩宴に謝霊運の果たした役割が極めて大きかったことを明らかにした。

さとう・みちお――慶應義塾大学文学部教授。専門は古代・中世日本漢学。主な著書に『平安後期日本漢文学の研究』（笠間書院、二〇〇三年）、『三河鳳来寺旧蔵暦応二年書写 和漢朗詠集 影印と研究』（勉誠出版、二〇一四年）、『句題詩論考――王朝漢詩とは何ぞや』（勉誠出版、二〇一六年）などがある。

はじめに

『日本国見在書目録』別集家には百五十部にも及ぶ中国詩人の別集が著録されている。漢籍の蓄積が、平安前期の段階でかくも充実したレベルにまで到達していたことを見て取ることができるが、目録中に当の謝霊運の名を見出すことはできない。『隋書』経籍志の集部別集類には、たしかに『宋臨川内史謝霊運集』十九巻の書名が見えるから、これが日本に将来されなかったとは思われないが、平安時代の古記録類にも古写本の存在したことを示す記述を確認することはできない。

謝霊運は『文選』を代表する詩人の一人であるから、恐らく当時の日本では彼の詩を別集に拠って読むのではなく、『文選』を通してこれに親しんでいたと考えるのが穏当なのであろう。試みに『本朝文粋』を繙くと、大江匡衡の「対月言志詩序」（巻八・211）に「嗟呼心事日日衰、鬢髪星星薄。

(嗟呼心事日日に衰へ、鬢髪星星として薄し)」と、頭髪のぽつぽつと白いさまを「星星」と表現している。これは『文選』巻二十二に収める謝霊運「遊南亭」詩に「戚戚感物歎、星星白髪垂。(戚戚として物に感じて歎く、星星として白髪垂れり)」とあるのを学んだのではなかろうか。また、紀長谷雄の「山家秋歌八首其三」(巻一・024)に「空山幽静水潺湲、独臥雲中不限年。(空山幽静として水潺湲たり、独り雲の中に臥して年を限らず)」、源順の「花光水上浮詩序」(巻十・301)に「僧伽藍之裏、苔鮮潔水潺湲。(僧伽藍の裏に、苔鮮潔なり水潺湲たり)」などと、水のさらさら流れるさまを「水潺湲」と表現するのは、『文選』巻二十六の謝霊運「七里瀬」詩に「石浅水潺湲、日落山照曜。(石浅くして水潺湲たり、日落《く》れて山照曜す)」とあるのに拠ったのであろう。

　こうした例は枚挙に遑ないが、本稿で論じようとするのはこのような受容例ではない。平安時代の日本人が抱いていた詩宴の理想像に対して、謝霊運による影響のあったことを指摘したいと思う。「何を大袈裟な」と言うことなかれ、しばらく稿者の説明に耳を傾けられよ。

一、本邦詩序から窺われる詩宴の理想像

平安時代の貴族社会では、詩宴(詩会と同義。詩会が宴席と不可分の関係なのでこのように呼ぶ)が社交のための重要な行事として日常的に開催されていた。当時の詩宴は、いわゆる君臣唱和の形式を取ることが一般的であり、天皇と臣下、或いは上級層貴族とその配下といった文学集団が一堂に会し、しかも参加者全員が同一の詩題で詩を賦することを常道としていた。詩宴では出席者の中から文才に秀でた一人が選ばれて詩序を書く慣習があった。詩序とは(その日に賦された)詩群に冠する序文のことであり(1)、そこでは詩宴のありさまが克明に語られる。当時の詩序は通常三段から成り(2)、その第一段では、その詩宴が開催されるに至った経緯や当日の詩宴の有様などを通して、その詩宴がいかに意義深い行事であったかが叙述される。したがって、詩序の第一段からは、当時の貴族たちがどのような要素を持った詩宴を理想的なものと見なしていたかが極めて明確に窺われるのである。その詩宴のあるべき姿とはどのようなものであったか。平安時代に作られた詩序の第一段から、その要素を抜き出してみると、次のようにまとめることができよう。

①主催者が称讃されるべき出自・地位・文才を備えていること。
②時節の良いこと。
③風景の美しいこと。

④出席者が互いに気心の知れた詩人同士であること。
⑤楽しい宴席であること。

当時の日本人は、これら五つの事柄が詩宴を理想的なものとして成立せしめる重要な要素であると見なしていたのである。これを具体例に即して確認することにしよう。次に掲げるのは『詩序集』に収める藤原明衡の月光依水明詩序(40)である。これは康平七年(一〇六四)秋の庚申の日、権大納言源師房の邸宅で行なわれた詩宴の作である。三段に分けて示そう。

七言秋夜侍源亜相淳風坊水閣守庚申同賦月光依水明応教詩。〈以明為韻。并序。〉

夫①源亜相者、国家之重臣也。稟鳳池之餘浪、故文藻之美誉軼人、伝龍岫之遺風、故材花之芳名被世。爰近占東都、新排甲第。③枕山以置高閣、遙嘲臨風観之幽奇、向水以搆曲臺、更編映月亭之勝絶。方今②当庚申而守李老之玄訓、属商飆而調桐孫之妙音。④拖紫紆朱之客、灑言泉而群集、披錦夢繡之徒、凝詞露而豫参。⑤今宵佳会、誠有以哉。」(第一段)

観夫月光依水而清明、水色迎月而映徹。臨琁淵而増玲瓏、碧落雲斂之暁、照沙浜而添皓潔、銀漢霧晴之秋。至于蒼然兮遠近通朗、又皓爾兮淮溪混同、呼沱催駕、忠臣迷寒氷之思、呉江棹舟、漁父歌白雪之曲者也。」(第二段)

既而巽羽之声頻報、酒樹之酔漸酣。明衡、省暗質而心寒、慙漏明時之清選、居春官而齢老、倦記秋夜□勝遊、云爾。」(第三段)

七言秋夜、源亜相の淳風坊水閣に侍りて庚申を守り、同じく「月光 水に依りて明らかなり」といふことを賦して教に応ずる詩。〈明を以つて韻と為《す》。并せて序。〉

夫れ①源亜相は、国家の重臣なり。鳳池の餘浪を稟《う》く、故に文藻の美誉 人に軼《す》ぎたり、龍岫の遺風を伝ふ、故に材花の芳名 世を被《おほ》ひたり。爰に近く東都を占め、新たに甲第を排《ひら》く。③山を枕にして以つて高閣を置く、遙かに臨風観の幽奇を嘲《あざけ》る、水に向ひて以つて曲臺を構《かま》ふ、更に映月亭の勝絶を編《さ》みす。方に今、②庚申に当たりて李老の玄訓を守り、商飆に属《あた》りて桐孫の妙音を調ぶ。④紫を拖《ひ》き朱を紆《まつ》ふの客、言泉を灑《たた》へて群集す、錦を披《き》繡を夢みるの徒、詞露を凝らして豫参す。⑤今宵の佳会、誠に以《ゆゑ》有るかな。」(第一段)

観れば夫れ月光は水に依りて清明なり、水色は月を迎へて映徹なり。琁淵に臨んで玲瓏を増す、碧落雲斂まるの暁、沙浜を照らして皓潔を添ふ、銀漢霧晴るるの秋。蒼然として遠近通朗なり、又た皓爾として淮溪混

同するに至りては、呼沱に駕を催す、忠臣 寒氷の思ひに迷ふ、呉江に舟に棹さす、漁父 白雪の曲を歌ふ者なり。」（第二段）

既にして巽羽の声頻りに報ず、酒樹の酔ひ漸くに酣はなり。明衡、暗質を省みて心寒し、明時の清選に漏るるを歎づ、春官に居りて齢ひ老いたり、秋夜の勝遊を記すに倦むと、云ふこと爾《しか》り。」（第三段）

本文中、五つの要素に相当する部分に番号・傍線を施した。(3)

この明衡の詩序は全ての要素を兼ね備えているが、当時の詩序の中には、幾つかの要素を欠いているものも間々見受けられる。しかし、五つの要素の中で絶対に欠かすことの出来ないのは①である。詩宴の主催者は、文学を深く理解し、出席の文人たちからも敬愛され、彼等の庇護者として申し分のない人物でなければならない。それ故、平安時代の詩序には必ず①の要素が含まれているのである。また、①の要素は時として詩序の第三段で重ねて叙述されることがある（後述）。主催者の資質を重要視することは、当時の詩宴に於いて際立った特徴であったと言えよう。(4)

二、謝霊運「擬魏太子鄴中集詩序」の言う詩宴の理想像

それでは、詩宴のあるべき姿をこのように規定する淵源・根拠は一体何処に求められるのであろうか。私はそれを『文選』巻三十（李善注本）に収める謝霊運の「擬魏太子鄴中集詩八首幷序」に求めたいと思う。この作品は「魏の太子」（曹丕）が主催者となって鄴の宮殿で王粲・陳琳・徐幹・劉楨・応瑒・阮瑀・曹植らとともに詩宴を催したという設定で作られ、曹丕に仮託した詩序一篇と、曹丕を含む八人に仮託した詩八首とから成っている。詩序の本文を次に掲げよう。

建安末、余時在鄴宮。朝遊夕讌、究歓愉之極。天下良辰美景、賞心楽事、四者難幷。今昆弟友朋、二三諸彦、備〈善本作共字〉尽之矣。古来、此娯書籍未見。何者、楚襄王時、有宋玉唐景。梁孝王時、有鄒枚厳馬。遊者美矣、而其主不文。漢武帝時〈善本無時字〉、徐楽諸才、備応対之能。而雄猜多忌、豈獲晤言之適。不誣方将、庶必賢於今日爾。歳月如流、零落将尽。撰文懐人、感往増愴。其辞曰。

建安の末、余、時に鄴宮に在り。朝に遊び夕べに讌して、歓愉の極を究む。天下の良辰、美景、賞心、楽事、

四つの者幷せ難し。今、昆弟友朋、二三の諸彦、備《つぶさ》に之れを尽くせり。古《いにしへ》より来《このかた》、此の娯び書籍に見えず。何となれば、楚の襄王の時に、宋玉唐景有り。梁の孝王の時に、鄒枚厳馬有り。遊ぶ者美なり、而れども其の主文ならず。漢の武帝の時に、徐楽の諸才、応対の能に備はれり。而れども雄にして猜《うたが》うて忌むこと多ければ、豈に晤言の適を獲むや。方将を誣《し》ひず、庶ひねがはくは必ず今日に賢《まさ》らくのみ。歳月流るるが如し、零落して将に尽きなむとす。文を撰して人を懐ふ、往に感じて愴《いた》みを増す。其の辞に曰はく。

この中で謝霊運は曹丕の口を借りて、理想的な詩宴は良辰・美景・賞心・楽事の四者を兼ね備えたものであると述べている（前半の傍線部）。ここで読者はこの良辰・美景・賞心・楽事が、先に挙げた五つの要素の②時節の良いこと、③風景の美しいこと、④出席者が互いに気心の知れた詩人同士であること、⑤楽しい宴席であることにそれぞれ相当することに気づくであろう。謝霊運はこれに続けて、曹丕たちがこれらのことを極め尽くすことのできたのには然るべき理由があるとして、それ以前の悪しき例を挙げながら説明を加えている。それが後半の傍線部である。

曰わく、「戦国時代、楚の襄王には宋玉・唐勒・景差といった詩人が、また漢代、梁の孝王には鄒陽・枚乗・厳忌・司馬相如といった詩人が王に近侍していたにも拘わらず、良辰・美景・賞心・楽事の四事を堪能することができなかった。それは主催者たる王に文学の素養が無かったからである。漢の武帝の時にも徐楽を始めとする当意即妙の才人がいたにも拘わらず、武帝に剛強疑忌の性格があったために、四事を文学に昇華させて楽しむには至らなかった」と。このように謝霊運が述べる言葉の裏側には、当然のことながら、曹丕のような文学を解する人物が詩宴の主催者であって始めて良辰・美景・賞心・楽事の四事を共有することができるのだという真意を読み取ることができよう。謝霊運の掲げる理想的な詩宴とは、詩人たちが良き主人の下に集い、それを前提として良辰・美景・賞心・楽事を詩に託することであった。

ここに示された詩宴の定義は、平安時代の詩序の第一段に掲げられる詩宴の諸要素にまさしく合致する。当時の日本人は謝霊運の提唱した詩宴の理想像を拠るべき先蹤として、自らの詩宴を構築していたのではないだろうか。

三、謝霊運「擬魏太子鄴中集詩序」の受容例

前節に見た謝霊運の詩序を受容した例が『本朝文粋』に見出される。巻十に収める源順の「度水落花来（水を度《わた》つて落

花来たる）詩序」（307）である。これは天元二年（九七九）三月、上野守盛明親王の池亭で開かれた詩宴の作である。これによって、謝霊運の詩宴に関する主張が当時の日本で受け入れられていたことを確認することができよう。

古人有言曰、天下良辰美景、賞心楽事、此四者難幷。竊見大王今日之遊宴、可謂七者相幷矣。何則三月和暖、百花乱飛。是所謂良辰美景也。賓友畢会、筌蹄相随。是所謂賞心楽事也。若世多忌諱、則人少詩興。而今聖主膺籙以来、雉有越裳之献白、馬無胡人之牧南。所謂仁威共行、文武不墜地之秋也。與前四幷者五矣。復雖有良宴嘉会、而座無其人、詩境寂寞。大王以與翰林両菅学士通家、人中得龍、席上多珍。與前五幷六矣。復雖得其人、而若不遊勝地、則似無風月之媒。今大王所遊者、本是寛平太上所遊也。花隔一代而再発其栄、水逢二主以重澄其色。與前六幷者七矣。」（第一段）

況復花随風落、葩渡水来。初混彼東林之霞、後残此西岸之雪。過月浦兮漫入、巻簾誰待一葦之軽、払春波兮斜飛、張袖亦迎雑蕊之脆。」（第二段）

於是花月鮮明、杯盤狼藉。客皆酩酊、或耳語曰、昔呉王好剣客、百姓多瘢瘡。今大王好風客、群賢多会合。人情之美悪、彰于各所好、於斯見矣。但有好学無益者、前泉州刺史順也。一生貧而楽道、徒継原憲之前蹤、九年沈於散斑、空添嵆含之左鬢。対暁鏡以有恥、腐秋毫以無詞、云爾。」（第三段）

古人言へること有り、曰はく、天下の良辰、美景、賞心、楽事、此の四つの者幷せ難し、と。竊かに大王今日の遊宴を見るに、七つの者相ひ幷せたりと謂ふ可し。何《いか》んとならば、三月和暖にして、百花乱れ飛ぶ。是れ所謂《いはゆる》良辰美景なり。賓友畢《ことご》く会して、筌蹄相ひ随ふ。是れ所謂賞心楽事なり。若し世 忌諱多きときんば、人 詩興少なし。而して今は聖主、籙に膺《あた》つてより以来《このかた》、雉《きじ》 越裳の白きを献ずる有り、馬 胡人の南に牧《か》ふ無し。所謂仁威共に行なはれ、文武地に墜ちざるの秋《とき》なり。前の四つを幷《あは》すれば五つなり。復た良宴嘉会有りと雖も、而れども座 其の人無きときんば、詩境寂寞たり。大王 翰林両菅学士と通家なるを以つて、人中に龍を得、席上に珍多し。前の五と幷すれば六つなり。復た其の人を得たりと雖も、而れども若し勝地に遊ばざるときんば、風月の媒《なかだち》無きに似たり。今、大王の遊びたまふ所は、本是れ寛平太上の遊びたまつし所なり。花 一代を隔てて再び其の栄を発《ひら》き、水 二主に逢うて以つて重ねて其の色を澄ましむ。前の六つ

と幷すれば七つなり。」（第一段）

況や復た花風に随つて落ち、葩《はなびら》水を渡つて来たる。初めは彼の東林の霞に混じ、後には此の西岸の雪を残す。月浦に過《よ》ぎりて漫《みだりがは》しく入る、簾を巻いて誰か一葦の軽きを待たむ、春の波を払うて斜めに飛ぶ、袖を張れば亦た雑蕊の脆きを迎ふ。」（第二段）

是《ここ》に花月鮮明なり、杯盤狼藉なり。客皆な酩酊せり、或るひと耳語して曰はく、昔、呉王剣客を好んしかば、百姓瘢瘡多し。今、大王風客を好んたまへば、群賢多く会合す。人情の美悪、各おの好む所に彰《あらは》るること、斯《ここ》に見つ。但し学を好んで益無き者有り、前泉州刺史順ぞ。一生貧しうして道を楽しぶ、徒《いたづら》に原憲の前蹤を継ぐ、九年散斑に沈む、空しく嵇含の左鬢を添ふ。暁鏡に対つて以つて恥有り、秋毫を腐《くた》して以つて詞無しと、爾《しか》云ふ。」（第三段）

詩序の冒頭に引かれる古人の言（傍線部）が謝霊運の詩序中の一句を指すことは言うまでもない。順は詩序の第一段で、盛明親王主催の詩宴には謝霊運の言う良辰・美景・賞心・楽事の四事は言わずもがな、それ以外に三つもの美点が存することを指摘する。それは、聖主の善政によって人文・武威を兼ね備えた治世が実現していること、詩宴の出席者に優れた詩人を得ていること、詩宴の開催地がかつて宇多上皇の遊んだ、この上ない景勝地であることの三事である。この中に詩宴の主催者を称讃する文言は見当たらない。それが何処にあるのかと言えば、第三段の傍線部である。曰わく、「酒に酔った出席者の一人が、耳元でささやいて言うには、人の嗜好というものは主君の好悪によって定まるものだ。盛明親王が詩人を好んだお蔭で、この詩宴には（主催者の人格に惹かれて）たくさんの賢人が会している」と。

稿者には、この言葉の中にも、主催者の人格こそが、詩宴を成り立たせる要素として極めて重要であるとする謝霊運の主張が深く根づいているように思われてならない。そして、平安中期を代表する文人である源順にこのような美意識が看取されることは、取りも直さずそれが当時の貴族社会で開催される全ての詩宴に共通して形成されていた認識であったように思われる。

四、結語

平安時代の貴族社会では、詩宴が季節に関わりなく頻繁に行なわれていた。何故詩宴を日常的に行なったのか。最も手頃な社交の手段であったと言ってしまえばそれまでだが、貴族たちがそこに何を求めたのかを考えてみることは無益ではない。

『文選』は日本で大学寮紀伝道の教科として最も重視されていた集部の漢籍である。教養ある貴族であれば誰もがその巻三十に収める謝霊運の「擬魏太子鄴中集詩序」を熟読していたはずであり、その主張が彼らに大きな指針を与えたことは容易に想像できよう。前述のとおり、当時の日本では、詩を作る場が作者たちの一堂に会する詩宴に限られていた。恐らくこの点が謝霊運の美意識（詩宴の持つべき五要素）に貴族たちが共感し、それを抵抗なく受け入れることのできた大きな要因であろう。その五要素の中で最も重きを置いたのが主催者の資質であった。詩人たちは彼らを理解してくれる庇護者を常に求めていたのである。それは例えば平安中期、慶滋保胤・大江以言・紀斉名といった文人貴族たちが中務卿具平親王を慕ってその下に集うたことを想起すれば良かろう。本稿を通して、詩宴を主催統括する者が何如に重要な役割を担う存在であったかを、あらためて確認できたかと思う。

注

（1）詩序と言えば、正倉院御物で慶雲四年（七〇七）の書写奥書を持つ『王勃詩序』の存在が先ず思い浮かぶであろう。王勃（六五〇～六七六）は初唐の四傑の一人。このような詩序だけを収めた別集が伝存しているのは、日本では詩を作る機会が詩宴に限られていたことと無縁ではない。

（2）詩序の段落構成については、拙稿「詩序と句題詩」（『平安後期日本漢文学の研究』笠間書院、二〇〇三年）、「平安時代の詩序に関する覚書」（『句題詩論考——王朝漢詩とは何ぞや』勉誠出版、二〇一六年）などを参照されたい。

（3）各要素の例を『詩序集』から引用する。

①主催者（第三段からの引用の場合には、作品名の後にその旨を記した。）

中書侍郎、風槐之孫枝、露棘之貴種也。文章之冠世也、世以称晉朝患多之才、聡慧之軼人也、人以号江夏無双之智。（1湖山聞旅雁詩序、藤原永光）

員外中丞、高才被世、恣独歩於蘭臺之風、餘慶稟家、期祖跡於槐門之月。誠是朝之管轄、抑亦国之光暉也。（2月下客衣冷詩序（第三段）、藤原永範）

尚書左少丞出槐棘之貴種、好洙泗之遺流。家門之有餘慶也、早攀臺閣之月、才幹之擅芳誉也、既同潘陸之風。（5月明妓女家詩序、菅原在業）

觴詠之餘、各相語曰、次将稟貴種而仕羽林、遙嘲東漢三輔之良家、蓄詞華而摛鳳藻、還徧西晉二陸之英桀。声名被世、自掩古昔。（6月明貴賤家詩序（第三段）、藤原茂明）

②良辰

九月十三夜者、我朝之習俗、翫月之佳期也。（3月作詩家燈詩序、大江佐国）

蓋属函夏之無為、賞暮秋之有感也。（10残菊映池水詩序、大江公仲）

③美景

夫都城風土水石之勝在東北。徧東北之勝者、蓋亜相右大将勧遊之水閣也。（6月明貴賤家詩序、藤原茂明）

夫菊者花之最弟、草之遺老也。露蘭之交衰艶也、若呉季歴之有兄、煙竹之比貞心也、同晉子猷之為友。（9雨裏対残菊詩序、中原広俊）

礼部源侍郎、以槐棘之遺芳、賞蕭条之美景。（13南北月光明詩序、藤原惟俊）

④賞心

絳帳青襟之客、応嘉招以優遊、如蘭伐木之朋、結淡交以会遇。（1湖山聞旅雁詩序、藤原永光）

虎館鴻都之碩儒、随佳招而許交、丹青消数之才傑、感令望而同志。（11夜月照階庭詩序、大江家国）

⑤楽事

綺閣花堂、皆催笙歌之興、詩仙酒聖、誰緩觴詠之情者哉。（4月下多軒騎詩序、平光俊）

属春宮之餘暇、楽秋興而宴遊。（7月契万年光詩序、藤原令明）

鸚吻之酒頻酌、淵酔興深、鳳文之菓屢嘗、山梁味美。（8雁音催旅情詩序、菅原脩言）

（4）鎌倉時代成立の作文指南書である釈良季撰『王沢不渇抄』は、詩序の第一段に見出される要素を分析して（1）亭主の敏思・名誉を美む、（2）地形の勝絶・奇異を賦す、（3）時節の他時に勝ることを述ぶ、（4）景物の異物に超えたることを詠ず、の四種に分類できるとしている。ここでも主催者の資質が第一に挙げられている。また、主催者の資質は『江談抄』巻五・56「文道の諍論 和漢共に有る事」、57「村上御製と文時三位の勝劣の事」などのように説話化されることもあった。拙稿「文人貴族の知識体系」（『句題詩論考――王朝漢詩とは何ぞや』勉誠出版、二〇一六年）を参照されたい。

慧遠・謝霊運の位置付け

――源隆国『安養集』の戦略をめぐって

荒木 浩

あらき・ひろし――国際日本文化研究センター教授、総合研究大学院大学教授。専門は日本古典文学。主な著書に『説話集の構想と意匠』（勉誠出版、二〇一二年）、『かくして「源氏物語」が誕生する』（笠間書院、二〇一四年）、『徒然草への途――中世びとの心とことば』（勉誠出版、二〇一六年）などがある。

「宇治大納言物語」作者の源隆国が編者となった浄土教書『安養集』の序文に、自らの仏教的営為を白蓮社の慧遠と謝霊運になぞらえる記述がある。本稿では、源隆国の対外観に着目しつつ、謝霊運像の推移と日本の浄土教及び日宋仏教交流史の展開と関連を追いながら、それが提起する問題の一隅を考察したい。

はじめに

古代・中世の代表的説話集に『今昔物語集』全三十一巻（三巻欠、十二世紀半ば成立）と『宇治拾遺物語』（十三世紀半ば成立）がある。この両作品が成立する上で、祖や核となった作品が散佚「宇治大納言物語」（十一世紀後半成立）であることもよく知られているだろう。『宇治拾遺物語』序文によれば「宇治大納言物語」は、宇治大納言と呼ばれた醍醐源氏の貴紳源隆国（一〇〇四～七七）が、年を取ってから、平安京の暑さをのがれて休暇を取り、五月から八月まで、「平等院一切経蔵の南の山のぎはに」所在した「南泉房」に籠もって、往来の人々の伝える説話物語を聞書して成立したものだという。

この成立伝説は、荒唐無稽な説話のたぐいだと思われていた時期もあるが、同じく散佚したと考えられていた隆国撰『安養集』が発見されて事情が変わった。同書には、編纂者の隆国に「南泉房大納言」と称号が付されていたからである。さらに宇治市の発掘調査で、平等院に南泉房の庭園遺構と推定される遺跡も見付かった。隆国の著述営為をはぐくんだ南泉房の実在は、今日、ほぼ確実なものと考えられるようになっている。

『安養集』は、隆国甥の成尋に託して宋の地へ運ばれ、好評を得たという。成尋は、『安養集』の制作にも関わり、遣宋を想定した『安養集』制作であった。この『安養集』編纂の前提に、そして遣宋の先輩としても、源信『往生要集』が存する。以下にも述べるように、『安養集』の内部徴証から、『安養集』が『往生要集』を規範に編纂されたことは明らかであるが、『安養集』は『往生要集』に一切言及しない。同様に、その遣宋に際しても、『往生要集』や源信の先例に触れないのである。

このことは、日宋仏教交流史の面からも、また、日本の古代・中世説話集の生成の面からも興味深い現象である。これまでいくつかの議論を設定してこの問題を論じてきたが、(1)本稿では、これまでの拙稿等での考察を踏まえつつ、慧遠と謝霊運という人物の顕彰の方法を通じて、この問題について、ささやかな研究ノートを誌してみたいと思う。

一、南泉房という場と源隆国

先述したように、「宇治大納言物語」の成立事情とその流布を語る情報は、説話的なかたちで『宇治拾遺物語』序文に記されている。

世に、宇治大納言物語といふ物あり。此大納言は隆国といふ人なり。西宮殿高明也の孫、俊賢大納言の第二の男也。年たかうなりては、暑さをわびて、いとまを申て、五月より八月までは、平等院一切経蔵の南の山ぎはに、南泉房と云所に、こもりゐられけり。さて宇治大納言とは聞えけり。…上中下をいはず、〔よびあつめ、〕昔物語をせさせて、我は内にそひ臥して、語るにしたがひて、おほきなる双紙に書かれけり。（下略、新日本古典文学大系、本項以下の傍線は引用者による）

そして、書名のみ伝わり、失われたと思われていた源隆国編『安養集』の明暦二年写本が、昭和の初期に、滋賀県大津市坂本の西教寺正教蔵から出現し、この記述が単なる伝説的な虚構ではないことが知られるようになった。(2)同書には、隆国が文字通り「南泉房大納言」と呼ばれていたことが誌されていたのである。(3)

『安養集』巻一本、二、三本、五、六、十の冒頭標題下には、次のような撰号が記されている。

南泉房大納言与延暦寺阿闍利数人共集（巻一本、巻二）
南泉房大納言与延暦寺阿闍利数十人撰集（巻三本）

南泉房大納言与延暦寺阿闍利数十人集（巻五）

南泉房大納言与延暦寺阿闍利数十人共集（巻六、巻十）(4)

『安養集』は、隆国が延久二～三年（一〇七一～二）頃に撰述したと考えられる、十巻の浄土教の要文集で、正格の学書である。(5) この書の発見によって、南泉房は、歴史的なトポスとして、隆国の知的営為を立体的に照らしだすことになった。(6) さらに近年、宇治平等院から、南泉房に隣接すると思われる場所に、庭園の遺構も発掘された。(7) 実在の邸宅としての南泉房の実態についても、解明の端緒が開かれつつある。

二、『安養集』編集を巡る浄土教主義結社と慧遠・謝霊運の顕彰

『安養集』の序文は、次のように著述の由来を語る。注目すべきは、書物の由来を説く中に、盧山の慧遠が、謝霊運等とともに白蓮社を結成したことへの言及があることだ。

緇素慕極楽世界之輩数十人、朋心翹誠、撰集天竺震旦顕密聖教本朝人師抄出私記二百余巻中釈阿弥陀功徳之要文矣。殺青甫就、情索相諧。惣為十巻、名安養集。蓋乃具足十念、往生西方之故也。

昔東晋釈恵遠、与高士謝霊運等二百二十（ママ）三人、於廬山巌下修浄土業、臨終之時、聖衆来迎。思其勝躅、備所庶幾也。

夫蒼蠅之飛、不過数歩、適託驥尾、得絶群焉。儂等羅（罪カ）障雖深、修練雖浅、若乗弥陀之慈筏、蓋到安養之宝池。凡厥目視其事随喜、同（耳カ）聞斯文而帰依之者、無親無疎、願開引接集云爾。

極楽世界への往生を希求する僧俗の数十人――すなわち「南泉房大納言与延暦寺阿闍利数十人」にあたる――で、天竺・震旦・本朝の著述に見える阿弥陀の功徳を伝える要文を抜き書きし、十巻の『安養集』は成立した。この営みの先蹤として、東晋の釈慧遠が、高士謝霊運等の百二十三人(8)とともに、廬山で浄土希求の業を行い、臨終の時に聖衆の来迎を得た、と例示して敬う。本書の発見・報告者である戸松憲千代は、はやくこの記述に着目し、『安養集』の成立環境と基盤の仏教史的意義について、「浄土教主義結社」の嚆矢としての一面に注意すべきだと説いた。

白蓮社の思慕　…本書は主義を一にし、信仰を一にする同志の人々に依つて編まれたものであつた。隆国はその晩年を宇治の南泉房に送つたのであるから、恐らくかうした同志の人々は常に此の南泉房に出入したことであらう。而して、彼を中心とするかゝる同志の集ひは、遠く盧山の白蓮社のそれいを思慕したものであつて、浄土教信

仰を理想とする一種の結社の如き観がある。勿論、それは白蓮社の如き盛大なものではない。結社と名のつく程のものでもない。然し、それが少くとも白蓮社を追慕せる同志の美しき集ひであつたことだけは確かだ。（序文を引用。中略）とあつて、この間の消息を付度し得よう。翫つて思ふに、かゝる浄土教主義の結社は本邦最初のことであつて、我が日本浄土教史上特筆大書すべき事柄だと思ふ。(9)

『安養集』の当該叙述については、東晋逸士劉遺民「廬山白蓮社誓文」を原典とする、次のような中国の先行書の記述との類似や影響を指摘することできる。(10)

東晋朝僧慧遠法師雁門人也。卜居廬山。三十余載、影不出山、跡不入俗。送客以虎渓為界。雖博群典、偏弘西方。嵒下建浄土堂、晨夕礼懺。有朝士謝霊運高人劉遺民等。並棄世栄、同修浄土。信士都有一百二十三人。於無量寿像前、建斎立誓。遺民著文讃頌。感一仙人乗雲聴説。或奏清唄声御長風。法師以義熙十二年八月六日。聖衆遙迎。臨終付属。右脇而化。年八十三矣。

（『往生西方浄土瑞応伝』一・慧遠法師第一）

朝士謝霊運高人劉遺民等。一百二十三人為蓮社。

（東晋逸士劉遺民「廬山白蓮社誓文」『楽邦文類』二）

又仏法東流、晋時有廬山遠大師。与諸碩徳及謝霊運、劉遺民、一百二十三人、結誓於廬山。修念仏三昧。皆見西方極楽世界。

（『浄土五会念仏誦経漢行儀』中）

問曰、浄土妙門、般舟之義、具聞剖析。然近代已来、誰得登于安養之国。既無相報、焉知所詣。望為明之。対曰、晋朝廬山遠法師為其首唱。遠公従仏陀跋陀羅三蔵授念仏三昧。与弟慧持、高僧慧永、朝賢貴士、隠逸清信・宗炳・張野・劉遺民・雷次宗・周續之・謝霊運・闕公則等一百二十三人、鑿山為銘、誓生浄土。劉遺民著文大略云（中略）…遠公製〈念佛三昧序〉六（中略）…謝霊運〈浄土詠〉云、法蔵長王宮、懐道出国城、願言四十八、弘誓拯群生。浄土一何妙。来者皆菁英。頽年安可寄。乗化必晨征。

（『念仏三昧宝王論』中）

『安養集』の「高士謝霊運等」と『往生西方浄土瑞応伝』や『楽邦文類』の「朝士謝霊運・高人劉遺民等」には「高士」と「高人」「朝士」という呼称の近しさもある。ただし『安養集』は、「高士謝霊運等」と「等」は付すものの、肝心の「廬山白蓮社誓文」筆者劉遺民を除き、俗人としては謝霊運一人の固有名を挙げて慧遠と並べており、謝霊運個人への格別な焦点が存する。注意すべきであろう。

三、隆国がなぞらえようとしたもの
――迦才『浄土論』をめぐる

その意味では、唐代初期の迦才『浄土論』序文の叙述との類似に注目される。

夫浄土玄門、十方咸讃、弥陀宝界、凡聖同欣。然則二八弘規、盛乎西土、一九之教、陵遅東夏。余毎披閲群典、詳撿聖言、此之一宗。竊為要路矣。其達之者、鈌之稽顙。未悟者、矚而躊躇。若不馮此栖神、終恐沈淪永夜。今者総閲群経、披諸異論、撮其機要、撰為一部。名浄土論。然上古之先匠、遠法師、謝霊運等、雖以僉期西境、終是独善一身、後之学者、無所承習。近代有綽禅師、撰安楽集一巻。雖広引衆経略申道理、其文義参雑、章品混淆。後之読之者、亦躊躇未決。今乃捜撿群籍、備引道理、勒為九章。令文義区分、品目殊位。使覧之者、宛如掌中耳。所願三福之教長弘、四誓之経永範。二八之観斉闢、一九之生同帰。庶令六道孜、孜長辞穢刹、四生擾擾、永処蓮台。未及余輝、倶遊浄域矣。

右は『浄土論』という著作の由来を説いて、「然上古之先匠、遠法師、謝霊運等」と二人を並べ、白蓮社の慧遠と謝霊運とが単独で対になっている。『安養集』に直結する叙述だろう。これが『安養集』と同様、序文の記述である点も共通点である。『浄土論』は『安養集』にとって重要な引用書目の一つであった。[11]『安養集』序文が本文の典拠の一つとして倣った文章は『浄土論』序文であった可能性は高い。

ところが、大きな問題がある。『浄土論』序文は、決して肯定的に慧遠と謝霊運に触れていないからである。野上俊静によれば、『浄土論』の「然上古之先匠。遠法師。謝霊運等。雖以僉期西境。終是独善一身」という一節は、「慧遠一派の浄土教団が独善的なものであったことをきびしく指摘している。迦才は、慧遠流を却けて曇鸞・道綽と次第する他力口承念仏の教を強く押し出していると云ってよい」。「迦才は、浄土の行者としての慧遠には、全面的な共感はもっていなかったのである。否、むしろ進んで手きびしい批判をあびせている」。[12] そもそも迦才の『浄土論』とは、地論宗の影響を受け、当時の注目説であった慧遠の著述の「所説を敵手として九品の階位を論定」した本なのであった。[13]

だが再び野上によれば、慧遠の浄土業については、中国仏教史の中で、曇鸞も道綽も、ともに言及していない。彼らは「慧遠を全く知らなかったか、知っていたとしても、これを度外視していたと考えねばならない。浄土教家としての慧遠の存在が一応認められるのは、道綽とほぼ同時代のやや後輩にあたる迦才によってである」(14)。

そうした先駆的視点の中で、迦才の『浄土論』巻中第四出道理には「復次如上古已来大徳名僧及俗中聡明儒士、並修浄土行。謂盧山遠法師、叡法師、劉遺民、謝霊運、乃至近世綽禅師、此等臨終、並感得光台異相、聖衆来迎。録在別伝。此等大徳智人、既欣浄土」と白蓮社と謝霊運を取り上げている。ネガティブな叙述を含みつつ、浄土教の歴史的文脈の中に新しく白蓮社の慧遠と謝霊運等を掲出した点で、やはり迦才『浄土論』は、画期的な著述であった。『往生西方浄土瑞応伝』以下に至って、慧遠と謝霊運らのそれは、ようやく、「浄土教家」の常識となっていくのである。

四、『浄土論』・『往生西方浄土瑞応伝』という日本浄土教の先蹤

『浄土論』と『往生西方浄土瑞応伝』以下に掲げられた白蓮社に関する記述を重ねると、『安養集』の謝霊運像が定立する。そこには確かな所以があった。この二書は『日本往生極楽記』の序に掲げられた、日本の浄土教の重要な典故・先蹤だったからである。

大唐弘法寺の釈の迦才、浄土論を撰しけり。その中に往生の者を載すること二十人。迦才の曰く……誠なるかなこの言。また瑞応伝に載するところの四十余人、この中に牛を屠《ほふ》り鶏を販《ひさ》ぐ者あり。善知識に逢ひて十念に往生せり。予この輩《ともがら》を見るごとに、いよいよその志を固くせり。

（『日本往生極楽記』序、日本思想大系の訓読）。

これは『日本霊異記』が「昔、漢地にして冥報記を造り、大唐の国に般若験記を作りき。なにぞ、唯し他国の伝録に慎みて、自土の奇事を信《う》け恐りざらむや」（日本古典集成）と二書を掲げて自著の東アジア的所在を示す文学史の伝統に寄り添いつつ、『往生要集』とともに遣宋される『日本往生極楽記』、という対外意識の中で誌された文章である(15)。『往生要集』は、如上の文脈を承け、『浄土論』・『往生西方浄土瑞応伝』の対にさらにこの「慶氏の日本往生記」（＝慶滋保胤『日本往生極楽記』）を位置付けて掲げている。

また震旦には、東晋より已来、唐朝に至るまで、阿弥陀仏を念じて浄土に往生せし者、道俗・男女、合せて五十余人ありて、浄土論并に瑞応伝に出でたり〈僧廿三人、尼六人、沙弥二人、在家男女、合せて二十四人〉。わが朝にも、往生せる者、またその数あり。具さには慶氏の日本往生記にあり。……

（『往生要集』大文第七第六引例勧信、日本思想大系の訓読）

『安養集』は、こうした思想史を受容し、両書に載る慧遠と謝霊運像を折衷するようにして自らの著述行為を位置づけようとした。その営みは、自然な史的展開でもある。

五、隆国『安養集』をめぐる『往生要集』観のねじれなど

『安養集』には「かつて宋国の学者から称讃されたという『往生要集』のあとを承け、これを資料面でさらに補強して、『往生要集』以降の日本における浄土教教理研究の進展を、宋国の人々に示そうという意図が見うけられる」（梯信暁「源隆国『安養集』の諸問題」[16]）。そしてその『往生要集』が、宋の地で「絶讃を博したこと」は「隆国に深き感銘を与へたもの丶如くで、『安養集』の述作もそれに示唆さる丶所が多かつた様で」、「そこで彼はこの『要集』渡宋の故事に倣つて入宋中の成尋（洛北岩藏の阿闍梨）に本書を託送し」たのである。[17]

「然るに、『安養集』には『往生要集』からの引文は全く見られない」[18]。隆国は『安養集』遣宋に際しても、重要な先蹤である『往生要集』についても、沈黙を守っている。隆国は『安養集』が宋国でよい評判を得たという成尋の便りを承け、「大納言遣唐石蔵阿闍梨許書状」という返信を成尋に送ったが、その中でも、『往生要集』の故事に触れるところは全くないのである。[19]

私見では、こうしたねじれが生じた理由は、『安養集』編者が抱いていた『往生要集』とその周辺の文化に関する、過剰な意識や屈折の故ではないか、と考える。

『往生要集』を遣宋する時、源信は、慶滋保胤の『十六相観』、『日本往生伝（日本往生極楽記）』、源為憲『法華経賦』なども添えた。[20] 保胤と為憲は、いずれも第一期・勧学会結衆である。[21] 特にその中心的存在だった保胤は、後に出家して寂心と名乗り、源信に師事して、念仏結社・二十五三昧会の『二十五三昧起請』八箇条を草した。『往生要集』遣宋は、源信が二十五三昧の結縁衆に名を連ねる契機とも連動しており、僧俗一体の、勧学会文化圏の輝かしいモニュメントとして捉えることができる。[22]

「二十五三昧会は二十五名の結衆により構成された念仏結社で、これこそ『往生要集』の影響をもっとも早期に、もっとも強く受けた浄土信仰の実践例である」[23]。ここで注目すべき点がある。「二十五三昧会は、一応「尼公在俗非㆓於此限㆒宜㆘随㆓競望㆒将以補人㆖」（『八ヶ条起請』結語）と記してはいるが、以後長く横川首楞厳院の住僧のみの集りであ」り、俗人を含まない、ということである。[24]

対して隆国の「結社」は、俗人隆国が君臨する別世界である。そう考えると、結社の中で俗人の存在を謝霊運一人に代表させるその姿勢は「南泉房大納言（源隆国）と比叡山の阿闍梨数（十）人」という注記と明白に重なってくるだろう。それは白蓮社の構造とは異なるが、『安養集』の説明には相応しく、それはそのまま『往生要集』の遺宋や「二十五三昧会」という結社が「住僧のみの集りであ」るという姿勢を隠微に批判しているようにも見えてくる。

あらためて「朝士謝霊運高人劉遺民等」という複数の俗人の形容をたすき掛けして「高士謝霊運」と独りに集約し、「高」の文字を残した作為に関心を引かれる。[25]「隆」は「高也」（『小爾雅』など）。「高」には編者「隆国」の名乗字「隆」が隠れている。『安養集』を作るたった一人の俗人を形象して『往生要集』への密やかな矜持を誇る表現ではなかったか。

六、古代と中世のはざまで
——謝霊運像の変遷と隆国のバイアス

ただし、隆国『安養集』のたくらみは、すでにいささか時代遅れとなりつつあった知識に立脚していた。唐初の『浄土論』や中唐の『瑞応伝』の時代とは異なり、唐末から宋代以降においては、慧遠が謝霊運の白蓮社入社を排除した、という正反対の逸話が、大勢を占めるようになっていたのである。[26]

陶令（＝陶淵明）酔多招不得　謝公（＝謝霊運）心乱入無方　何人到此思高躅　嵐点苔痕満粉牆（「題東林十八賢真堂」末尾に「謝霊運欲入社、遠大師以其心乱不納」の割注あり、唐・斉己『白蓮集』巻七巻頭。[27] 四庫全書）

法師（＝慧遠）事迹誠多矣。…予竊閔之。予読高僧伝蓮社記及九江新旧録、最愛法師六事。謂可以勧也。乃引而釈之。（中略）陶淵明湎於酒。而招之令入社。蓋簡小節而取其達也。跋陀高僧異説被擯。而反延誉之。蓋重有道而矯嫉賢也。謝霊運以心雑不取。而果歿於刑。蓋識其器而知其終也。（中略）…願以弊文書於屋壁。大宋慶歴元年仲春、鐔津沙門契嵩書。

（『仏祖統紀』巻第二十六・東林影堂六事）

陳郡謝霊運、負才傲物、少所推重。一見粛然心服、為鑿東西二池種白蓮。求入浄社。師以心雑止之。

（『廬山記』巻三、社主遠法師）

しかし『安養集』は、如上の説をまったく顧慮せず、「修浄土業、臨終之時、聖衆来迎」の優れた先蹤として、慧遠と謝霊運の関係を疑わない。二人の信頼に成り立つ白蓮社のような結社を希い、安養世界を念じて専修的世界を謳って『安養集』の巻頭を飾った。その理由はなぜか。

畢竟、それは、隆国があまりに『往生要集』超越の夢に囚われ、逆に、源信の時代の対外観に束縛されてしまった故に陥ったバイアスではないか。『浄土論』と『往生西方浄土瑞応伝』に則って慧遠と俗人謝霊運を対比的に摘出し、『往生要集』を超えた新しい浄土教書を構想して、同じように遣宋する。そのこと自体が、すでに「六朝文化や唐文化の影響をうけて発達し、したがってそれへの親近性をもつ」、「古代文化」的思考の名残であり、しかもそれは、『往生要集』への尊崇とジェラシーの二律背反に惹きつけられた、内向きのアナクロニズムの内包であった。[28]

もちろん『安養集』は、決して時代遅れの学書ではない。法聡『釈観経記』、澄彧『註十疑論』、源清『観経疏顕要記』という「いずれも『往生要集』には用いられなかった、当時としては最新の中国天台浄土教の典籍」をいくども引用した。「中でも源清の『観経疏顕要記』は、『往生要集』成立以後の長徳三年（九九七）に日本に送付され、源信と覚運とがこれに対する『破文』を著して返送したという、浄土教における日宋交渉上、重要な意味を持つ文献である」。[29] 隆国自身も現実に入宋する成尋を手元に置き、『安養集』編纂して彼に託し、現実の宋へともたらした。

しかしそこには、時代の制約もまた、厳然として存在していた。横内裕人の整理に拠れば、[30] 遣唐使が中止してから中国へ入国した僧侶は少ない。成尋の後、一〇〇〇年代の最後の入宋僧が『渡宋記』の「戒覚・隆尊ら」で、一〇八二年のことだ。そこから「一一六七年まで実に八五年もの長期にわたり断絶する」。復活は「仁安二年（一一六七）に、重源が八五年ぶりに渡宋を企て、翌年には栄西が入宋し、二人同時に帰国した」ことである。「二人の入宋が呼び水となり、僧侶の入宋は再び開始され、鎌倉初期には「禅僧の世紀」と呼ばれる奔流を生み出すことになる」。[31] 芳賀幸四郎のいう、真の意味での「中世文化」[32] が展開するのは、それ以降のことであった。

隆国は、古代と中世との狭間で、いわば新しい時代の対外観の〈気分〉に生きる。「天竺・震旦の顕密聖教」と「本朝人師の抄出私記」を読み、「撰集」（『安養集』序）して、海の向こうに拡がる三国仏教史の時空を、書物の中で認識・体感した。一方で、往来の人々の「昔物語」を「語るにしたがひて」聞書したかのような「宇治大納言物語」を作り、その第一享受者として、「天竺の事も」「大唐の事も」「日本の事も」（『宇治拾遺物語』序）その場で見てきたような、生々しい和語の語りで読み、伝え、夢想したのも隆国であった。

それは、奝然が運んだ宋代一切経の写本を本尊とする、宇治平等院の一切経蔵の傍らに拡がる宗教的トポス[33]で育まれた。しかし同時にそれは、謝霊運を気取ってなされた、隆国の旦那芸[34]でもあった。そうした聖俗に渉る輻輳こそ、源隆国というミッシングリンク解明のために、忘れてはならない歴史的状況である。

注

(1) 本稿に直接関わる論述としては、拙著『説話集の構想と意匠』(勉誠出版、二〇一二年)第一章第三節及び終章他参照。

(2) 戸松憲千代「宇治大納言源隆国の『安養集』に就いて」(『大谷学報』第一九巻第三号、一九三八年七月)参照。

(3) 以下の『安養集』の引用は、西村冏紹監修梯信暁著『宇治大納言源隆国編 安養集 本文と研究』(百華苑、一九九三年)により、西教寺蔵本の紙焼き写真を参照した。

(4) 引用は、梯信暁『奈良・平安期浄土教展開論』第四章「源隆国『安養集』の諸問題」(法藏館、二〇〇八年)。

(5) 大谷旭雄「『安養集』の成立に関する諸問題」(『恵谷先生古稀記念 浄土教の思想と文化』仏教大学、一九七二年)、前掲『宇治大納言源隆国編安養集 本文と研究』他参照。

(6) 宇治平等院一切経蔵の南の山際に存在した南泉房というトポスについては、拙稿「源隆国晩年の対外観と仏教――宇治一切経蔵というトポスをめぐって」(『日本文学研究ジャーナル』一〇号、二〇一九年六月)参照。

(7) 「平等院旧境内遺跡 発掘調査成果」(宇治市教育委員会、一九九七年)。

(8) 『安養集』の原文は「二百二十三人」とあるが、「二百」は「一百」の誤写である。

(9) 注2所掲戸松憲千代「宇治大納言源隆国の『安養集』に就いて」。以下の挙例については、前掲拙著『説話集の構想と意匠』第三章と重なるところがある。

(10) 以下引用される仏典は、特に注記しない限り、大正新脩大蔵経による。

(11) 前掲『宇治大納言源隆国編 安養集 本文と研究』二研究篇、梯信暁「『安養集』の研究」参照。

(12) 野上俊静「慧遠と後世の中国浄土教――慧遠人間像の変遷」(木村英一編『慧遠研究 研究編』京都大学人文科学研究所研究報告、創文社、一九六二年)。

(13) 名畑應順『迦才浄土論の研究 論攷篇』第七章(法藏館、一九五五年)参照。

(14) 野上俊静前掲「慧遠と後世の中国浄土教――慧遠人間像の変遷」。

(15) 『日本往生極楽記』の遺宋とその改稿の意味については、拙稿「投企される〈和国性〉――『日本往生極楽記』改稿と和歌陀羅尼をめぐって」(荒木浩・近本謙介・李銘敬編『ひと・もの・知の往来――シルクロードの文化学』アジア遊学二〇八、勉誠出版、二〇一七年五月)参照。

(16) 梯信暁前掲『奈良・平安期浄土教展開論』第四章。なお梯信暁「源隆国編『安養集』について――『往生要集』との関係を中心として」(『南都佛教』五六号、一九八六年八月)、拙稿「『安養集』と『往生要集』の交錯と不在」(前掲拙著『説話集の構想と意匠』第一章第三節三)参照。

(17) 戸松憲千代前掲「宇治大納言源隆国の『安養集』に就いて」。

(18) 梯信暁前掲「源隆国編『安養集』について」。

(19) 前掲拙著『説話集の構想と意匠』第一章第三節及び終章参照。源信伝については、速水侑「源信伝の諸問題」(速水著『平安仏教と末法思想』吉川弘文館、二〇〇六年、初出一九八七年)および前掲『人物叢書　源信』参照。

(20) 『往生要集』遣宋の問題については、前掲拙稿「投企される〈和国性〉――『日本往生極楽記』改稿と和歌陀羅尼をめぐって」他、拙稿「書物の成立と夢――平安期往生伝の周辺」(上杉和彦編『生活と文化の歴史学1　経世の信仰・呪術』竹林舍、二〇一二年)、同「夢と自照――古代仏教の言説と対外観をめぐって」(荒木編『夢と表象――眠りとこころの比較文化史』勉誠出版、二〇一七年)他を参照されたい。

(21) 以下言及される勧学会の基礎的な理解や時代区分については、桃裕行『上代学制の研究』修訂版(思文閣出版、一九九四年)による。

(22) 源信は勧学会結衆ではなく、二十五三昧会と勧学会との関連も簡単に論じることはできないが、思想的環境として、両者の関連には注目する必要がある(小原仁『源信』ミネルヴァ日本評伝選、二〇〇六年)。

(23) 前掲小原仁『源信』。

(24) 堀大慈前掲「二十五三昧会の成立に関する諸問題」。

(25) 前掲拙著『説話集の構想と意匠』第一章第三節参照。

(26) 謝霊運が白蓮社入社を拒絶された逸話と掲載資料については、鵜飼光昌の「謝霊運『金剛般若経註』の基礎的研究(下)――僧肇撰と伝えられる『金剛経註』一巻との関係について」(仏教大学学会『文学部論集』第七七号、一九九二年)、山崎誠「謝霊運筆儒説攷」(『国文学研究資料館紀要』三〇、二〇〇四年二月)など参照。唐代の資料との比較とこの部分に関係する時代観については、拙稿「謝霊運の宋代――源隆国『安養集』と『徒然草』をめぐって」(『日本と《宋元》の邂逅――中世に押し寄せた新潮流』アジア遊学一二二、勉誠出版、二〇〇九年五月)に研究状況の整理と私見を誌してある。併せ参照されたい。

(27) 同詩は『全唐詩』巻八四四、齋己七にも収録される。

(28) 芳賀幸四郎『芳賀幸四郎歴史論集Ⅲ　中世禅林の学問および文学に関する研究』序説(思文閣出版、一九八一年、初出一九五六年)。

(29) 引用は、梯信暁「源隆国『安養集』の諸問題」(『奈良・平安期浄土教展開論』第四章、法藏館、二〇〇八年)。

(30) 横内裕人「自己認識としての顕密体制と「東アジア」」(『日本中世の仏教と東アジア』塙書房、二〇〇八年)。

(31) このあたりの問題については、前掲拙稿「『今昔物語集』の成立と宋代――成尋移入書籍と『大宋僧史略』などをめぐって」参照。

(32) 芳賀幸四郎前掲序説。

(33) 前掲拙稿「源隆国晩年の対外観と仏教――宇治一切経蔵というトポスをめぐって」参照。

(34) 『安養集』も「宇治大納言物語」も、あるいは、こうした俗語で評するのが相応しいような営為で作られた、といえようか。謝霊運を気取りながら、彼自身には漢詩文の才能が知られないことも、その傍証となる。

◎コラム◎

日本における謝霊運「述祖徳詩」の受容についての覚え書き

黄　昱

こう・いく――日本女子大学非常勤講師、青山学院大学非常勤講師、国文学研究資料館特定研究員。専門は和漢比較文学・中世文学。主な論文に「故宮博物院蔵古抄本『蒙求』の欄外注について」（『東洋文化』復刊一一五号、二〇一八年四月）、「西施・潘岳の密通説話をめぐって――『新撰万葉集』から朗詠古注まで」（『日本人と中国故事――変奏する知の世界』アジア遊学二二三号、二〇一八年九月）などがある。

『文選』詩篇の冒頭に置かれた謝霊運「述祖徳詩」は「祖徳」という題名を持ちながら父祖の栄光よりも官位にしがみつかない無欲清高な精神に焦点を当てた特殊な体裁となっている。本稿は中古から中世にかけて、日本の漢詩文・注釈の世界を中心に「述祖徳詩」の受容例を考察した。表現上の受容のほか、辞官の表などの漢詩文の文脈における本詩の受容の可能性を提起した。

一、謝霊運の「述祖徳詩」について

『文選』巻十九、詩篇の冒頭に「補亡」「述徳」「勧励」という三つの部立てが続いている。それぞれ「補亡」に束皙の六首、「述徳」に謝霊運の二首、「勧励」に韋孟と張華の各一首を収録している。川合康三氏は、この部立ての珍しさと収録した詩の数の少なさから、この三つの部類はそれ以下の作品と異なる性格を示していると指摘し、「これは『文選』が詩を『詩経』に連続する文体として価値付けようとして、まずこの三つの部類を立てた」のではないかと論じた[1]。

祖徳を述べる詩は、字面から見ても祖先の徳を讃え、一族の繁栄を祈るというような内容であると想像できよう。謝霊運の詩のほか、こういった内容の詩は『詩経』をはじめとして、六朝期にも少なからず確認できる。例えば、『詩経・大雅・下武』は「下武維周、世有二哲王一、三后在レ天、王配於京。王配於京、世徳作レ求（下に武ぐは維れ周、世々哲王有り。三后天に在り、王京に配す。王京に配す、世々徳もて求と作る）」と、周の武王が天命を受け、文王の後を継ぐ聖徳を讃えている。謝霊運と同時代の陶淵明も「命子」という詩において「悠悠我祖、爰自二陶唐一。邈焉虞賓、歴世重レ光（悠悠たる我が祖、爰に陶唐よりす。邈たる虞の賓となり、歴世光を重なる）」と、父祖の功績を讃え、「夙興夜寐、願二爾斯才一。爾之不才、亦已焉哉（夙に興き、夜寐よ。爾が斯の才を願ふ。爾の不才ならば、亦た已んぬるかな)」と、子孫への誡めと祝福を記した。

　これらの詩と比べて、謝霊運の「述祖徳詩」は聊か特殊であると言わざるをえない。例に挙げたこれら祖徳を讃える詩は『詩経』の伝統を引き、典雅な古体詩である四言詩が多い。『文選』において謝霊運詩の後に収められた「勧励」の部の韋孟の「諷諫」詩も「粛粛我祖、国自㆓豕韋㆒（粛粛たる我が祖、国すること豕韋よりす）」と、祖先の事績から書き始めた四言詩である。それに対して、謝霊運の「述祖徳詩」は五言詩である。このことについて、鄧仕樑氏は謝霊運が父祖について述べる荘重な詩においても当時の「流調」である五言詩を用いたことから旧制を改め、新しい流行を求めるという謝霊運の性格が覗見できると論じた。(2)

　また、謝詩の特殊性は本詩の内容からも窺える。

　　達人貴㆓自我㆒、高情属㆓天雲㆒。
　　達人は自我を貴び、高情は天雲に属す。
　　兼抱㆓済㆑物性㆒、而不㆑纓㆓垢雰㆒。
　　兼ねて物を済ふの性を抱き、而して垢雰に纓らず。

　本詩の冒頭部分は外物に関わらずして自分自身を貴び、高邁な精神は天の雲にも届く、世の中を救う心を持ちながらも決して世俗に汚されないような人物を掲げた。続いて、国と民を救った人物の例として、段干木、柳下恵、弦高、魯仲連の故事を詠み込んだ。彼らはいずれも功を立てても褒賞を受け取らない高風亮節な人物である。故に遠く千年の後も、その清高な徳風が伝えられてきた。

　　苕苕歴㆓千載㆒、遥遥播㆓清塵㆒。
　　苕苕として千載を歴、遥遥として清塵を播く。
　　清塵竟誰嗣、明哲時経綸。
　　清塵 竟に誰か嗣ぐ、明哲 時に経綸す。

　その徳風のあとを受け継いだのは誰か、明哲にして経綸の才ある我が祖父の謝玄である。ここで謝霊運が述べた父祖の徳は、乱世を鎮めた功績よりも無欲淡泊で清高な態度である。これは祖先の功績を称賛し、子孫の栄光を祈る一般的な祖徳を述べる詩の書き方と大きな相違が認められる。

　さらに、謝霊運は二首目の「述祖徳詩」において具体的に祖父謝玄の事績を記した。止まない戦乱の中に登場した謝玄は淝水の戦い（三八三年）で前秦の苻堅を破り、東晋の治世を安定にした。詩の最後に謝霊運は再び清高な徳を描いた。

　　高揖㆓七州外㆒、払㆓衣五湖裏㆒。
　　高く七州の外に揖し、衣を五湖の裏に払ふ。
　　随㆑山疏㆓濬潭㆒、傍㆑巌芸㆓枌梓㆒。
　　山に随って濬潭を疏し、巌に傍ひ

て枌梓を芸う。

遺レ情捨二塵物一、貞二観丘壑美一。
情を遺て塵物を捨て、丘壑の美を貞観す。

ここで描かれたのは七州の官を辞し、范蠡のように五湖のほとりに隠れ、山中に水を引き、枌・梓の木を植え、世俗の汚れを捨て去り、山水の美を楽しむ隠棲生活である。川合はこの隠遁の結末部分が史実と合わないと指摘した。(3)『晋書』巻七十九に謝玄が何度も辞任の上疏を呈したが、朝廷に認められず、結局官位に着いたまま病死したと記されている。つまり、謝玄には官界を引退して隠居した史実が確認できない。しかし、川合氏も述べたように、この隠棲の結末は謝玄の叔父で謝霊運の曾祖父である謝安の事績に合致する。本詩の序文「逮二賢相徂謝一、君子道消一、払二衣蕃岳一、考二卜東山一。事同二楽生之時一、志期二范蠡之挙一」（賢相徂謝し、君子の道の消ゆるにおよび、衣を蕃岳に払ひ、卜を東山に考ふ。事は楽生の時と同じく、志は范蠡の挙を期す）」に見える「賢相」「東山」といったことばはかつて東山に隠居し、後に宰相の位に登った謝安を暗示していると解釈できる。そして、この隠棲の結末は謝霊運自身の経歴とも重なる。「随レ山疏二濬潭一、傍レ巌芸二枌梓一」一句に付された李善注は「選二神麗之所一、申二高栖之意一」という「山居賦」注の文章を用いた。詩の最後に描かれた隠棲生活はまさに「山居賦」に見られる「山川石澗、州岸草木」の世界である。

二、日本における謝霊運「述祖徳詩」の受容

前節では、『文選』の詩の冒頭に収められた謝霊運「述祖徳詩」の特殊性について考察した。謝霊運が褒め称えた父祖の徳は一般的な祖徳詩に描かれた一族の栄華と異なり、世間の俗情と汚塵を捨て去り、山川に遊び、悠々と自然の美を観賞する徳風である。本詩は『文選』に収録された唯一の祖徳詩にも関わらず、日本における受容例は管見の限り決して多くはない。

『令義解』の撰集を記録した「詔令義解頒下」に見える「後太上天皇、修二機玄扆一、比二徳丹陵一。事勤二遠図一、慮在二長栄一」一文の「遠図」について、謝霊運の「述祖徳詩」の「賢相謝二世運一、遠図因レ事止（賢相 世運を謝し、遠図 事に因りて止む）」一句を用いて注釈した資料がある。この詔および注は紅葉山文庫本、広橋伯爵家旧蔵本および慶安三年蓬生巷林鵞刊本に見られるが、注はいつ、誰によって施されたものかは不明である。紅葉山文庫本は北条実時所持本の金沢文庫本を江戸時代に忠実に書写したものであり、広橋本は鎌倉初期の書写にかかると推定されているため、(4)注はそれ以前に成立したものであると考えられる。

また、李嶠『百二十詠』・詩の一句「緇衣行擅美、祖徳信悠哉」について張

庭芳の注が謝霊運「述祖徳詩」の「恵レ物辞レ所レ賞、励レ志故絶レ人。苕苕歴二千載一、遥遥播二清塵一。清塵竟誰嗣、明哲時経綸」を引用している。李嶠『百二十詠』をもとに鎌倉前期に源光行が各題から二句ずつを撰び出し、仮名注と和歌を付した『百詠和歌』という作品を著した。『百詠和歌』巻九・詩に「祖徳信悠哉 謝霊運が祖徳をのぶる詩に云、遥遥播清塵。苕苕遥遥はともにはるかなる形也。なきあとをとほざかりぬと歎きにしそのよも今は昔なりけり」と、「述祖徳詩」の一句を用いて注釈した上、和歌を詠んだ。謝詩は先祖の徳風が千年の時を越えて今も変わらず伝えられていると詠んだのに対して、光行の和歌は亡くなった先祖の記憶が遠くなってしまったのを歎いた頃もすっかり昔のことになったと、二重の過去と現在の対比によって感傷的に祖徳の「悠《はるか》」なることを詠んだ。

この二つの受容例はいずれも注釈に見られる「述祖徳詩」の引用であり、前節で述べた謝詩の特殊性が受容されず、むしろ謝詩の祖徳詩として一面が色濃く影響を及ぼした。

同じように祖徳詩としての謝詩を受容した例は、菅原道真の文章にも確認できる。貞観十二年の省試に都良香が出題した策問「策二秀才菅原一文二条・明二氏族一」に「前謝後謝、為レ異為レ同（前謝後謝は、異なると為すか同じきと為すか）」と、謝氏の祖先の出自について論じた。そしてそれに続く「祖徳在レ頌、架二陸機於詞濤一。家風著レ詩、没二潘岳於筆海一（祖徳は頌に在るも、陸機を詞濤に架ぎ、家風は詩に著はるも、潘岳を筆海に没せよ）」という文章は、庾信「哀江南賦」の「潘岳之文采、始述二家風一。陸機之辞賦、先陳二世徳一（潘岳の文采、始めて家風を述べ、陸機の辞賦、先ず世徳を陳ぶ）」を踏まえた。潘岳と陸機はいずれも一般的な意味での祖徳を述べる作品を残している。『世説新語』劉孝標注は潘岳の「家風詩」について「岳家風詩、載二其宗祖之徳一、及二自戒一也」と、祖先の徳を述べて自分を戒めたものであると記した。陸機の「文賦」に「詠二世徳之駿烈一、誦二先人之清芬一（世徳の駿烈を詠じ、先人の清芬を誦す）」と、先祖の徳について述べた一文が見られる。

それに対して、道真は対策「明二氏族一」において「謝霊運之先、出二陳留一而流二千載一（謝霊運の先、陳留より出でて千載に流る）」と、「述祖徳詩」の「苕苕歴二千載一」を踏まえたと思われる文章を記した。ここでは謝詩はあくまでも祖先の出自を述べるものとして引用された。

さらに、同じ表現上の受容例として、『本朝無題詩』巻五に収録された藤原周光の「秋日野望」詩の首聯「四望乗レ興思紛々、緩レ轡垂レ鞭謝二垢雰一（四望 興に乗じ思紛々たり、轡を緩め鞭を垂れ垢雰を謝す）」が挙げられる。周光の詩は謝詩「兼抱二済レ物性一、而不レ纓二垢雰一」に見られる「垢雰」ということばを用いており、秋日に興に乗じて郊外に行き、世俗の汚れた空気から逃れて一息休むという野遊びを描いた。本間洋一氏が指摘したように、白居易「登二楽遊園一望」にも「愛二此高処立一、忽如レ遺二垢雰一（此の高き処に立つを愛し、忽ちにして垢雰を遺るるが如し）」と、「垢雰」ということばが使われている。[5] 白詩は周光の詩と同じ野原に登り周囲を見渡すと俗世から逃れる気分になる心情を描いた。しかも白詩には「独上二楽遊園一、四望天日曛（独り楽遊園に上る、四望すれば天日曛る）」とあるように、周光の詩と同じく「四望」ということばが用いられたことからも、周光が白詩を典拠としたことが明らかである。ただし、白詩の最後「孔生死二洛陽一、元九謫二荊門一。可レ憐南北路、高蓋者何人（孔生は洛陽に死す、元九は荊門に謫せらる。憐れむ可し南北の路、高蓋の者は何人ぞ）」に示されたように、野遊びを楽しむ周光と異なり、楽遊園に登った白居易は抑鬱不平の心情で本詩を記した。

ひとつ付け加えると、周光の詩に用いられた「謝二垢雰一」という表現は李白の「贈二僧崖公一」にも「冥機発二天光一、独朗謝二垢雰一（冥機天光を発き、独り朗として垢雰を謝す）」と見られる。李白の詩は「中夜臥二山月一、払レ衣逃二人群一（中夜山月に臥し、衣を払ひて人群より逃る）」とあるように謝詩の「払衣」ということばも用いているので、李白は謝詩の表現を踏まえたことが確認できる。そして、李白の詩は泰山の神に拝謁し、道を授かった文脈の中で「謝二垢雰一」の表現を用いた。周光の詩に描かれた情緒は白詩よりもむしろ高揚な李詩に近いと思われる。つまり、藤原周光の「秋日野望」詩は謝霊運「述祖徳詩」および謝詩を典拠とした白居易と李白の詩を重層的に受容したことが想定される。

最後に挙げる左の例を謝詩の受容例と見なすのは躊躇するところであるが、深読みが許されるならば、「述祖徳詩」受容のもうひとつの可能性を提起したい。

范蠡収レ責、棹二扁舟一而逃レ名、
范蠡 責を収む、扁舟に棹して名を逃る、
謝安辞レ功、伏二孤雲一而養レ志。
謝安 功を辞す、孤雲に伏して志を養ふ。

『本朝文粋』巻四に収録された「為二貞信公一辞二摂政一第三表」の一句である。大江朝綱が藤原忠平のために記した辞表のこの一文は『和漢朗詠集』巻下・雑・述懐にも取られている秀句である。前句は謝詩の序「志期二范蠡之挙一」および「払二衣五湖裏一」と同じく范蠡が五湖に一葉の扁舟を浮かべ、姿を消した故事を用いた。[6] 後句は謝安の始終変わらぬ東山隠棲の志を詠み込んでおり、「孤雲」と謝詩の「天雲」、「養レ志」と謝詩の「遺レ情捨二塵物一、貞二観丘壑美一」と、表現上の類似性が認められる。

前述したように、謝霊運「述祖徳詩」は祖先の功績を讃えるよりも俗世に汚されない精神の清高に重点を置くところに特殊性を見ることができる。この特殊性から考えると、本詩が辞官の文脈で受容される可能性は首肯されるであろう。

三善清行「奉二菅右相府一書」（『本朝文粋』巻七）に「擅二風情於煙霞一、蔵二山智於丘壑一。後生仰視、不二亦美一乎（風情を煙霞に擅にし、山智を丘壑に蔵すれば、後生仰ぎ視て、亦た美とせざらんや）」という文章がある。清行が道真に官を辞して山水に隠れ風流を楽しむことを勧めた。即ち、かの有名な辛酉革命説話のもとになる資料である。清行はこの書に翌年辛酉年は変革の年に当たり、その凶禍が誰に及ぶかはわからないとし、比類のない寵栄を受けたため、「止足」を知り身を退くよう道真に勧告した。(7)

これらの例と謝霊運「述祖徳詩」との類似性は個別のことばに止まり、その影響関係を認めるのは慎重を要するが、前述した謝詩の特殊性を考えると、政界を退き、俗世から離れて、精神の清高を保ち、山水自然を楽しむという文脈の一致性が認められる。

三、結びにかえて

以上のように、管見の限り『文選』詩篇の冒頭に置かれた謝霊運「述祖徳詩」は日本において確認できる受容例は必ずしも多いとは言えない。謝詩は「祖徳」という題名を持ちながら父祖の栄光よりも官位にしがみつかない高潔な精神に焦点を当てた特殊な体裁となっている。もちろん、東晋から南朝宋への代替わりの乱世を生きた謝霊運とその父祖にとって、政界からの引退は身を守る手段のひとつかもしれないが、このような書き方は謝霊運という人物の精神世界を覗見できる例ともとらえられる。

中古から中世にかけて、日本の漢詩文・注釈の世界を中心に「述祖徳詩」の受容を考察した結果、祖徳詩としての謝詩の一面を取り、一般的な祖徳詩として受容する事例がほとんどである。これは謝詩の特殊性を等閑視した受容と言わざるをえない。一方、『本朝文粋』などに収録されたいくつかの辞官の表・書は謝詩と表現上の類似性が個別の単語に止まるが、文脈の一致性からこれら辞官の文章を「述祖徳詩」受容のひとつの可能性として提起し、識者の批正を仰ぎたい。

【使用テキスト】

『詩経』＝新釈漢文大系。陶淵明詩＝『陶淵明集』（中華書局、一九七九年）。『文選』＝新釈漢文大系。『令義解』＝増補新訂国史大系。『百二十詠注』＝『日蔵古抄李嶠詠物詩注』（上海古籍出版社、一九九八年）。『百詠和歌』＝『新編国歌大観』。『本朝文粋』＝新日本古典文学大系。『本朝無題詩』＝『本朝無題詩全注釈』（新典社、一九九三年）。白居易詩＝『白居易詩集校注』（中華書局、二〇〇九年）。李白詩＝『李太白全集』（中華書局、一九七七年）。「哀江南賦」＝『庾子山集注』（中華書局、一九八〇年）。『都氏文集』＝『都氏文集全釈』（汲古書院、一九八八年）。『菅家文草』＝日本古典文学大系。『世説新語』＝『世説新語校箋』（中華書局、一九八四年）。

注

（1）川合康三「規範と表現――『文選』詩の初めの部立てを中心に」（『東方学』一三二、二〇一六年七月）三頁。

（2）鄧仕樑「論謝霊運『述祖徳』詩二首」（『中国文化研究所学報』三一、一九九一年）一六六頁。

（3）注1に同じ。一二―一三頁。

（4）黒板勝美「令義解凡例」（増補新訂国史大系『令義解』吉川弘文館、一九七四年）、高田宗平「『令義解』「上令義解表」の注釈所引『論語義疏』の性格について」（『日本漢文学研究』五、二〇一〇年三月）を参照。

（5）本間洋一『本朝無題詩全注釈 二』（新典社、一九九三年）四九―五〇頁。

（6）『晋書』巻七十九謝安伝に「安雖レ受二朝寄一、然東山之志始末不レ渝、毎形二於言色一」とある。

（7）所功「三善清行――道真と対峙した文人」（『国文学 解釈と観賞』六七・四、二〇〇二年四月）に「これは、同じ文人官吏として道真の身を案じた善意の忠告なのか、それとも異例の栄達をとげた道真を除くための巧妙な脅迫なのか、従来どちらにも解されてきた」と論じている。この史実をもとに説話化したものが『続古事談』巻一・二九、『十訓抄』中・六ノ十四に見える。

【V 説話・注釈】

『蒙求』「霊運曲笠」をめぐって——日本中近世の抄物、注釈を通してみる謝霊運故事の展開とその意義

河野貴美子

こうの・きみこ——早稲田大学文学学術院教授。専門は和漢古文献研究・和漢比較文学。主な編著書に『日本霊異記と中国の伝承』（勉誠社、一九九六年）、『日本「文」学史』一～三（共編著、勉誠出版、二〇一五～二〇一九年）などがある。

『蒙求』には、謝霊運が曲笠を好んで戴いていたことを伝える「霊運曲笠」という一条がある。小稿では、清原宣賢や宇都宮遯庵らによる『蒙求』講義の内容を詳しく記し留める抄物や注釈の記述を通して、当該条の読解、解釈の跡をたどり、中近世の日本における謝霊運故事の展開とその意義について考察を試みる。

はじめに

唐・李瀚撰『蒙求』に「霊運曲笠」という一条がある。謝霊運は柄の曲がった笠を好んで戴いていた。『世説新語』言語には、曲蓋は功名に関わるものであると非難する孔淳之に対して、功名を求める心などすっかり忘れ去ったゆえのことだと謝霊運は答えた、という故事がみえ、『蒙求』古注はこれを当該句の典拠として掲載する。ところが、宋・徐子光による新注（『標題徐状元補注蒙求』）では、『世説新語』に続いて『南史』を引き、謝霊運が夢で謝恵連と会い「池塘生春草」の佳句を得たこと、官を免ぜられて険しい山に登るときはいつも木の下駄を履いていたことなど、逸話が書き加えられる。そして、『蒙求』を盛んに講じ、学んだ中近世の日本においては、ここにさらにさまざまな書物のさまざまな情報が重ねられ、抄物や注釈書が書き記されていく。小稿では、それら抄物や注釈の記述を通して、中近世の日本における謝霊運故事の展開とその意義について考察を試みたい。

具体的には、清原宣賢（一四七五～一五五〇）撰『蒙求聴

塵』、および宇都宮遯庵（一六三三〜一七〇七）撰『蒙求詳説』を主な検討対象とする。『蒙求聴塵』は、当代を代表する学者であった清原宣賢が戦国大名らを相手に行った『蒙求』講義の記録で、徐子光の新注本文を詳密に解説しつつ、新来の漢籍所載の関連情報を積極的に取り入れるものである。清原宣賢は『蒙求聴塵』において、当該の謝霊運の故事に対しても複数の解釈の可能性を示すとともに、『氏族大全』等、当時よく利用された漢籍の情報を付加している。そして、天和三年（一六八三）刊行の『蒙求詳説』には、『古今韻会挙要』や『大明一統志』等、さらに多くの引用が重ねられていくが、中でも興味深いのは、「池塘生春草」の佳句の故事について、『石林詩話』や『吟窓雑録』という宋代成立の「詩話」を引用することである。

謝霊運の人と文学について、中国においては史書、小説、類書、地理志、そして詩話等、さまざまな文献にその故事が繰り返し留められ、さまざまな評価が述べられていく。それでは日本ではそれらがどのように受け止められ、いかなる謝霊運像が継承されていったのか。小稿では、幼学書として親しまれた『蒙求』所載の記事を起点として、謝霊運故事の展開をたどり、その文化史的意義を考えていきたい。なお、抄物に関してはすでに少なからぬ研究成果が残されているが、(1)抄物における漢籍の受容および消化、利用の実際状況については、さらなる研究とともに、その意義が注目されるべきであろう。小稿は、そうした問題意識のもと、謝霊運の故事を例に、文献学的考察を行おうとするものである。(2)

一、『蒙求』「霊運曲笠」について

まず、日本における抄物や注釈書を検討する前に、『蒙求』「霊運曲笠」の原文とその内容について確認しておく。応安年間頃に刊行された五山版の古注『蒙求』の「霊運曲笠」の条には、以下のようにある。

霊運曲笠
世説。謝霊運好戴曲柄笠。孔隠士謂曰、卿欲希心高遠。何不能遺曲蓋之貌。答曰、将不畏影未能忘懐。(3)
（霊運曲笠／『世説』。謝霊運好みて曲柄の笠を戴く。孔隠士謂ひて曰く、「卿心に高遠を希はんと欲す。何ぞ曲蓋の貌を遺ること能はざる」と。答へて曰く、「将に影を畏れざるものは未だ懐を忘るること能はず」と。）

古注が引用するのは『世説新語』言語の一節である。その本文および劉孝標の注（〔A〕〔B〕〔C〕部分）には以下のようにある。

謝霊運好戴曲柄笠。〔A　丘淵之新集録曰、霊運、陳郡陽夏人。祖玄、車騎将軍。父渙、秘書郎。霊運歴秘書監・侍中・臨川内史。以罪伏誅。〕孔隠士謂曰、卿欲希心高遠。何不能遺曲蓋之貌。〔B 宋書曰、孔淳之、字彦深、魯国人。少以辞栄就約、徴聘無所就。元嘉初、散騎郎徴、不到、隠上虞山。〕謝答曰、将不畏影者未能忘懐。〔C 荘子云、漁父謂孔子曰、人有畏影悪跡而去之走者。挙足逾数而跡逾多、走逾疾而影不離。自以尚遅。疾走不休、絶力而死。不知処陰以休影、処静以息跡。愚亦甚矣。子脩心守真、還以物与人、則無異矣。不脩身而求之人、不亦外事者乎。〕[4]

（謝霊運好みて曲柄の笠を戴く。〔A 丘淵之『新集録』に曰く、「霊運は、陳郡陽夏の人。祖の玄は、車騎将軍。父の渙は、秘書郎。霊運は秘書監・侍中・臨川内史を歴たり。罪を以て誅に伏す」と。〕孔隠士謂ひて曰く、「卿心に高遠を希はんと欲す。何ぞ曲蓋の貌を遺るること能はざる」と。〔B 『宋書』に曰く、「孔淳之、字は彦深、魯国の人。少くして栄を辞して約に就くを以て、徴聘せられども就く所無し。元嘉の初め、散騎郎に徴されども、到らず、隠れて虞山に上る」と。〕謝答へて曰く、「将に影を畏れざる者は未だ懐を忘るること能はず」と。〔C 『荘子』に云く、「漁父孔子に謂ひて曰く、「人の影を畏れ跡を悪みて之を去りて走る者有り。足を挙ぐること逾いよ数しばにして跡逾いよ多く、走ること逾いよ疾くして影離れず。自ら以へらく尚遅しと。疾走して休まず、力を絶ちて死す。陰に処りて以て影を休め、静に処りて以て跡を息むるを知らず。愚も亦甚だし。子心を脩めて真を守り、還た物を以て人に与ふれば、則ち異なること無し。身を脩めずして之を人に求む、亦外事の者ならずや」」と。〕）

劉孝標の注文のうち、〔A〕の部分は丘淵之の『新集録』の引用である。当該の書については、『隋書』経籍志・史部簿録に「晋義熙已来新集目録三巻」、『旧唐書』経籍志・乙部史録目録類に「義熙已来雑集目録三巻丘深之撰」、そして『新唐書』芸文志・乙部史部目録類には「丘深之晋義熙以来新集目録三巻」[5]と著録されるが、当該の書物は散逸しており、劉孝標注の引用はその佚文である。続く〔B〕の部分は『宋書』隠逸伝・孔淳之本伝、〔C〕の部分は、『荘子』漁父からの引用である。『世説新語』の当該条において、謝霊運が言及する「影を畏」れることとは、『荘子』にみえる、影を畏れて足跡をきらい、それから逃れようと走り続け、ついに力尽きて死んでしまった愚人の故事をふまえた謂いである。

さて、このように古注『蒙求』においては、『世説新語』を引きながら、謝霊運が名声にはこだわらず俗気のない人物であったイメージが述べられている。しかしながら、宋代の徐子光の撰になる『標題徐状元補注蒙求』になると、注文に引用されるのは『世説新語』のみではなく、『南史』からも関連の記事が引用され、謝霊運に関する描写もさらに増幅され豊富になる。左に、その本文を、京都大学附属図書館清家文庫蔵の写本『標題徐状元補注蒙求』によって掲げる。この写本は、『蒙求』および徐注の本文部分は清原宣賢の子業賢の書写になるもので、そこに宣賢自筆の詳密な訓点や書き入れが施されているものである。そのヲコト点を含む訓点は、当時の学者がいかに『蒙求』を訓読し、解釈していたかを伝える貴重な資料である。そこで、左にはそれら訓点も含めて翻刻する（ヲコト点はひらがなによって翻刻する。字体は原資料に可能な限り近い形で翻刻し、訓読文においては通行字に改めた。＊は行間の書き入れ。a〜lは清原宣賢の『蒙求聴塵』で解釈が加えられている部分を示す）。

霊（平）運曲（入）笠《リフ》（入）

〈＊言語篇〉

世説新語謝霊運好テ戴ニ a曲−柄ノ笠ヲ一。b孔隠士〈＊淳之字彦深〉謂テ曰、c卿欲スレ希《子カハン》ニ心ニ高−遠ヲ一。何《ソ》不《ル》レ能レ遺《ワスル、》ニ曲−蓋之貌ヲ一。d謝答テ曰、将ニ不ルレ畏レ影ヲ者ハ未《タ》レ能レ忘ニことレ懐（音）ヲ一。e南史ニ謝霊運ハ晉ノ車−騎将−軍玄カ之孫《ナリ》。學（音）博テ覽《シル》ニ群−書ヲ一。文−章之美、與ニ顔延之ト一為《タリ》ニ江−左第−一ト一。f襲《ツイ》テ〈＊襲ニ父爵ヲ一〉封《セラル》ニ康−樂−公ニ一。

世稱スニ謝霊〈＊康イ〉樂ト一。為《ル》ニ永嘉ノ大−守ト一。郡ニ有ニ名−山−水一。素《ヨリ》所《ナリ》ニ愛−好《スル》一。肆《ホシ》レ意ヲ遊−遨ス。族−弟恵連十−歳ニシテ能属《スレ》スレ文ヲ。霊運嘉−賞シテ之ヲ云、毎ニレ有ニ篇−章一、對《スレ》ハレ恵連ニ、輒《ウ》得ニ佳−句ヲ一。嘗於《ム》ニ永嘉ノ西−堂ニ一思《フ》レ詩ヲ。竟−日不レ就《ナラ》。忽ニ夢ニ見ニレ恵連ヲ一。g即得《タリ》ニ池−塘生《ト云》ニ春−草ヲ一。大ニ以テ為スレ工《タクミナリ》ト。常ニ云、此ノ語有ニ神−助一。非スニ吾カ語ニ一也。後ニ為ニ侍−中ト一。免スレ官ヲ。尋レ山ヲ陟《ノホ》テレ嶺ニ必造《ル》ニ幽−峻ニ一。h登−躡《テフスル》ニ l常ニ著《ツク》ニ木−屐ヲ一。起テ為ニ臨川ノ内−史ト一。i有ニ逆−志一。徙《ウツサレ》テニ廣州ニ一棄−市《セラル》。j霊運詩−書皆兼獨−絶《ナリ》。毎ニ文竟《ヲフル》一、手《カラ》自寫《シ》ス之ヲ。k宋ノ文帝稱シテ為スニ二−寶ト一。(6)

（霊運曲笠／『世説新語』。謝霊運好みてa曲柄の笠を戴く。b孔隠士謂ひて曰く、c「卿心に高遠を希《ねが》はんとす。何ぞ曲蓋の貌を遺《わす》るること能はざる」と。d謝答へて曰く、「将に影を畏れざる者は未だ懐《かい》を忘るること能はず」と。e『南史』に、「謝霊運は晋の車騎将軍玄が孫なり。学博くして群書を覧る。文章の美、顔延之と江左第一たり。f襲《つい》で康楽公に封ぜらる。世謝霊楽と称す。永嘉の大守と為る。郡に名山水有り。素より愛好する所なり。意を肆《ほしいまま》にして遊遨す。族弟恵連十歳にして能く文を属す。霊運嘉賞して云く、「篇章有る毎に、恵連に対すれば、輒ち佳句を得。嘗《むかし》永嘉の西堂に於いて詩を思ふ。竟日就《な》らず。忽ちに夢に恵連を見る。g即ち「池塘春草を生ず」といふを得たり。大に以て工《たくみ》なりと為す。常に云ふ、此の語神助有り。吾が語に非ず」と。後に侍中と為る。官を免ず。山を尋ねて嶺に陟《のぼ》りて必ず幽峻に造る。h登躡《てふ》するに l常に木履を著《つ》く。起て臨川の内史と爲る。i逆志有りて広州に徙《うつ》されて棄市せらる。j霊運詩書皆兼《か》ねて独絶なり。文竟《を》ふる毎に、手づから写す。k宋の文帝称して二宝と為す。）

徐子光の新注は、初めに『世説新語』言語を引き、続いて『南史』謝霊運伝（傍線部）および謝恵連伝（破線部）を引いている。その内容はおおよそ、文章の美しさによって顔延之とともに「江左第一」と称されたこと、夢で謝恵連に会い「池塘春草を生ず」の佳句を得たこと、免官されて以後は木げたを履き深い山々を渡り歩いたこと、謀叛の疑いにより死刑に処されたこと、その詩文や書法は卓越しており宋文帝から「二宝」と称賛されたこと、である。徐子光の新注は、古注に比べて謝霊運のイメージをこのように豊かに伝えているのである。

日本の文献において、『標題徐状元補注蒙求』に関する記録が最も早くみえるのは、三条西実隆の日記『実隆公記』永正元年（一五〇四）閏三月二十日条である。そこには、

今日蒙求講尺事、依兼日約諾菅少納言章長朝臣来臨、以補注講之。表并序二至甯誠乳虎講之。其所作神妙也。(7)

（今日『蒙求』講尺の事、兼日約諾するに依りて菅少納言章長朝臣来臨し、「補注」を以て之を講ず。表并序二より「甯誠乳虎」に至るまで之を講ず。其の作す所神妙なり。）

とあり、学者菅原章長が徐子光の新注によって『蒙求』を講じたとされるが、その具体的な講義内容については記されていない。日本において行われた「徐注蒙求」の講義の具体的内容を伝えるものとして最も早いものは、清原宣賢の『蒙求聴塵』である。

二、清原宣賢の『蒙求』講義

(1) 清原宣賢の『蒙求』講義の記録

前節に引用した京都大学附属図書館清家文庫蔵『標題徐状元補注蒙求』写本の各巻末の奥書には、清原宣賢が『蒙求』講義を行った具体的な日時や場所が記されている。その奥書には次のようにある（〔 〕は双行）。

▽上巻

史記前後漢書已下以本書校正之同又加首書訖

侍従三位清原宣賢

依三福寺長老裕翁発起毎日講之 此巻 自十月二日始至同

十八日
終〔但此内四ヶ日／闕〕
　皆大永四年　　侍従三位清原宣賢
享禄二年於能州畠山左衛門佐義総亭講之〔始六月廿七日
終七月十八日／十三ヶ度〕
▽中巻
享禄二年七月於能州畠山左金吾義総亭
講之〔始十九日終八月朔／十一ヶ度〕
天文十一年於私宅講之　　環翠軒宗尤
▽下巻
享禄三年三月於能州畠山左金吾義総亭講去
年下向之時下巻不及講之上洛依結約当年
亦北征終此巻〔始十六日終廿二日／十二ヶ度〕　環翠軒宗尤
天文十四年四月十四日於越州一乗谷慶隆院講始之　六月
十四日
講終　三十七度全部相終　　宗尤

右の奥書からは、清原宣賢がまず大永四年（一五二四）に三福寺の長老裕翁の求めに応じて『蒙求』を講義したこと、その後天文十四年（一五四五）にかけて「能州畠山左金吾義総亭」や「越州一乗谷慶隆院」といった場所で、当地の戦国武将に対して『蒙求』講義を行ったことが記されている。当時、能登の畠山氏や越前の朝倉氏ら地方の武将は、学問や文化をたいへん重んじ、しばしば京都の学者を招いて中国の典籍に関する講義を求めた。[8] 清原宣賢による『蒙求』講義もその一環として行われたものであり、『蒙求聴塵』は宣賢晩年の『蒙求』の講義録である。それでは宣賢は『蒙求』所収の謝霊運の故事をいかに地方武将に講義したのであろうか。

（２）清原宣賢の『蒙求聴塵』

現在、慶應義塾図書館が所蔵する『蒙求聴塵』写本は、清原宣賢自筆の『蒙求』講義録である。[9]『蒙求聴塵』は、『標題徐状元補注蒙求』の注文の語句を抜き出し、それを見出し語として、当該部分に対する解釈を主として漢字片仮名交じりの日本語によって行ったものである。左にその「霊運曲笠」の部分を挙げる。論述の便宜上、見出し語毎に改行し、記号を付した。記号は、前節に挙げた『標題徐状元補注蒙求』の注文に付した記号（a～l）と対応する。

○霊運　世説言語篇、
a　曲柄笠トハ、柄ノ曲タル笠也、周武ノ殷紂ヲ伐時、蓋ヲサヽセラルヽニ、風カ吹テ、蓋ヲ吹折ルホトニ、遂ニ、曲蓋ヲ作ルト云、
b　孔隠士トハ、孔淳之字彦深ト云モノ也、
c　卿欲希――ソチハ、心ヲ高遠ニ、人ニスクレテ、モ

タント思ヘリ、ナニトテ、大官ノサス、曲蓋ヲハ、エ
忘スメキルソ、サテハ、人間ヘ出テ、三公ナトニ成テ、
曲蓋ヲサ、セタイト、大官ノ名利ノ方ヲ、心ニエ忘レ
ヌカト云、隠居シタキト云ハ、希二高遠《ヲ》一方也、人間
ヲ、イヤト思フ人カト思ヘハ、曲笠ヲ慕テ、キルヨト
也、

d1 謝答曰将——注カナキホトニ、此語ハ、慥ニハ知ラ
レス、

d2 但シ畏《ル》レ影《ヲ》者《ノハ》日中《ニ》走ト云ハ、愚痴ナル者ノ事也、日
中ニ影法師カ、ヲソロシイトテ走ハ、愚痴ナル者ノコ
ト也、然ハ、不レ畏レ影者ハ、賢者也、賢者ハ、真實
ニ、懐ヲ忘レサル也、至タル上ニテハ、人間世ノ振
舞ヲシテモ苦シカラス、我ハ、世間ニキル物ヲキテ
モ、大事ナシ、不レ畏レ影者ナルホトニ、曲蓋ヲキル
モ、世塵ニヨコレスト云、

d3 又義ニ、人間ヘ、吾カ影カミエンカト、畏ルヽホト
ノ隠者ハ、未熟ニテ、真實ニ、懐ヲ忘レスマイタル者
ニハアラス、我ハ、人間ニ影ノ見ヘンヲモ、畏レヌホ
トノ隠者ナルホトニ、此曲蓋ノ如キ笠ヲキテ、世上ノ
ハタラキヲシテモ、大事ナシト也、

d4 又義ニ、曲ノ字ニアタテ云、山林ニ隠ルヽ人ハ、イ
カニモ、正直ニアテコソ、ヨカルヘキニ、正直ナル事
ヲハ不好メ、曲蓋ヲ好テキルハ、不審ト、孔隠之カ問
也、謝カ答ニ、身ヲ正直ニモチタサニ、曲蓋ヲキル
ト云、カノ笠ノヤウニ、曲テハサテト、戒メンタメニ
キル也、不善人ハ善人ノ師也ト云心也、此笠ノ影ヲ不
レ畏者ハ、正直ニナク、懐ヲエ忘レヌモノ也、我ハ笠
ノ影ヲ畏レテ、笠ノ如クニ、曲ル者ハ、ワルキソト思
フホトニ、我ハ懐ヲ忘レスマイタル者也ト云、

e 南史謝灵——

f 襲封——康樂襲二父爵一

g 即得池塘——此句ハ、更ニ奇特モ、ナキヤウナルカ、
忽然ト、云イ出シタル処カ、工《タクミ》ナリ、秋水清《キメ》如レ練《ネリキヌノ》
ト作カ如シ、更ニ工ニナケレトモ、其マヽナル、処カ、
工ナル也、

h 登躡——コレヲ、登山ノ屐ト云、

i 有逆志——弃市ハ、市ニテキラル、也、自制ノ詩ヲ
作リシ也、

j 灵運——

k 宋文——詩モ筆迹モ、人ニスクル、ホトニ、二宝ト
云

l 常著二木屐一、上レ山去前歯、下レ山去後歯、与二何長

瑜等㆒為㆓四友㆒見荀氏[10]

『蒙求聴塵』の注解は、例えば右に挙げたeやjの部分のように、見出しのみが立てられていて具体的な解釈はなされていない箇所もある。しかしながら、一方、cの部分においては、清原宣賢は孔淳之の謝霊運に対する批判を詳しく日本語に翻訳し、またdの部分においては、「影を畏れる者」の故事についてきわめて詳細な注解を加えている。このように、宣賢の注釈は、箇所によって多寡、繁簡の差が大きいものであるが、以下、『蒙求』「霊運曲笠」に対する宣賢の注釈の特徴や、漢籍の利用状況について考察を進めてみたい。

まず注目すべきは、aで宣賢が述べる「曲柄笠」に対する解釈である。この「曲柄笠」なるものについて、『太平御覧』等の中国古代の類書は、しばしば崔豹『古今注』の記事を引用する。

▽『太平御覧』巻七〇二・服用部四・蓋

崔豹古今注……又曰、曲蓋、太公所作。武王伐紂、大風折蓋。太公因折蓋之形而制曲蓋焉。戦国常以賜将軍。自漢朝乗輿用之。因謂睥睨蓋。有軍号者、賜其一焉。[11]

（崔豹『古今注』……又曰く、曲蓋は、太公作る所なり。武王紂を伐つに、大風蓋を折る。太公蓋を折るの形に因りて曲蓋を制れり。戦国常に以て将軍に賜ふ。漢朝より乗輿に之を用ふ。因りて睥睨蓋と謂ふ。軍号有る者に、其の一を賜ふ。）

しかしながら、aの部分における宣賢の解釈は、この『古今注』よりも、左に挙げる『古今合璧事類備要』の記載に近い。

▽『古今合璧事類備要』外集六十・傘扇門・蓋

曲蓋：武王伐紂、大風折蓋、遂為曲蓋。[12]

（曲蓋：武王紂を伐つに、大風蓋を折り、遂に曲蓋と為る。）

宋・謝維新撰『古今合璧事類備要』は、中世以後の日本の著作に頻繁に引用される書籍である。宣賢がここで参照した書物も、『蒙求聴塵』の注釈文との重なりから考えると、『古今合璧事類備要』であったと判断できる。このように宣賢の抄物は、当時日本において中国典籍が学ばれた際、その基本としていかなる参考書が利用されたのか、その状況を知る手がかりを伝えてくれるものなのである。

それでは続いてdの部分についてみる。ここは、孔淳之の批判に対する謝霊運の回答部分に関する解釈である。宣賢はまず、d1の部分で、『蒙求』の注文が謝霊運の回答について何の解釈も施していないことを指摘している。実際、謝霊運の回答がいかなる意図を含むものなのか、明白ではない。しかし宣賢は、謝霊運の回答、すなわち「将に影を畏れざる者は未だ懐《かい》を忘るること能はず」という一文に対して詳密な検討を加え、三種の異なる解釈を提示している。

宣賢ははじめにd2の部分で、影を畏れる者は愚人で、影を畏れない者は賢人であるとし、謝霊運の回答は、自らは影を畏れない賢人と同様、たとえ曲蓋を使用したとしてもその心は世俗世界に汚れるものではない、と主張しているのだと述べる。しかし続いて宣賢はd3の部分で、これとはまた異なる解釈を示す。すなわち、自分の影が見えてしまうと畏れる隠者は未熟であって、真の隠者は高遠な精神を備えているため、たとえ自分の姿が人びとに見えたとしてもそれを畏れない、したがって謝霊運自身もたとえ曲蓋のような笠を身につけて世間で活動したとしてもどうということはないのだ、という主張だと解する。そしてさらにd4で宣賢は、「不善人は善人の師」という『老子』の一節(13)を引きながら、三種目の解釈を提示する。それは、謝霊運は真の隠者となるために、故意に曲柄の笠をかぶり、自らが笠の柄のように曲がらず、真っ直ぐな人間であるようにと、いつも忘れることなく戒めているのだ、というのである。

これらの解釈の一一が、中国において行われていた解に基づくものなのか、あるいは日本で、あるいは宣賢独自の読みを反映するものなのか、判断することは難しい。しかしこの謝霊運の謎かけめいた回答の真意に迫ろうと、宣賢は『蒙求』の注文中の（『世説新語』を引く部分の）文章構造や含意の徹底的な分析を試み、かつ、隠者のあり方をめぐって、謝霊運の発言を基点としてさまざまな想像や思考を繰り広げているのである。すなわちこうした詳密な研究方法が、清原宣賢という十六世紀当時を代表する学者の学問のありようであったのである。

宣賢の『蒙求聴塵』は、こうした特徴をみせるほか、当時日本に伝来して間もない中国のさまざまな典籍を積極的に利用して注解を施していることにも注意すべきである。例えば、Iの部分は『氏族大全』（『新編排韻増広事類氏族大全』）からの引用である。

▽『氏族大全』（新編排韻増広事類氏族大全）去声四十禡韻

西堂吟夢：謝霊運、幼穎悟、文章之美、与顔延之為江左第一。世称顔謝。与族弟恵連為刎頸交。毎対之輒得佳語。嘗於永嘉西堂思詩不就、忽夢恵連、即得池塘生春草之句。常云此語有神助。宋元嘉中、為永嘉守。郡有名山水、肆意遨遊。尋山陟嶺、必造幽峻。登躡常著木屐、上山去前歯、下山去後歯。与何長瑜等為四友。見荀氏。小字客児。襲父爵封康楽公。世称謝康楽。(14)

（西堂吟夢：謝霊運、幼にして穎悟、文章の美たるは、顔延之と江左第一為り。世 顔謝と称す。族弟恵連と刎頸の交を為す。之に対する毎に輒ち佳語を得。嘗て永嘉の西堂にて詩を思ふも就らず、忽ちに恵連を夢み、即ち「池塘生春草」の句を得たり。常に云く此の語は神助有りと。宋の元嘉中、永嘉守と為る。郡に名山水有り、意を肆にして遨遊す。山を尋ね嶺を陟り、必ず幽峻に造る。登躡するに常に木屐を著き、山に上るときは前歯を去り、山を下りるときは後歯を去る。何長瑜等と四友を為す。荀氏に見ゆ。小字は客児。父の爵を襲ぎて康楽公に封ぜらる。世に謝康楽と称す。）

元代に成立した『氏族大全』は、姓氏を韻によって配列して人物に関する故事を列挙する事典的な類書で、日本では早くは元刊本に基づく五山版があり、(15) 十五世紀後半に成立した一条兼良の『源氏物語』注釈書である『花鳥余情』にも夙に引用が確認できるものである。(16) 宣賢の『蒙求聴塵』には、他にも『氏族大全』からの引用があるが、(17) ここで注意したいのは、宣賢は『氏族大全』を引く場合、それを訓読したり日本語に翻訳することはせず、漢文の原文のままでそれを引用することである。実際、『蒙求聴塵』にはこのように、中国の典籍から原文をそのまま引用する箇所が少なからずみられる。そしてそれらはおおよそ、清原宣賢の時代からさほど遡らない時期に日本に伝えられた、新来の典籍を引く場合にみられる現象である。清原宣賢は、日本に伝来して間もない『氏族大全』に謝霊運に関する記事を見出し、『蒙求』講義においてそれを積極的に取り込み利用したものと考えられる。

なお、『蒙求聴塵』の謝霊運故事に関する注解の中には、『氏族大全』以外にも、中国から伝来して間もない新しい中国典籍の利用を確認することができる。

gの部分は、謝霊運が夢の中で得たという「池塘生春草」の佳句に対する注釈である。宣賢はここでまず、この句は特別に新奇なものというわけではないが、忽然と口をついて出たところに巧みさがある、と述べる。そしてそれに続いて「秋水清如練」との一句を同様の佳句として挙げるのであるが、それではこの「秋水」の句はどこから出たものか。

これは、明・楊基の「清渓漁隠」詩の第一句から引いたものと思われる。『眉庵集』巻二に収載する「清渓漁隠」詩には、

清渓秋水清如練　清渓の秋水は清きこと練の如し
歴歴魚蝦皆可見　歴歴たる魚蝦皆見るべし
……(18)

とある。それでは清原宣賢はいずれのテキストによってこの詩句を知り得たのか、また何ゆえこの詩句を並べ掲げて、「池塘生春草」の句の巧みさを解釈したのか、その具体的な経緯は未詳である。しかしともかく、宣賢によるこの詩句の

引用は、当時の日本の知識階層が非常に積極的に中国の新しい時代の詩文を摂取し学ぼうとしていた様相を伝える。清原宣賢の時代の日本の知識人の間では、「詩聯句」や「和漢聯句」等の文学活動がたいへん流行していた。宣賢の当該部分の解釈は、そのように積極的に詩文の創作が学ばれていた当時の状況において、詩文を学び作ろうとする人びとに対して、謝霊運の詩句に類する中国最新の佳句の存在を伝えようとするものであったのではないか。

以上、宣賢の『蒙求』講義を通して、日本における謝霊運故事の伝承の軌跡とともに、『蒙求』所載の故事を解釈するために宣賢が中国より伝来した各種の典籍をいかに利用しているのかをみた。こうした宣賢の講義内容や方法を通して、その講義を受けた日本の知識階層の学習環境や彼らが欲した知的情報の一端をも推し量ることができよう。

さて、清原宣賢以後も、日本においては『蒙求』に対する学習はなおも続く。その中で、『蒙求』講義の代表的存在といえるのは、宇都宮遯庵の『蒙求詳説』である。

三、宇都宮遯庵の『蒙求詳説』

宇都宮遯庵は、漢文初学者のための注釈書を数多く撰述した儒学者である。(19) その著作の一つである『蒙求詳説』（天和三年（一六八三）刊）は、日本における最も詳密な『蒙求』注釈書である。その体例は、『標題徐状本補注蒙求』の原文を掲げ、その後でその中の語句に対して詳しい漢文による注解を付すものである。左にその「霊運曲笠」の部分を挙げる。引用文中の**ア**〜**ニ**は、宇都宮遯庵が注解を施した箇所を示す。また注釈内容を分かりやすく表示するために、注釈の条毎に改行して示すことにする。

霊運曲笠

ア世説新語。謝霊運好イ載曲柄笠。ウ孔隠士謂曰、卿欲希心高遠。何不能遺曲蓋之貌。エ謝答曰、将不畏影者未能忘懐。オ南史、謝霊運晋カ車騎将軍キ玄之孫。学博覧群書。ク文帝之美、与ケ顔延之為江左第一。コ襲封康楽公。世称謝康楽。為サ永嘉大守。郡有名山水。素所愛好。肆意遊シ遨。ス族弟セ恵連十歳能属文。霊運嘉賞之云、毎有篇章、対恵連、輒得佳句。嘗於永嘉西堂思詩。竟日不就。忽夢見恵連。即得ソ池塘生春草。大以為工。常云、此語有神助。非吾語也。後為タ侍中。免官。尋山陟嶺必造幽チ峻。登ツ躡常テ著木屐。起為ト臨川ナ内史。有逆志徙ニ広州棄市。霊運詩書皆兼独絶。毎文竟、手自写之。宋文帝称為二宝。

ア

世説新語―‥『世説新語』三載之。

イ　戴笠：戴字或作載者誤。

ウ　孔隠士：孔淳之、字彦深。

エ　謝答曰―：『世説』註『荘子』云、漁父謂孔子曰、人有畏影悪跡而去之走者。挙足愈数而迹愈多、走愈疾而影不離。自以為尚遅。疾走不休、絶力而死。不知処陰以休影、処静以息跡。愚亦甚矣。子脩心守貞、還以物与人、則無異矣。不脩身而求之人、不亦外事者乎。

オ　南史謝霊運―『南史』列伝第九載霊運伝。

カ　車騎将軍：見前。

キ　玄：謝玄也。『晋書』巻七十九列伝四十九有謝玄、字幼度。

ク　文帝：宋文帝、名義隆、小字車兵。武帝長子。

ケ　顔延之：顔延之、字延年、臨沂人。『南史』有伝。

コ　襲封―：霊運之祖謝玄封康楽県公。父瑍又封康楽公。故曰襲封。○『字書』、嗣爵曰襲爵。

サ　永嘉：『大明一統志』、温州府有永嘉郡。

シ　遨：遨亦遊也。

ス　族弟：『爾雅』曰、族父之子相謂為族昆弟。○又曰、父之従祖昆弟為族父。○和名於保於保知乎知。

セ　恵連：謝方明子也。『南史』列伝九有謝恵連。

ソ　池塘生春草：按『石林詩話』、『吟窓雑録』等、池塘生春草、園林変夏禽。一聯之評有之。○又按『大明一統志』、温州府永嘉郡有夢草堂。其下曰在旧郡治宋建、取謝霊運夢得池塘生春草之句為名。

タ　侍中：出前。

チ　峻：須晋切。高也。険也。

ツ　躡：『韻会』、昵輒切。『説文』、蹈也。『広韻』、履也。又登也。

テ　著木屐：本伝此下曰、上山則去前歯、下山則去其後歯。

ト　臨川：郡名。属楊州。

ナ　内史：出前。

ニ　広州：出前。貪泉処。[20]

宇都宮遯庵による右の注釈には、清原宣賢とは異なる新たな情報が加えられていることが注目される。以下、いくつかの点について具体的にみる。

まず、**ア**において遯庵は、『蒙求』注文の出処について「世説新語三載之」と注記する。謝霊運の故事を載せる「言語」篇を巻三に置くのは、明の王世貞刪定『李卓吾批点世説新語補』である。こうした注記は、明代成立の『世説新語補』を受容し利用していた十七世紀の日本における読書状況の一端を伝えるものである。

これ以外にも、**ツ**に引かれる元の熊忠撰の『古今韻会挙要』（大徳元年（一二九七）成立）、またサとソに引用されている明の李賢等撰『大明一統志』（天順五年（一四六一）成立）等の中国典籍も近世日本において盛んに利用されたものである。

また右の『蒙求詳説』において特に注目したいのはソの部分である。遯庵はここで『大明一統志』（巻四十八・温州府・宮室・夢草堂）[21]を引いて「温州府永嘉郡」の「夢草堂」について紹介する他、宋・葉夢得の『石林詩話』と宋・陳応行の『吟窓雑録』等の詩話を引く。これはこの時期、宋代以降陸続と出現した詩話が日本にも大量に伝来し、詩文創作を行う人びとに中国の詩文に関する新たな情報がもたらされたことを反映するものである。謝霊運が夢で謝恵連に会い「池塘生春草」の佳句を得たという逸聞は、早くは梁・鍾嶸の『詩品』中の謝恵連の条にみえるが、その後さまざまな詩論や詩話に繰り返し記し留められている。[22]それでは遯庵は何ゆえ特にこの二種の詩話を取り上げ、注解に利用したのであろうか。

『石林詩話』は、謝霊運の当該詩について、次のように述べる。

「池塘生春草、園柳変鳴禽。」世多不解此語為工、蓋欲以奇求之耳。此語之工、正在無所用意。猝然与景相遇、借以成章、不仮縄削、故非常情所能到。詩家妙処、当須以此為根本、而思苦言難者、往往不悟。[23]

（「池塘春草生じ、園柳鳴禽変ず」。世多く此の語工為るを解さず、蓋し奇を以て之を求めんとするのみ。此語の工は、正に意を用ふる所無きに在り。猝然と景と相遇し、借りて以て章を成し、縄削に仮らず、故に常情の能く到る所に非ず。詩家の妙処、当に須らく此を以て根本と為すべけれども、思ひ苦にして言難き者、往往にして悟らず。）

ここで葉夢得は「池塘生春草…」の句について述べ、この句がことさらに意を用いず作られたことによって、かえって通常の詩歌が達成できない「妙処」に自ずと到ったのだ、とする。ここで注意したいのは、この『石林詩話』の内容が、南宋・魏慶之の『詩人玉屑』に引用されていることである。[24]『詩人玉屑』は日本でも中世から近世にかけてよく読まれ、大きな影響を与えた詩話である。[25]遯庵は、『詩人玉屑』を通して『石林詩話』所載の謝霊運詩に関わる記事を知り、注釈に引用した可能性が考えられる。

また、遯庵が引くもう一つの詩話『吟窓雑録』は、二箇所において「池塘生春草」の句を取り上げる。一箇所は巻七で、皎然の『詩議』が謝霊運の当該句と「明月照積雪」の二句を比較し評したのを引くところ、[26]もう一箇所は巻三十八「評品」で、客人と舒王の当該句についての対話を紹介するところである。

▽巻七・僧皎然撰『詩議』

池塘生春草　明月照積雪

評曰、客有問予謝公此二句優劣奚若。予曰、池唐生春草、情在言外。明月照積雪、旨冥句中。風力雖斉取興各別。……

（池塘春草を生ず　明月積雪を照らす／評して曰く、「客有りて予に問ふに謝公の此の二句優劣奚若んぞと。予曰く、池塘春草生ずは、情言外に在り。明月積雪を照らすは、旨句中に冥し。風力斉しと雖も興を取ること各おの別なり。……）

▽巻三十八「評品」

謝霊運詩

池塘生春草、園柳変鳴禽。

霊運坐此詩得罪、遂託以阿連夢中授此語。有客以請舒王曰、不知此詩何以得名於後世、何以得罪於当時。舒王曰、権徳輿已賞評之、公若未尋繹爾。客退而求徳輿集了無所得、復以為請舒王誦。其略曰、池塘者泉州瀦漑之地、今曰生春草是王沢竭也。豳詩所紀一虫鳴則一候変、今曰変鳴禽者候将変也、客以語士夫、士夫益服舒王之博。[27]

（謝霊運詩／池塘生春草、園柳変鳴禽。／霊運此の詩に坐して罪を得、遂に託すに阿連の夢中に此の語を授くるを以てす。客有りて以て舒王に請ひて曰く、「此の詩の何を以てか名を後世に得、何を以てか罪を当時に得たるかを知らず」と。舒王曰く、「権徳輿已に之を賞評す。公若し未だ尋繹せざるか」と。客退きて徳輿集を求めども了に得る所無く、復た以て為に舒王に誦ふを請ふ。其れ略曰く、「池塘は泉州瀦漑の地、今「生春草」と曰ふは是れ王沢竭くるなり。豳詩の紀する所一虫鳴けば則ち一候変ず、今鳴禽を変ずと曰ふは候将に変はらんとするなり」と。客以て士夫に語り、士夫益ます舒王の博たるに服す。）

日本には現在『吟窓雑録』の明嘉靖四十年（一五六一）刊本が伝存しているが、当該の刊本を収蔵しているのは内閣文庫のみで、この書物がどれほど日本に普及していたのか、詳細は分からない。しかしとはいえ、江戸後期の文政九年（一八二六）には、『吟窓雑録』の和刻本が刊行されており、流通していていたことが知られる。[28]遯庵の注釈に『吟窓雑録』が引用されるのも、江戸期に当該の詩話が通行していた状況を反映するものと考えられる。

おわりに

小稿は、『蒙求聴塵』と『蒙求詳説』という日本の中近世の抄物と注釈書を通して、日本における『蒙求』所載の謝霊運故事の受容や学習状況について考察を行った。清原宣賢や宇都宮遯庵らは、『蒙求』を説く際、いずれも各種さまざまな中国文献を利用、参考しながら詳密な解釈を施しており、中には日本に伝来して間もない新着の資料も含まれていた。両者とも、中国から伝来した典籍の情報を積極的に取り込み、知識を更新しながら読解、学習していこうとするものであった。また小稿が取り上げたのは「霊運曲笠」という著名な詩人謝霊運の故事に関わる箇所であったが、日本の抄物や注釈書においてはこれに対して、類書や辞書などの基本的な参考書籍のみならず、宋代以後に現れた詩話や明代の詩文などの文学に関わる資料をも駆使して読解を広げ、深めていることをみた。抄物や注釈書が載せる情報は、一つ一つの項目にみえるものは断片的な情報ではあるが、しかしながらそれらの各項目は、中近世の日本において中国の文献がいかに解読され、また中国から伝来した典籍がいかに利用されていたのか、その実際状況を伝える重要な情報を含み持つものである。

小稿が対象とした清原宣賢や宇都宮遯庵は、中近世日本を代表する学者であり、他にも数多くの著作を残している。それらの著作においてはまた、いかなる中国古文献が利用されているか、そこにいかなる文献学的価値が発掘できるかなど、残された課題については今後も引き続き検討を続けていきたい。

注

（1）柳田征司『室町時代語資料としての抄物の研究』（武蔵野書院、一九九八年）。田中尚子『三国志享受史論考』（汲古書院、二〇〇七年）等。

（2）小稿は、四書註釈書研究会『清原宣賢漢籍抄翻印叢刊』の刊行計画のもと行っている翻印作業を基点とするものである。

（3）池田利夫編『蒙求古註集成』上巻（汲古書院、一九八八年）参照。

（4）余嘉錫撰『世説新語箋疏』（中華書局、一九八三年）参照。

（5）『旧唐書』および『新唐書』において丘淵之の「淵」字は避諱によって「深」字に改められている。

（6）京都大学附属図書館清家文庫蔵写本『標題徐状元補注蒙求』巻中（5-67／モ／2貴）、清原業賢写、清原宣賢附訓・書入、四〇ウ～四一オ。京都大学貴重資料デジタルアーカイブによる。興膳宏・木津祐子編『京都大学附属図書館所蔵貴重書漢籍抄本目録』（京都大学附属図書館、一九九五年）参照。

（7）『実隆公記』巻四上（続群書類従完成会、一九六一年再版）参照。

（8）米原正義『戦国武士と文芸の研究』（桜楓社、一九七六年）参照。

（9）慶應義塾図書館編『慶応義塾図書館蔵和漢書善本解題』（慶應義塾図書館、一九五八年）参照。

（10）慶應義塾図書館蔵『蒙求聴塵』中、四〇オ～ウ。

（11）李昉等撰『太平御覧』第三冊（中華書局、一九六〇年）。

（12）明嘉靖三十一～三十五年（一五五二～一五五六）刻本、国立国会図書館デジタルコレクション参照。

（13）『老子』第二十七章に「善人、不善人之師。不善人、善人之資」とある。

(14) 宮内庁書陵部蔵元刻十巻本。王大路・林辰責任編集『日本宮内庁書陵部蔵宋元版漢籍影印叢書』第一輯（線装書局、二〇〇一年）参照。

(15) 『氏族大全』については、住吉朋彦『中世日本漢学の基礎研究 韻類編』（汲古書院、二〇一二年）を参照。

(16) 河野貴美子「『花鳥余情』が説く『源氏物語』のことばと心――「漢」との関わりにおいて」（『国文学研究』一七五、二〇一五年三月）参照。

(17) 例えば『蒙求聴塵』中「許詢勝具」に「『排韻』曰、許詢《ハ》晉《ノ》高士也、劉惔云、清風明月、恨無《ラクハ》レ玄度《コトヲ》。又曰、支遁字道林、天竺人《ナリ》、与二許詢一、講二維摩經一。杜詩云、空忝二許詢輩一、難レ酬二支遁詞一、云々」とあるのも『氏族大全』（上声語韻、平声支韻）からの引用。

(18) 『眉庵集』巻二（景印文淵閣四庫全書、第一二三〇冊、台湾商務印書館、一九八六年）参照。

(19) 長尾直茂「宇都宮遯庵小伝」（『斯文』一二一、二〇一二年三月）参照。

(20) 『蒙求詳説』巻九、天和三年刊本（早稲田大学図書館蔵、ヌ8-4737）。

(21) 『大明一統志』（三秦出版社、一九九〇年）参照。

(22) 中国文学史における「池塘生春草」句の評価については、中森健二「謝霊運「池塘生春草」句をめぐって――唐宋文学批評の一側面」（『学林』三〇、一九九九年三月）、荒井礼「六朝の人の詩は当に神を以て会すべし――「池塘生春草」を中心に」（『中国文化』七四、二〇一六年六月）等参照。

(23) 『石林詩話』の引用は景印文淵閣四庫全書、第一四七八冊、台湾商務印書館、一九八六年による。

(24) 『詩人玉屑』巻十三・六代（中華書局、二〇〇七年）参照。

(25) 住吉朋彦「『詩人玉屑』版本考」（『斯道文庫論集』四七、二〇一二年）参照。

(26) 『吟窓雑録』が引く『詩議』および『詩式』については、興膳宏「皎然『詩式』の構造と理論」（『中国文学理論の展開』清文堂出版、二〇〇八年）、永田知之「皎然『詩式』の構造――摘句と品第」（『唐代の文学理論――「復古」と「創新」』京都大学学術出版会、二〇一五年）を参照。

(27) 中国国家図書館蔵明鈔本による。王秀梅整理『吟窓雑録』（中華書局、一九九七年影印）参照。

(28) 『吟窓雑録』については、張伯偉「論《吟窓雑録》」（『吟窓雑録』下冊、中華書局、一九九七年）。永田知之「『吟窗雑録』小考―詩学文献としての性格を探る試み」（注26前掲『唐代の文学理論――「復古」と「創新」』）を参照。

〔Ⅵ　禅林における展開〕

日本中世禅林における謝霊運受容

堀川貴司

ほりかわ・たかし――慶應義塾大学附属研究所斯道文庫教授。専門は日本漢文学。主な著書に『書誌学入門　古典籍を見る・知る・読む』(勉誠出版、二〇一〇年)、『五山文学研究　資料と論考』(正・続、笠間書院、二〇一一・二〇一五年)などがある。

唐宋詩に比べ『文選』に代表される六朝詩は、日本中世禅林においてあまり受容されているとは言いがたいが、唐宋の詩集およびその注、詩話や類書を通じて、その逸話や佳句が知られ、間接的な受容がなされた。謝霊運をめぐるそのような様相を、五山僧たちの読書範囲から探る。

一

中世禅林、特に室町中後期において、謝霊運と聞いて思い浮かべるイメージは、次の詩によるものが大きいだろう。

　謝霊運墓　　黄子耕(1)

心雑難為蓮社友　心　雑なれば蓮社の友と為り難し
翻経肯与俗流通　経を翻して肯《あ》へて俗流と通ぜんや
可憐一対登山屐　憐むべし　一対　山に登る屐《げき》
埋在池塘芳草中　埋《うづ》もれて池塘芳草の中に在り

『錦繍段抄』(寛永九年刊本による)ではこのように解釈する。

遠法師、廬山デ白蓮社ヲ結ンデ居リシ時、霊運モ社中へ入ラント欲シタレドモ、雑心アル人デ有ルトテ入レザルゾ。白蓮社ニテ経ヲ翻スルニ、俗流ナドハイヤゾ。霊運ヲバ俗流ト指スベシ。サテ、三四ノ句ハ、霊運永嘉ノ守護ニテ有リシ時、山へ登リナドシテ遊ブ時、上ルトテハ屐ノ前ノ歯ヲノケ、下ルトテハ後ノ歯ヲノケテアリシ。一対ノ屐ハ、今日ハ池塘芳草ノ墓ノ中ニアルマデゾ。只草墓ノ中ニ有ルト云フ心マデヨ。池塘ノ草ト云フハ、霊運ガ族弟謝恵連ト、刎頸ノ交ヲ成シタゾ。霊運、恵連ニダニ相ヒ対スレバ佳句ヲ得タゾ。一日永嘉ノ西堂ニイテ、詩ヲ作ラント思フ興ガ有ツタゾ。然ルニ何ト案ズレドモ詩ガ成ラザルゾ。然ル処デ、忽チ卒土眠リタレバ、恵連ヲ夢ニ見タゾ。見ルト同ジ様ニ、池塘春草生ズト云フ句ヲ得タゾ。去ル程ニ、此ニ池塘芳草ト云フゾ。心ハ故事ニ見マイゾ。

或抄、心雑――、(中略) 詩ノ心ハ、遠法師ハ霊運ガ雑心アリトテ蓮社ニ入レザレバ、後ニ果シテ謀反ヲ起シテ誅セラルルナリ。去リナガラ、涅槃経ヲ翻訳シテ、俗流ニハ交ラザルゾ。(後略)

絶句という短い詩形のなかに、逸話を三つ（または四つ）取り入れて構成している。

前半二句は慧遠《えおん》法師が廬山において作った白蓮社《びゃくれんしゃ》という仏教信仰の結社に、謝霊運が参加を拒否されたという話である。第二句の解釈は二つあり、最初のものは、蓮社での経典翻訳作業には雑心のある人間は参加できないから、という拒否の理由を述べると解する。「或抄」に記されるのは、しかし霊運自身涅槃経を翻訳するなど、俗流とは一線を画す信者であった、とするものである。後者の解釈だと逸話が一つ増える。

第三句は登山の上り下りに便利なように、下駄の歯の前後を取り外して歩いた、というもの。第四句は有名な池塘春草のエピソードだが、「心ハ故事ニ見マイゾ」とあるように、恵連との友情という故事のテーマはこの詩の解釈上不要で、墓の風景を描写するのに表面的な意味を利用した、としている。

この四つを含め、当時知られていた謝霊運の逸話について見ていきたい。

二

(ア) 慧遠に白蓮社への参加を拒否されたこと

北宋の禅僧覚範慧洪《かくはんえこう》の詩話『冷斎夜話』巻九「慧遠自以宗教為己任」に見える。

謝霊運欲入社、遠拒之曰、是子思乱、将不令終。盧循反、而遠与之執手言笑。謂遠知人、則何暗於循。謂不知人、則何独明於霊運。遠自以宗教為己任、而授詩礼於宗雷輩、与道安諌苻堅勿伐洛陽同科。父子於釈氏、其可謂純正而知大体者邪。 (五山版による)

同じく北宋の禅僧である仲霊契嵩《ちゅうれいかいすう》の記した、慧遠が六人の僧俗に対する態度を論じたうち、「謝霊運以心雑不取、而果没于刑。蓋識其器而慎其終也。盧循欲叛、而執手求旧。蓋自信道也」(『鐔津文集』巻十三、また『仏祖歴代通載』巻七にも見える）とあるのに基づく記述。内容は、「慧遠は謝霊運の参加を拒否する理由として、この人は心が乱れていて、一生を全うできないだろう、と言った（その通り、謝霊運は流刑先で罪に問われて処刑された）。ところが、盧循が反乱を起こしたときには、仲良く手を取って談笑した。一体彼は人を見る目があるのだろうか――慧遠は仏の教えを広めることを任務と思っていたが、白蓮社メンバーで俗人の宗炳・雷次宗には臨機応変に儒学の書物を教えた。これは、師匠の道安が異民族の苻堅の信頼を得て洛陽討伐を思い止まらせようとしたのと同様の方便である。師匠も弟子も、純粋で大局を知る心の持ち主だから、矛盾するように見える行動も僧侶としての信念に基づいたものだ」となろうか。

（イ）『涅槃経』を翻訳したこと

謝霊運は僧慧厳および慧観（慧遠の弟子）とともに、先行する二種の訳を統合した『大般涅槃経』（南本）を完成させたことが知られている。『三体詩』増註本巻三所収、黄滔「游東林寺」の末尾「翻訳如曾見、白蓮開満池（翻訳曾て見るが如し、白蓮開いて池に満つ）」の注に次のようにある。

盧山記、謝霊運即東林翻涅槃経日、鑿台植蓮池中。詩意謂見白蓮猶見霊運。(2)

『廬山記』からの引用で、謝霊運が廬山の東林寺において涅槃経の翻訳に従事していたとき、台を掘って池を作り蓮を植えた、というもの。注釈者はこれに基づき、作者は白蓮が池いっぱいに咲いているのを見て、まるで謝霊運がここに生きているかのようだ、と表現した、と解釈している。

（ウ）登下山の時下駄の歯の片方を外して歩いたこと

正史『宋書』『南史』の謝霊運伝では、生地会稽において、祖父の代から引き継いだ土地を使用人を使って開発するため、深山幽谷も厭わず巡回した、という時の逸話となっているが、元代の類書『新編排韻増広事類氏族大全』辛集では、謝恵連との有名なエピソードに続いて、次のように記す。

宋元嘉中為永嘉守郡。有名山水、肆意遨遊。尋山陟嶺、必造幽峻。登躡常著木屐、上山去前歯、下山去後歯。

（五山版による）

宋の元嘉年間（実際にはそれより前の永初年間）に永嘉郡（浙江省温州）の太守となった。ここは素晴らしい自然のある場所で、気持ちの赴くまま険しい山々を尋ね歩いた。そのときにはいつも木の下駄を履き、上るときには前の歯を外し、下るときには後ろの歯を外して歩いた――このような行動によって自然からのインスピレーションを得たからこそ、太守時代の山水詩の名作が生まれたのだ、という話になっている。

同時代の類書『新編事文類聚翰墨全書』丙集・氏族門にも

やや節略した形で載るほか、詩文作成に必要な典故表現を題材別に分類集成した『聯新事備詩学大成』（五山版）には、巻二十・人事門・山行に「陟嶺着屐」として上記引用文の「尋山」以下を（小異あり）、巻二十二・衣服門・履に「遊山屐」として同様に（ただし途中「岩嶂数十重、莫不備尽」の語句が加わっている）載せる。

他に、『三体詩』増註本巻一、薛能「遊嘉陵後渓」の第一句「山屐経過満径蹤」にもこの故事が注として付されている。なお『錦繡段』では張万里「送魯子元江西省宣使」の第一句「登山愛着謝公屐」でも使われている。

（エ）夢に謝恵連を見て「池塘生春草」の句を得たこと

『文選』巻二十二所収「登池上楼」の一節に関するもの。『南史』謝恵連伝（父の謝方明伝に付すもの）に見える。『氏族大全』では次のように記す（『翰墨全書』も同文）。

族弟恵連為刎頸交。毎対之、輒得佳語。嘗於永嘉西堂、思詩不就。忽夢恵連、即得池塘生春草之句。常云、此語有神助。

ふだん対面していると刺激を受けて詩心が湧いてくるところ、離ればなれになっても夢で同様の刺激を受けた、というものである。他に『詩学大成』では巻十五・親属門・寄兄に「得句池塘」および巻十七・儒学門・詩賦に「西堂夢」に載る（文章は小異あり）。

『南史』でも永嘉太守時代の話として見えるが、同書では、永嘉太守を辞めて会稽に戻ってから初めて会って、父方明にも見抜けなかった恵連の才能を見抜き、傲岸不遜の霊運が唯一重んじて刎頸の交わりを行った、とあるので、これを信じれば類書の記述には若干の虚構が含まれている。

禅林でよく読まれ、五山版もある詩話集成『詩人玉屑』巻十三には、『文選』の三謝（霊運、元暉、恵連）のうち、特に霊運のこの句と元暉の「澄江浄如練」を取り上げて「所謂混然天成、天球不琢者歟」（天然自然に出来上がっていて、人工の跡が見えない）と評するものや、「池塘生春草、園柳変鳴禽」の一聯の巧みさを、巧まずして成ったところにある、とするものを載せている。

詩句の素晴らしさのみならず、友情や夢といった道具立てが揃っているためか、謝霊運の逸話のなかでは例外的に、禅林において詩の題材として多く取り上げられる。詳しくは本誌岩山泰三氏論文を参照されたい。

三

他にはどのようなものがあるだろうか。

（オ）会稽太守孟顗を侮辱したこと

『南史』に見える逸話で、『東坡先生詩』巻二、虔州八境図八首その五の第三句(3)「成仏莫教霊運後（成仏は霊運の後ならしむること莫かれ）」の注に、次のように引かれている。

南史云、会稽太守孟顗事仏精勤。而為謝霊運所軽。嘗謂顗曰、得道応須恵業、丈人、生天当在霊運前、成仏必在霊運後。

霊運の住む会稽の太守が熱心な仏教徒であったのをからかって、「悟りを得るためには、優れた知恵を備えなければならない。それがないあなたは、六道のうち天道に生まれ変わることは私より先にできても、輪廻から解脱して成仏するのはきっと私よりも後だ」と言った、という話である。『仏祖統紀』『仏祖歴代通載』『隆興編年通論』といった年表形式の禅宗史書にも、謝霊運刑死の記事のなかで言及される。蘇詩の注釈書『四河入海』二ノ三では次のように解釈している。

（いくつかの説が列挙されているが、わかりやすいもの一つを引く）

孔周翰（虔州の知事だったときに八境図を作り、蘇軾に詩を求めた本人―引用者注）ハ国ノ守護ナレバ、政事ニツイテ隙ナイ程ニ、参禅スル事モナイゾ。サル程ニ只叢林ヲ望ンデハ、アハレ、アソコヘ行テ参禅ヲセイデ、ト云テ愁フルゾ。サル程ニ、「成仏……」坡ガ孔ニ示シテ云ゾ。霊運ト云ハ、必ズシモ肝要ニハナイゾ。只言（いふこころ）ハ、ヅント人ヨリヲクレテ成仏ハセマイゾ。チツトモ人ニハヲクレマイゾ。（中略）参禅ナンドハ世間ノ福業ゾ。其ハ云ニタラヌゾ。只恵業ヲ修シテ成仏スル事ハ、人ヨリ後ニアツテハ口惜シキコトゾ。世間ノ福業ヲ修スル事ハ、世間ノ人ガ我ヨリサキニスルトモ、其ハハカライデ有ルゾ。恵業ヲ修シテ成仏センコトハ、人ニヲクレテハサテゾ、ト坡ガ孔ニ示シタゾ。

（抄物資料集成により、表記を改め句読点・濁点を加えた）

行政官としての職務に忙しいあなたは、参禅修行ができないと歎いているが（この部分は、この詩の第一・二句「使君那暇日参禅、一望叢林一悵然」の内容）、あなたは恵業を修して、世間一般の参禅修行の人たちよりも早く成仏できるはずだ、と励ましている、とする。つまり、謝霊運に皮肉られた太守のようにはなるな、という意味だ、と取るのである。

実は白居易にもこの故事を用いた詩がある。『白氏文集』巻六十七「酬夢得以子五月長斎延僧徒絶賓友見戯十韻」（白居易が仏道修行に熱心な余り友人との交友が途絶えたのを皮肉った劉禹錫からの詩に答えたもの）で、末尾に「虚空若有仏、霊運恐先成（虚空若し仏有らば、霊運恐らくは先に成らん）」とある部分がそれで、「仏道修行をからかうあなたはさぞかし恵業があることでしょうから、霊運と同様、私より先に成仏することでしょう」というもので、こちらも謝霊運の故事をひねって用いる。(4) やはり、霊運のこのような言動が刑死の遠因になったという見方が根強かったため、直接的・肯定的には用いにくかったのであろう。

(カ) 柄の曲がった笠を好んだこと

もとは『世説新語』に見える話で、中世禅林では『蒙求』の「霊運曲笠」で知られただろう。

謝霊運好戴曲柄笠。孔隠士謂曰、卿欲希心高遠、何不能遺曲蓋之貌。答曰、将不畏影、未能忘懐。

（『蒙求古注集成』所収五山版による）

柄の曲がった笠を好んで使っていた謝霊運に隠者の孔淳之が「高遠な心を求めているあなたが、なぜ（高貴な身分の人が使う）曲がった柄の笠にこだわるのか」と問うたところ、霊運は「（『荘子』に言うように）自分の影を恐れる者はまだ何物かに囚われている（他人の外形を気にする人はまだ自分自身が外形に囚われている）ということか」と言った、という。(5)

(キ) 処刑に臨んで維摩像に自分の鬚を移植したこと

詩話集成として『詩人玉屑』と並んで流布した『苕渓漁隠叢話』前集巻四十・東坡三に見える。

緗素雑記云、劉公嘉話云、晋謝霊運鬚美、臨刑、因施為南海祇洹寺維摩像鬚、寺人宝惜、初不虧損。中宗朝、安楽公主五日鬥百草、欲広其物色、令馳駅取之。又恐為他所得、因剪棄其余。今遂無。（後略）

唐の中宗の娘、安楽公主が、五月五日の端午の節句に行われる闘草に出すため、謝霊運の鬚を維摩像から抜き取らせ、他の人の手に渡らないよう、残りも全部処分させたという。この故事を蘇軾が詩に利用しているが、安楽公主を別人と誤認して詠んでいる、というのが『緗素雑記』の記述の主旨である。

当該詩は、中世禅林に流布した王状元本（あるいはそれを少し改編した増刊校正本）には収められていないが、同書巻二所収「鳳翔八観」のうちの「維摩像唐楊恵之塑在天柱寺」もこの故事に触れて「田翁俚婦那肯顧、時有野鼠銜其髭（田翁俚婦那んぞ肯へて顧みん、時に野鼠の其の髭を銜む有り）」と詠む。その注には謝霊運の故事とともに、この詩に唱和した弟蘇轍の詩の一節も引いている。

『四河入海』は、「民ドモガ此像ヲ恭敬スル事ヲモシラヌゾ。只野（鼠ノ有）テ巣ニスルヤナンドカアルマデゾ。」として、天英なる僧の偈頌「鼠児此夜銜髭去、直至而今総不言」を引いた後、上記『漁隠叢話』の全文も引いている。

（ク）　顔延之が鮑照に謝霊運と自分との詩の優劣を問うたこと

　これは彼自身の言動ではないが、詩人としての評価に関わる重要な逸話といえる。『南史』顔延之伝に見えるもので、『新編事文類聚』別集巻九・文章部・詩上に「芙蓉錦繍」と題して引用される。

　顔延之問鮑昭（照）己与霊運優劣。昭曰、謝五言如初発芙蓉、自然可愛。君詩若鋪錦列繍、亦雕絵満眼。〈南史〉

　顔謝と併称される二人だが、鮑照は、謝霊運の詩を芙蓉（ここは蓮ではなくタチアオイの類か）の花が開花したときに喩え、顔延之のそれを錦繍を敷き並べたり、目の前いっぱいに彫刻や絵画を見せられたときに喩えた。顔の詩は豪華絢爛だがいかにも作り物であるのに対し、謝のそれは巧まずして美しい自然さがある、と言ったのである。

四

　さて、これらの故事を創作に用いた例はどの程度あるだろうか。

　ウに由来する「山屐」の語は見られる。例えば南江宗沅の作、

　春雨客至

小巷高踪俄見臨　　小巷　高踪　俄かに見臨
開門山屐暮泥深　　門を開けば　山屐　暮泥　深し
渓舟衝雪王郎興　　渓舟　雪を衝く　王郎が興
不及佳人春雨今　　及ばず　佳人　春雨の今に

は『中華若木詩抄』に採られていて、第二句の「山屐」について次のように注する。

　山屐ハ、謝霊運ガ屐ニ好キテ、山へ上ル時ノ屐ト山ヲ下ル時ノ屐ト、様ヲ変ユル也。山へ上ル時ニハ前ノ歯ヲ除キ、山ヲ下ル時ニハ後ノ歯ヲ除ク也。此詩ニ必シモ其意ヲ深クハ取ルマイ也。山屐モ只ハ云ワヌト心得タレバ、可也。（新日本古典文学大系による）

　故事を説明した後、この詩においては特にそれを踏まえて解釈する必要はなく、単にしゃれた言い方として使ったまでだと考えればよい、とする。確かにこの詩では、春雨でぬかるんだ道をわざわざ尋ねてきてくれた客の友情がテーマであるから、作者の意図としては、歯に付いた泥に焦点を当てるために屐という語を用いたまでであって、登山のときに歯を取り外すという話には発展させるとかえって話が混乱するだろう。冒頭で引用した『錦繍段抄』が詩の第四句について「心ハ故事ニ見マイゾ」と注したのと同様である。

　そのものずばり、屐をテーマにした詩が虎関師錬にある

（『済北集』巻二）。

木屐

多時雖償脚頭債　多時　脚頭の債を償ふと雖も
遊興難禁海嶠春　遊興　禁じ難し　海嶠の春
閑憶草鞋踏雪断　閑かに憶ふ　草鞋　雪を踏んで断ゆること
争如木屐上山親　争《いか》でか如《し》かん　木屐　山に上つて親しむに
為他両歯含泥土　他の両歯に泥土を含むが為に
令我双趺去垢塵　我が双趺《そうふ》をして垢塵を去らしむ
可惜謝公欠前後　惜しむべし　謝公　前後を欠いて
一回来往一回新　一回の来往　一回　新たなるを

ざっと意味を取れば、「長年、行脚修行の義務は果たしてきたつもりだが、春の海や山に遊びたい気持ちが抑えられない。静かに思い浮かべてみる——雪を踏んで歩くうちに草鞋が切れるのもいいが、木の下駄で山登りするほうがもっといい。ふたつの歯に泥が詰まっていけばいくほど（歩きにくくなって、その苦労によって）両足から世俗の汚れが消えていくから。謝霊運は惜しいことをした、上り下りで前後の歯を取り外して、泥を詰まらせることもなく、毎回歩きやすい下駄で登山したから、私のように煩悩を去ることができなかったのだ」となろうか。故事を真っ正面から取り上げて、そこに禅僧らしい立場から皮肉を込めた表現になっている。

五

そもそもこういった故事だけでなく、作品そのものの受容についても検討すべきところだが、中世禅林において『文選』はあまり受容されず、従って作品に接する機会もあまりなかったのではないかと思われる（わずかに『古文真宝前集』に「直中書省」が収められるくらい）。林羅山が『文選』の謝霊運詩を読んだ感想を「池塘芳草一夜之夢未覚、初日芙蓉四時有花不凋」（池塘の芳草、一夜の夢未だ覚めず、初日の芙蓉、四時に花有りて凋まず）（『羅山林先生文集』巻五十四・題跋に収める「題選詩謝霊運詩後」）と記しているのが目に付いたが、これも直江版の刊行など、王朝漢文学への回帰という新傾向に棹さすものであろう。しかしその感想でウとクの故事を用いたところは五山の影響を引きずっているとも言える。

とはいえ故事自体も、エおよびウくらいしか目立った受容例がない。人物故事の画題を多く収める江戸初期成立の画論『後素集』(6)には、詩人だと陶淵明・杜甫・李白・白居易・林逋・蘇軾・黄庭堅らが複数の画題で載るのに対し、謝霊運のものはない。やはり、作品・故事・画題は連関しあって受容が広がるのであろう。
本稿では、中世禅林の僧侶たちの読書範囲のなかで、謝霊運に関する記述がどのくらいあるのか、という視点で資料を探った。これには、現代通行の各種データベース以外にも、当時の禅僧が作成した人物別故事成語集とでもいうべき『名庸集』（中本大編『名庸集　影印と解題』和泉書院、二〇一三年）および『詩聯要津』（慶應義塾大学附属研究所斯道文庫蔵写本）が大きな手がかりとなった。そこでは類書や詩話だけでなく、『三体詩』や『東坡先生詩』といった広く読まれた詩集の注が、彼らの知識源として参照されていることが改めて認識できたのは、思わぬ副産物であった。

注

（1）この詩は、江西龍派編『新選集』では僧北山の作として収められるが、『錦繡段』ではこのように作者名が黄子耕となっている。『錦繡段』はもともと『新選集』『新編集』という先行する中国詩選集からの抜粋により作られていて、編集の際、『新選集』でこの詩の直前に配列されている「淵明酔石」詩の作者名黄子耕を誤って写してしまったものであろう。
（2）五山版は日を曰、末尾の運を進に誤刻するが、近世初付訓本で訂されている。
（3）『連珠詩格』巻二にも「虔州寺」という題で収められている。なお、注のなかの「丈人」を、和刻本では「文人」と誤刻している。
（4）新釈漢文大系『白氏文集』十二上（明治書院、二〇一〇年）参照。謝思煒《白居易詩集校注》（中華書局、二〇〇六年）の指摘があること、岡村繁「典故の効用」（全日本漢詩連盟 http://zenkanren.sakura.ne.jp/02toukoukikou/25zuisou/2531tenkonokouyou.html に載るコラム）に述べる。
（5）新釈漢文大系『世説新語』上（明治書院、一九七五年）の解釈による。
（6）山崎誠「後素集とその研究（上）」（『調査研究報告』一八、一九九七年六月）参照。

山居詩の源を辿る
――貫休と絶海中津の謝霊運受容を中心に

高　兵兵

絶海中津の詩に「山居詩十五首次禅月韻」がある。それは絶海が明朝に渡って、杭州の中天竺に居る時期に、晩唐の詩僧貫休の「山居詩」二十四首のうち十五韻を選んで次韻をした作である。本稿は、貫休と絶海の「山居詩」を中日仏教山居詩の系譜に入れて考察をし、さらにその源を辿るべく、中国六朝時代の文学特に謝霊運の「山居賦」との関わりを明らかにする。

はじめに

中世の詩僧絶海中津（一三三六～一四〇五）は、同時代の義堂周信（一三二五～一三八八）とともに五山文学の「双璧」とされ、特に文よりも詩の方が古今において独歩の才とされてきた。[1] 彼の詩文集『蕉堅藁』後が世に伝わるが、詩が一六五首しか収まってないのは惜しい限りである。

絶海中津は一三六八年に明朝に渡って、杭州などの地を歴遊し、九年も滞在していたが、その間杭州の天竺寺において創作したと思われる[2]「山居十五首次禅月韻」（七言律詩）が『蕉堅藁』に収まっている。十五首という、一六五首のほぼ十分の一を占め、彼の代表作と言えるが、もっぱらこれを取り上げる論文はあまりない。[3] またこれは、中国晩唐の詩僧である貫休（八三二～九一三）の「山居詩」に次韻した作であり、中国文学との関わりという角度からでも、日中仏教交流史の面からでも、注目すべき作品群だと思われる。

また、絶海が次韻した貫休の「山居詩」は後世広く流布し、

がお・びんびん――西北大学文学院教授。専門は日本漢文学・日中比較文学。主な編著書・論文に『雪・月・花――由古典詩歌看中日審美之異』（三秦出版社、二〇〇六年）、「菅原道真の〈贈物詩〉をめぐって」（『中古文学』七八、二〇〇六年、中古文学会賞受賞論文）、『長安文化国際研究翻訳叢書』七冊（編集、三秦出版社、二〇一二～二〇一四年）などがある。

僧侶による「仏教山居詩」という一大ジャンルの形成につながったとされ、(4)重んじられてきている。本稿は、前稿(5)を踏まえながら、絶海と貫休の作品を、中日「山居詩」の系譜の中に入れて考察し、さらにその源を謝霊運の「山居賦」まで遡ることができると考え、三者の共通項を提示することを目的とする。

一、絶海中津の「山居詩」と貫休

絶海中津の「山居十五首次禅月韻」（七言律詩）は文字通り、晩唐の詩僧貫休の作品に次韻したものである。

貫休の原詩は二十四首であり、『禅月集』巻二十三に「山居詩」と題されており、序文も付く。

序曰：愚咸通四五年（八六四、八六五）中、於二鍾陵一作二山居詩二十四章一。放レ筆、稿被レ人将去。厥后、或有三散書於二屋壁一、或吟-詠於二人口一、一首両首时时聞之、皆多字句舛錯。洎乾符辛丑岁（八八一年、中和元年）、避レ禍三於二山寺一、偶全獲二其本一。風調野俗、格力低濁、豈可レ聞三於二大雅君子一。一日抽レ毫改レ之、或留之、除之、修之、補之、却成二二十四首一、亦斐然也。蝕木也、概山謳之例也、或作者气和、始为二一朗吟之可一也。

（『禅月集』巻二十三）

この序文によると、貫休の「山居詩」は当初江西省の「鍾陵山」に居た時期に詠まれたものであり、稿本がたちまち人に持ち去られ、世間に広く流布した。そして貫休が十数年後に別の山寺で偶然にもまたその全本を見つけ、再び丁寧に手入れをしたものとわかる。

絶海は、貫休「山居詩」二十四首のうち、十五首を選んで次韻して詠んだ。

表1に示したように、絶海は貫休「山居詩」二十四首より十五首の韻を選び、「蹊」を意識的に「渓」になおした以外、(6)忠実に韻を踏まえている。なお、次韻であるため、両者にはいくつかの類似性がある。

一つは、ともに一首目において山居の動機と趣旨を示していることである。

人世由来行レ路難、閑居偶得三占二青山一。平生混レ迹樵漁裏、万事忘レ機麋鹿間。遠壑移レ松怜二晩翠一、小池通レ水愛二幽潺一。東林香火沃洲鶴、逸軌高風誰敢攀。（絶海1）

休レ話二喧嘩事事難一、山翁只合三住二深山一。数声清磬是非外、一个閑人天地間。緑圃空階雲冉冉、異禽霊草水潺潺。無人與向二群儒一説、岩桂枝高亦好レ攀。（貫休1）

しかも両者は、人世＝喧嘩、閑居＝閑人、樵漁＝山翁、逸軌＝非外などの言葉遣いに、似通った考え方が認められる。

表1　絶海次韻貫休「山居詩」韻字対応表

絶海	貫休	韻　字
1	1	山、間、潺、攀
2	2	頭、游、楼、流
3	5	廉、嫌、厌、繊
4	8	垂、枝、池、之
5	10	通、風、中、東
6	12	馨、苓、瓶、寧
7	14	霞、槎、花、麻
8	15	扉、帰、暉、稀
9	16	青、経、霊、醒
10	17	休、鷗、頭、柔
11	19	西、斉、啼、溪（蹊）
12	20	諧、階、崖、乖
13	22	滔、涛、高、袍
14	23	前、年、眠、天
15	24	同、宮、空、窮

つまり両者とも、人の世を避け、自然の景色に囲まれ、精神的な安閑を得ようとして山に居るという。

もう一つは、両者の詩に同じ言葉または類似した語句が多く見られること。

同じ言葉：忘機、移松、長嘯、紫術黄菁（精）、獼猴、一庵、石楼、楚水

類似表現：漢金屋（絶）＝満屋黄金（貫）、白頭懶剃雪垂垂（絶）＝鬢髪垂（貫）、茅茨（絶）＝茅屋（貫）、参苓（絶）＝茯苓（貫）、五侯（絶）＝漢諸侯（貫）、電露身心（絶）＝掣電浮雲（貫）

ほかにも、松と竹を対句に読んでいること（絶海13、貫休8）、山居の幽寂を描いていること（絶海8、貫休4）、秋葉か落花を掃く行為を詠んでいること（絶海4、貫休7）なども共通している。

さらに、畳字と対句の多用も両者においては同様であり、全体的な雰囲気が類似する作が見られる。例えば以下の同韻の作は、全体的に高い類似性を示している。

無数峰巒囲㆓梵宮㆒、自然不㆔與㆑世㆓相通㆒。菖蒲石畔冷冷水、茉莉花前細々風。溪獺祭㆑魚青蘋裏、杉雞引㆑子白云中。有㆑山何處能如此、憶得蓬莱碧海東。（絶海5）

五岳烟霞連不㆑断、三山洞穴去應㆑通。石窗敲㆑枕疏疏雨、水碓无㆑人浩浩風。童子念㆑経深竹裏、獼猴拾㆑虱夕陽中。因思㆓往事㆒抛㆓心力㆒、六七年来楚水東。（貫休10）

しかし、以上のような類似性を持ちながら、絶海独自の展開も少なくない。畳字と対句の使用頻度は、貫休が対句をよ

り大量に用いているのに対し、絶海はより畳字を多用している。貫休は、「猛鋭」「崛奇」と評されるように(7)、山居詩の対句も、紅と緑のような強烈な色彩対比描写など、奇抜な表現が多いのに対し、絶海の対句の多くは、「和レ煙藤蔓侵二門牡一、経レ雨苔花上二架頭一」（絶海10）のような穏やかなものである。

全体的な内容と情緒も、絶海と貫休とでは異なる。例えば、絶海の詩にはふるさと日本を偲ぶ内容が見られるのに対して、貫休のそれには逆に放浪する解放感が見られる。それから、絶海の詩は山居ののどかさと楽しさを描写することが多いのに対して、貫休のそれには、寂寥な心情と落ちぶれに対する憤懣が多い。つまり、絶海は貫休「山居詩」に次韻し、表現や風格も多少貫休の跡を追うようなものがあるが、境遇と心情描写には独自な展開をなしたと言える。

二、「山居詩」の系譜——貫休から絶海まで

絶海が貫休「山居詩」の次韻作を創ったのは、個人的に詩僧貫休に対する崇敬と追慕によるものであろうが(8)、それだけではない。それは貫休「山居詩」の影響力によることが大きいと思われる。前述したように貫休自身が「山居詩」は、書いたばかりのものがすぐに人に持ち去られ、世に広く伝わったらしい。そして十数年後に手入れをした後のものを「山謳之例」と自評している。つまり、「山居詩」の手本となるだろうという自負が見られる。はたしてそれは、貫休が期待したとおり、後に禅僧や文人たちにこよなく好まれるようになり、「次韻」や「和韻」の作品が大量に現れ、宋・元・明・清の歴代にわたって、禅僧たちの「山居詩」が一つの独立したジャンルとして成り立っていたほどである(9)。

現存貫休「山居詩」に和韻したものの早い例に、宋・鄭剛中（一〇八八～一一五四）の「義栄見‐示三和二禅月山居詩一、盥読数過、六根洒然。但餘素不レ暁二佛法一、今以三受‐持二孔子教中一而見三於二窮居之所日用者一、和成二七首一」（『全宋詩』巻一六九三）というのがある。これによると、鄭剛中は貫休の山居詩に和韻したのではなく、義栄という人が「禅月山居詩」に和韻したものにさらに和したものと分かる。義栄という名前から見れば、それは僧侶である可能性が高いし、内容も鄭剛中の言う「仏法」に関わるものであろう。義栄の詩は伝わらないが、この一例から、宋代において貫休「山居詩」が文人や僧侶の間で流行していた様子が窺える。

日本では、「藏叟和尚跋慶雲谷錄尾云、南堂説レ法、或詠二貫休山居詩一、或唱二柳耆卿歌一、謂三非二説法一可耶。」（中岩圓月（一三〇〇～一三七五）『東海一漚集』巻四「藤蔭瑣細集」）と、

藏叟善珍（一一九四～一二七七）の『雲谷和尚語録跋』に書かれているように、「南堂」即ち大随元静（一〇六五～一一三五）が説法の際に貫休の「山居詩」を詠ずることがあったと分かる。この例からは、貫休「山居詩」が早くも日本五山僧の間で流行していた様子が窺える。

貫休以前にも、王維の「山居秋暝」や皎然の「山居示二霊徹上人一」などとあるように、詩題に「山居」が見える詩がないわけではないが、「山居」のみを題とし、しかも連作であるという点から見れば、確かに貫休が始まりのようである。ただしそれと同時に、貫休一人が始めたことでもなかったようである。『全唐詩』を調べた限りでは、常達（八五〇年頃生存）の「山居八詠」（五絶）（『全唐詩』巻八二三）と李咸用（八七三年頃生存）の「依‐韻二修睦上人一山居十首」（七律）（『全唐詩』巻六四六）がある。李咸用の詩は修睦上人「山居十首」の韻に依って作られたという。つまり、修睦上人も「山居十首」を作っていたと分かる。

常達も修睦も貫休と同じように僧侶である。これが重要なポイントである。つまり、九世紀の後半に、貫休を含む僧侶たちが相次いで「山居」の連作を詠んだことになる。それは何を示しているのだろうか。

右に挙げた詩人李咸用は、修睦上人と親交があり、二人の間に詩歌の往来も多い。そして李咸用が「読二修睦上人歌篇一」の序文に「李白亡、李賀死、陳陶趙睦尋相次。須知代不レ乏二騒人一。貫休之後、唯修睦而已矣。」（『全唐詩』巻六四四）と、修睦と貫休を並べて褒め称えている。またこの序文に出ている「陳陶」という詩人も、実は貫休と修睦とともに親交があり、しかもそれは、貫休が「山居詩」を最初に作っていた江西省滞在の時期であった。江西と言えば、洪州禅の発祥地でもある。つまり、李、陳そして貫休、修睦らの文人と僧侶がともに江西（洪州）の山に親しみ、禅法にも触れたのをきっかけに、一斉に「山居詩」を作り始めた可能性さえある。そうであれば、貫休以後歴代にわたって大勢の禅僧が「山居詩」を作った現象も解釈できる。要するに、「山居」の連作は、当初より仏教とくに南宗禅に連動して生まれたものと認識してもよかろう。

貫休のあとを追って、大量に「山居詩」を作った僧侶は禅師の永明延寿（九〇四～九七五）である。彼には「山居詩」と題する七言律詩六九首を残している。[10] この時期には、僧侶たちが作る「山居詩」というジャンルが完全に成り立っていたと言えよう。永明延寿以後宋から元までの、つまり貫休から絶海まで十首以上の「山居詩」を残した僧侶の状況を、**表2**で示しておく。[11]

表2　宋元禅僧山居詩一覧

時代	作者名及生卒年	詩題	数量	詩型	所見
宋	白雲守端（一〇二四―一〇七二）	法華山居	10	七絶	『白雲守端和尚語録』
	寶峰景淳（不詳）	山居詩凡數十解、今記十有二而已。（曉瑩『羅湖野錄』巻上）	12	七絶	『羅湖野錄』巻上 『全宋詩』巻三七三八
	道潛（一〇四三―一一〇六）	夏日山居	10	六絶	『參寥子詩集』巻一、『全宋詩』巻九一一
	呉山淨端（一〇三二―一一〇三）	山居詩	21	七絶	『呉山淨端禪師語錄』
元	無見先覩（一二六五―一三三四）	山居詩	10	七絶	『無見覩禪師語錄』巻下
		和永明禪師韻	69	七律	
	石屋清珙（一二七二―？）	山居詩	183	七律56 五律18 七絶94 歌15	『石屋珙禪師語錄』巻下
	栯堂益（未詳）	山居詩	40	七律	懺庵居士『高僧山居詩』
	希叟紹曇（？―一二九七）	六言山居	10	六絶	『希叟紹曇禪師廣錄』巻七
	中峰明本（一二六三―一三二三）	山居（「船居」「水居」「鄽居」各十首とともに「四居詩」と称す）	10	七律	懺庵居士『高僧山居詩』
	天如惟則（一二七六―？）	山居雜言	10	七絶	『天如惟則禪師語錄』巻四
	了堂惟一（？―一三四〇）	山居詩	10	七絶	『了堂惟一禪師語錄』巻三

この表から見れば、永明延寿以後でも、七言律詩が変わらず「山居詩」の主流でありながらも、七言絶句、六言絶句、五言律詩も増え、歌行体のものまで現れた。それから、元代に至ると、生涯において何回も、しかもさまざまな形で大量の「山居詩」を創る僧侶も複数現れた。つまり、僧侶たちの「山居詩」は徐々に日常化且つ多元化していったと言える。

日本には、絶海に先立って、道元（一二〇〇～一二五三）も「山居十五首」（七絶）を残している。[12]「十五」という数字が、絶海と道元で一致するが、中国僧侶の「山居詩」にはその数は見付からない。それは道元と絶海の間に影響関係があることを示すのだろうか。しかし、道元の「山居詩」は、貫休と絶海のそれに比べて、韻脚が比較的に単一であり、内容も「世俗紅塵飛不レ到、深山雪夜草庵中」（二首目）や「只此見聞無レ所レ染、草庵秋色夜渓声」（八首目）などのような、静寂な山中に閉じこもって修禅する自我の境界を描くものばかりで、詩というよりも偈に近い。それが中国元代僧侶「山居詩」の全体的な雰囲気と一致する[13]し、七言絶句という詩型も宋元時代「山居詩」の流れと合う。**表2**からわかるように、道元が生きていた十二世紀前半は、偶然にも中国僧侶たちの「山居詩」が見付からない、つまり空白期であった。道元の「山居詩」はうまくその空白に当てはまる。道元のものによって、貫休以後絶海以前の中日両国「山居詩」の系譜がより完備するものとなる。

以上のように、貫休と絶海の間において、中日両国の禅僧による「山居詩」が一大ジャンルを形成し発展していった。今までの研究では、中国と日本それぞれの「山居詩」の展開についての論考があるものの、双方を一つの事柄として考えるものはなかった。道元と絶海など日本の禅僧による「山居詩」を含んでこそ、初めて禅僧「山居詩」の全貌が明らかとなったと言えよう。

但し、絶海の「山居詩」が貫休の詩に次韻したことを忘れてはいけない。道元の「山居詩」が、永明延寿以下とくに元代僧侶のそれに近く、詩を詠むよりも、修禅の境界を示すことに重点を置いたものである。それに対して、貫休と絶海の「山居詩」は、禅の理屈よりも、非常に詩性に富んでいる。絶海はやはり詩人であった。貫休の「山居詩」に次韻したのも、その溢れ出る詩性と詩情に心が打たれたからに違いない。

三、「山居詩」の源
——謝霊運「山居賦」の影響を中心に

祁偉氏の見解では、貫休以前において、「山居詩」は文人によるものと僧侶によるものと二分することができ、両者はまったく異質なものであったという[14]。祁氏のまとめた両者の特徴を下記の**表3**で示しておく。

表3　文人と僧侶による「山居詩」の相違

身分	場所	内容	思想	空間	人間関係
文人	別業	写景と抒情	隠逸	開放的	交遊
僧侶	山林	仏理と修行	脱俗	閉鎖的	孤独

祁氏は、文人の例の代表として王維の「山居秋暝」「山居即事」などを挙げ、僧侶の例の代表として皎然の「山居示霊徹上人」を挙げている。しかし、はたして身分によってそう

簡単に分けることができるのだろうか。王維が「詩仏」とも言われ、その詩には佛理が含まれているし、僧侶貫休の「山居詩」にも、写景と抒情が溢れている。要するに、貫休は僧侶による「山居詩」の量産の始まりであり、その「山居二十四首」がいわゆる「仏教山居詩」[15]というジャンルの成立に直接的に拍車をかけたことは確かであろうが、禅理より詩性を重んじるという点では、後世即ち永明延寿以下の僧侶による「山居詩」と一線を引いたほうがよい。言いかえれば、貫休の「山居詩」は、文学性の高いものから宋代以降の禅理を主とするものに変化する途中の、ちょうど過渡期に当たるものであり、しかもどちらかと言えば詩的な性質がより大きいと思われる。

さらに、文学と仏教の両方と関わる「山居」と言えば、六朝時代に遡ることができる。貫休と絶海の「山居詩」に、

支公放鶴情相似、範泰論交趣不レ同。(貫休24)

東林香火沃洲鶴、逸軌高風誰敢攀。(絶海1)

と、ともに鶴を好むことで有名な晋の名僧支遁(三一四~三六六、字は道林)の名を挙げているが、支遁こそ一番最初に山居を構え、しかも「詠二利城山居一」(五言古詩)という「山居詩」を残した僧侶である。祁偉氏はこれについて「名僧でありながら、老荘思想を愛し、仏学に当時流行りの玄学を融合させた」(筆者訳)という理由で、やはり後世の「仏教山居詩」との間に一線を引いたが[16]、その必要はない。絶海は別の詩においても「偶当辞レ府似二禅月一、未即买レ山同二道林一。」(『蕉堅稿』53「将往近県留別観中外史」)とあって、つまり「自分の遁世は貫休のようにたまに官僚の門下を辞する程度のもので、まだ支遁のように山を買って住むほどではない」[17]と、貫休と支遁の名を並べており、両人物の生き方を意識的に比べている。このように、「山居」という主題を詠む際は、もはや支遁の名を抜いては成り立たないだろう。

支遁のあと、貴族文人でありながら、山居生活を好み、そしてそれを「山居賦」という壮麗な文学作品にしたのが謝霊運(三八五~四三三)である。「山居賦」は正史『宋書』に収録されるほどの代表作だと言える。永嘉の太守であった彼は、官僚生活が嫌になり、病気と称して辞任し、故郷の会稽始寧に戻り、父親の山荘を修繕して住むようになった。「山居賦」はその「始寧山荘」での生活及び心情を詠出した作品である。本文だけでも四千文字近くあるが、それでも十分伝えられないと思ったのか、さらに本文の文字を超える自注が添えられ、後世においてはおよそ「万言」と言われている。

「山居賦」の主な内容は、山居と市鄽の違いに対する強調、山中の景色と動植物の描写、山居生活に対する肯定と賛美、

山林を仏教修行の道場と見なす態度などであるが、これらが貫休そして絶海の「山居詩」においてもやはり主な内容となっている。貫休と絶海の「山居詩」を読んでいくと、どうしても謝霊運の「山居賦」を想起させる。

貫休「山居詩」と謝霊運「山居賦」の共通性に関して、傍島史奈氏は「ともに仏道という共通の宗教のために山居したことから、この二作は同じような性質を持っているといえる」と指摘した上で、「貫休が「山居賦」だけを意識して「山居詩」を作ったとはいえない。しかし、「山居」の下にわざわざ「詩」を置いて「山居詩（山居の詩）」と題し、二十四章もの連作を成した例は他にはない。「山居賦」が念頭にあったからこそ、「山居詩」という大作となったと考えてもおかしくないと思う。（中略）貫休に謝霊運の山居への敬意と共感があったことは確かであり、また、その山居における精神についても、共通するところがあったとは事実である。」と結論づけている。(18) まったく指摘の通りだと思われる。まず、貫休の「山居詩」がどうして数の多い連作でなければならないのか、それは謝霊運の「山居賦」との関わりを考えると疑問が解ける。両者は体裁が異なるものの、長大である点で共通しており、ともに物事を大量に羅列することを心掛けたように思われる。

そして謝霊運「山居賦」と貫休「山居詩」に共通する内容と精神は、絶海の「山居詩」にも継承されたと考えられる。以下、謝霊運・貫休・絶海三者の共通点を**表4**でまとめておく。

要するに三者は、①教理と文学表現を一つに融合させたこと、②山居と都市生活を対照的に捉えること、③山中の景色や動植物を満遍なく羅列すること、④山居での日常や仏教活動を肯定的に描写すること、⑤高僧や隠逸者の名前と事蹟を数多く挙げていること、⑥仏教用語を多く用いたことなどの共通点を持っていると言える。

もちろん、「山居詩」と「山居賦」には相違点も見られる。まず、貫休と絶海は、謝霊運のように山に自分の住まいを構えたわけではなく、山寺に一時的に滞在したにすぎない。それから、仏教と文学、この二つ一見矛盾している事柄を一つの作品に融合させた創めての人は謝霊運であるが、仏教対文学の比重で言えば、もちろん貫休と絶海は謝霊運より大きい。

以上の二点に僧侶と貴族の、仏教に対する姿勢の違いも窺えよう。つまり、繰り返しになるが、貫休の「山居詩」は、謝霊運「山居賦」や唐詩の文学的養分を十分吸い取りながらも、後世の偈頌的「仏教山居詩」の先河を切り開いたと言える。そして絶海中津は、同時代の偈頌的なものよりも、謝霊

表4　謝霊運「山居賦」と貫休・絶海「山居詩」共通項一覧

類似項	謝霊運	貫休	絶海
山居と都市の対照	・山居良有異乎市廛。 ・既非京都宮観遊獵聲色之盛、而敘山野草木水石穀稼之事。 ・故合宮衢室、皆非淹留、鼎湖汾陽乃是所居。	自古浮華能幾幾、逝波終日去滔滔。漢王廢苑生秋草、呉主荒宮入夜濤。滿屋黄金機不息、一頭白髪氣猶高。豈知知足金仙子、霞外天香滿毳袍。	・幽居日日心多樂、城市醺醺人未醒。 ・一場寥寥蝸室闊、九衢袞袞馬塵高。久知簪組為人累、制得荷衣勝錦袍。 ・茅茨敢擬漢金屋、軒砌聊誇堯土階。
山中の景物	田、湖、溪、谷。山川澗石、州岸草木。 ・汎泉傍出、潺湲於東簷。桀壁對峙、硿礲於西霤。修竹葳蕤以翳薈、灌木森沈以蒙茂。蘿蔓延以攀援、花芬熏而媚秀。日月投光于柯間、風露披清於崀岫。	綠圃空階、異禽靈草。三間茅屋、十裏松陰。明月清風、夕陽秋色。 ・石窗欹枕疏疏雨、水碓無人浩浩風。 ・翠竇煙岩畫不成、桂華瀑沫雜芳馨。 ・千岩萬壑路傾欹、杉檜濛濛獨掩扉。 ・劚藥童穿溪罅去、采花蜂冒曉煙歸。 ・古塹細香紅樹老、半峰殘雪白猿啼。	・濛濛空翠沾經案、漠漠寒雲滿石樓。 ・幽鳥有期春已晚、半岩細雨草纖纖。 ・菖蒲石畔冷冷水、茉莉花前細細風。 ・浮嵐濃翠濕窗紗、玉氣丹光接太霞。 洞口雲來藏怪石、溪頭水漲沒危槎。滴殘松桂溥溥露、落盡蘭苕淡淡花。 ・嫋嫋樵歌下杳冥、幽庭鳥散暮煙青。 ・瑤草似雲鋪滿地、琪花如雪照幽崖。
植物	竹、松柏檀櫟、楩楠桐榆、檿柘穀楝、楸梓檉樗。萍藻薀茨、藋蒲芹蓀、蒹菰蘋蘩、蕝荇菱蓮。	薜蘿、橡栗。紅蕖紅蘭、紅樹、桃花、杉、桧、松、桂、苔、蘚、竹、筍	松、竹、桂、蘭、苕 藤蔓、綠蘿、苔 菖蒲、茉莉
動物	魷鱧鮒鱮、鱒鯇鰱鯿、魴鮪魦鱖、鱨鯉鯔鱣。鶤鴻鶂鵠、鶖鷺鴇鶬。雞鵲繡質、鶬鸛綬章。晨鳧、時鷁、海鳥、朔禽。猨猩狸貛、犴獌猰猛、熊羆豺虎、羱鹿麕麖。	羆熊、獼猴、鹿、猿、狖、赤玃、澗鼠、山雞。	獼猴、青鹿、白狖、黄鳥。 (溪獺祭魚、杉雞引子。)
薬草や農作物	秫、秔、麻、麥、粟、菽。蓼蕺裸薺、葑菲蘇薑。綠葵、白薤、寒蔥、春藿。地黄、天門。細辛、溪蓀。鐘乳、丹陽。卷柏、茯苓。橘林、栗圃。桃李、梨棗。枇杷、林檎。	紫術黄菁、錦囊香麝。雲母、茯苓。葛苞、菌簇。	黄精紫術 葵藿、芋栗、參苓。 芋香、菜葉。 香草、小梨。 香芹、蕨。

類似項	謝霊運	貫休	絶海
山中の日常活動	山作水役、不以一牧。資待各徒、隨節競逐。 春秋有待、朝夕須資。既耕以飯、亦桑貿衣。藝菜當肴、采藥救頽。自外何事、順性靡違。法音晨聽、放生夕歸。研書賞理、敷文奏懷。 夏涼寒燠、隨時取適。階基回互、橑櫺乘隔。此焉卜寢、玩水弄石。邇即回眺、終歳罔斁。傷美物之遂化、怨浮齡之如借。眇遁逸于人群、長寄心於雲霓。	・好鳥聲長睡眼開、好茶擎乳坐莓苔。 ・白石橋高吟不足、紅霞影暖臥無厭。 ・養竹不除當路筍、愛松留得礙人枝。 焚香開卷霞生砌、卷箔冥心月在池。 ・薜蘿山帔偏能涓、橡栗年糧亦粗支。 ・閑行放意尋流水、靜坐支頤到落暉。 ・且為小囤盛紅粟、別有珍禽勝白鷴。 ・拾栗遠尋深澗底、弄猿多在小峰頭。 ・閑擔茶器緣青障、靜衲禪袍坐綠崖。	・遠壑移松憐晩翠、小池通水愛幽潺。 ・閉門雨後掃秋葉、繞樹風前收墮枝。 ・晨炊不羨五侯鯖、葵藿盤中風露馨。 霜後年年收芋栗、春前日日斸參苓。 聽經龍去雲歸洞、看瀑僧回雪滿瓶。 窮谷深林皆帝力、也知畎畝樂清寧。 ・浣衣溪水搖雲影、曝藥陽簷愛日輝。 ・卷中欣對古人面、架上新添異譯經。 ・綠蘿窗外三竿日、黄鳥聲中一覺眠。
隠逸者の故事	張良、赤松子、範蠡、浮丘、安期、廣成子、許由、愚公、涓子、庚桑楚、接輿、徐無鬼、老萊子、四皓、司馬相如、鄭子真、梁鴻、台佟、高文通。	宋纖、嵇康、孫登、蒙莊、阮籍。 龐居士	伯夷、叔齊。 陶淵明、葛洪。
高僧	曇隆、法流。	慧能、龍猛、惠休、支遁。	慧遠、支遁、曾燦、慧可、寒山、拾得。
仏教用語	鹿野苑、靈鷲山、堅固林、庵羅園。 招提、振錫。鐙王、香積。 經臺、講堂、禪室、僧房。 三世、六度、五眼。	一庵、雪樓金像。 煩惱錫、水晶宮、金剛、恆河沙。 掣電浮雲 龍藏琅函、霜鐘金鼓。無角鐵牛、生兒石女。 四禪天	梵宮、一庵、古佛。 電露身心

運と貫休のように、より文学的なものを創ったと言えよう。

おわりに

本稿は、絶海中津の「山居十五首次禅月韻」の創作背景より出発し、それを貫休の原詩とともに「山居詩」の系譜に入れて考察した。結論を再び簡単に以下の三点にまとめた。

一、「山居詩」は独立したジャンルであり、その始まりは貫休及び同時代の僧侶たちであった。背景としては、晩唐の戦乱に伴う詩僧や文人の詩遊があり、南宗禅の勃興とも関わりがあると考えられる。

一、「山居詩」は仏教と文学を融合させたものであるが、その源は謝霊運「山居賦」に遡ることができる。そして当初文学性に富んだものより、徐々に宋元以降の偈頌的ものに変わっていったが、絶海中津のそれは、謝霊運と貫休のような文学性の高いほうに近い。

一、日本の「山居詩」を、貫休のものとともに考察した先行研究は多少あり、中国側のものだけを扱う研究もあったが、両国の「山居詩」を同一の事柄として捉え、同じ背景のもとで考察し、系譜を完成させるものはなかった。この点において本稿の提示は有意義に思う。

注

（1）　絶海中津の詩に対する後世の評価は、江村北海（一七〇七～一七八二）『日本詩史』における「絶海、義堂、世多並称、以為二敵手一。余読二蕉堅藁一、又読二空華集一、（中略）如二詩才一、則義堂非二絶海敵一也。絶海詩、非レ但三古昔中世無二敵手一也、雖二近世諸名家一恐棄レ甲宵遁。」という叙述に負うことが大きいと思われる。

（2）　蔭木英雄『蕉堅藁全注』（清文堂、一九九八年）では、絶海「山居詩十五首次禅月韻」の第二首に「従教二菜葉一逐二渓流一」とあることから、これを絶海が「羚羊谷」（現在神戸市有馬町と西宮市の境にある）の「一葉渓」付近に隠居していた時つまり一三八四年ごろの作とするが、従わない。朝倉和『絶海中津の基礎的研究』（広島大学博士論文、二〇〇三年）では、この「山居十五首次禅月韻」前後の詩がすべて在明時の作という点と、第十一首の「愛此葛洪丹井戸西」というのは絶海が修行した杭州中天竺寺近くにある「葛洪井」を指すことから、これを絶海が在明していた期間の作とする。後者に従う。なお、朝倉氏に先立って、鈴木虎雄、川口久雄、寺田透、入矢義高、兪慰慈諸氏も、在明時作説を取っていた。

（3）　管見によれば、川口久雄「禅林山居詩の展開について——道元山居十五首と絶海山居十五首」（『花の宴』吉川弘文館、一九八〇年。一九七一年に初出）しかない。

（4）　祁偉『佛教山居詩研究』（商務印書館、二〇一四年）では、貫休以下清代まで歴代僧侶の「山居詩」が収録された『高僧山居詩』（懺庵居士輯、商務印書館一九三四年刊）をテキストにし、「仏教山居詩」の嚆矢が貫休「山居詩」二十四首であると論述した。

（5）　高兵兵「絶海中津「山居十五首次禅月韻」考弁」（『日語学習與研究』一八九、二〇一七年）。

（6）　貫休十九首目最終の句が「春至桃花亦満蹊」であるのに対し、絶海十一首目最終の句は「相携一笑嬾過渓」である。つまり絶海は「虎渓三笑」の典故を用いた。「渓」でなければおかしい。

（7）　『唐才子伝』巻十「貫休」に見る（傅璇宗編『唐才子伝校箋』中華書局、一九八七年）。

（8）　朝倉和「五山文学における禅月の受容——絶海中津『蕉堅藁』を起点として」（『禅文化研究所紀要』二六、二〇〇二年）によっては、「合計百七十二首中（他作を七首含む）、禅月大師に関連した詩が十六首もある」という。

（9）　注4の祁偉著書による。

（10）　『全宋詩』巻二に「延寿山居詩」として収録されている。また『慧日永明智覚寿禅師山居詩』（清光緒刻本）という単行本も流布していた。

（11）　注4祁偉著書のデータによってまとめた。

(12) 道元『永平広録』巻十に所収されたものであるが、引用は菊地良一「居山・山居　拈華の道祖は草庵のうち――山居十五首の偈をよむ」（『東洋文化』一六、一九九七年）による。
(13) 注4祁偉著書二四二頁を参照。
(14) 祁偉「佛教山居詩探源」（『武漢大学学報』六八―二、二〇一五年三月）。
(15) 注4祁偉著書の言い方による。祁氏は、貫休の「山居二十四首」を「仏教山居詩」の嚆矢としている。
(16) 注14祁偉論文。
(17) 『世説新語』巻下の下「排調」に「支道林因レ人就二深公一買二印山一。深公答曰、未レ聞二巣由買山而隠一。」とある。支遁が山を買って隠居すると言うから人に笑われたという故事。
(18) 傍島史奈「貫休「山居詩」二十四首について――謝霊運「山居賦」との関連にみる」（『未名』一九、二〇〇一年三月）。

テキスト

入矢義高校注『五山文学集・蕉堅稿』（新岩波日本古典文学大系、一九九〇年）
蔭木英雄『蕉堅藁全注』（清文堂、一九九八年）
顧紹伯『謝霊運集校注』（中州古籍出版社、一九八七年）
胡大滲『貫休歌詩系年箋注』（中華書局、二〇一一年）

五山の中の「登池上楼」詩——「春草」か、「芳草」か

岩山泰三

いわやまたいぞう——山東大学外国語学院講師。専門は日本中世禅林文学。主な著書に『唐物語』（共著、講談社、二〇〇三年）、『一休詩の周辺——漢文世界と中世禅林』（勉誠出版、二〇一五年）などがある。

謝霊運「登池上楼」の詩句「池塘生春草」とそれに因む故事は、五山詩の中でよく引用されるが、「春草」より「芳草」の語が用いられることが多い。特に和韻詩で、対象となる詩や作者の境地を称揚するとき「芳草」がよく用いられる。このような傾向が生じた原因について、五山詩の性格に基づいて考察する。

一、「少年易老」詩

筆者が五山における「登池上楼」の受容状況に関心を持ったのは、「少年易老学難成」で始まる絶句について検討したときからである。これは朱熹の「偶成」として知られていたが、平成年代には五山僧の詩文集に作者名の異なるものが幾つも発見されるようになった。筆者はそれらを「少年易老」詩という総称で呼ぶことにして、その解釈などを試みた。(1) それらの中から『覆簣集《ふくきしゅう》』（一五四二年成立）(2) という五山詩の選集に収録されているものを挙げておく。題は「進学軒」、作者は江西龍派とされている。

①少年易老学難成　一寸光陰不可軽　未覚池塘芳草夢　堦前梧葉已秋声（少年老い易く、学成り難し。一寸の光陰、軽んず可からず。未だ覚めず、池塘芳草の夢。堦前の梧葉、已《すで》に秋声）

『覆簣集』には注が付されており、この詩の転句が『南史』列伝の故事に基づくことが指摘されている。つまり、謝霊運が詩を作ることができずに悩んでいたが、夢の中で従弟の謝

恵連と出会ったところ、「池塘生春草」の詩句を得たという故事である。ただ、①の転句では「春草」でなく「芳草」の語が用いられている。この詩は明治時代に朱熹の作として漢文教科書に収録されたが、そこでは転句が「未覚池塘春草夢」となっている。(3)これは謝霊運の詩句に近くなるように「芳草」を「春草」に改めたのであろう。

しかし、他の五山詩の用例を調査したところ、「登池上楼」やそれに因む故事を踏まえたものを四十六首見出したが、そのうち、「春草」を用いたものが十二首、「芳草」を用いたものが二十二首あって、「芳草」の方が優勢である。①でも当時の五山の傾向に従って、「芳草」の語が用いられたのであろう。また、「春草」と「芳草」は詩の内容によって使い分けられているように思われる場合もある。それらの五山詩の表現を検討しながら、「芳草」が優勢となる傾向が生じた原因について考えてみたい。

二、「春草」と「芳草」

「登池上楼」を収録した『文選』は五山僧の間でも権威を持っていたが、室町時代に伝わっていた宋刊本の六臣注『文選』巻二十二(4)でも、当該句は「池塘生春草」となっている。その他の漢籍に見られる当該句も同じものが多いが、五山で流布した類書のうち、『新編古今事文類聚後集』巻八・人倫部・兄弟の「夢弟得詩」(5)では、

謝恵連幼有奇才。族兄霊運毎有篇章、対恵連輒出佳句。霊運作春詩未不就。夢見恵連、覚而得池塘生芳草之句。
（謝恵連、幼くして奇才有り。族兄霊運、篇章有る毎《ごと》に、恵連に対《むか》へば、輒《すなは》ち佳句を出だす。霊運、春詩を作るも未だ就《な》らず。夢に恵連を見、覚めて池塘生芳草の句を得たり。）

と記されている。故事の内容は『南史』とほぼ同じだが、謝霊運が夢中で得た詩句が「池塘生芳草」となっており、この形の異文が受容されていた可能性もある。ただ、中国でも「登池上楼」やそれに因む故事を踏まえた詩作は多いが、「芳草」の語を含むものは、唐代まではほとんどなく、宋代から目立つようになる。そのうち、次のような作品が『錦繍段』「懐古付題詠」(6)に収録されている。

（a）心雑難為蓮社友　翻経肯与俗流通　可憐一対登山屐　埋在池塘芳草中（心、雑なれば蓮社の友と為り難し。経を翻《ひるがへ》して肯《あへ》て俗流と通ぜんや。憐れむ可し、一対の登山の屐《げき》。埋れて池塘芳草の中に在り。）（黄子耕「謝霊運墓」）

この詩の結句は①と同様、「池塘芳草」の語句で「登池上楼」の詩句を示している。『錦繍段』は天隠龍沢が康正二年（一四五六）に唐・宋・元・明の七言絶句を編纂した選集で、

五山でよく読まれていた。しかし、宋代の詩文でもそのようなものは多くない。例えば八十数万首の漢詩を網羅したサイト「捜韵」[7]で、宋代の詩作（詞を除く）から、「登池上楼」を踏まえていると判断できるものを検索したところ、一三八首見出せたが、そのうち「春草」の語を用いたものが七十一首あり、「芳草」の二十五首を大きく上回っている。そこで、五山詩において、「芳草」の方が優勢になった事情は、五山の状況を検討することによって考える必要がある。

三、五山詩の用例・前期

五山文学は、五山制度が確立した十四世紀末を境として、前後の時期に分けることができる。前期の場合、「登池上楼」の詩句やそれに因む謝霊運の故事を踏まえた詩作は、管見では十首に満たないが、その中で注意すべき表現を検討しておこう。[8]

②有虞歌曲不優場　皷起南風百草昌　緑蓋若過康樂目　豈教春草獨生塘（有虞の歌曲、優場ならざるに、皷《つつみ》は南風を起して百草昌《さか》んなり。緑蓋《りよくがい》若《も》し康樂の目を過《よ》ぎらば、豈《あ》に春草をして獨り塘に生ぜ教《し》めん。）

（虎関師錬「新荷」『濟北集』）

③正脈滔滔通古今　霊源派遠又流深　臨涯多説謝公夢　芳草句中吟苦心（正脈滔滔として古今に通ず。霊源、派は遠くして又流るること深し。涯《みぎは》に臨みて多く謝公の夢を説き、芳草の句中、苦心を吟ず。）

（乾峰士曇「天龍十景和夢窓国師韻・曹源池」『乾峰和尚語録』）

これらが筆者の見出せたものでは最も古い時期の用例である。②は「新荷」を題とする詠物詩であり、転結句で「緑蓋」（荷葉）が康楽（謝霊運）の眼に触れていれば、得られた佳句は「池塘生春草」だけではなかったであろうという。荷葉の美しさが春草に劣らないことを示し、新荷を引き立てるための趣向として、この故事が用いられている。③は夢窓疎石の「天龍寺十境・曹源池」[9]に和韻したものである。曹源（六祖慧能の法源）に由来する禅の正統の流れが古今を通じて、諸流派に分かれながら遠く深くなっているといい、夢窓が作庭した天龍寺の曹源池の水がその流れを象徴するものとなっている。この転句で夢窓が、曹源池の汀で謝霊運の夢の故事について説くことが多いという。これはその故事が夢窓の禅的境地と重なるということであろう。結句の「芳草句」は夢窓の詩偈を謝霊運の詩に喩え、その中で夢窓が禅の正統を伝えるための苦心を吟じていると解釈できる。このような禅的境地との関係から注目されるのは、『詩人玉屑』[10]巻一に見られる呉可「学詩」である。

（b）学詩渾似学参禅　自古圓成有幾聯　春草池塘一句

子　驚天動地至今伝（詩を学ぶは渾《すべ》て参禅を学ぶに似たり。古より圓成《えんじゃう》幾聯か有らん。春草池塘の一句子、天を驚かし地を動かし、今に至るまで伝はる。）

起句で詩を学ぶことは禅を学ぶことのようだという。これは詩禅一致論の立場を示しており、「登池上楼」の詩句がその立場から評価されている。その理由についての詳細は拙著[11]に譲るが、意識的に詩を作ろうと努力してもできず、そういう意識を離れた夢の中で詩を得ることができたという故事が、禅における悟りの過程に似ているためだと考えられる。③が夢窓の境地をこの故事に重ねていることも、この詩や故事が詩禅一致の境地を示すとされていたためであろう。ただ、（b）「学詩」では「春草池塘」の句で詩禅一致の境地を示しているのに対し、③は「芳草句」でそれを示している。一方、②では「春草」が新荷を引き立てるために用いられているに過ぎない。

また、ほぼ同時期に雪村友梅が二首の律詩でこの故事を詠じている。

④一壑同甘苦樂因　愛君手彩獨凝神　眼横楚岫碧雲暮　吟到謝池芳草春　衣製芰荷纔蔽膝　食充黎莧可支身　萬鍾那羨人間祿　只麼逍遙得意新（一壑、同《とも》に甘んず苦樂の因、愛す君が手彩の獨り神を凝らすを。眼には横たふ楚岫《そしゅう》碧雲の暮、吟は到る謝池芳草の春。衣は芰荷《きか》もて製して纔《わづ》かに膝を蔽《おほ》ひ、食は黎莧《れいけん》に充《あ》てて身を支ふ可し。萬鍾那《なん》ぞ羨まん、人間《じんかん》の祿、只麼《しも》に逍遙して意を得ること新たなり）

（「和果侍者」『岷峨集』）

⑤我詩久緩弗鳴絃　春草池塘忽夢連　風月真成無尽蔵　関山同是未帰年（以下略）（我が詩久しく緩くして絃を鳴らさず。春草池塘、忽ち連を夢む。風月真に無尽蔵を成し、関山同じく是れ未だ帰年ならず。）

（「石橋再和兼寄快菴。故茲三韻以成雅況耳」『岷峨集』）

④は雪村に随侍した侍者の詩に和韻したものと考えられる。一壑（山中の寺）で苦楽を共にした果侍者が手彩（詩画）に精神を凝らす様を称揚し、彼の詩が謝霊運の詩に迫るほどのものであるという。後半は果侍者の生活が俗世間から超然としたもので、その境地に逍遥しながら新たな意義を見出していくということであり、彼の詩がその境地を示すものだというのであろう。⑤は石橋という僧が雪村に和韻した詩に更に応じたもので、首聯は自分の詩が久しく低調な状態であったことを述べ、続いて謝霊運の故事に言及する。石橋との唱和によって自分の詩作が低調な状態から脱し得たことを、霊運が夢中の恵連との出会いによって詩を得たことに喩えている。共に謝霊運の故事を用いているが、④では「芳草」、⑤では

「春草」でそれを表現する。そして、④には果侍者の詩を霊運の詩に喩えて彼の境地とともに称揚しようとする意図がある。一方、⑤は雪村が石橋に対し、自分の詩作を助けてくれたことを感謝したもので、霊運の詩に喩えられているのは自作であるため、それを称揚する意図はない。

四、「芳草」のイメージ

以上の用例で、「芳草」の語句を持つものはいずれも和韻詩であり、謝霊運の故事が相手の境地や詩の水準の高さを称揚するために用いられている。一方、「春草」を用いた②、⑤の場合、そのように称揚する意図がない。このような点に「芳草」と「春草」の性格の違いが感じられる。この違いに言及したものとして注目されるのが、次の蘇軾の詩と、彼の詩についての五山僧の講抄を集成した『四河入海』[12]の抄文である。

(c)扁舟震沢定何時　満眼廬山覚又非　春草池塘惠連夢　上林鴻雁子卿帰（以下略）（扁舟震沢、定めて何の時、満眼の廬山、覚めて又非なり。春草の池塘、惠連の夢、上林の鴻雁、子卿帰る。）（蘇軾「昔在九江、與蘇伯固唱和云々」）

これは蘇軾が元符三年（一一〇〇）、かつて旧友蘇伯固（蘇堅）と唱和したことに思いを寄せ、第三句でこれを霊運が夢の中で恵連に出会った故事に喩えている。それと対になる第四句は雁書の故事を踏まえているが、当時の蘇軾は流謫の境涯を脱した直後だったので、自分の立場を蘇武に重ねたのであろう。これらの句を『四河入海』六ノ三の一韓知翃抄は次のように評している。

漢書、武帝ノ上林デ射雁アレバ雁足ニ蘇武ガ書ガ有タト云ニ、鴻字ハ某《それ》ハナイニ坡ガ鴻字ヲ添テ上林鴻雁ト云ゾ。サル程ニ上句ノ春草―ヲモ芳草池塘トナシタラバ、ヨクカケヤウテヨカラウト云ゾ。

第三句の「春草」を「芳草」に変えたほうがいいとしている。それは第四句の蘇武の故事を踏まえた「雁」を「鴻雁」としているので、「芳草」のほうがそれと釣り合うことになるからだという。「鴻雁」は『詩経』小雅「鴻雁」を踏まえたもので、『毛詩抄』（清原宣賢の『毛詩』講義の筆録）第三巻では「萬民が無道を去けて有道につくは、鴻雁が粛々と羽音のあるやうなぞとたとへた」ものとされている。[13]一方、「芳草」は「離騒」に「何昔日之芳草兮」とあり、「離騒」を収録した『楚辞』巻一の王逸注[14]や『文選』巻三十二の六臣注で「明智之士」の喩とされている。つまり第四句は蘇武に「鴻雁」の持つ「無道を去けて有道につく」というイメージが重なっており、それと対になる表現としては「明智之士」のイメージを持つ「芳草」が相応しいということであろう。③④が

「芳草」の語を用いているのも、和韻の対象となる相手の境地に「明智之士」のイメージを重ねて称揚しているとも考えられる。ただ、（c）の頷聯は蘇軾が自身を謝霊運や蘇武に喩えているので、「春草」を「芳草」に変えると蘇軾に「明智之士」のイメージを重ねることにもなる。蘇軾が彼自身を称揚しているようでやや不自然となるが、このような評言に五山僧の蘇軾崇拝の念の強さが示されているとも考えられる。

五、五山詩の用例・後期

（一）協同体の文学

前期の用例のうち、③④⑤は和韻詩であったが、後期は更に和韻詩が増加する。謝霊運の故事は中国の和韻詩でも用いられており、白居易にも次のような作品がある。

（d）昨日池塘春草生　阿連新有好詩成　花園到處鶯呼入　駿馬遊時客避行（以下略）（昨日池塘春草生じ、阿連新たに好詩の成る有り。花園到る處、鶯呼び入れ、駿馬遊ぶ時、客避け行く。）（「和敏中洛下即事」）[15]。

これは従弟の白敏仲の詩に和韻したもので、第二句の「阿連」は敏仲を謝恵連に喩え、第一句の「池塘春草生」は敏仲がすぐれた詩を作ったことを暗示するものである。五山僧も和韻の対象となる作品を賞賛するために同様の表現を用いている。ただ前述の「捜韵」で検索できた用例のうち、題から和韻と判断できるものは唐詩では十五首中一首、宋詩では一三八首中三十六首である（そのうち「春草」の語を含むものが二十一首あるが、「芳草」の語を用いるものは二首に過ぎない）。一方、筆者が見出した四十六首の五山の関係詩のうち、二十四首が和韻詩であり、その中で「春草」の語を含むものは五首、「芳草」の語を含むものは十三首見られる。五山詩では全体的に和韻詩の比率が高くなっており、その原因として、芳賀幸四郎が、中世禅林の文学には「協同体の文学」の性格があること、特に室町中期以後の五山の大寺院に塔頭・私寮を中心として家族的な協同体が形成されていたことを指摘している。そして「他人の詩の韻を次いで賡和《こうわ》した詩」が協同体的意識を強める機縁となったという[16]。

（二）試筆唱和詩

また、後期の五山詩には、喝食《かっしき》（寺院に預けられた有髪の児童）や少年僧に関わるものが目立つようになり、それと共に、和韻詩では試筆詩に唱和した詩（試筆唱和詩）が多くなっている。試筆詩とは元旦に決意を新たにするために製作された詩作のことで、朝倉尚によると、五山では室町時代後半から喝食や少年僧による試筆詩の製作が盛んになり、元旦に五山僧がそれを添削し、唱和していたという[17]。これらの試筆唱和詩の中から「芳草」「春草」の語を持つものを二首ずつ挙げて比較してみよう。

⑥美人哦句賞春晴　十様華牋碧瓦泓　想得更添芳草夢　小楼暖雨挟詩声（美人、句を哦《よ》みて春晴を賞す。十様の華牋《かせん》、碧瓦泓《へきぐわわう》たり。更に芳草の夢を添ふることを想ひ得て、小楼の暖雨に詩声を挟《はさ》む）（『翰林五鳳集』九鼎竺重「次韻月甫試筆」）

⑦相賞東風惜隙光　新詩傳誦齒牙香　謝家春草君家物　續得池塘夢一場（東風を相賞し、隙光《げきくわう》を惜しむ。新詩傳誦せば齒牙香し。謝家の春草君が家の物。續き得たり池塘の夢一場。）
（『翰林五鳳集』策彦周良「賡瑞巖主翁華什」）

⑧伝見君詩三度春　毎篇格律逐年新　今朝有句池塘雨　芳草吹香説与人（君が詩を伝へ見る三度の春。毎篇格律年を逐《お》つて新たなり。今朝 句有り 池塘の雨に。芳草 香を吹きて人に説与《せつよ》す）（希世霊彦「奉和伯霖年少春日佳什」『村庵藁』）

⑨山帶餘寒苦未和　暖風何日送鶯歌　謝家春草消階雪　蘭玉叢生不厭多（山は餘寒を帯びて未和を苦しむ。暖風何れの日か鶯歌を送る。謝家の春草、階雪を消し、蘭玉叢生多きを厭わず。）
（『翰林五鳳集』希世霊彦「和瑞年少」）

⑥は月甫の試筆詩に唱和したもので、起句の「美人」は月甫を指す。承句では華牋（詩を記す料紙）の美しさを述べ、転句で更に「芳草夢」を添えることを想い得たという。これは華牋に好詩が記されることを意味するであろう。⑦は承句で新しい試筆詩を賞賛し、転結句で「謝家春草」を君の家の物にして、池塘の夢の場面の続きを見ることができたという。これは、「君」が「登池上楼」と同様の好詩をものにしたことを示す。⑥も⑦も試筆詩を賞賛するために「登池上楼」の詩句を引用している。ただ、⑥では「美人」と対応して用いられている点が注意される。「美人」は少年の容姿の美しさを示すようでもあるが、男性を指す場合、別の意味も考慮すべきであろう。蘇軾「前赤壁賦」の「望美人兮天一方」について、『古文真宝桂林抄』乾では「美人ハ賢人君子ヲ云フゾ。今時分ハ賢人君子ヲ不好ホドニ坡ヲハジメ、名人君子ヲバ皆天涯ニ謫セラレタゾ」という。[18] ⑥はこのような賢人君子の意味を持つ「美人」に対応させるため、「明智之士」のイメージを持つ「芳草」を用いたとも考えられる。一方、⑦では「春草」の語を用いており、相手の人品を称揚する表現はない。

⑧⑨は共に希世霊彦が少年の試筆詩に唱和したものであるが、「芳草」と「春草」を使い分けている。⑧は起承句で過去三度の正月に少年の試筆詩が年々上達してきたことを記し、転結句で、今春の詩句は芳草の香りが人に語りかけてくるようだという。ここでの「芳草」は年来の研鑽の結果、到達した詩の境地を示している。⑨は起承句で余寒が続く状況を述

べ、転句は「謝家春草」が雪を溶かすという。これは少年の詩作にそのような温かい印象があることを示すものだろう。結句は『晋書』[19]に見られる謝玄の故事、つまり謝安から将来の抱負を問われて「譬如芝蘭玉樹、欲使其生於階庭耳（譬《たと》へば芝蘭玉樹の如し。其をして階庭に生ぜ使めんと欲するのみ）」と述べたという故事に基づく。「蘭玉」は優れた人材のことで、⑨では少年を指すものとなる。そこで転結句は「少年の詩作が雪を溶かすから、彼らのような人材が多くてもよい」と解釈できる。⑧の「芳草」は伯霖という少年が年来の研鑽によって到達した境地を示しているが、⑨の「謝家春草」は多くの少年の詩作を喩えるものとなって、特定の少年を称揚しようとする意図が弱くなっている。そのような差異が「春草」と「芳草」の使い分けに関わっているようである。

（三）「三家十歳児」

三条西実隆の三男、鳳崗桂陽が文亀三年（一五〇三）正月に製作した試筆詩に対して、五首の試筆唱和詩が詠まれている。その中の二首に「芳草」「春草」の語が用いられているので、試筆詩とともに検討しよう。

⑩三家十歳児　入学早随師　試筆書何字　昔賢登第詩（三家、十歳の児、学に入りて早《つと》に師に随ふ。試筆 何れの字を書せば、昔賢 登第の詩ならんや）
（鳳崗桂陽「試筆」『実隆公記』文亀三年正月九日）

⑪自是麒麟天上児　蚤知文物有余師　風流五百年間出　芳草池塘刪後詩（自ら是れ麒麟 天上の児、蚤《つと》に知る、文物余師有らんことを。風流、五百年間に出づ。芳草池塘、刪後《さんご》の詩）
（大有徳歓「謹奉依秋子髫年試春之花押、密乞青眸」『詩軸集成』）

⑫風流謝客児　美誉動京師　今古阿連夢　池塘春艸詩（風流 謝客の児、美誉、京師《けいし》を動かす。今古阿連の夢。池塘春艸の詩）（桂林徳昌「走筆奉次韵秋子神童賀正之什、兼求大慈老師一笑云」『詩軸集成』）

⑩が鳳崗の試筆詩である。彼は三条西家の十歳の子供で、幼時から師に従って詩を学んできたが、どのように書けば昔の賢人の登第詩のようになるのか分からないという悩みを述べている。⑪は鳳崗を「麒麟天上児」と称揚し、転結句で彼の詩作を五百年に一度出現した風流で「芳草池塘刪後詩」のようだという。これは謝霊運の詩句とともに孔子の刪詩の故事を重ねて『詩経』にも喩えたものであろう。⑫は鳳崗を「謝客児」に喩え、転結句で今も昔も恵連に会うという夢を見て「池塘春艸詩」が生まれたという。この場合、「謝客」は⑩の「三家」と対応し、鳳崗の父実隆と重なるので、転結句はかつて実隆も好詩を作り、今は鳳崗も好詩を作ったという解釈ができる。⑪も⑫も鳳崗の詩作を謝霊運の詩句に喩え

て賞賛しているが、⑩は子供らしい稚拙な詩である。そのため、むしろ父の実隆に対する追従的態度を示していると言えよう。ただ、⑪は「芳草」、⑫は「春草」を用いている。そして、⑪の「麒麟天上児」「芳草池塘刪後詩」には、鳳崗の詩と人品を最大限に称揚しようという姿勢が感じられるのに対し、⑫は鳳崗を実隆の子として称えるという姿勢が前面に出て、⑪ほど鳳崗個人を高く持ち上げようとはしていない。

以上のように試筆唱和詩においては、「登池上楼」に因む故事を、試筆詩を賞賛するために用いることが多くなっている。ただ、「芳草」を用いる場合は、試筆詩の作者の人品や境地を含めて称揚しようという姿勢が強く示されるのに対し、「春草」を用いる場合は、その姿勢が比較的弱い。そこには二つの語句の性格の違いに基づく、評価の差が示されているように思われる。

(四) 和韻詩以外

一方、和韻詩以外ではどうであろうか。②が「新荷」を題とした詠物詩だったが、後期五山の詠物詩としては次のようなものがある。

⑬餘寒昨夜入文房　移硯南窓欲向陽　把筆未書春草句　氷殘案上小池塘（餘寒昨夜文房に入る。硯を南窓に移し陽に向かはんと欲す。筆を把《と》れど未だ春草の句を書かざるは、氷の案上の小池塘に残ればなり。）（景徐周麟「硯池春氷」『翰林葫蘆集』）

⑭露下芙蓉簇彩霞　裁成一枕屬誰家　更無春草池塘句　入夢秋江烟雨花（露下の芙蓉簇《むらが》りて彩霞たり。裁ちて一枕と成せば誰が家にか屬せん。更に春草池塘の句無く、夢は秋江烟雨の花に入る。）

（三益永因「芙蓉枕」『三益稿』）

⑬は硯を小さな池塘に見立て、筆をとってもまだ「春草句」を書くことができないのは、その硯に氷が残っているからであるという。⑭は芙蓉で作った枕で寝ていると、夢の中で「春草池塘句」を想起することもなく、秋の入り江で烟雨の中の芙蓉の花を夢見ることになるという。「硯池春氷」や「芙蓉枕」などを引き立てるための趣向として、「池塘生春草」の句が用いられている点で②と共通する。一方、「芳草」を用いた詩では枕を題としたものでも次のようになる

⑮群書成枕小窓前　春昼支来掃蠹編　想有池塘芳草句　石渠天禄背花眠（群書、枕を成す、小窓の前。春昼、支へ来たりて蠹編《とへん》を掃ふ。想は池塘芳草の句に有り、石渠《せっきょ》・天禄、花に背きて眠る）

（春澤永恩「春睡枕書」『枯木稿』）

群書を枕にして寝るさまを描き、その時も夢の中で「池塘芳草句」のような詩句を得ようと思っているという。結句の「石渠天禄」は蘇軾「張競辰永康所居萬卷堂」の第二句「巻藏天祿呑石渠」等の例があり、『四河入海』三ノ四の一韓抄

では「天禄閣・石渠閣ノ書ノ多キ処（中略）天禄石渠ノ二閣ハ天子ノ書ヲ置ク処ゾ」と解している。⑮は書物を集めて学ぶさまを、「自分の居室を石渠閣や天禄閣のようにしている」としたのであろう。また、「背花眠」は『三体詩』「長慶春」（徐凝）の結句「天桃窓下背花眠」を踏まえている。この花は女性の比喩ともされていて、『三体素隠抄』巻一では「女色ニフケル意モナキゾ。（中略）美人ニソムイテ眠ルニ比シタゾ」[20]と解されている。⑮の結句も、歓楽を遠ざけながら書物に囲まれて眠るさまを示すものであろう。⑭と⑮は、枕を題としてその上で見る夢を詠じるという点が共通しているが、⑭では「春草」が「芙蓉」より劣位に置かれているのに対し、⑮では「芳草」が群書を通じた研鑽によって得られる詩作を示し、「花（女性）」を遠ざけて目標とすべきものとされている。研鑽による詩境の高さを示す点で⑧と共通する。また、次のように「池塘芳草句」自体を題とする作品がある。

⑯謝家兄弟有誰抗　文物風流共雁行　成仏生天皆是夢　不唯芳草繞池塘（謝家の兄弟有《ま》た誰か抗せん。文物風流共に雁行す。成仏生天、皆是れ夢。唯だ芳草の池塘を繞るにあらず。）

（東山崇忍「題謝霊運池塘芳草句後」『冷泉集』）

起承句で「謝家兄弟」の雁行するさまを賞賛し、転結句で「池塘芳草句」を得ることだけでなく「成仏」と「生天」も夢だという。謝霊運の故事は夢の中の出来事であるが、「成仏生天」も現実を超克した夢の如き境地だということであろう。謝霊運の故事を「成仏成天」と並列関係にできるのは、それだけの境地の高さを示すからだと考えられる。和韻詩においても③・④・⑧などでこの故事を境地の高さの表現と共に用いているが、「春草」を用いた詩にはそのような用法がない。一方、⑬・⑭のように、他の事物を引き立てようとする用法は、前期の①のように古くから見られるものだが、「芳草」を用いた作品には見られない。「春草」と「芳草」の性格の違いが意識されて使い分けられていた可能性があろう。

おわりに

五山僧の多くは公家や上級武士の子弟で、少年の頃から寺院の中の「家族的な協同体」で生活しながら詩作の研鑽に努めていた。詩禅一致論がそれを支える理論となっており、「登池上楼」はその立場からすぐれた詩の手本とされていた。また、「登池上楼」に因む謝霊運と恵連の故事は、法門の兄弟関係にある禅僧たちが共に詩作に励む関係に重ねられるものでもあった。協同体の生活は和韻詩を流行させ、和韻の対象となる詩を賞賛するときにも、「登池上楼」に因む故事を用いることが多くなる。ただ、賞賛の表現に「春草」を用いる例は⑦・⑨・⑫の三首しか見出せなかったが、「芳草」を用いる例は十二首見出すことができ、人品や境地の高さを称揚する表現と共に用いられている。また、境地の高さを示す表現と共に用いられる例は和韻詩以外にも認められる。全ての用例が詩の文脈から明確に区別できるわけではないが、その場合でも「芳草」を用いるときは「春草」より称揚の意図が強く示されていると思われる。詩禅一致論の立場から、詩のレベルと禅僧としての境地の高さが表裏一体のものとされていたため、詩を賞賛するときも作者の境地の高さを同時に称揚する傾向が強くなり、謝霊運の故事によってそれを示す場合、「明智之士」の含意を持つ「芳草」が「春草」より適切とされたのであろう。このような「芳草」の用法が、和韻の詩を中心に定着し、「春草」より優勢となる傾向を生んだと考えられる。

注

（1）「五山の中の『少年易老』詩」（拙著『一休詩の周辺――漢文世界と中世禅林』勉誠出版、二〇一五年）。
（2）「覆簣集」（堀川貴司『五山文学研究』笠間書院、二〇一一年）。
（3）柳瀬喜代志「教材・朱子の『少年老い易く学成り難し』詩の誕生」（大平浩哉編『国語教育史に学ぶ』学文社、一九九七年）。
（4）『文選』（汲古書院、一九七四年）。
（5）『新編古今事文類聚後集』（中文出版社、一九八二年）。
（6）仁枝忠『錦繡段講義』（桜楓社、一九八四年）。
（7）捜韵（https://sou-yun.com/［二〇一七年九月一日閲覧］）。
（8）五山詩の用例は②⑬を『五山文学全集』（思文閣、一九七三年）、③④⑤⑧⑪⑫を『五山文学新集』（東京大学出版会、一九六七～一九八一年）、⑥⑦⑨を『大日本仏教全書・翰林五鳳集』第一（名著普及会、一九八三年）、⑭⑮⑯を『続群書類従』第十三輯（続群書類従完成会、一九二五年）、⑩を『実隆公記』四上（続群書類従刊行会、一九三五年）より引用した。
（9）『大正新修大蔵経』八十巻続諸宗部十一「夢窓國師語録」（大正一切経刊行会、一九三一年）。
（10）魏慶之『詩人玉屑』（上海古籍出版社、一九五九年）。
（11）注1所引拙論。
（12）『抄物資料集成第二巻・四河入海一』（清文堂、一九七一年）。
（13）『毛詩抄・詩経』（岩波書店、一九九六年）。
（14）『楚辞補注』（中華書局、一九五九年）。
（15）『新釈漢文大系108白氏文集十二上』（明治書院、二〇一〇年）。
（16）芳賀幸四郎『中世禅林の学問および文学に関する研究』第三章（日本学術振興会、一九五六年）。
（17）朝倉尚『禅林の文学――詩会とその周辺』第二部（清文堂、二〇〇四年）。
（18）『続抄物資料集成第五巻　古文真宝宝桂林抄・古文真宝彦龍抄』（清文堂、一九八〇年）。
（19）『晋書』巻七九（中華書局、一九七四年）。
（20）『三体詩素隠抄』上（勉誠社、一九七七年）。

【Ⅶ 近世・近代における展開】

俳諧における「謝霊運」

深沢眞二・深沢了子

近世前期の俳諧作者にとって謝霊運は『蒙求』の「霊運曲笠」の故事の人物だった。謝霊運の、柄の曲がった笠と、山を登る時の木屐の話題がよく利用された。また、謝霊運は『徒然草』第一〇八段にも登場する。詩作にとらわれ、白蓮の交わりを許されなかったという霊運を、蕪村は評価し、愛弟子几董の追悼句に用いている。

一、『蒙求』の「霊運曲笠」と俳諧

日本近世の俳諧において謝霊運の名前と人物像は、まず、『蒙求』の「霊運曲笠」によって知られていた。江戸時代中期の明和四年（一七六七）に岡田白駒が校訂・箋注した『蒙求』を底本とする『新釈漢文大系 蒙求 下』（明治書院、一九七三）の読み下しにより、エピソードによって①～④に整理して引用する。

①世説新語にいふ、謝霊運好く曲柄笠を戴く。孔隠士謂つて曰く、卿、心を高遠に希《ねが》はんと欲す。何ぞ曲蓋の貌《かたち》を遺《わす》るる能《あた》はざるか、と。謝答へて曰く、将《まさ》に影を畏れざらんとする者は、未だ懐《こころ》に忘るる能はざるなり、と。

②南史に、謝霊運は晉の車騎将軍玄の孫なり。学んで博く群書を覧《み》、文章の美、顔延之と江左第一たり。康楽公を襲封す。世に謝康楽と称す。永嘉の太守と為《な》る。郡に名山水有り。素《もと》より愛好する所にして、意を肆《ほしいまま》にし遊遨《いうがう》す。

③族弟恵連十歳にして能《よ》く文を属《ぞく》す。霊運、之《これ》を嘉賞し

ふかさわ・しんじ――和光大学人文学部教授。専門は連歌・俳諧。主な著書に『風雅と笑い――芭蕉叢考』（清文堂、二〇〇四年）、『「和漢」の世界――和漢聯句の基礎的研究』（清文堂、二〇一〇年）、『旅する俳諧師 芭蕉叢考二』（清文堂、二〇一五年）などがある。（本稿第一章を執筆）

ふかさわ・のりこ――聖心女子大学日本語日本文学科教授。専門は俳諧。主な著書・論文に『近世中期の上方俳壇』（和泉書院、二〇〇一年）、「蕪村の俳諧――「自己ノ胸中いかんと顧みるの外他の法なし」」（『国語と国文学』九四巻一一号、二〇一七年十一月）などがある。（本稿第二章を執筆）

て云ふ、篇章有る毎《ごと》に、恵連に対すれば輒《すなは》ち佳語を得《う》、と。嘗て永嘉の西堂に於て詩を思ひ、竟日就《な》らず。忽ち夢に恵連を見、即ち池塘春草を生ずといふを得たり。大いに以て工《たく》みと為し、常に云ふ、此の語神助有り、吾が語に非《あら》ざるなり、と。

④後、侍中と為り、官を免じ、山を尋ね嶺に陟《のぼ》り、必ず幽峻に造《いた》る。登躡《とうでふ》常に木屐《ぼくげき》を著《つ》く。起つて臨川の内史と為《な》る。逆志有り。広州に徙《うつ》し弃市《きし》せらる。霊運、詩書皆兼ねて独絶、文竟《を》はる毎《ごと》に、手自《みづか》ら之《これ》を写す。宋の文帝称して二宝と為《な》す。

日本近世の俳諧にとって『蒙求』の影響は全般的に大きかったが、「霊運曲笠」に関して言えばとくに①と④の話題が俳諧作者の関心を集めたらしい。俳諧師の梅盛が編集し延宝四年（一六七六）に刊行した『俳諧類舩集』という付合語（俳諧のための連想語）の辞書は、「笠《カサ》」の項目の解説文の冒頭で、①の、謝霊運が柄の曲がった笠を戴いていたことについての孔隠士との問答を、

謝霊運《シャレイウン》ハ好ンデ曲柄ノ笠ヲ戴クとかや。

という短い形で紹介している。[1] また、麦水著、明和七年（一七七〇）成『俳諧蒙求』上之巻に「霊運曲笠　清盛逆鏊」と題する文章がある。麦水は天明三年（一七八三）に六十六歳で没した俳諧師で、同書は書名の通り『蒙求』に倣って四字の題をつがえる形式をとり、それぞれの話題についての「俳意」を述べた俳論書である。「霊運曲笠」については『蒙求』の記事をざっと紹介した後、次のように「俳意」を説いている。

若《モシ》俳意を以て評セバ。曲笠地影のあやしげ成に趣向をとるハ。理作の調《チャウ》にして。懐を忘るるハ遁語《トンゴ》《ニゲクチ》に似たり。句の響《ヒビ》キに人を驚かす人にも似たり。是を間《マ》に合《アイ》の宗匠と云フ。詞ハ雅《ガ》に。心ロ俗なると。表《ヲモ》テ俗に心裏雅《シンリガ》なるといづれ。かの芋頭の聖《ヒジリ》の如ク。汚意《ヲイ》を表《ヲモテ》にあらわし尽《ツク》セバ。清意味の句爰より起らん。必ズ世を欺ク事なかれ。蕉翁の句意。句論　此間に在ツて。取リ紛るゝ者多し。一タビ岐路《キロ》たがゆれバ。其理に執《シウ》付キて一生離るゝ事なし。句作句味の面白キ　多クハ岐路を迷ふもとゝなる。独リ心に慎ムべし[2]

すなわち、一見奇矯に見え人を驚かすような表現を用いた俳諧であっても心に「雅」があるべきで、芭蕉句のうちでそのような作に対する時は芭蕉の心の「雅」を見落としてはならないという趣旨の俳論である。詩人・謝霊運の心意を芭蕉の心意に重ね合わせようとする意識が見てとれる。

ただし、「霊運曲笠」の話題をそのまま俳諧の句作に採り

用いた作例には、検索の範囲では行き当たらなかった。芭蕉には「笠の記」と称される俳文一篇があり、自ら作った笠を

「笠の端の斜に巻入、外に吹返して、ひとへに荷葉の半開るに似たり。規矩の正しきより中〳〵おかしき姿也」(3)

と描いているから「霊運曲笠」を引き合いに出しても良さそうなものだが、「妙観が刀を借《かり》、竹取の巧みを得て」「彼《かの》西行の侘笠か、坡翁雪天の笠か」のように妙観（奈良時代の彫刻師）・竹取の翁・西行・蘇東坡の名を挙げるものの「霊運」には言い及ばない。時期にもよろうが、①が俳諧の素材として周知のものだったわけではなさそうである。

次に、④の話題は、やはり『俳諧類舩集』において「屐《アシダ》」の項目の解説文の冒頭に、

謝霊運嘗テ木屐ヲ着《ハイ》テ、山ニ上ルニ則チ前歯ヲ去リ、山ヲ下ルニ則チ後歯ヲ去ル云々。

として紹介されている。『蒙求』の本文は「登躡《とうでふ》常に木屐《ぼくげき》を著《つ》く」だけであったが、ここではカートリッジ式の歯で登り坂下り坂に対応できる変わった「木屐」の説明をしている。それは近世初期の『蒙求』注釈書において言及されていることであって、たとえば承応三年（一六五四）刊の『頭書蒙求』の「霊運曲笠」の箇所の頭注には、

木屐下ニ、本傳ニ、山ニ上ルニハ則チ前ノ歯ヲ去リ、山ヲ下ルニハ則チ其ノ後ノ歯ヲ去ル。

のようにあり、天和三年（一六八三）刊の宇都宮由的著『蒙求詳説』にも同様の注が施されている。「本傳」は『南史』である。

俳諧では、典拠の「木屐《ボクゲキ》」という漢語とともに、俗語として一般的な「木履《ボクリ》」「屐《アシダ》（足駄）」といった語を用いる場合でも、謝霊運の故事を意識しているらしい用例がある。直接的な引用の例として、まず、宝永二年（一七〇五）刊の『国の花』巻五に収められた句文「花鳥六景」の一部に、「三田《みた》洞《ほら》野遊」（三田洞は岐阜の北にある景勝地）なる遊覧の記がある。白菟・嶌日・月巵・吾風の四吟十句を掲げたあとに、

これは四輩の少年等、一句〳〵といひつゞけて、道すがらの口ずさみなり。むかし謝霊雲（ママ）が山にあそぶには、木屐の歯に前後ありてむつかしければと、且たをれ且起て夕陽の山をおしみ出るに、帰路一杯の興をそへたり。(4)

とある。あるいは、享保十二年（一七二七）刊の俳文集『和漢文操』巻之五の「説ノ類」の中に藤三径の「木履ノ説」があるが、そこに、

されど霊運が山あるきに、片歯の木履ならんよりは、おなじくは阮孚《げんふ》が家に買はれて、蝋引の寵愛にあへかしとは、京の木履屋がひとり言とぞ。(5)

というくだりがあり、付属する「註ニ曰」では「晋史ニ」として山を登る時は前歯をはずし下る時は後歯をはずすことに言及している。後者の例は故事本来の「木屐《ボクゲキ》」の語を「木《ボク》履《リ》」と言い換えており、また、「面白い工夫だけれども実際には実用的でないし上等な品でもない」とでもいうような、滑稽性を認める意識を持っていると言えよう。

　句作の例では、明暦二年（一六五六）刊の『ゆめみ草』巻五に、

　　時雨の雲もまた上り坂

　はきいづるあしだのまへの落葉して　天満 一幽[6]

という付合が見出される。「はき」には「履き」と「掃き」が、「落葉」には「落ち歯」が言い掛けられていて、「上り坂」には「足駄の前の歯」を「落」とすのだと、付けに謝霊運の故事を効かせている。作者の「一幽」は談林俳諧の中心人物、宗因の別号であるが、寛文十二年（一六七二）『俳諧塵塚』所収、宗因独吟「花で候」恋百韻の後書には、

　むかしのわかうどは、思ひの渕にたふり、心のながれをくみ、今の翁も恋の山にたくりぼくりの跡を残し侍るをみて、[7]

というくだりがあり、おそらくはこれも、謝霊運の故事による「山」と「ぼくり（木履）」の縁語関係を活かした口拍子である。

　さて、四つに分けた『蒙求』の「霊運曲笠」の各部分のうち、②は謝霊運の経歴と山水愛好の癖を述べただけで逸話というほどの内容ではない。③は謝恵連を夢に見て「池塘生春草」の句を得たという話題であるが、俳諧への影響をとくには見出せない。むしろ、「池塘生春草」の句を含む「登池上楼」詩が謝霊運の代表作として扱われて、日本漢詩文全般への影響が大きかったと言うべきだろう。寛永十八年（一六四一）石川丈山が京都郊外の一乗寺に構えた山荘「詩仙堂」の、「詩仙の間」の四方の壁に掲げられた三十六人の詩人たちの額に、謝霊運の肖像画に添えて「登池上楼」詩が選ばれたことに因がある。詩仙たちの額の内容は、延宝七年（一六七九）刊の『詩仙』や寛政九年（一七九七）刊の『詩仙堂志』によって人口に膾炙した。[8]同書から謝霊運肖像の見開きを掲出する。なお、元禄四年（一六九一）六月一日、芭蕉が曽良・去来・丈草とともに詩仙堂を見学したことが知られている。

　ちなみに、『俳諧類船集』にはもう二箇所に謝霊運の名が見出せる。一つは「錦《ニシキ》」の項目の解説文にある、

　詩ハ霊運の如く錦を鋪くと雖も、賦ハ相如に似て金に直《あたい》せず。

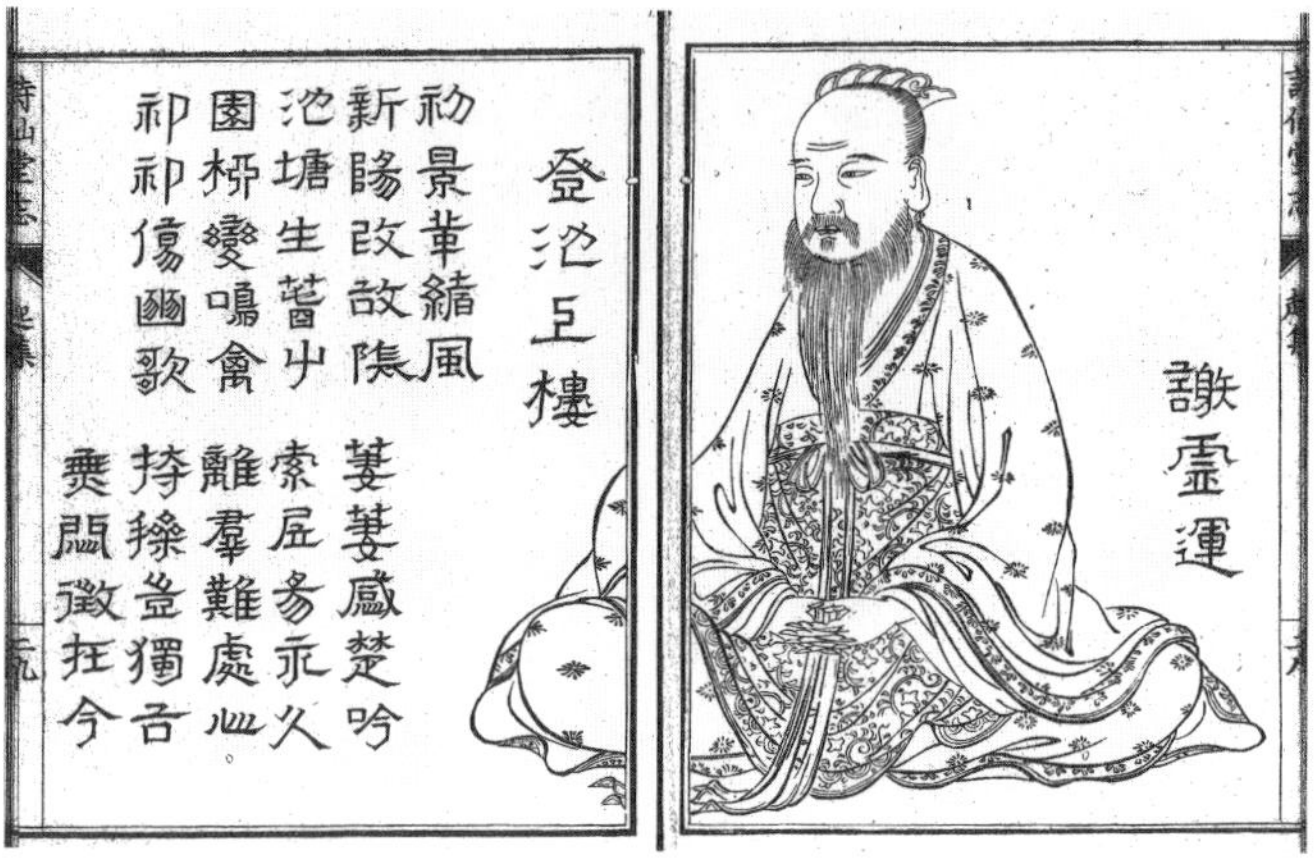

謝霊運（国文学研究資料館所蔵『詩仙堂志』より）

の一文で、誰かの詩賦に関する批評の語句らしいが、出典にたどりつけていない。もう一つは、「髭《ヒゲ》」の項目の解説文の、

謝霊運ガ鬚ハ美長ニシテ膝ヲ過ぐるに到ル云々。

という話題である。これも何に拠ったのか不明である。『詩仙堂志』の肖像はなるほど「美長」なるヒゲをたくわえているのだが、「膝ヲ過ぐるに到ル」ほどではない。

この二つの話題とも、俳諧の句作への応用例を見つけることができなかった。

二、『徒然草』と、蕪村発句
「霊運も今宵はゆるせとし忘」について

もう一つ、近世期の日本でよく知られた謝霊運の逸話としては、『徒然草』の第一〇八段の話柄がある。第一〇八段は「寸陰惜しむ人なし。これ、よく知れるか、愚かなるか。」から始まる段で、前半、仏道に入ろうとする人は一刹那一刹那を惜しんで修行に努めなければならないという主旨のことを述べ、後半で次のように謝霊運の名を出す。なお、『徒然草』の引用は近世を通じて広く用いられた『徒然草諸抄大成』（貞享五年〈一六八八〉版本、以下『諸抄大成』と略記）によった。

謝霊運《シャレイウン》は。法華《ホツケ》の筆受《ヒツジユ》なりしかども。こゝろ常《ツネ》に風雲《フウウン》の思ひを観《クワン》ぜしかば。恵遠白蓮《ヱヲンビヤクレン》のまじはりをゆるさゞりき。しばらくも是なき時は。死人《シニン》に同じ。光陰何《クワウインナニ》の為《タメ》に惜《ヲシ》むとならば。内に思慮《シリヨ》なく。外に世事なくして。やまん人は止《ヤメ》。修《シユ》せん人は修《シユ》せよとなり。(9)

「筆受」とは、「天竺《テンヂク》の梵語《ボンゴ》を唐土《トウド》にて通事《ツウジ》するを翻訳《ホンヤク》といひそれを唐字《タウジ》にかきうつすを筆受《ヒツジユ》と云」（『諸抄大成』）。東晋の高僧恵遠は、廬山の東林寺で「白蓮社」という念仏修行の結社をつくったが、法華経の筆受であるにもかかわらず、謝霊運の仲間入りを許さなかったというのである。先行研究に拠れば、この話は中国の文献には確認できず、鎌倉後期の浄土宗の学僧のあいだに流通していた説であったらしい(10)。なお、恵遠は「虎渓三笑《こけいさんしょう》」の故事でも知られていて、近世日本の俳諧ではむしろそちらの方でおなじみであった。それは、三十年以上のあいだ白蓮社の東林寺を離れず、近くの虎渓橋から外に出なかった恵遠が、陶淵明と陸修静が訪れた際に清談に夢中になり、二人を送るにあたって知らず知らずのうちに虎渓橋を渡ってしまい、虎の鳴声によってそのことに気付いて三人ともに大笑したという伝説である。史実ではないとされるが、元時代前後からの中国と、室町時代後期からの日本において、画題として好まれた故事である。

さて、「謝霊運は……恵遠、白蓮の交はりを許さざりき」という『徒然草』のひと言は、この段自体が難解なこともあって、俳諧の素材としてはあまり用例がないのだが、其角に次の句がある。

　恵遠法師は法花の筆受たりといへども、廬山の交り
　をゆるさざりけるとかや
玉あらば爰で筆とれ白蓮社　（『五元集』）

「玉」は「魂」で、死者の霊を迎え祀る玉祭を詠んだもの。白蓮社を仲間はずれにされた謝霊運の魂に対して、戻ってきているのならここで筆をとれば良いと呼びかけたのだろう。玉祭から法華経を連想し、そこに法華の筆受である霊運を思い寄せたものか。

蕪村にも『徒然草』の謝霊運を詠んだ句がある。『安永四年蕪村春帖』の歳暮句に、次のように二句並べられている。安永四年は一七七五年。

　平安城裏第一風流
すゝはきや調度少き家は誰　蕪村
霊運もこよひは容せ年わすれ　同

前書と一句めについては後述する。二句め、白蓮社の仲間はずれにされた霊運にも、年忘れの今宵は仲間入りを許しておやり、という意味だろう。念仏修行の結社はともかく、忘年会の参加は許せというところが俳諧である。其角句と同様に結社入りをはじかれた霊運に同情の思いで詠まれているが、蕪村は其角に傾倒し『五元集』も愛読していたから、蕪村の念頭に「玉あらば」の句があったことは十分考えられる(11)。

ただし、蕪村句は単に恵遠の行為をパロディー化しただけではあるまい。霊運は「こゝろ常に風雲の思ひを観」じた人であり、そのことに蕪村は深い共感を抱いたと思われる。

「風雲の思ひ」について『諸抄大成』は、

月花にむかひて詩《シ》を賦《フ》し、四時の景気《ケイキ》に文《ブン》を作《ツクル》を惣じて風雲の思ひといふなり。観《クワン》ぜしとは眼《マナコ》に見るのみならず。ねても覚《サメ》ても心にうつし見るを風雲の思ひを観ぜしと云也。

という説を引きつつ、「臣下《シンカ》トシテ君《キミ》ヲ思フ義」であるとも注している。この「臣下トシテ」云々については、晋の臣であった霊運が宋の代を無念に思って再び晋の天下にしようと企んだと説明しており、前章に引いた『蒙求』「霊運曲笠」の④に言う政治的な「逆志」を指しているのだろう。つまり、「風雲の思ひ」については、蕪村当時解釈が分かれていたのである。では、蕪村がどちらの解釈を好んだかと言えば、当然詩文に関わる方であろう。蕪村が『蒙求』などに登場する中国の著名人を題材とする場合、その文人性、脱俗性を賞する傾向が強い。[12] 蕪村にとって、霊運とは何よりも詩仙の一人であり、山水を愛し詩作にのめり込んだ人物であったと思われる（前章『蒙求』「霊運曲笠」②③）。詩作に心を奪われて仏道修行が疎かになり、僧侶からつまはじきにされるとは、まさに蕪村好みの人物で、だからこそ親近感をもって「こよひは容せ」と呼びかけているのだろう。

なお、前掲の『安永四年蕪村春帖』において、「霊運も」の句の前に置かれる「すゝはきや調度少き家は誰」の蕪村句も、掃除をするのは調度が少ない方が楽という滑稽味の背後に、『徒然草』の七十二段の記事、

いやしげ成物。ゐたるあたりに調度《デウド》のおほき。

や第十段の記事、

よき人ののどやかに住《ス》みなしたる所は（中略）うちある調度《デウド》もむかしおぼえてやすらか成こそ心にくしと見ゆれ。おほくのたくみの。心をつくしてみがきたて唐《カラ》の大和《ヤマトノ》のめづらしくえならぬ調度《デウド》どもならべおき前栽《センザイ》の草木《クサキ》まで心のまゝならずつくりなせるは見る目《メ》もくるしくいとわびし。

に基づく美的感覚が働いている。蕪村が好んで『徒然草』を題材にしたことについては、すでに谷地快一氏の研究がある。[13] 谷地氏は「すゝはきや」句について「煤掃」という世俗的な季題と、「調度すくなき家」という『徒然草』的好尚との配合」をみることができる」と指摘する。なお、句の前書「平安城裏第一風流」とは「京都第一の風流」ということで、明の文人画家唐寅が「江南第一風流才子」と称したことに擬えたと考えられている。[14] 蕪村の画号「謝寅」は唐寅に基づいたかと推測されており、[15] その唐寅自称の語句を蕪村が踏まえた可能性は高い。

「霊運も」の句に戻る。この句も詩人・謝霊運に「すゝはきや」句同様「年わすれ」という世俗的な季の言葉を取合せており、「現実の生活と古典世界の融合」(16)を試みた句といえるだろう。蕪村は自身の春帖において、類似の二句——中国の文人の故事に日本の『徒然草』を重ね合わせ、滑稽な中にも風流心を称揚した句——を並べて興じたのである。

では、「霊運も」の句が作られた背景について、さらに踏み込んで考えてみたい。

この句が最初に確認されるのは、安永三年（一七七四）十二月十八日の東瓦宛蕪村書簡である(17)。この書簡において、東瓦の俳諧摺物用に、

霊運を今宵は容《ユル》せとしわすれ

の句を送っている。「霊運を」の形がおそらく初案であったろう。摺物用として撰んでいることからすると、蕪村にとって自信作だったと思われる。

また、安永三年十二月二十六日付けの推定正名宛蕪村書簡では、

せいぼ

霊運もこよひ容せとしわすれ(18)

すゝはきや調度すくなき家は誰

と並べて記され、この時点で句型を「霊運も」に整えたことがわかる。この書簡には他に「春興」句が十句記され、うち、「梅折て皺手にかこつかほりかな」と「紅梅や比丘より劣る比丘尼寺」の二句が『安永四年蕪村春帖』に春興句として収録される。つまり、このころ蕪村は春帖用の句を練っていたのだろう。この二点の書簡から、蕪村が安永三年十二月十八日迄に少なくとも「霊運を」の句を作り、二十六日迄には同じ『徒然草』を題材とした「すゝはきや」の句を作って（同時であったかもしれない）、春帖に並べようと考えていたと推測される。そしてこれら歳暮二句は、蕪村の心にかなう作品として、蕪村自身の句集のための資料である『蕪村自筆句帳』にも採録された。そこには、

御経に似てゆかしさよ古暦

霊運も今宵はゆるせとしわすれ

すゝ掃や調度少き家は誰

と前書抜きで二句が並べられている（この二句と並べられる「御経に」句については後述する）。では、蕪村には最初から『徒然草』をもとに二句を作ろうという意図があったのだろうか。

実は、几董が蕪村没後に出版した『蕪村句集』（天明四年〈一七八四〉）には、「霊運も」の句に「春泥舎に遊びて」という前書が記されている。『蕪村句集』の句は、几董が『蕪村自筆句帳』とは別の資料に基づいて撰んだものと考えられて

いる。尾形仂氏は、『蕪村句集』と『蕪村自筆句帳』との前書を比較し、『蕪村自筆句帳』では、『蕪村句集』に記されるような成立事情に関わる前書を多く省いていることを指摘し、それは成立の時所を超えた地点での鑑賞を期待したからではないかと推測している。(19)つまり、『蕪村句集』の前書には当初の成立事情が残されているわけで、「霊運も」句はそもそも春泥舎を訪ねた折の挨拶句として作られたことが判明する。

春泥舎とは蕪村の愛弟子・召波の号だが、召波は明和八年(一七七一)に没している。したがってここでは召波嗣子の維駒を指すと思われ、清水孝之氏は「霊運も」句は蕪村自身を擬えたもので、「召波没後は等持院の春泥舎を訪うこともなかったので、久しぶりの訪問を戯画化して言ったものだろう」(20)と述べている。想像をたくましくすれば、蕪村が春泥舎を訪ねたのは、召波追善の意図があったのかもしれない。召波の命日は十二月七日。「年わすれ」の語から、蕪村の訪問は少なくとも十二月に入ってからで、また先の書簡から一句は十二月十八日にはすでに作られており、命日前後の訪問であったと思われるからである。

また、二〇一七年に発見された蕪村新出句集は、『蕪村自筆句帳』選定のために編まれたものと考えられているが、(21)そこには、

召坡《ママ》追悼

御経に似てゆかしさよ古ル暦

霊運も今宵は容せ年忘

煤掃や調度すくなき家は誰

の三句が記されている。注目すべきは、「御経に」句の前書である。「召坡」は「召波」であろう。「御経に」句は他に年代を確定できる手がかりが無く、『蕪村自筆句帳』の並びから、同じ安永三年の作と考えられてきた。新出句集の前書の問題は今後考えていかなければならないが、安永三年十二月の前半に維駒亭を訪ねた蕪村が、召波を偲んで「御経に」句と「霊運も」句を作ったのではないかという推測が成り立つ。『徒然草』から、霊運と経には連想関係があるから、二句同時成立の可能性は高い。「霊運も」句についてさらに云えば、漢詩人でもあった召波を思う際、題材として霊運という漢詩人を思い寄せるのは、じゅうぶんあり得ることだろう。其角の「玉あらば爰で筆とれ白蓮社」の句は霊運の亡き魂に呼びかけていたが、蕪村が召波追悼に霊運を用いたのも其角の影響であったかもしれない。

ただし、この句が『安永四年蕪村春帖』に収められる際には、そのような個人的事情は排された。そして「すゝはきや」句と並べて、『徒然草』や中国文人的な風雅の理想を近

世の現実的な世俗世界に再現したのである。こうして、俳諧においてもようやく蕪村によって、謝霊運は脱俗風雅の人として作品化されたと言えるだろう。

注

（1）『俳諧類船集』は、原本の訓点に従って読み下した形で引用した。以下同じ。

（2）古典俳文学大系第一四巻『中興俳論俳文集』による。

（3）『雪丸げ』を底本とする『校本芭蕉全集第六巻』の「俳文篇」による。

（4）古典俳文学大系第七巻『蕉門俳諧集二』による。

（5）古典俳文学大系第十巻『蕉門俳論俳文集』による。

（6）古典俳文学大系第三巻『談林俳諧集一』による。

（7）『西山宗因全集第三巻俳諧篇』による。

（8）門脇むつみ氏「詩仙図について」（『文学』二〇一〇年五・六月号）に詳しい。

（9）慶長古活字版は「風雲の思ひ」を「風雲の興」としているが、『徒然草諸抄大成』に従った。

（10）小川剛生氏訳注『徒然草』（角川ソフィア文庫、二〇一五年）の補注45に、この件の研究史が概観されている。

（11）なお、「年わすれ」に中国の人名を詠み込んだ句の先例には、やはり其角の、

のり物の中に眠沈て
年忘レ劉伯倫はおぶはれて　（『五元集』）

がある。劉伯倫は竹林七賢の一人で、酒を好み「酒徳頌」（『文選』）を作った。泥酔した其角自身を酒好きの劉伯倫に擬えた句だが、「年わすれ」に詩文に秀でた脱俗の人物を取り合わせ、人名を詠み込む点に類似が認められる。

（12）深沢了子「蕪村の『蒙求』利用句」（『文学』二〇一一年十一・十二月号）。

（13）谷地快一氏「蕪村における『徒然草』受容の考察」（『俳文藝』二二号、一九八三年十二月）、のち「『徒然草』から蕪村を読む」と改題して『與謝蕪村の俳景　太祇を軸として』（新典社、二〇〇五年）に収録。

（14）『蕪村全集九』（講談社、二〇〇九年）の頭注に指摘されている。

（15）岡田利兵衛氏『俳諧の美　蕪村・月渓』（豊書房、一九七三年）。

（16）注13の谷地氏論考による。

（17）東瓦の希望を受けて、東瓦と社友の発句を蕪村の春帖に送るよう指示した書簡。『安永四年蕪村春帖』に東瓦らの句が入集していることからも、「霊運も」の句が安永三年末に作られたことが推測できる。

（18）『蕪村全集五書簡』（講談社、二〇〇八年）による。「こよひは」の「は」は、誤脱か虫損。

（19）尾形仂氏『蕪村自筆句帳』（筑摩書房、一九七四年）。

（20）清水孝之氏『日本古典集成　與謝蕪村』（新潮社、一九七九年）。

（21）清登典子氏「『夜半亭蕪村句集』の位置付け――全収載句および「新出句」の検討結果を受けて」（『連歌俳諧研究』一三四号、二〇一八年三月）。

附記　本研究第二章は、平成三十年度科学研究費補助金（基盤研究（C）「新出『夜半亭蕪村句集』の基礎的研究」　課題番号18K00311　研究代表者　清登典子）による研究成果の一部である。

江戸前期文壇の謝霊運受容

──林羅山と石川丈山を中心に

陳可冉

ちん・かぜん──四川外国語大学日本語学部准教授。専門は近世文学研究、特に江戸前期の日本漢文学と出版文化。主な論文に「林家の聯句趣味」(『江戸風雅』第五号、二〇一一年)、「芭蕉における『本朝一人一首』の受容──『嵯峨日記』・『おくのほそ道』を中心に」(『総研大文化科学研究』第八号、二〇一二年)、「狛高庸年譜稿」(『日本学研究』第二九号、二〇一九年)などがある。

明の文人の編纂による歴代詩文総集の流布により、近世前期の儒者や漢詩人たちは六朝文学の全貌をより鮮明に把握できるようになり、様々な話題にとんだ謝霊運とその文学は、おのずと多くの人々に受容された。本稿はおもに林羅山と石川丈山の詩文創作に焦点をあて、江戸前期文壇における謝霊運受容の様相をうかがってみたい。

はじめに

中国六朝時代の大詩人である謝霊運は、古くから文学、思想、芸術にわたる多くの分野において日本人に多大な影響を与えた。奈良時代以来、日本の知識人たちはおもに『文選』、類書、歴代正史などの文献から六朝の詩文や故事を学んできた。なかでも、日本文学の歴史上とびきり大きな影響力をもったのが『文選』である。(1) その『文選』に収められた謝霊運の詩作は四十首に達し、陸機につぐ二番目に多い収録数となっている。(2) そこからの波及効果ははかり知れず、日本における謝霊運受容の基礎をなしえたと言えよう。

江戸時代に入って『広文選』『続文選』『古文世編』『詩紀』『七十二家集』『漢魏六朝百三名家集』といった明の文人の編纂による歴代の詩文総集が続々と日本に伝わった。明版書物の流布に伴い、近世前期の儒者や漢詩人たちは、昔と比べてより詳らかに六朝文学の全容を把握できるようになった。そのような背景のなか、後世の文人らに品評され模倣され続けた対象として、謝霊運の作った詩句とそれにまつわるエピソードの数々が、様々な形で江戸前期文壇の詩文唱和や書簡の往来に頻出している。本稿は林羅山と石川丈山の文学活動に焦点をあて、いくつかの具体的な事例から当代文壇における謝霊運受容の様相をうかがってみたい。

一、羅山の随筆と六朝文学

明暦三年（一六五七）羅山が七十五歳でなくなった。林家の二代目林鵞峰は亡き父の詩文を博捜したうえ、詩集、文集それぞれ七十五巻、あわせて一五〇巻の『羅山林先生集』を編みあげ、それを寛文二年（一六六二）に出版した。『羅山林先生文集』（以下、文集と略称する）巻六十五～巻七十五は、わざわざ「随筆」の部類が設けられ、十一巻にわたって羅山が日頃書きしるした雑記や筆記類の短い文章をのべ八七一条収録している。これらの随筆は、内容として羅山の読書生活および学問の研鑽による様々な会得の記録である。それぞれの執筆時期は慶長年間（一五九六～一六一五）からはじまり慶安元年（一六四八）におよび、各時期における羅山の関心が那辺にあったかがほぼ概観できる。文集巻七十五の末尾に「右随筆十一巻自二弱冠一歴二強壮一至二老成一、暇日所二手筆一也。（中略）此外晩年随筆数冊罹二丁酉之災一。固可レ惜焉」という鵞峰の跋語が記される。それによれば晩年の羅山には別に数冊の随筆があったが、惜しくもすべて明暦の大火で灰燼と化し、ついに文集に入れることが実現できなかったという。

（1）羅山の読書

羅山は随筆のいたるところで中国の歴代詩文をとりあげ、自分なりの意見を述べている。そのなかの一部は六朝文学に対する彼の考え方を端的に示したものであった。以下、謝霊運受容の周辺状況としてまず羅山の随筆を俎上にのせ、彼のような幕初の儒者がいったい六朝の詩文をどのように受けとめていたかを少し確認してみよう。(3)

読二文選一宜下知二其体一、識二其字一、且考中事迹于李善注上。読二李杜詩一宜下改二六朝風一、成中一大家上。雖レ然六朝詩文載二于芸文類聚、初学記一者、未二必蔑視一焉。李杜文字亦出レ自二六朝一者不レ少。唯其風格有レ奇有レ正。是所三以洗二六朝之習氣一也。

（文集巻七十「随筆六」正保四年〈一六四七〉作）

古文苑一部、載二文選所レ不レ載也。真奇書也。為二文選学一者、不レ可レ廃也。其文章古而奇也。可二以慰レ目、可二以下レ筆。

（文集巻七十「随筆六」正保四年作）

六朝文章大抵駢四儷六。蕭統所レ選取猶然。其所レ有先秦、両漢、三国、司馬晋之詞人才子、既列二于史伝一。唯所レ有詩、誠風雅之羽翼也。欲レ見二古詩一者、可レ由レ是。

（文集巻七十三「随筆九」執筆時期未詳）

六朝文学といえば、むろん『文選』は外せない大古典である。『文選』のほか、右に取りあげられた『芸文類聚』『初学記』『古文苑』などの典籍も古来日本人が六朝の詩文を学ぶ際によく利用した書物である。右記の三条によれば、六朝文学について羅山はおおむね好意的な態度をとっていることが分かる。彼は一方で李白と杜甫の作品をはじめとする盛唐の詩を尊び、その六朝の旧弊を徹底的に革めたうえで自ずと一家をなしたことをよしとする。が、もう一方ではたとえ『文選』に載っていなくて、ただ類書にしか見えない六朝の詩文だとしても、決してそれを蔑ろにしてはならないと戒めている。[4]その理由は「李杜の文字もまた六朝より出るもの少なからず」だからである。したがって「古詩を見んと欲する」場合にしても、文章を作る場合にしても、六朝文学はとても参考になり有益なものであると羅山は主張した。

ところで、その「李杜の文字もまた六朝より出るもの少なからず」という言葉を別の角度から考えると、それはつまり盛唐の詩風に範を求めるべきことを前提にした発言とも読みとれよう。羅山の門人にして水戸藩儒の人見卜幽には、貞享三年（一六八六）刊行の『林塘集』があるが、実はその号の「卜幽」も、書名の「林塘」もほかならぬ杜甫の七言律詩「卜居」の首聯「浣花渓水水西頭、主人為卜林塘幽」に由来するものである。この一件をもってしても杜詩に対する卜幽の傾倒ぶりがうかがえる。羅山が随筆のなかでわざわざ李杜に与えた六朝文学の影響を強調したのも、あるいは当時の李杜崇拝の趨勢を踏まえたうえでの指摘ではなかったかと考えられる。それに関連する羅山の持論の展開は次の二条にも見える。

余見二広文選、古文世編等一所レ載六朝文字多矣。至二于盛唐一、李杜拯二其頽風一。雖下改二格体一、一中洗耳目上、然其故事文字引用援拠往往莫レ不レ有レ之。況又有二未レ詳、未レ見之事迹一乎。　（文集巻七十二「随筆八」正保四年作）

我家素有二漢魏蔵書、古文世編、続文選等一。頃年又見二張燮七十二家、馮惟訥詩紀等一、粗誦二六朝人詩文一。与二文選、古文苑、芸文類聚、初学記所レ載、並二晋書、宋書、南斉書、梁書、陳書、後魏書、北斉書、後周書、隋書、南史、北史所レ云、多纂出為レ編。其煩冗亦有レ之矣。而文字意義大概王楊盧駱沈宋之徒採二用之一。雖二太白子美一不レ能レ不レ取レ之。唯盛唐詩、其体壮格高耳。（文集巻七十五「随筆十一」慶安元年〈一六四八〉作）

ここでも羅山は、唐詩の典拠としてよく使われたのが六朝の詞藻や故事であった以上、唐詩を理解するためにも六朝文学を熟知することが不可欠だと重ねて強調した。要するに、六朝の詩文に対する羅山の関心は、その大半が考証の必要によるものと見え、彼の立場にふさわしく、いかにも学問を専門とする儒者らしい発想だったと言える。

それとは別に、右の二条をつぎ合わせると羅山直伝の読書リストになるが、そのおかげで羅山とその周辺の人物が大体どのような書物を通して六朝文学に触れていたかが、かなり詳細に把握できる。前にも言及した宋代以前に編纂された詩文集や類書、それから歴代正史のほかに、例えば『広文選』『古文世編』『続文選』『七十二家集』『詩紀』など、明の時代に編まれた詩文の総集も歴然として羅山のそのリストにあったことはとりわけ注目に値する。これら明版書籍の伝来と流布は恐らく羅山の生きた時代の特色であり、大規模な総集の出現によって中国歴代の詩文がほぼ網羅的に纏められ、その全貌が比較的容易に一望できるようになったのである。六朝文学の受容に関して言えば、江戸前期の知識人たちがそれまでのいかなる時代よりも、もっと都合のよい環境にいるだろうと想像される。

（2）『七十二家集』の流布

明・張燮編『七十二家集』のことを例にいうと書名通り、それは戦国時代の宋玉から隋の薛道衡まで、すなわち唐以前の人物を七十二人選んで、各人の詩文を一集としてまとめ、全部で七十二集、合計三四六巻（ほか附録七十二巻）からなる大編著である。同書は天啓・崇禎年間（一六二一〜一六四四）に段階的に刊行されたものとされるが、[5]後述するように慶安元年（一六四八）以前のある時点で羅山はすでに全書を手にする機会を得た。文集巻九所収の書簡「与辻了的」（其二）には関連の事実が書かれている。

七十二家全套七十冊、盛レ瓻還レ之。由二足下先容一、見所レ未レ見二之書一。（中略）余家蔵二倭唐書一且二千部一。積籤累袠、収貯漸半百余年。雖レ然今獲三此書之被二恩僦一、耐二慰レ目療レ癖、不二亦幸一乎。謝而有レ余。彼李杜之精律亦出レ自二六朝文字一者、往往於二此書一而見レ之歟。（後略）

当時藩儒として水戸藩に仕えた辻了的は、卜幽と同じく羅山の門下生の一人であった。彼に与えたこの羅山の書状には日付の記載がないが、前出した慶安元年随筆の「頃年又見張燮七十二家」との記述からみて、執筆の時期は件の慶安元年よりさほど遡らないだろうと推測できる。書簡の内容を読めばわかるように明刊『七十二家集』はまず水戸徳川家によって購入され、その後門人了的の情報提供によりその所在を知った羅山は、同書の貸出しをはかるべく了的に仲介の労を

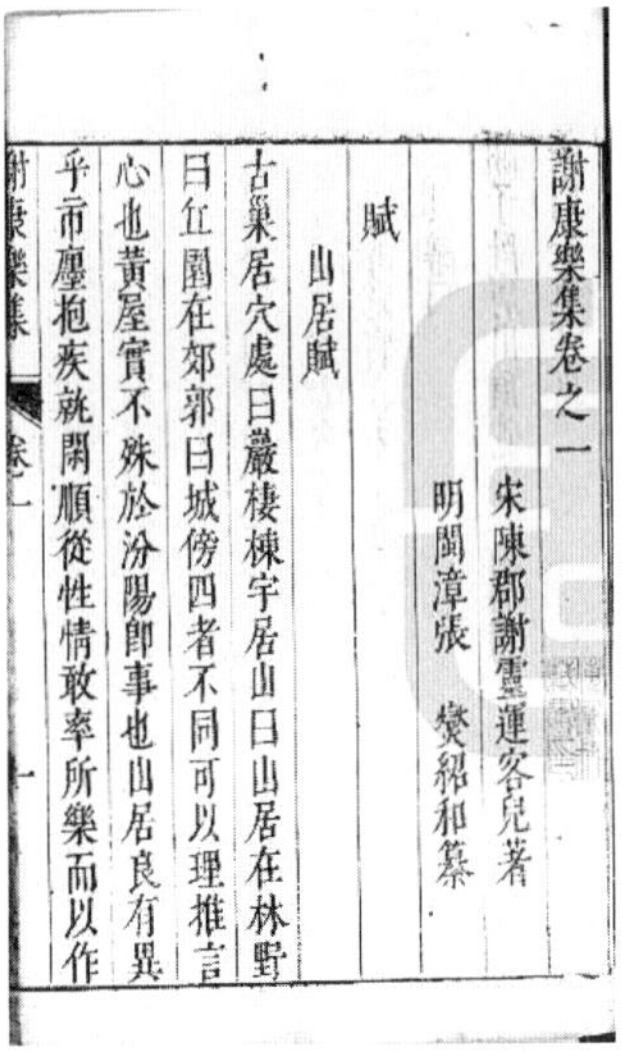
謝康樂集巻之一
宋陳郡謝靈運客兒著
明閩漳張　燮紹和纂
賦
山居賦
古巣居穴處曰巖棲棟宇居山曰山居在林野曰丘園在郊郭曰城傍四者不同可以理推言心也黄屋實不殊於汾陽即事也山居良有異乎市廛抱疾就閑順從性情敢率所樂而以作
謝康樂集　巻一

図1　『七十二家集』所収『謝康楽集』巻首
中国国家図書館蔵明刊『七十二家集』（傅増湘旧蔵）　請求番号　善本02941　『謝康楽集』第一冊　15丁表

とるようにと頼んだ。幸い、蔵書の主である水戸藩初代藩主徳川頼房からの快諾をいただけたので、それで羅山は『七十二家集』を借り出して目を慰めることができたのである。

このように『七十二家集』が海を渡り、徳川親藩大名の書庫を経て羅山の机上まで流れてくる過程は、林家交遊圏における明版詩文総集の流布ルートをある程度浮き彫りにした典型例の一つと言えよう。『七十二家集』のなかに八巻からなる『謝康楽集』があり、一三〇余りの霊運詩文が文体ごとに整然と分類・編輯されている。それだけでなく、末尾の附録には霊運の伝記、遺事そして後世の評価のまとめである「集評」までそなわる。言ってみれば、霊運とその文学を知るには『謝康楽集』一書を読むだけで大体の事が足りる。そのような事情があるため、江戸前期文壇における謝霊運ないし六朝文学の受容を検討する際、張燮のような明代文人の編著もその背景にあったことを念頭におかなければなるまい。

二、羅山・丈山・霊運

寛永二十年（一六四三）前後、林羅山の四男林読耕斎は中国歴代の詩篇から秀作をえり抜き、人を雇いそれを類別ごとに抄出させた。名付けてこれを「選詩」という。いわばシリーズものであるこの「選詩」のなかには、謝霊運の詩をあつめた一部があり、それのために羅山がわざわざ短い跋語を書き与えた。その跋がすなわち文集巻五十四所収の「題選詩謝霊運詩後」である。

池塘芳草一夜之夢未㆑覚、初日芙蓉四時有㆑花不㆑凋。

いうまでもなく「池塘芳草」というのは、霊運の代表作で人口に膾炙する「登地上楼」の名句「池塘生春草」を踏まえている。「春草」はまた「芳草」とも作る。直接羅山にかかわったもので言えば、文集巻七十三「随筆九」には、「池塘生芳草、園林《ママ》変鳴禽。康楽以為有神助」とある箇所があり、一方羅山旧蔵写本『百人一詩』に収められた「登池上楼」では「池塘生春草、園柳変鳴禽」となっている。どうやら羅山のなかでは「芳草」と「春草」は両方とも通用しているようだ。

（1）霊運と夢と芙蓉

それはさておき、この名句の誕生秘話として中国の文学史には面白い言い伝えがある。南朝の鍾嶸は『詩品』「宋法曹参軍謝恵連」において『謝氏家録』からの転載と断ったうえで次のようなエピソードを紹介した。[6]

康楽毎㆑対㆓恵連㆒、輒得㆓佳語㆒。後在㆓永嘉西堂㆒、思㆑詩竟日不㆑就。寤寐間忽見㆓恵連㆒、即成㆓池塘生春草㆒。故常云、此語有㆓神助㆒、非㆓吾語㆒也。

それによると、霊運が「池塘生春草」の句を吟じえたのは、夢のなかで族弟の謝恵連にあってのこと、しかも一句が神の授かりであって自分の言葉ではなかったとの認識が霊運にあったという。前掲した羅山跋語の上の句に見られる「一夜之夢」は、つまりここの一件を典拠としている。続いて下の句の「初日芙蓉」なる語は、『南史』巻三十四・「顔延之伝」に由来する。[7]

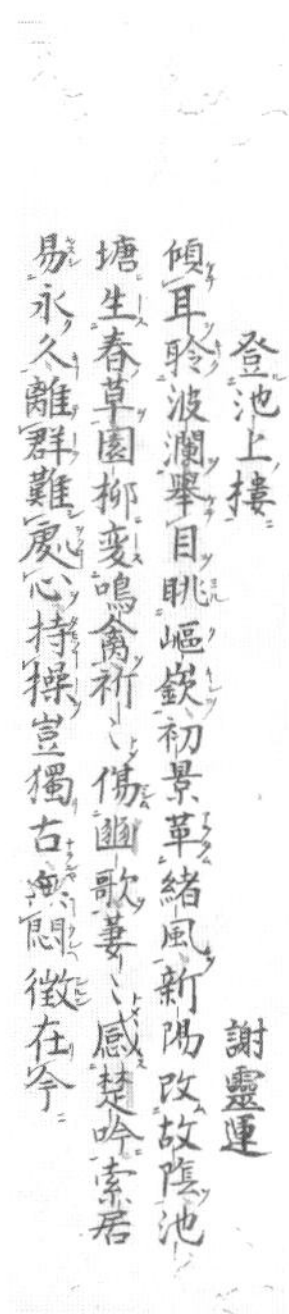
登池上楼　謝霊運
傾耳聆波瀾挙目眺嶇嶔初景革緒風新陽改故陰池
塘生春草園柳変鳴禽祁〻傷豳歌萋〻感楚吟索居
易永久離群難處心持操豈獨古無悶徴在今

図2　謝霊運「登池上楼」
内閣文庫蔵写本『百人一詩』（林羅山旧蔵）　請求番号　207-0026　4丁表

延之嘗問㆓鮑照、己与霊運優劣㆒。照曰、謝五言如㆓初発芙蓉㆒、自然可㆑愛。君詩若㆓鋪㆑錦列㆑繍、亦彫繢満㆑眼。

この話は「顔謝」と併称された二人の有名な逸話として後の『太平御覧』や『詩人玉屑』などに繰り返し引用されている。これらの影響をうけて霊運は、「水芙蓉」とも言われる荷花（ハスの花）と結びつくようになったのである。南宋・陳景沂編『全芳備祖』は、羅山ら近世前期の知識人にとって馴染みの深い植物の専門類書であるが、[8] 例えば同書前集巻十一の「荷花」条を確認すると、

芙蓉、一名荷花、一名水芝、一名水華。有㆓赤白紅紫青黄㆒、紅白二色差多。（後略）

謝霊運以㆓詞采㆒名。鮑昭曰、謝詩如㆓初発芙蓉㆒。

芙蓉始発㆑池　謝霊運

やはりここにも霊運との関係が特記されている。傍線部の「謝詩如初発芙蓉」は、四庫全書本など一部の伝本では「謝詩如初日芙蓉」とも作るが、いずれにしても霊運の清新な詩風と、すがすがしく咲きほころぶハスの花とが一体化した形で後世の人々に記憶されているようだ。羅山の「題選詩謝霊運詩後」は上の句が「池塘芳草」の夢をいい、下の句が「初日芙蓉」の姿を言う。わずかな言葉で世に与えた霊運の代表的なイメージを的確に捉えている。

（2）羅山の夢

実をいうと、霊運が夢のなかで佳句を得たというこの逸話の信憑性に対して羅山は若い時はやや懐疑的だった。たとえば元和九年（一六二三）、菅得庵のために書かれた跋文「題玄同夢聯句後」（文集巻五十二）の冒頭において羅山は自分の感想を次のように述べている。

世称有二仮レ夢以托レ言者一。若二謝霊運之池塘芳草一、則欲レ神二其詩句之妙一也。（中略）余嘗疑レ之矣。

この文章を執筆した時、羅山はたまたま『晋書』巻四十三所収の「楽広伝」を読んでいた。夢に関する楽広と衛玠の議論[9]から啓発をうけ、最初は「霊運の夢」をすこぶる疑っていた羅山であったが、「題玄同夢聯句後」の後半になって彼は「其感二於寤寐之際一者奚誣哉」と問いかけ、逆に「霊運の夢」の合理性を肯定し、それを作詩に明け暮れたことによる自然の結果だと納得したのである。

羅山は承応二年（一六五三）四月、日光へ赴く途中に「武野草賦」（文集巻一）を詠んだ。その末尾の四句は次のように言う。

我今続二馬上之夢一兮、未三曽到二霊運之塘一。唯思帰レ家弄二風月一兮、観二濂渓于庭墻一。

「武野」はすなわち草の生い茂ることで有名な武蔵野。その野原を通った羅山は、まず旅の労苦から劉駕と蘇軾の「早行」[10]詩に詠まれた「馬上に残夢を続ぐ」旅人のわびしさに自身の姿を重ね、早朝の残夢と初夏の野草より霊運の夢を連想したのである。ここにいたって「池塘春草」の典故が「武野草賦」のなかに完全に溶けこんだが、ただ残念なことに、馬上の夢に身をおきながら羅山は最後になっても「未だ嘗て霊運の塘に到らず」、つまり妙句を得ることがついにできなかった。儒者としての自覚によって彼はあまり詩句の推敲に没頭する気がなかったようで、濂渓先生こと周敦頤の説いた儒学の奥義を追究することこそ目下の急務だと羅山は考えていた。「武野草賦」にあらわれたこの羅山の夢はいかにも儒者らしい彼の人となりを如実に物語っていると言えよう。

（3）丈山の夢

羅山の場合、「草」と「夢」の二つのキーワードからほぼ条件反射的に霊運への想起が作動したことは先に述べた通りである。ところが、このような語彙の連鎖というか、あるいは霊運の故事をめぐる思考回路の形成とも言うべき現象はおそらく羅山にしか見られないものではなく、当時の知識人にしてみればある程度共通した教養であったに違いない。

林家の詩友にして京都の郊外でかの詩仙堂を造った近世前期の漢詩人石川丈山を例にいうと、彼の尊敬する三十六人の

詩仙にももちろん謝霊運が入っているし、(11)羅山との文通のなかでも二人は度々霊運のことを話題にとりあげる。(12)

「草」と「夢」の組み合わせでいえば、丈山には「春日漫興三首」（『新編覆醤続集』巻四）という五言律詩の連作がある。次の一聯はその第三首に詠まれている。

草尋㆓霊運夢㆒、梅返㆓老逋魂㆒。

「老逋」とは「梅妻鶴子」の話で知られた林和靖のこと。

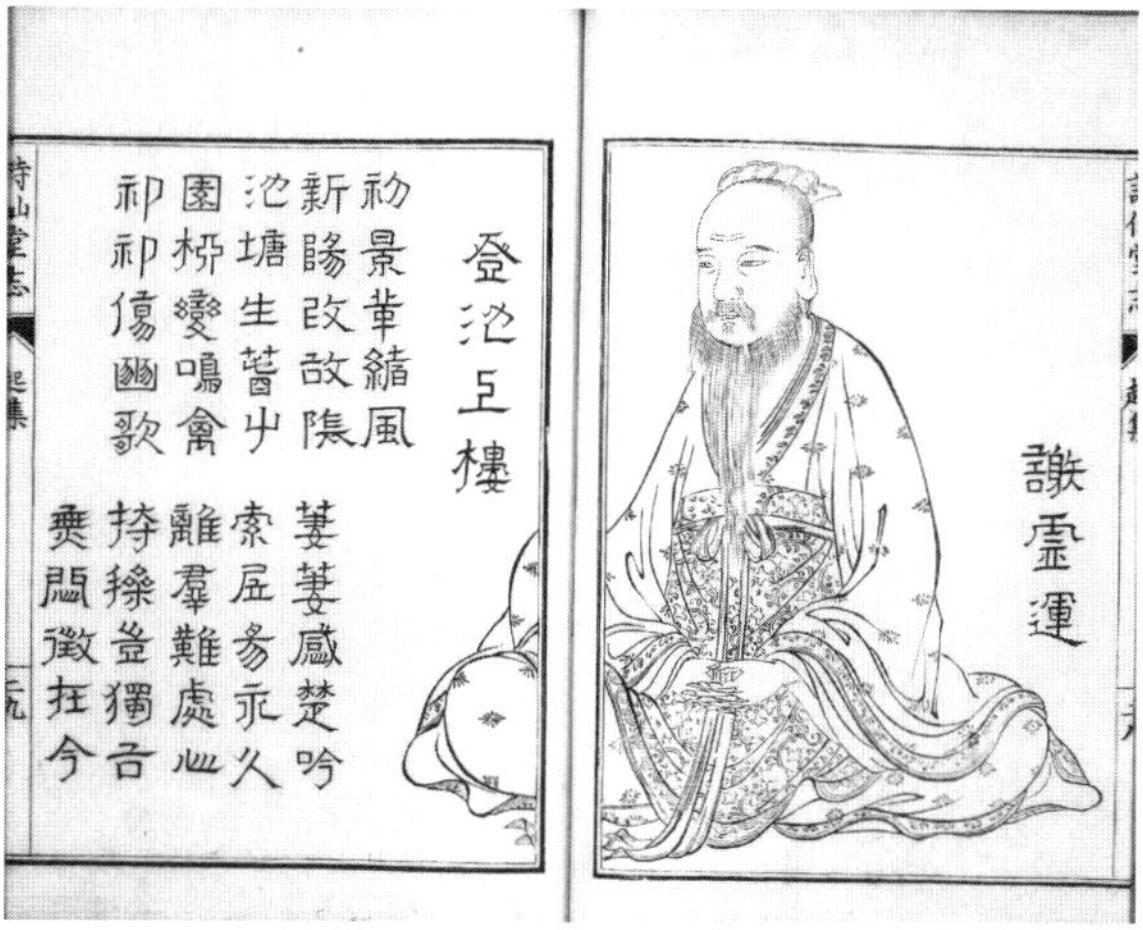

図3　詩仙堂の謝霊運小像
早稲田大学図書館蔵寛政九年（1797）刊『詩仙堂志』　請求番号　ル04-03364　起集（第一冊）39丁裏～40丁表

梅と和靖がペアを組んでいるのと同じように草と霊運も一対をなし、そして名句誕生のきっかけとなった夢への言及がここにも認められ、当時「霊運の夢」がいかに憧憬されていたかが想像にかたくない。

それぱかりでなく、丈山『新編覆醤集』の巻三に「寄野静軒弁序」と題する作品が収められており、こちらも見るべき一首である。「野静軒」はつまり江戸前期の儒医で丈山の親友の野間三竹である。京都に居住した幕府の侍医として三竹は江戸と京都の間を足しげく往還する人物で、林門交遊圏の詩会などでも常客の一人と数えられる。(13)

「寄与野静軒弁序」は首尾吟の形で作られた七言絶句であるが、二十八字からなる絶句の前には二百五十字あまりの長い詩序があり、そこで丈山は緻密な筆致をもってある夕方に見た自分の夢を描き出した。やや長くなるが、ここにその全文を掲出する。

前夕夢遊㆓尾州熱田之祠中㆒。啻有㆓枯木㆒、靡㆑有㆓屋宇㆒。展㆓布厚筵於水上㆒、不㆑知㆓幾許㆒。水不㆑湿㆓筵表㆒、飄然如㆑籋㆓浮雲㆒。四面皆有㆓白芙蓉㆒。其葉已凋、其花猶存。筵際有㆓一株大芙蓉㆒、如㆓玉井蓮㆒。出㆑水可㆓三四尺㆒、未㆓全開㆒矣。又左方沿㆑筵有㆓白馬蘭㆒、爛漫与㆓荷花㆒交発。薫風破㆑鼻、花氣惱㆑人。余裴㆓回其間㆒、欲㆓詩而歌㆒。足下寐二於座隅一、矯レ首開レ目向レ吾吟二一句一曰、十里荷花入レ夢香。余感二於夢中一、以為佳句。此景真不レ滅二西湖一。金主投レ鞭之興、可レ思可レ見。曽不二斯須一、卒爾夢覚。想夫彼地者日本武之靈廟、楊太真之旧踪也。方士所レ見之蓬萊、宋濂所レ賦之仙山、可二並按一矣。吁、華胥之事不レ可レ誣也。吾之与二足下一豈獲レ不三神二遊乎蓬萊島一哉。詠嘆之余、漫賡二二三句一為二首尾吟一、以葡二笑資一。庶幾同二之雞鳴一、原二諸斯幹一。

　十里荷花入レ夢香、覚来蓬島路茫茫。
　神交昨夜聞二君句一、十里荷花入レ夢香。

いまの名古屋市内に鎮座する熱田神宮は、熱田大神を主祭神とする日本三大神社の一つとして有名である。その始まりは三世紀ごろ日本武尊の妃である宮簀《みやす》媛命《ひめのみこと》の奉祀に遡ると伝えられている。白居易の名作「長恨歌」に「昭陽殿里恩愛絶、蓬萊宮中日月長」の一聯があるがゆえに日本では中世以来、熱田神宮を白詩のいう蓬萊宮と考えて楊貴妃はすなわち熱田大明神とする説が世に広まった。楊貴妃と熱田神宮の関わりを説く文献として最も早いものは文保二年（一三一八）成立の『渓嵐拾葉集』とされ、同書巻六にはっきりと「唐玄宗皇帝共二楊貴妃一至二蓬萊宮一。其蓬萊宮者、我国今熱田明神是也」と書いてある。(14)

「寄与野静軒弁序」を一読すれば分かるように、丈山はある日熱田神宮に遊ぶ夢を見た。夢裏の丈山は神宮の水辺で三竹に会い、三竹は「首を矯げ目を開きて」丈山に向かって「十里荷花入夢香」の一句を吟じた。それを「夢中に感じ以為へらく佳句なりと」考えた丈山は、夢から覚めてすかさずその句を首尾吟の詩料とし、自ら絶句一首を作って三竹のところに送ったわけである。細かい風景の表現と生き生きとした人物描写を使って、丈山はこの詩序において首尾吟創作の興味深い経緯をつぶさに語ってくれた。

　「十里荷花」と「金主投鞭之興」の二語はともに『鶴林玉露』丙集巻一「十里荷花」条の言葉である。『新編覆醤続集』巻十の書簡「与林羅山」（其二）によると、丈山はかつて羅山より『鶴林玉露』を借り、昼も夜もなく二日かかってそれを謄写したことがある。(15)

　「宋濂所賦之仙山」は宋濂「賦日東曲」(16)十首のうちの第三首に詠まれた富士山をさす。詩序末尾の「鶏鳴」と「斯幹」は両方とも夢のことが言及された『詩経』の章段である。このように丈山は『鶴林玉露』「賦日東曲」『詩経』など中国の古典から様々な素材をかき集め、それらをうまく塩梅して一篇の詩序を仕上げた。

　実は、斯のごとく目に見える明白な詩文の利用とは別に、もう一つ目に見えない形で丈山の詩文を背後から支えている典拠もあることを見過ごしてはならない。改めて「寄与野静軒弁序」を眺めると、表には霊運のことについて一言も触れていないものの、丈山はあたかも霊運の夢を追体験でもしたような書き方で筆を進めていることに容易に気づくだろう。

　場所は夏か初秋の熱田神宮。霊運と縁の深いハスの花に囲まれ、境内を徘徊する丈山は座敷の隅に寝ている親友の三竹に会った。かの恵連に触発され創作のアイディアがひらめいた霊運とほぼ同じように、丈山も三竹の口からすばらしい一句をもらって目が覚めた。かつて永嘉の西堂にあらわれたあの「池塘春草」の夢は、いつしか時空の隔たりをこえ、すこし姿を変えて熱田神宮に登場する「十里荷花」の夢と生まれ変わった。

十里荷花
孫何帥錢塘柳耆卿作望海潮詞贈之云東南形
勝三呉都會錢塘自古繁華煙柳畫橋風簾翠幙
參差十萬人家雲樹繞堤沙怒濤卷霜雪天塹無
涯市列珠璣戶盈羅綺競豪奢重湖疊巘淸佳有
三秋桂子十里荷花羌管弄晴菱歌泛夜嬉嬉釣
叟蓮娃千騎擁高牙乘醉聽簫鼓吟賞煙霞異日
圖將好景歸去鳳池誇此詞流播金主亮聞歌欣
然有慕於三秋桂子十里荷花遂起投鞭渡江之
志近時謝處厚詩云誰把杭州曲子謳荷花十里
桂三秋那知卉木無情物牽動長江萬里愁余謂

図4　『鶴林玉露』丙集巻一「十里荷花」
内閣文庫蔵古活字本『新刊鶴林玉露』（林羅山旧蔵）　請求番号　307-0212　丙集第一冊9丁裏〜10丁表

　おもうに、「寄与野静軒弁序」に描かれたその夢はあながち創作上の虚構ではあるまい。「華胥の事、誣ふべからざるなり」と自分でも主張したように、丈山は夢のことをかなり真剣に扱っていた。前出羅山「題玄同夢聯句後」に書かれた言葉でいうと、全く「昼之所思、夜之所夢」の通りで、丈山が日ごろ霊運のことを思い、その文学を慕う強い気持ちがあったからこそ、実際にそのような夢を経験し、件の首尾吟が作りえたのではなかろうか。

おわりに

　慶長八年（一六〇三）、江戸で幕府が開かれ、ようやく平和の世が到来した。印刷術の進歩と商業出版の隆盛にともない、日本の漢文学も歴史的な転換期を迎えつつあった。折しもその少し前の中国では、文学の復古運動が盛んになり明の中頃以降、漢魏六朝の詩文への関心が高まって大規模な総集の編纂が次々に行われてきた。江戸時代の前期には、明の文人によって編纂された歴代の詩文集が漸次舶載され、日本で流布するようになった。そのことは六朝文学をめぐる最新の風潮や成果を吸収する面においても、当時の日本文壇に無視できない影響を及ぼした。

林家とその周辺の儒者や門人そして諸国の好学大名、漢詩人、僧侶などによって形成された交遊圏は、当代の漢詩文創作と享受の主要な場であった。今回本稿が取りあげた代表人物の林羅山と石川丈山は、それぞれ江戸林家の始祖と上方詩壇の長老である。ゆえに二人の謝霊運受容の状況は、同時代の文壇の様相を知るうえで有益な参考となることは間違いあるまい。話題性にとんだ霊運の人とその文学は、近世前期の日本漢詩文に豊富な素材とたくましい想像力を与えたと言ってよいだろう。江戸時代における謝霊運ないし六朝文学の受容について今後さらなる多角的な研究を必要としている。

注

(1) 日本の古典文学に与えた『文選』の影響について、『日本古典文学大辞典』(岩波書店、一九八五年)第六巻の「文選」項に詳しい解説が書かれている。

(2) 明・焦竑『焦氏澹園集』(万暦三十四年〈一六〇六〉刊)巻二十二「題謝康楽集後」に曰く、「『謝康楽集』世久不伝、其見『文選』者詩四十首止耳」と。『文選』所収作品のジャンル別・作者別の統計データは、清水凱夫「全収録作品の統計からみた『文選』の基本的性質」(『学林』第二七号、一九九七年)が詳しい。

(3) 本稿における林羅山および石川丈山の詩文の引用はすべて内閣文庫林家旧蔵本による。引用の際、現在通行の字体に改めたうえ適宜句読点を補い、送り仮名を省略した。

(4) 各巻末に加わった鵞峰の識語から分かるように、羅山随筆の多くが鵞峰・読耕斎兄弟に与えたものであり、明らかに息子たちの教育のために作成した指南の性格を有する。

(5) 刊行の最盛期は天啓四年(一六二四)〜崇禎元年(一六二八)に集中している。崇禎元年の時点で、七十二家のうちすでに六十四家の文集が上梓した。王京州『七十二家集題辞箋注』(上海古籍出版社、二〇一六年)七―九頁。

(6) 原文は周振甫訳注『詩品訳注』(中華書局、一九九八年)六九頁から引用する。ただし日本の慣習にしたがい適宜句読点を改め一部通行の字体にした。訓点は稿者による。以下同。

(7) 原文は李延寿『南史』(中華書局、一九七五年)八八一頁から引用する。

(8) 羅山の文集に時おり『全芳備祖』を引く部分が見える。それだけでなく、たとえば那波活所『活所備忘録』巻一の第一条も『全芳備祖』所収の海棠詩を話題にしている。同書「荷花」条の引用は陳景沂『全芳備祖』(浙江古籍出版社、二〇一八年)二六一―二九〇頁による。

(9) 原文は以下のごときである。「衛玠総角時、嘗問レ広レ夢、広云是想。玠曰、神形所レ不レ接而夢、豈是想耶。広曰、因也」。房玄齢等『晋書』(中華書局、一九七四年)一二四四頁。

(10) 文集巻三十六「問対六」に「馬上続夢」の一条があり、羅山はそのなかで劉駕と蘇軾のどちらにも「馬上続残夢」を起句とする「早行」詩があったことに言及した。この点についてすでに池澤一郎「蘇軾の『残夢』と芭蕉の『残夢』――林家詩学の一側面」(『江戸風雅』第一号、二〇〇九年)三七頁に指摘がある。

(11) 羅山と読耕斎が詩仙堂三十六詩仙の選定に大きく関与した

ことは、鈴木健一『林羅山年譜稿』（ぺりかん社、一九九九年）および注10の池澤論文によって詳述されている。

(12) 寛永十九年（一六四二）と承応三年（一六五四）の往復書簡は特にそうである。典型例は、文集巻七「示石川丈山」其三、其四、『新編覆醤続集』巻十二「与林羅山」其一などである。『林羅山年譜稿』および小川武彦・石島勇『石川丈山年譜』（青裳堂書店、一九九四年）を参照。

(13) 三竹の生涯と交遊について、伊藤善隆「野間三竹年譜稿」（『湘北紀要』第二九巻、二〇〇八年）が詳しい。

(14) 渡瀬淳子「熱田の楊貴妃伝説——曽我物語巻二『玄宗皇帝の事』を端緒として」（『日本文学』第五四号、二〇〇五年）二一頁。論文は同氏『室町の知的基盤と言説形成』（勉誠出版、二〇一六年）にも収録。岩山泰三「『私語』から『虚言』へ——五山における楊貴妃故事受容の位相」（『日本学研究』第二〇号、二〇一〇年）一八五頁。論文は同氏『一休詩の周辺』（勉誠出版、二〇一五年）にも収録。

(15) 同書状にある「因二日之許借一、儲二一生之至貨一」という文言からも分かるように、丈山は『鶴林玉露』に相当心酔していたのである。近世前期における『鶴林玉露』の流行とその影響については、いずれ稿を改めて別に論じたい。

(16) 宋濂『蘿山集』巻四に収録されている。中国では『蘿山集』が長らく散逸したと考えられていたが、近年、内閣文庫に林家旧蔵の写本が現存することが報告された。任永安「日本蔵宋濂『蘿山集』抄本考述」（『文学遺産』、二〇一一年第一号）。

附記　二又淳先生には拙稿を一読していただき、適切な助言を賜った。記して御礼申し上げます。

◎コラム◎

謝霊運「東陽渓中贈答」と近世・近代日本の漢詩人

合山林太郎

ごうやま・りんたろう――慶應義塾大学文学部准教授。専門は近世・近代の日本漢詩文。主な著書・論文に『幕末・明治期の日本漢詩文の研究』（和泉書院、二〇一四年）、合山林太郎「西郷隆盛の漢詩と明治初期の詞華集」（『文化装置としての日本漢文学』アジア遊学二二九号、二〇一九年）などがある。

謝霊運と言えば、「過始寧墅（始寧の墅に過る）」や「七里瀬」などの、山水詩が有名である。近世日本では、紀州藩の儒者であり、文人としても名高い祇園南《ぎおんなん》海《かい》が、「歎息謝康樂、跡同意不同（歎息す　謝康楽、跡同じくして　意同じからず）」（「五言古浴龍泉途中作」『南海先生文集』巻二）といった、謝霊運の山水詩人としての側面を意識した、印象的な詩句を作っている。

また、その「登池上楼（池上の楼に登る）」中の「池塘生春草、園柳變鳴禽（池塘　春草を生じ、園柳　鳴禽を変ず）」の句は、様々なかたちで人口に膾炙しているが、江戸時代以降においても、この詩を念頭に置き、「池塘」や「春草」を組み合わせて作られた詩句を多く確認できる。

ただ、近世から近代の日本では、これらとは別に「東陽渓中贈答」という詩が注目を集めていたようである。以下、森野繁夫氏の訳（『謝康楽詩集』下巻、白帝社、一九九四年）とともに参照する。

可憐誰家婦、縁流洒素足。[1]明月在雲間、迢迢不可得。

憐《あは》れむべし　誰《た》が家《いえ》の婦、流れに縁《よ》りて素足を洒《あら》ふ。明月　雲間に在り、迢迢《てうてう》として得るべからず。

（可憐なおかたどこの家のご婦人だろう、流れに縁って真っ白い足を洗っている。「明月は雲間に在り、遙か遠くにあって　手に入れることができそうにない」）

可憐誰家郎、縁流乘素舸。但問情若為、月就雲中堕。

憐れむべし　誰が家の郎、流れに縁りて素舸《そか》に乗る。但《た》だ問《と》ふ　情若為《いかん》と、月は雲中に就《つ》きて堕《お》つ。

（可憐なおかた　どこの家の若者だろう、流れに縁って　飾らぬ舟に乗っている。「ちょっとお問ねしますが　気持ちはどうなんですか、月は雲の中に隠れてしまいますよ」）

この詩は、男女が互いの心を探り合い、応答するという内容であり、謝霊運の多くの詩とはやや趣を異にし、素朴な調子となっている。

近世日本の、とくに六朝以前の詩を集めた詞華集や註解書の中には、この詩を収録したものを二点確認することができる。一つ目は、江南先生の手になる『六朝詩選俗訓』（安永三年〈一七七四〉序）であり、これは南北朝時代の歌謡詩に、和訳と説明を付したものである。漢詩和訳の先蹤として注目され、すでに翻刻・注解が備わるが（都留春雄・釜谷武志『六朝詩選俗訓（東洋文庫六六六）』平凡社、二〇〇〇年）、謝霊運の作として、よく知られたものではなく、この「東陽渓中贈答」の二篇が採られている。

試みに第一首を見れば、「かはいらしい　どこのむすめか、ながれによりてしろきあしをあらふが、月のくもまにある如く、はるかにして手にとられぬ」（原文片仮名）という訳が掲げられ、「素き足の水中に在る、明月雲中に在るやうに見へてうつくしい。雲間の月の沼にして手に取られざるごとく、此女も何の処の女か、縁が無ければ、雲間の月の如く手にとられぬ。男子の女に云掛たる歌なり」という説明が加えられている。

また、江湖詩社を開き、江戸詩壇に清新性霊の新風を開いた市河寛斎《いちかわかんさい》（寛延二年〈一七四九〉～文政三年〈一八二〇〉）は、六朝以前の五言詩を集めた詞華集『漢魏六朝五言絶句選』を編纂している。これが「東陽渓中贈答」詩を収載する二つ目の資料である。本書は、刊記の情報から文化十一年（一八一四）刊とされることが多いが、実際に完成したのは、序や凡例にいずれも「癸卯」と記されているので、天明三年（一七八三）のことと考えられる。[2] 謝霊運の作としては、この詩と、『宋書』に記される「韓亡子房奮（韓亡びて　子房　奮ひ…）」で始まる詩とが掲出されている。

今日、必ずしも謝霊運の代表作とみなされていない詩が、複数のアンソロジーに収録されたのは、なぜだろうか。一つには、この詩が、中国の総集や詩話の中で、それなりの頻度で収録または言及されていたことが影響していよう。まず、『玉台新詠』に収録された謝霊運の詩は、この詩のみである。その後も、本詩は、明の楊慎の手になる『丹鉛雑録』において言及されている（摘録巻八）。すなわち、李白「越女詞」中の「東陽素足女、会稽素舸郎…」という詩句が、この謝霊運の詩を踏まえていると考えられるが、李白の詩集の註では必ずしも言及されていないと述べている。

このほか、明代に編まれた総集では、この詩は、『古詩紀』『漢魏六朝百三家集』をはじめ、『古今詩删』『古詩帰』『古詩鏡』など様々な詞華集に収録されている。また、明末竟陵派の領袖である鍾惺《しょせい》、譚元春《たんげんしゅん》らが編んだ『古詩帰』では、この詩について、「情辞。是子夜読曲、而気質似高於晋宋、去李白反近。昇降之故、有不可解（情の辞なり。是れ子夜読曲なり。而《しか》るに気質は晋宋より高きに似て、李白を去るも反って近し。昇降の故には解すべからざるあり）」と好意的に評している。男女の情を詠った詩であり、楽府の子夜歌、読曲歌の類であること、また、六朝の晋や宋の詩よりも風格が高く、李白とは時代が離れているが、かえって彼の詩の情趣と近いようであることなどが指摘されている。

　こうした詩話や総集などが日本へ渡り、この詩が知られたと考えられるのである。とくに『古今詩刪』は、寛保三年（一七四三）に和刻されているので、ひろく読まれたであろう。

　ただ、より重要なのは、近世中期以降の日本において、楽府体（歌謡調）の艶詩に対する関心が高まっていた点であろう。すでに近世前期からこの種の詩は作られているが、こうした傾向がとくに顕著になったのは、十八世紀半ばの徂徠学の流行以後のことである（日野龍夫「唐詩選の役割──都市の繁華と古文辞派」『日野龍夫著作集第三巻──江戸の儒学』二六五─二六六頁）。具体的な例とともに述べるならば、たとえば、この時期、潮来節をはじめ、日本の男女の情愛を謡った俗謡を翻案した漢詩作品が多数作られており（服部南郭「潮来詞二十首」〈『南郭先生文集三編』巻一〉など）、日本の歌謡・民謡と引き比べながら、楽府を考えることが、しだいに一般的になっていったことがうかがえる。

　『六朝詩選俗訓』や『漢魏六朝五言絶句選』において、「東陽渓中贈答」が収録されているのは、この詩が時代の漢詩壇の好尚に合致し、また、実際に人々がその詩に親しみを感じることができたからであろう。

　明治時代に入ると、漢詩人の森槐南《もりかいなん》（文久三年〈一八六三〉～明治四十四年〈一九一一〉）が、青年期に記した「詩話」（『新新文詩』三集、明治十八年〈一八八五〉三月）において、この「東陽渓中贈答」詩について考証を行っている。槐南は、森春濤の息子であり、明治中期の漢詩壇を牽引した人物である。彼は、伊藤博文の側近としても活躍し、ハルビンで伊藤が暗殺された際には、流れ弾で負傷している。以下、「詩話」の内容を見よう。

　括蒼志載、謝靈運入沐鶴郷、有二女浣紗。嘲以詩曰、我是謝康樂、一箭射雙鶴。試問浣紗娘、箭從何處落。二女不顧。又嘲之曰、浣紗誰氏女、香汗濕新雨。兩人默無言、何事甘辛苦。既而二女答曰、我是谿中鯽、暫出谿頭食。食罷又還潭、雲蹤何處覓。忽不見。余謂靈運雖人物足取、文章之美稱江左第一。豈作此惡札語耶。小說家言誣人多矣。偶閱玉臺新詠、選其東陽谿中贈答二首云、可憐誰家婦、縁流洗素足。明月在雲間、迢迢不可得。可憐誰家郎、縁流乘素舸。但問情若為、月就雲中墮。乃知括蒼之文、未全是憑空搗鬼。姑錄以廣異聞。

『括蒼志』に載す、「謝霊運、沐鶴郷に入るに、二女の紗を浣《あら》ふ有り。嘲《あざけ》るに詩を以てして曰く『我は是《こ》れ謝康楽、一箭《いっせん》双鶴を射る。試《こころ》みに問ふ　浣紗の娘、箭《や》は何《いづ》れの処《ところ》より落つるか』と。二女、顧みず。又た之に嘲りて曰く『紗を浣ふは　誰が氏の女、香汗　新雨より湿《しめ》りたり。両人　黙して言ふこと無し、何事《なにごと》ぞ　辛苦に甘《あま》んず』と。既《すで》にして二女、答へて曰く、『我は是れ渓中の鯽《ふな》、暫《しばら》く渓頭に出《い》でて食ふ。食ひ罷《おは》りて又《ま》た潭《ふち》に還《かへ》る、雲蹤　何れの処にか覓《もと》めん』と。忽ち見へず。」余、謂《おも》へらく、霊運、人物において取るに足ること無けれども、文章の美、江左第一と称す。豈《あ》に此《こ》の悪札《あくさつ》の語を作《な》さんや。小説家の言、人を誣《あざむ》くこと多し。偶《たま》ま玉台新詠を閲《けみ》するに、其《そ》の「東陽渓中贈答二首」を選びて云く、「憐れむべし　誰が家の婦、流れに縁りて　素足を洗ふ。明月　雲間に在り、迢迢として得るべからず。」「憐れむべし　誰が家の郎、流れに縁りて素舸に乗る。但だ問ふ　情　若為と、月は雲中に就きて堕つ」と。乃ち括蒼の文の未《いま》だ全《まつた》くは是《こ》れ憑空搗《ひょうくうたう》鬼《き》ならざるを知る。姑《しばら》く録《ろく》して以て異聞を広《ひろ》む。

槐南はまず『括蒼志』中の逸話を紹介しているのだが、その大意は次のようである。「謝霊運が沐鶴郷に入ると、二人の女性が絹の布を洗っている。謝霊運は、詩を作ってからかった。『私は謝霊運である。一本の矢で二羽の鶴を射落とす。ちょっとお尋ねするが、布を洗っている娘さんたちよ、矢はどこから飛んでくるのかわかりますか。』二人の女性は答えなかったので、再び、謝霊運は再びからかって言った。『布を洗うのは誰の家のご婦人ですか。その芳しい汗は、まるで降り始めた雨のよう。お二人は黙って何も言いませんが、一体何を我慢しているのですか。』まもなく、二人の女性がこたえて、『私は渓流に住むフナです。すこしの間、水を出て、餌を食べていました。食べ終われば、また淵に戻ります。我々は雲の跡のようなもの、どうしてあなたが行く先を知ることができるでしょうか。』と言うと、あっという間に見えなくなった。」

このエピソードについて、槐南は、次のように自身の考えを披露している。「謝霊運は性格的に問題のある人物であるが、文章の美しさという点では江東第一の人物と称賛されている。どうしてこのような下手な詩を作るだろうか。稗史を記す者の言葉は人をだますものが多いというが、この詩も誰かが謝霊運に仮託して作った偽作に違いない。ところが、偶然、『玉台新詠』を読んでいたところ、そこには「東陽渓中贈答二首」が収録されており、そこで、私は『括蒼志』の文章がまったくのそらごとではないということを知ったのである（謝霊運もこうした詩を作り得る可能性があると考えるようになった）。」

『括蒼志』所収の逸話を、「東陽渓中贈答」詩と結びつけて考えることは、『漢魏六朝一百三家集』においてすでに行われており、こちらは、槐南とは逆に、謝靈運とフナの化身である女性との応酬は、「東陽渓中贈答」詩のやりとりと似てはいるが、おそらく謝霊運自身の手になるものではないだろう、と主張している。なお、この逸聞は、ほかに、『淵鑑類函』などにも掲出されている（巻三三、巻四四二）。

槐南は、『玉台新詠』を読み、驚きとともに、「東陽渓中贈答」詩に目をとめたのであるが、それはこの詩を肯定的に評価するようなものではなかった。古代から近清までの詩の歴史を熟知し、填詞や戯曲・小説の知識もあった槐南にとって、どのような詩であっても、何かしらの技巧や修辞が必要と感じられたのであろう。近世中期の漢詩の世界とは異なる眼差しをそこに看取することができる。

注

（1）承句の「洒」の字を、「洗」や「灑」などに作るものもある。このほか、題の「渓」の字を「漢」に作るものなど、いくつかの異同がある。

（2）天明三年は、山本北山『作詩志彀』を刊行し、徂徠一派の詩風、すなわち、古文辞派の詩のあり方を批判した年であるが、なお、その勢力は強く、寛斎もその影響下にあったと言える。

執筆者一覧（掲載順）

蒋 義 喬	林 暁 光	呉 冠 文	船山　徹
土屋昌明	李　　静	高松寿夫	山田尚子
後藤昭雄	佐藤道生	荒木　浩	黄　　昱
河野貴美子	堀川貴司	高 兵 兵	岩山泰三
深沢眞二	深沢了子	陳 可 冉	合山林太郎

【アジア遊学240】
六朝《りくちょう》文化《ぶんか》と日本《にほん》　謝霊運という視座から

2019年11月25日　初版発行

編著者　蒋 義 喬
発行者　池嶋洋次
発行所　勉誠出版株式会社
〒101-0051　東京都千代田区神田神保町3-10-2
TEL：(03)5215-9021(代)　FAX：(03)5215-9025
〈出版詳細情報〉http://bensei.jp/

印刷・製本　㈱太平印刷社

ISBN978-4-585-22706-9　C1390

アジア遊学既刊紹介

238 ユーラシアの大草原を掘る —草原考古学への道標

草原考古研究会　編

238 この世のキワ —〈自然〉の内と外

山中由里子・山田仁史　編